Dalia Jocelie
In den Sternen geschrieben

AF205189

Dalia Jocelie
In den Sternen geschrieben

Roman

Bibliografische Information der Deutschen Nationalbibliothek: Die Deutsche Nationalbibliothek verzeichnet
diese Publikation in der Deutschen Nationalbibliografie;
detaillierte bibliografische Daten sind im Internet über
http://dnb.dnb.de abrufbar.

Herstellung und Verlag:
BoD – Books on Demand, Norderstedt

ISBN: 978-3-7448-0929-0

Dieses Buch widme ich all jenen,
die noch an die wahre Liebe glauben.

Prolog

Und so stehen wir beide da, auf der hölzernen Brücke, die ich schon gefühlte hundert Mal auf und ab gelaufen bin. Er sieht mich an, mit seinen intensiven blauen Augen, die mir bereits vor Jahren den Verstand geraubt haben und die es tatsächlich immer noch schaffen, mein Leben auf den Kopf zu stellen. Ich spüre den kalten Regen auf meiner Haut. Tropfen für Tropfen.

Bin ich vor Tagen noch voller Zuversicht auf die Insel gekommen, die mit ihrem Charme schon immer mein persönlich schönster Ort auf der Welt war, so gelingt es mir im Augenblick nicht, meine Gedanken zu ordnen. Ich bin nicht imstande, auch nur ein Wort herauszubringen, und das, obwohl ich ganz genau weiß, dass es nun an mir liegt, ihm eine Antwort zu geben.

Ich spule die letzten Tage und Wochen in meinem Kopf ab und es ist beinahe so, als würde ich einen Film abspielen. Ich habe jeden einzelnen Moment vor mir und bekomme eine Gänsehaut, wenn ich an gewisse Momente denke. An unsere Momente. Er starrt mich immer noch an und ich merke, wie mir eine Träne die Wange herunterkullert. Er will eine Antwort. *Jetzt. Sofort.*

Das ist viel leichter gesagt als getan. Vor allem, wenn der eigene Verlobte hinter einem steht und das Schauspiel beobachtet, das vor sich geht. Wenn ich in den letzten Tagen etwas gelernt habe, dann, dass Dreiecksbeziehungen alles andere als förderlich sind. Und das sage ich jetzt nicht nur, weil ich kurz vor den Flitterwochen stehe. Ich frage mich, ob mich das Schicksal zu jemand zurückführen möchte oder es mir einfach bloß einen Streich spielt. Aber vielleicht hat es auch gar nicht so viel mit Schicksal zu tun, sondern nur mit meiner eigenen Entscheidung, die ich jetzt treffen muss. Ich drehe mich um und sehe zu meinem Verlobten, mit dem ich eigentlich mein restliches Leben verbringen wollte. Unbewusst spiele ich mit meinem Verlobungsring und schon denke ich an mein Kleid, an die Torte und an uns. Ich glaube, ich habe mich entschieden.

Kapitel 1

Eine kleine Boutique mitten in der Innenstadt, die mit ihrer exklusiven Ware, dem hoch qualifizierten Personal und der liebevollen Einrichtung jeden Kunden verzaubert und somit ein einzigartiges Einkaufserlebnis ermöglicht. Zumindest habe ich das so vor einer Woche in der Tageszeitung gelesen, als der Laden eröffnet hat. Ganz hingerissen von der Beschreibung war ich davon überzeugt, hier für jeden Anlass das perfekte Outfit zu finden. Von der zauberhaften Atmosphäre, die mich in diese Boutique gelockt hat, ist leider im Moment nicht viel zu spüren. Denn wie ein kleines Häufchen Elend lungere ich bereits seit fünfundzwanzig Minuten in der Umkleide herum und kann mich einfach nicht entscheiden, welches Kleid ich nehmen soll. Von einem prickelnden Einkaufserlebnis bin ich gerade meilenweit entfernt. Und wenn ich mein verzweifeltes Spiegelbild so betrachte, dann könnte ein Außenstehender noch meinen, ich würde Kleidung für meine eigene Hinrichtung suchen. Ich werfe einen kurzen Blick auf die Uhr. Zu wissen, dass die Zeit so schnell verrinnt, ist alles andere als beruhigend. Ich fühle mich unter Druck und immer wieder stelle ich mir gedanklich ein und dieselbe Frage: Soll ich jetzt das blaue oder doch das graue Kleid nehmen?

Im Grunde nicht so gemeint, weil von meinen Emotionen mitgerissen, verfluche ich meine Schwester Marie, dass sie ausgerechnet heute zum Bikiniwachsen muss, und das, obwohl sie ganz genau weiß, wie wichtig der heutige Abend für mich ist. Als ob ihre Härchen um einige Zentimeter länger wären, wenn sie erst morgen zum Wachsen ginge. Aber natürlich ist sie da ganz anderer Meinung.

„Ich habe keine Lust, dass ich wie die haarige Kreatur aus *Star Wars* aussehe. Du hast ja keine Ahnung, wie es bei mir da unten aussieht. Das *muss* entfernt werden! Außerdem ist es der letztmögliche Termin, an dem ich noch meinen Gutschein einlösen kann", hat sie gestern gekonnt versucht, sich aus der Verantwortung zu stehlen.

Das Gleiche gilt für meine beste Freundin Sonja. Sie muss zwar nicht zum Bikiniwachsen, Zeit für meine kleine Shopping-Tour hat sie trotzdem nicht.

Bereits seit Tagen versuche ich, das perfekte Outfit zu finden, das mich nicht nur ins beste Licht rückt, sondern auch einen kleinen Wow-Effekt mit sich bringt. Ich stehe nun also da, in einer supertollen, neuen Boutique, in die ich schon seit letzter Woche unbedingt hineingehen wollte, unfähig eine Entscheidung zu treffen, und fühle mich deshalb so richtig aufgeschmissen. Abgesehen davon mache ich mir Sorgen, dass die Verkäuferin den Polizeinotruf wählt, nachdem sie sich bereits drei Mal bei mir erkundigt hat, ob bei mir alles in Ordnung sei und was ich denn so lange in der Umkleide treibe. Die Anzahl an Kleidungsstücken, die ich in die Kabine mitgenommen habe, insgesamt zwölf Stück, hat sie ebenfalls genau abgezählt und dabei meine große Tasche streng im Auge behalten. Sie bereut es wahrscheinlich schon, Ja gesagt zu haben, als ich sie gefragt habe, ob ich so viele Kleider mitnehmen darf, wie ich mag. So hoch qualifiziert kann das Personal dann wohl doch nicht sein, wenn sie mich dermaßen offensichtlich des Diebstahls verdächtigt. Würde ich tatsächlich etwas klauen wollen, dann wäre ich schon längst mit der Ware zur Tür hinaus und würde nicht noch überlegen, welches Outfit mir besser steht.

Normalerweise bin ich nicht so gestresst und entscheidungsunfähig, wenn es ums Einkaufen geht, doch heute handelt es sich um eine kleine Modekrise, die ich anscheinend alleine nicht bewältigen kann. Ich hätte jetzt echt nichts gegen einen schwesterlichen Rat, ein paar gutgemeinte Worte von Sonja und ein Stückchen Schokolade zur Beruhigung. Am besten eine aus Vollmilch. Mit Erdbeerfüllung. Ich halte zum gefühlten tausendsten Mal das blaue Kleid an meinen Körper und sehe dann doch wieder zum grauen hin. Ich atme kurz durch, um nicht komplett die Nerven zu verlieren, und lächle mir beruhigend zu. Ganz ruhig, Ella! Hier geht es nicht um ein Kaffeekränzchen mit der Queen oder eine weitere Misswahl, an der ich schon vor ein paar Jahren mit Anfang zwanzig nicht hätte teilnehmen sollen. (Verdammt, war ich an diesem Abend betrunken! Meine Freundin Sonja meinte noch, dass der Schnaps mir dabei helfen solle, die Nerven zu beruhigen. Kein Wunder, dass ich den Bikini verkehrt rum anhatte. Und ich war noch verblüfft darüber, wie knapp das Höschen geschnitten war. Sie verwendet die Fotos seit damals als Druckmittel gegen mich. Ich weiß nicht, was schlimmer ist: Dass sie mich damit immer noch erpressen will oder sie damals tatsächlich mehr als ein Foto gemacht hat.)

Den ganzen Tag schon benehme ich mich wie eine Irre, die gerade aus der Anstalt ausgebrochen ist. Und das nur, weil ich keinen blassen Schimmer habe, was ich heute Abend anziehen soll. Ich meine, es gibt viele Frauen, die oft nicht wissen, was sie tragen sollen, aber das, was ich gerade abziehe, übertrifft sie *alle*. (Selbst meine liebe Sonja, und die lief einmal in einem Schuhgeschäft fast Amok, nur weil es ein Paar Stiefel nicht mehr in ihrer Größe gab. Sie wollte die Schuhe unbedingt haben, doch es stand weder dieses Paar noch ein anderes Modell, das ihr gefallen hätte, zur Auswahl. Eine alte Frau schrie sogar: „Sie hat eine Waffe!" Und das, obwohl sie nur ihr

Handy aus der Tasche zog. Die Verkäuferin bemerkte diesen Irrtum aber leider etwas zu spät und hatte schon den Notalarmknopf an der Kassa gedrückt, sodass kurz darauf vier Polizeiautos mit Blaulicht vor dem Geschäft standen. Seit diesem Vorfall haben *wir* nicht nur in jenem Schuhgeschäft unserer Stadt Hausverbot, sondern in *ganz* Österreich. Wir dürfen kein Schuhgeschäft dieser Firma je wieder betreten. Ganz egal wo. Ich bin immer noch sauer, dass ich auch bestraft wurde, bloß weil Sonja so ein Theater gemacht hatte. Aber wie sagt meine Mutter immer: Besser ein wenig zu viel Drama im Leben als eines, das mehr an Friedhof erinnert. Mhm… Vielleicht sollte ich diese Geschichte ebenfalls als Druckmittel verwenden. Dann gibt mir Sonja wenigstens das peinliche Bikinibild zurück. Oder besser gesagt die Bilder. Irgendwo im Internet gibt es sicherlich ein Beweisfoto mit den vielen Polizisten, wie sie uns gegen die Polizeiautos drücken und uns abtasten. Die alte Frau soll auch irgendwo im Hintergrund umgekippt sein. Dieses Foto wäre sicherlich ein witziges Gesamtkunstwerk und perfekt für meine Wohnung. Im Wohnzimmer würde sich das Bild sicher super machen.)

So, zurück zum Einkauf! Ich bin ganz außer mir. Und das alles wegen eines dämlichen Outfits. Oh, Gott! Ich bin der Godzilla der Modewelt – *Modzilla!* Was Schlimmeres kann man sich nicht vorstellen. Aber ich verliere jetzt sicherlich nicht komplett die Nerven. Immerhin bin ich eine selbstbewusste erwachsene Frau, die in der Lage sein sollte, ein passendes Kleid zu kaufen.

Zu jedem gewöhnlichen Anlass wäre es auch keine größere Sache, aber heute handelt es sich um das Abendessen meines Lebens. Da muss ich einfach *top* aussehen. Tom, der Mann meiner Träume, mein Verlobter und zudem noch erfolgreicher Geschäftsmann aus gutem

Hause, hat mich zu seiner Familie eingeladen, um gemeinsam unsere Verlobung zu feiern. Es ist nicht das erste Mal, dass wir bei seinen Eltern zum Essen eingeladen sind. Es ist nur so, dass seine Mutter nicht unbedingt mein größter Fan ist. Und dass wir zusammen mit ihr unsere Verlobung feiern, dürfte sie wahrscheinlich nicht gerade aus den Socken hauen. Ich weiß, dass sie kein besonders gutes Bild von mir hat. Und das alles bloß wegen eines *klitzekleinen* peinlichen Zwischenfalls…

Das erste Mal, als ich Klara gegenüberstand, war vor ein paar Monaten. Und diese Begegnung war alles andere als geplant. Tom und ich waren bereits eine Weile zusammen. Als er mich zu sich eingeladen hatte, dachte ich an einen heißen Nachmittag zu zweit und wollte ihn quasi schon im Stiegenhaus vernaschen. Ich trug ein kurzes, hautenges cremefarbenes Sommerkleid und darunter nichts. Keine Unterwäsche also. Mir war bewusst, dass man alles sehen konnte. Deswegen hatte ich es mir schließlich auch gekauft. Ich machte zu Hause sogar extra ein paar Dehnübungen fürs Kamasutra, um ja auf alles vorbereitet zu sein. Die Fahrt zu seinem Apartment verbrachte ich ausschließlich mit Gedanken an schmutzigen Sex. Ich stand dann also vor seiner Tür, war bereit für den heißesten Nachmittag aller Zeiten, begab mich in eine sexy Pose und klingelte.

Als dann die Wohnungstür aufging, hauchte ich bloß: „Hey, mein Hengst, lass es uns tun!"

Blöd nur, dass ich dabei die Augen geschlossen hielt und es ausgerechnet seine Mutter war, die mir die Tür öffnete und in diesem Moment vor mir stand. Verlegen und halbnackt vor ihr stehend, musterte sie mich von oben bis unten und sah mich noch entsetzter an, als ihr Blick an meiner Oberweite hängen blieb. Oh, Gott! *Nippelalarm!* Wie gesagt, ich hatte keine Unterwäsche an. Zum Glück hatte ich bei Tom wenigstens noch einen BH rumliegen, um den Besuch seiner Mutter halbwegs erträglich für mich zu machen. Ich wünschte, Tom hätte mich nach Hause geschickt. Mir war das so peinlich. Abgesehen davon war ich sauer auf ihn, denn er hätte mir ruhig sagen können, dass er seine Mutter ebenfalls eingeladen hatte. Schließlich hatte ich ja damit gerechnet, sie früher oder später kennenzulernen. Danach hatten wir deswegen auch Zoff und ich war enttäuscht, dass ich seine Mutter auf diese Weise kennenlernen musste.

Seit diesem unangenehmen Auftritt ist sie alles andere als gut auf mich zu sprechen. Tom meint zwar immer, dass ich mir das nur einbilde, aber ich denke, er nimmt ihre spitzen Kommentare einfach nicht wahr. Ich glaube, dass sie in mir bloß ein naives Püppchen sieht, das hinter Toms Geld her ist – was ein absoluter Schwachsinn ist. Daraufhin habe ich ihr eingeredet, selbst erfolgreich im Leben zu stehen, mich beruflich zu verwirklichen und auf keinen Mann der Welt angewiesen zu sein. Was ziemlich gelogen war, weil ich beruflich weit davon entfernt bin, mich selbst zu verwirklichen. Tom und seine Eltern glauben fälschlicherweise, dass ich erfolgreich im Consulting-geschäft tätig bin. Ich arbeite zwar in einer Consulting-firma, bin dort aber weder für irgendwelche Kunden zuständig noch habe ich etwas zu sagen. Ich bin lediglich eine von vielen Assistentinnen. Es war nicht meine Absicht, Tom zu belügen, doch irgendwie hat sich das schon bei unserem ersten Treffen so ergeben…

Ich lernte Tom in einem Buchladen kennen. Ich war gerade auf der Suche nach einem neuen Herzschmerz-Liebesroman, als zeitgleich ein Buchvortrag von irgendeinem Wirtschaftler abgehalten wurde, der irgendetwas über Konjunkturschwankungen, Finanzierungstechniken und die aktuelle Wirtschaftssituation in der EU laberte.

Ich streifte in der Buchhandlung umher und nahm den Vortrag kaum wahr. Da rannte ich versehentlich in Tom hinein. In seinem schicken Anzug stand er vor mir, groß und schlank, sein dichtes braunes Haar nach hinten gekämmt, und lächelte mich dabei so süß an, dass es sofort um mich geschehen war. Sein attraktives markantes Gesicht und die schönen dunklen Augen fielen mir sofort auf. Ich entschuldigte mich bei ihm, was aber eher nach dümmlichem Stottern klang. Ich war zu sehr von seinem guten Aussehen abgelenkt. Er deutete zum Mann, der den Vortrag hielt, und fragte mich, ob ich ebenfalls wegen der Lesung hier sei. Erst dann merkte ich, dass er dazu ein Buchexemplar in der Hand hielt. Also gab ich natürlich vor, nur deshalb hierhergekommen zu sein.

„Ach, dann sind Sie in dieser Branche tätig?", erkundigte er sich interessiert.

„Nicht ganz. Aber ich dachte mir, von solchen Vorträgen könne man nie genug hören", log ich und zwinkerte ihm charmant zu.

Ohne lange zu überlegen, erzählte ich dann von der Consultingfirma, in der ich arbeite, und von den Projekten, die wir zu dieser Zeit behandelten, wobei ich alles Wissenswerte dazu von meinen Kollegen aufgeschnappt hatte. Dabei tat ich so, als ob ich von alldem eine Ahnung hätte. Tom war sichtlich beeindruckt. Ich lächelte nur schüchtern und hoffte, dass er nicht weiterbohre. Ich wollte einen guten Eindruck bei ihm machen und dachte mir, dass sicherlich jeder bei der ersten Begegnung ein wenig flunkere. Wir hörten uns gemeinsam den Rest des Vortrags an – er ganz Feuer und Flamme und ich in der Hoffnung, dass die öde Präsentation bald vorbei sei. Dennoch tat ich so, als ob ich ebenfalls begeistert davon wäre, und kaufte mir sogar das Buch, das mittlerweile irgendwo verstaubt in meinem Bücherregal liegt.

Nach dem Buchvortrag gingen Tom und ich noch auf ein Getränk. Er erzählte mir von seiner Arbeit. Er ist in der Immobilienbranche tätig und war ganz aufgeregt, mir von seinem damaligen Projekt zu berichten, bei dem ein heruntergekommener Altbau in ein modernes Penthouse umgewandelt werden sollte. Wir haben uns auf Anhieb so gut verstanden und tauschten sofort unsere Handynummern aus. Wie verliebte Teenager telefonierten wir in den nächsten Tagen jede freie Minute miteinander oder schickten uns alberne SMS. Es dauerte nicht lange und wir waren offiziell zusammen. Bei jedem Treffen hatte ich vor, ihm zu sagen, dass ich – was meinen Beruf betrifft – gelogen hatte, doch immer verließ mich im letzten Moment der Mut. Als ich dann endlich so weit war, ihm die ganze Wahrheit zu beichten, wurde daraus leider wieder nichts, denn er hatte seinen Eltern bereits voller Stolz von mir erzählt, die auf das hin schon ganz neugierig waren, mich kennenzulernen. Na ja, das war, bevor ich halbnackt vor seiner Mutter stand.

Mir ist es verdammt wichtig, bei Toms Mutter einen guten Eindruck zu hinterlassen. Vor allem, nachdem unsere erste Begegnung alles andere als reibungslos abgelaufen ist. Allein daran zu denken, ist mir dermaßen peinlich, dass ich am liebsten im Erdboden versinken würde. Wie sie mich damals angesehen hat. Als wäre ich eine billige Prostituierte.

Seit dem Kennenlernen mit seiner Mutter waren Tom und ich schon ein paarmal bei seinen Eltern zu Besuch und jedes Mal versuche ich aufs Neue, sie mit Charme und bedeckter Kleidung für mich zu gewinnen. Toms Vater Henrich wirkt nämlich ebenfalls nicht so begeistert von mir. Mir liegt sehr viel an Tom, weshalb es mir auch so wichtig ist, dass seine Eltern ein gutes Bild von mir haben. Doch so wirklich funktioniert das bisweilen noch nicht. Klaras Kommentare mir gegenüber sind mittlerweile schon legendär und ihr finsterer Blick hätte mir als Kind sicherlich Angst gemacht. Tom ist so ein toller Mann und ich frage mich immer wieder, ob Klara tatsächlich seine Mutter ist.

Als Tom sie letztens angerufen hatte, um ihr von unserer Verlobung zu erzählen, musste sie am selben Abend ins Krankenhaus eingeliefert werden. Grund: Panikattacke. Die Arme war ganz fertig. Meine Schwester hat die Szene mittlerweile schon acht Mal nachgespielt, wie das kleine Schwiegermonster umkippt und dann eingeliefert wird. Knapp an der Psychoabteilung vorbei, wie Marie es gerne formuliert. Ach, meine Schwester! Sie hat richtige Schauspielqualitäten. Das Witzige daran ist, dass mir Tom erst vor drei Tagen den Antrag gemacht hat. Da sind acht *Wie meine zukünftige Schwiegermama umkippt*-Vorführungen regelrechter Rekord. Ach, ich liebe sie! Doch so amüsant es auch ist, wenn sich meine Schwester und ich darüber lustig machen, so bin ich ehrlich gesagt schon ein wenig gekränkt, dass ich einfach keinen guten Draht zu meiner zukünftigen Schwiegermutter habe. Ich habe mir immer vorgestellt, mit der Mutter meines Mannes beste Freundinnen zu werden, mit ihr shoppen zu gehen und Männergeschichten auszutauschen. Da ich mich mit Klara aber nicht einmal normal übers Wetter unterhalten kann, wäre es wahrscheinlich keine so gute Idee, sie über meine früheren Liebhaber aufzuklären.

„Kann ich Ihnen helfen?", fragt mich die Verkäuferin freundlich und wirft einen verstohlenen Blick in die Umkleidekabine, um unauffällig die Kleidungsstücke abzuzählen. Ich ignoriere ihren Versuch, mich des Diebstahls zu verdächtigen, und lächle sie an.

„Sie kommen genau richtig. Ich bin mir einfach nicht sicher, ob ich das blaue oder das graue Kleid kaufen soll. Es ist nämlich so, heute steht das *wichtigste* Essen meines Lebens an. Ich bin seit Kurzem verlobt", zeige ich ihr stolz meinen protzigen Verlobungsring. Die Verkäuferin schreit vor Freude auf. Ich kreische automatisch mit und wir fallen uns jubelnd in die Arme. Ganz egal, dass ich sie nicht kenne und sie mich davor noch verdächtigt hat, ihren Laden leerräumen zu wollen. „Und heute Abend feiern wir die Verlobung mit seiner Familie und da möchte ich einfach nur perfekt aussehen."

Die Frau lässt mich endlich wieder los und mustert mich mit ernster Miene.

„Ich verstehe", murmelt sie nachdenklich und ist dabei ganz fokussiert auf das Kleid, das ich im Moment anhabe. Sie verschränkt grüblerisch ihre Arme: „Hmm... also, wenn Sie mich fragen, ich persönlich finde ja, dass Ihnen dieses graue Kleid fantastisch steht."

Ich drehe mich zum Spiegel und betrachte mich erneut in diesem Kleid. Eigentlich ist das graue Kleid nichts Besonderes. Es ist eher schlicht gehalten, knielang, hat fast keinen Ausschnitt und am Ende einen Bund mit schwarzer Spitze. Es ist wirklich hübsch. Aber fantastisch? Für Klara vielleicht, weil ich damit auf jeden Fall weniger Haut zeige als beim ersten Mal.

„Könnten Sie sonst auch mal das blaue Kleid für mich anziehen? Damit ich einen Vergleich habe", bittet mich die Verkäuferin freundlich. Ich ziehe mich schnell um und stehe keine zwei Minuten später wieder vor ihr.

„Fabelhaft! Meine Liebe, ich muss Ihnen gestehen, beide Kleider passen Ihnen hervorragend", staunt die Verkäuferin und wirft mit Komplimenten nur so um sich. Toll! Diese Beratung hilft mir sicherlich weiter. Das blaue Kleid ist ebenfalls schlicht gehalten, jedoch ein kleines bisschen eleganter als das graue und wäre für das Essen nicht minder gut geeignet. Ich merke, dass ich hier kein Stückchen weiterkomme. Ich kann mich einfach nicht entscheiden und die Verkäuferin ist auch keine große Hilfe. Ich werfe einen weiteren Blick auf meine Armbanduhr. Mir rinnt die Zeit davon. Ich muss mich *jetzt* entscheiden.

Ich drehe mich zur Verkäuferin und strahle sie selbstbewusst an: „Ich nehme beide!"

Anscheinend bin ich doch nicht so entscheidungsfähig. Aber bevor ich eine weitere Ewigkeit in der Boutique ausharre, nehme ich lieber alle zwei. Sie stehen mir ja beide richtig gut und ich kann mich später immer noch entscheiden, welches ich anziehen werde. Außerdem habe ich einen Rabatt gekriegt und mir zehn Prozent erspart. Das Ganze war also ein richtiges Schnäppchen!

Überglücklich mit meinem Einkauf mache ich mich auf den Weg nach Hause. Marie wartet bereits auf mich. Als sie mir die Türe öffnet, lächelt sie und deutet auf meine überdimensionale Einkaufstüte. Wahrscheinlich ahnt sie schon, dass ich groß zugeschlagen habe.

„Ich konnte nicht anders", gestehe ich unschuldig und gehe mit ihr in unser überaus gemütliches Wohnzimmer, das nebenbei bemerkt mit seinen großzügigen Fenstern und den hohen Decken unser Lieblingszimmer in der Altbauwohnung ist. Es wirkt so harmonisch und gemütlich und ist mit Sicherheit das Herzstück unserer Wohnung.

Marie und ich haben damals viel Zeit investiert, um es nach unseren Vorstellungen einzurichten und zu dekorieren. So ziert ein großes Bücherregal aus dunklem Holz eine Wandseite, in dem, abgesehen von den vielen Büchern, auch unsere kleine Musikanlage samt CDs und

Schallplatten sowie auch unser DVD-Player Platz finden. Eigentlich machen diese Sachen den Großteil vom Bücherregal aus. Davor steht eine große beigefarbene Couch und ein kleiner dunkler Holztisch, der farblich auf das Wandregal abgestimmt ist. Gegenüber vom Sofa hängen einige bunte Bilder, die dem Raum ein wenig Farbe verleihen. Zwischen den farbenfrohen Bildern befindet sich unser großer Flachbildfernseher. Ein alter Holzsessel mit einer samtüberzogenen grünen Sitzfläche, der so zerbrechlich wirkt, dass man nicht einmal darauf sitzen möchte, den Marie aber unbedingt haben wollte und am Flohmarkt erstanden hat, befindet sich neben einem kleinen Beistelltisch, auf dem eine blaue Vase mit rosa Rosen steht.

Da unsere Schwesternliebe so unendlich groß ist, haben wir vor ein paar Jahren beschlossen, zusammenzuziehen. (Eigentlich lag es vor allem daran, dass wir beide nicht genug Geld für eine eigene Wohnung hatten und keine von uns in irgendeine Wohngemeinschaft ziehen wollte.) Wir haben diese tolle große Wohnung damals zu einem Schnäppchenmietpreis ergattert, sodass, trotz mittlerweile gutem Einkommen, keine von uns die Wohnung mehr verlassen will. Ich wohne auch richtig gern mit meiner Schwester zusammen. Ich meine, wir sind ja miteinander aufgewachsen. (Auch wenn ich Marie immer noch einzureden versuche, dass sie adoptiert worden ist und ihr eigentlicher Vater genauso heißt und aussieht wie unser damaliger Postler Rudi, was natürlich totaler Quatsch ist. Denn Marie und ich ähneln uns wie Zwillinge – und das trotz eines Altersunterschieds von zwei Jahren und der Tatsache, dass sie braune und nicht so wie ich graugrüne Augen hat. Außerdem sind ihre dunklen Haare doch um einiges länger. Und solch kecke Stirnfransen wie sie habe ich ebenfalls nicht. Das würde meinem mittellangen Bob auch gar nicht stehen, wobei Marie eher der Ansicht ist, dass das mit meinem breiten Gesicht zu tun hat. Na ja, egal. Wir kennen uns einfach in- und auswendig und können somit richtig gut zusammenleben.)

Als ich die ersten paar Male bei Tom übernachtet habe, ist mir Marie richtig abgegangen. Es war schon merkwürdig. Es ist ja nicht so, als ob ich Tom wegen seiner überordentlichen Art kritisieren möchte, bloß mit meiner Schwester ist es halt gemütlicher. Chaotischer, aber gemütlicher.

Während ich meine Einkaufstüte auf die Seite lege, setzt sich Marie auf die Couch, direkt neben ihren kitschigen, von Bollywood inspirierten gelb-orangen Meditations- und Entspannungspolster, der voller Chipsbrösel ist, was letztlich nicht nur darauf hinweist, dass Marie wieder mal keinen Unterteller benutzt hat, sondern dass anscheinend auch ihre Yoga-Phase schon wieder vorüber ist. Ursprünglich hat sie nämlich diesen für ihre Yogaübungen verwendet – zumindest die paarmal, als sie noch motiviert war.

Sie sieht mich vorwurfsvoll an: „Ich verstehe immer noch nicht, wieso du so einen Aufstand wegen seiner Familie machst. Ich meine, wenn sie dich nicht mögen, wie du bist, dann haben sie ohnehin einen Knall."

Meine Schwester lächelt mir aufmunternd zu und ich gestehe: „Ehrlich gesagt bemühe ich mich mit aller Kraft, es zu vermeiden, so zu sein, wie ich sonst bin. Klara würde andernfalls sicherlich ausrasten. Vergiss nicht meine erste Begegnung mit ihr! Da war ich zu hundert Prozent ich selbst und du siehst ja, wie sehr ich seither schuften muss, um das wiedergutzumachen." Marie und ich müssen lachen.

„Aber da bist du auch halbnackt vor ihr gestanden. Du konntest doch nicht wissen, dass ausgerechnet sie vor dir die Tür aufmacht", erinnert sie mich.

Sie hat recht. Wenn ich gewusst hätte, dass seine Mutter auf Besuch ist, dann hätte ich mich von einer ganz anderen Seite gezeigt.

„Ja, aber gerade deshalb sieht sie in mir nicht die Frau, die an Toms Seite stehen soll."

Tom holt mich um Punkt halb sieben Uhr ab. Keine Minute später. Ich weiß bis heute nicht, wie ihm das gelingt, immer so extrem pünktlich zu sein. Ich habe dabei ja eher meine Schwierigkeiten. Pünktlichkeit gehört so überhaupt nicht zu meinen Stärken, was Tom auch schon das eine oder andere Mal kritisiert hat. Deswegen versuche ich, sehr daran zu arbeiten, was mich ehrlich gesagt immer ein wenig stresst. Ich meine, fünf Minuten zu spät zu kommen, das kann ja nicht so schlimm sein, oder?

Tom steht vor seinem Wagen und hat ein breites Lächeln im Gesicht, als er mich erblickt.

„Du siehst heute besonders hübsch aus. Da werden sich meine Eltern ja richtig geehrt fühlen", strahlt mich Tom charmant an und gibt mir einen Handkuss.

„Ach was, ich habe mir ja nur mal schnell was drübergeworfen", flunkere ich und lächle ihn an. Er hält mir die Wagentür auf und ich steige ein. Die Fahrt zu seinen Eltern macht mich ein wenig nervös. Ich versuche zwar, nach außen hin entspannt zu wirken, aber innerlich halte ich es kaum aus.

Toms Eltern wohnen außerhalb Wiens, irgendwo in der Pampa. Ich will mir den Namen von diesem Kaff einfach nicht merken.

„Spätestens dann, wenn wir jedes zweite Wochenende mit unseren Kleinen Oma und Opa Stromburg besuchen fahren, wirst du dieses Fleckchen Erde nicht mehr vergessen."

Ich ignoriere seine Anspielung auf unseren zukünftigen Nachwuchs, schließlich weiß er, dass ich mit meinen sechsundzwanzig Jahren noch keine Kinder möchte. Und genauso die Aussage, dass er jedes zweite Wochenende seine Eltern besuchen will.

Wir fahren ziemlich lange, bis Tom in einer abgelegenen Wohngegend in eine Straße einbiegt. Es folgt eine lange Einfahrt, die zum Haus seiner Eltern führt. Das Haus, eine riesengroße, alte cremefarbene Villa im Jugendstil mit opulentem Eingangsbereich und großen Fenstern mit weißen Fensterrahmen, wirkt jedes Mal um einiges gruseliger. Vor allem nachts. Abgesehen von dem riesigen Anwesen ist nur Grünfläche zu sehen. Das perfekt gepflegte Grundstück ist so groß, dass locker ein zweites Haus darauf gebaut werden könnte. Hoffentlich kommt Tom auf keine dummen Ideen.

Vor der Tür wartet bereits James, der Butler, auf uns. Mit seinem leicht gräulichen Haar und seinen dunklen Knopfaugen erinnert er mich ein bisschen an meinen Onkel. Er trägt wie immer seinen schwarzen Anzug und seine schwarze Fliege zum faltenfrei gebügelten weißen Hemd und winkt schon aus der Ferne, als er uns sieht. Er kommt uns entgegen und hält mir die Türe vom Wagen auf.

„Frau Liner, es freut mich sehr, Sie wiederzusehen! Wenn ich es mir erlauben darf, möchte ich Ihnen ganz herzlich zu Ihrer Verlobung gratulieren." James gibt mir höflich die Hand und lächelt mich an. Mit seinem freundlichen Lächeln war er mir schon von Anfang an sympathisch.

„Ach, James! Sie sind süß. Vielen Dank! Ich würde mich sehr freuen, Sie zu unserer Hochzeit einladen zu dürfen."

James strahlt, bis plötzlich der Hausdrache hinter ihm auftaucht.

„Ella, du wirst doch kein Hauspersonal zu deiner Hochzeit einladen?", fragt Klara blasiert und gibt mir pflichtbewusst die Hand. Ihr blonder Pagenkopf ist wie immer zu einem perfekten Seitenscheitel frisiert, wodurch ihre teuren goldenen Ohrstecker noch mehr hervorstechen. Genauso wie ihre spitze Nase.

„Wie es aussieht, ist es dir doch noch gelungen, Tom an dich zu binden. Gratulation zur Verlobung!" Klara lächelt herablassend und ich weiß nicht, was beziehungsweise ob ich darauf antworten soll. Deswegen murmle ich nur ein kleinlautes Danke und versuche, gute Miene zum bösen Spiel zu machen. Sie wendet sich von mir ab und drückt Tom an sich. Sie unterhalten sich und ich sehe zu, wie sie ihm die Wange tätschelt.

Wir gehen alle gemeinsam zum Haus. Im Eingangsbereich wartet Henrich und bittet uns, hereinzukommen. Genau wie seine Frau ist er sehr adrett gekleidet. Zusammen wirken die beiden wie ein adeliges Vorzeigepaar, das ich aus den Klatschzeitschriften meiner Oma kenne. Er begrüßt mich und gratuliert mir ebenfalls zur Verlobung. Er sagt das in solch einem monotonen Ton, dass ich nicht weiß, was er wirklich davon hält. Ich denke aber, Begeisterung sieht anders aus. Während er seinen Sohn begrüßt, der ihm überaus ähnlichsieht, nur in einer jüngeren Version, drehe ich mich um und werfe James einen leicht verzweifelten Blick zu. Dieser lächelt bloß freundlich und hält mir seine gedrückten Daumen entgegen. Wünscht er mir etwa viel Glück? Ach Gott, mittlerweile hat also auch James schon begriffen, dass ich hier so was von fehl am Platz bin.

„Lasst uns doch gleich ins Esszimmer gehen", schlägt Klara vor. Tja, lasset die Spiele beginnen!

Tom hat mir bereits erklärt, dass es ein Vier-Gänge-Menü geben soll, was ich ganz gut finde, weil ich so den Aufenthalt in vier Etappen einteilen kann. Ist der letzte Gang serviert, weiß ich, dass wir bald wieder abhauen können. Ich denke nämlich nicht, dass seine Eltern nach dem Dessert auch noch auf Kaffee und Kuchen bestehen. Zufrieden mit meiner Logik und dem Wissen, dass der Abend nicht allzu lange dauern kann, freue ich mich schon auf das Dinner. James bereitet das Essen zu, das normalerweise immer herrlich schmeckt. Im Esszimmer riecht es bereits ganz köstlich und ich merke, wie mein Magen knurrt.

Nachdem wir alle am großen Esstisch Platz genommen haben, serviert uns James die Getränke. Er wirft mir einen verschwörerischen Blick zu, als er das Martiniglas vor mich hinstellt. Schließlich serviert er mir immer etwas Hochprozentiges vor dem Abendessen. (Das Getränk dabei als Aperitif zu tarnen, war übrigens seine Idee. Bei dem ersten offiziellen Zusammentreffen mit den Stromburgs war ich nämlich noch aufgeregter, weshalb mir meine Schwester geraten hatte, einen Flachmann mitzunehmen. Dafür musste sogar meine größere Clutch herhalten, die zwar nicht wirklich zu meinem restlichen Outfit passte, dafür aber den Flachmann perfekt tarnte. James hat das allerdings an diesem Abend mitbekommen, wie ich in der Garderobe still und heimlich einen kräftigen Schluck daraus machte, und bot mir deswegen an, in Zukunft einen Aperitif zu servieren, um meine Nervosität stilvoller in den Griff zu bekommen. Von da an waren wir die besten Freunde.)

Es wird die Vorspeise serviert: Garnelenspieß auf Blattsalat. Lecker!

„Wir gratulieren euch nicht nur zur Verlobung, die zwar voreilig und ein wenig unüberlegt scheint, sondern freuen uns natürlich auch, eine zukünftige Stromburg in unserer Familie begrüßen zu dürfen", sagt Klara und erhebt das Glas. Wir tun es ihr nach und stoßen alle zusammen an. Den Kommentar, dass die Verlobung voreilig ist, versuche ich wieder einmal zu ignorieren. Es hätte mich auch gewundert, wenn sie diesbezüglich keine Bemerkung gemacht hätte. Tom hingegen hält meine Hand und strahlt mich stolz an. Anscheinend hat er die Aussage seiner Mutter nicht mitbekommen.

„Lasst euch das Essen schmecken!", ist Henrichs Beitrag, was mich weniger stört, denn mittlerweile habe ich echt schon Kohldampf.

Zu Beginn wird während des Essens kaum gesprochen. Anscheinend bin ich nicht die Einzige, die Hunger hat.

Es dauert jedoch nicht lange, bis Klara mit der Hochzeit anfängt: „Wir sollten uns bald auf einen Termin einigen, um eine offizielle Verlobungsparty zu geben. Die Feier nächsten Freitag soll bloß ein kleiner Vorgeschmack sein."

Dass Klara nächste Woche schon feiern möchte, hat Tom bereits letztens einmal erwähnt. Ich habe das nicht wirklich ernst genommen. Schließlich ist es dafür noch zu früh.

„Aber wir haben jetzt erst Anfang September. Bis zur Hochzeit ist ja noch ein wenig Zeit. Außerdem braucht keine Braut der Welt zwei Verlobungsfeiern", falle ich Klara schmunzelnd ins Wort, was ich im selben Moment auch schon wieder bereue.

„*Erst* Anfang September?", wiederholt sie argwöhnisch.

„Wir gehen davon aus, dass ihr im November heiraten werdet, so wie es bisher alle Stromburgs getan haben. Außerdem sind zwei Verlobungsfeiern in unserer Familie Tradition."

November? Hat sie etwa gerade November gesagt? Welche Braut heiratet denn schon freiwillig im November? Und was soll das überhaupt mit den zwei Verlobungsfeiern?

„Also, ich habe eigentlich eher an Mai oder Juni gedacht, wenn das Wetter auch mitspielt. Schließlich möchte sich keine Braut der Welt den Hintern abfrieren", argumentiere ich, doch finde ich mit dieser Ansicht offensichtlich wenig Gehör.

„Ich habe Henriette bereits angerufen. Am besten setzen wir uns nächste Woche zusammen, um alle Einzelheiten zu besprechen", fährt Klara fort, als ob ich soeben nichts gesagt hätte. Darüber hinaus verstehe ich gerade nur Bahnhof. Wer zum Teufel ist Henriette und wieso sollen wir uns zusammensetzen? Die Stimmung ist bereits angespannt und mir fällt auf, wie Tom ein wenig unruhig wird. Er setzt seinen typischen *Lass es bitte gut sein*-Blick auf, doch ich kann nicht anders und bohre nach.

„Henriette ist eine langjährige Freundin von Mum und zudem noch Eventplanerin. Sie wird unsere Hochzeit organisieren. Aber das wirst du dann mit Mum alleine besprechen", erklärt mir Tom zwar ruhig, doch seinem Gesichtsausdruck zufolge hofft er wahrscheinlich, dass jemand das Thema wechselt.

„Und was ist mit dir?", frage ich leicht panisch. Will er mich etwa allen Ernstes allein mit seiner Mutter lassen? Wieso tut er mir denn so etwas an?

„Ach, die Hochzeit ist ja eher so ein Frauending. Da sollte schon alles so sein, wie es sich die Braut vorstellt. Da bin ich bloß im Weg. Ihr schafft das sicher auch ganz gut ohne mich."

Tom küsst mich auf die Wange.

„Moment!", stammle ich ganz perplex. „Heißt das etwa, du kümmerst dich um gar nichts? Aber das ist doch *unsere*

27

Hochzeit!" Wie es aussieht, will sich mein Verlobter gekonnt aus dem Staub machen.

„Wir haben ja Henriette. Die kümmert sich um alles", lächelt mich Tom schelmisch an. Sein dümmliches Grinsen kann er sich jetzt sparen. Er macht sich einfach so vom Acker. *Interessiert* ihn die Hochzeit denn gar nicht? Und wieso haben wir eine Hochzeitsplanerin? Ich wollte doch immer die Hochzeit selbst organisieren, und zwar mit der Unterstützung meines zukünftigen Ehemannes und nicht mit irgendeiner Tussi, die ich nicht mal kenne und auch noch eng mit seiner Mutter befreundet ist. Da sind doch die Streitereien bereits vorprogrammiert.

Leicht gekränkt widme ich mich wieder den Garnelen, die nun gar nicht mehr so gut schmecken wie zuvor. Klara schwärmt weiter von ihrer Henriette, wie fantastisch sie doch sei und wie viele Hochzeiten sie in ihrem Leben bereits organisiert habe. Sie hat mit ihr auch schon einen Termin festgelegt, wann wir uns das erste Mal treffen, um alle Details zu besprechen. Dafür hat sie ausgerechnet nächsten Freitag aussuchen müssen, und das, ohne mich zu fragen, ob das für mich überhaupt in Ordnung geht.

„Dann haben wir genug Zeit, um alles durchzugehen, und stehen auch nicht unter Zeitdruck", stellt sie in ihrer unnachahmlichen Art fest. Na toll!

Als der Hauptgang serviert wird, Lammkeule mit Salzkartoffeln, kann ich es bereits kaum erwarten, dass der Abend endlich vorbei ist und ich mich zu Hause auf die Couch lümmeln kann, um eine meiner Lieblingsserien zu schauen. Seit dem Gespräch über die Hochzeitsvorbereitungen bin ich ziemlich wortkarg. Desinteressiert stochere ich in meinem Essen und überlege, wie ich Tom dazu bringen kann, dass er sich doch noch an den Hochzeitsvorbereitungen beteiligt. Ich sehe zu Klara, die mich anscheinend die ganze Zeit über im Auge behält. Es würde mich nicht wundern, wenn diese Hexe Gedanken lesen könnte.

Klara nimmt einen Schluck vom Rotwein und beteiligt sich am Gespräch von Tom und Henrich. James bringt mir einen weiteren Martini. Den vierten mittlerweile. Dass das immer noch mein Aperitif sein soll, kauft mir ohnehin keiner mehr ab. Unbewusst zucke ich mit den Schultern und nehme das Glas.

„Ich habe ihm schon vor Jahren geraten, er solle sein Geld wohlüberlegt anlegen. Aber auf mich wollte er ja nicht hören. Und nun ist alles weg! Jetzt ist er pleite, der Arme. Seine Firma ist ruiniert und er total am Ende. Nicht einmal die Sanierungsabteilung glaubt mehr daran, dass er es schaffen wird." Henrich erzählt von einem Bekannten, der in kurzer Zeit heftige Schulden gemacht hat und es nicht mehr schafft, diesen Schuldenberg abzubauen. Ich habe den Anfang nicht ganz mitbekommen, weshalb ich auch nicht wirklich sagen kann, was genau vorgefallen ist. Wirtschaftsthemen sind mir nicht unbedingt die liebsten. Schon gar nicht beim Essen.

„Ella, was denkst du denn, wie der Mann aus dieser prekären Situation wieder herauskommen kann? Als Expertin auf diesem Gebiet kannst du uns da sicherlich weiterhelfen. Vielleicht könntest du dich sogar einmal mit ihm zusammensetzen. Ich bin mir sicher, Herr Sojak würde das sehr zu schätzen wissen." Henrich sieht mich hoffnungsvoll an, während Klara mir lediglich einen abfälligen Blick zuwirft.

„Ich bin mir sicher, dass meine Ella einen guten Rat für uns hat", schmeichelt mir Tom und klopft mir sanft auf die Schulter. Hätte ich Tom doch bloß über meinen beruflichen Werdegang von Anfang an die Wahrheit gesagt…

Eigentlich hatte ich früher davon geträumt, ein Hotel zu eröffnen. Nachdem ich aber gewisse Erinnerungen, die in Verbindung mit einem Auslandsaufenthalt in England standen, vergessen wollte, hatte ich mir in den Kopf gesetzt, alles zu vermeiden, was mich auch nur ansatzweise an diese Zeit erinnern könnte. Ich überlegte daher, was ich sonst noch studieren könnte, das nichts mit Tourismus zu tun hatte. Im Endeffekt war es also eine reine Trotzentscheidung und aus heutiger Sicht ziemlich dumm.

Mir gefiel zunächst die Idee, eine taffe Anwältin zu werden, die sich für andere einsetzt und im schicken Kostüm mit ihrer Schlagfertigkeit alle vom Hocker haut. Zu dieser Zeit war ich übrigens ein absoluter *Ally McBeal*-Fan, was mich bei meiner Studienwahl vielleicht doch ein wenig zu sehr beeinflusste. Denn leider bemerkte ich bereits im ersten Semester, dass ich bei Jus komplett fehl am Platz war und entschied mich deshalb, das Studium zu wechseln.

Da ich als Kind ein Fan der *Sailor Moon*-Comics gewesen war und mir später auch der Film *Die Geisha* so gut gefallen hatte, dachte ich mir: Japanologie, das ist es! Nur leider war es doch nichts, denn die ganzen Hiraganas, Kanjis und was weiß ich noch alles zu lernen, war doch schwieriger, als ich gedacht hatte.

Ich startete dann also meinen dritten und letzten Versuch mit dem Studiengang Astronomie. Ich konnte mich schon von jeher für Sterne und Planeten begeistern, was das Studium sehr einfach für mich machte, und ich sah es als eine tolle Alternative zu meinem eigentlichen Plan. Der Nachteil aus heutiger Sicht ist nur, dass man damit absolut nichts anfangen kann.

Um nun intellektueller vor Tom und seiner Familie dazustehen, habe ich ihnen erzählt, ein Wirtschaftsstudium abgeschlossen zu haben. Das habe ich ja auch fast – nämlich *einen* Kurs als Wahlfach. (Ich war zwar nie anwesend und habe die Prüfung lediglich mit Abschreiben bestanden, aber das ist meiner Meinung nach völlig irrelevant. Jedenfalls kann ich behaupten, einen Wirtschaftskurs besucht zu haben, und das ist letztendlich alles, was zählt.) Bei den Stromburgs habe ich einfach mein eigentliches Studium mit einem Wahlfach getauscht. Was ist denn schon dabei? Ich bin sicherlich nicht die Einzige, die flunkert, wenn es ums Studium geht. Außerdem zählt ohnehin bloß der Titel.

Tom und seine Eltern warten immer noch auf eine Antwort und ich habe keine Ahnung, was ich ihnen sagen soll. Um Zeit zu gewinnen, nehme ich einen Schluck vom Martini.

„Was ich ihm raten würde? Nun ja... ahm... wenn die Sanierungsabteilung bereits der Meinung ist, dass man nichts mehr für ihn tun kann...", versuche ich auszuweichen, doch Tom unterbricht mich.

„Aber es muss eine Lösung geben. Denk doch mal nach! Es kann nicht sein, dass er sich damit abfinden muss." Er sieht mich so hoffnungsvoll an, dass ich mich in diesem Augenblick völlig unter Druck gesetzt fühle. Normalerweise würde ich Toms Einsatz zu schätzen wissen, doch in diesem Fall wünschte ich mir, er würde einfach nur die Klappe halten. Ich greife unbewusst ein weiteres Mal zum Glas und leere es in einem Zug. Bestimmt bin ich nach diesem Abend hagelvoll. Tom, Henrich und Hexe Klara sehen mich dabei leicht irritiert an.

„Der schmeckt aber auch besonders gut", mache ich eine Anspielung auf mein leeres Glas und versuche, die Situation mit einem Lächeln zu überspielen. Die drei starren mich an. Es wird langsam Zeit, dass mir etwas Passendes einfällt. Vielleicht hilft mir ja mein Bachelorabschluss in Astronomie weiter. „Nun ja, die Sterne stehen nicht besonders günstig, jedoch liegt Saturn im richtigen Winkel, um ihm die nötige Kraft zu geben, die Situation zu meistern", höre ich mich überzeugt sagen und bin gleichzeitig richtig stolz auf meinen kreativen Einfall. Nur blöd, dass mit dieser Aussage niemand etwas anfangen kann.

„Kannst du dich etwas präziser ausdrücken?", bittet mich Henrich zögernd. So verdutzt hat er mich bisher noch nie angesehen.

„Er soll sich seine Finanzen noch einmal genau durchsehen und dann einen Plan entwickeln, wie er in Zukunft vorgehen will. Aber das ist viel zu vertraulich und sollte mit ihm persönlich besprochen werden." Ich hoffe, mein Ausweichmanöver besänftigt sie ein wenig, nachdem meine Aussage zuvor komplett in die Hose gegangen ist.

„Ich würde vorschlagen, dass ihr zwei euch mal zusammensetzt, um den Plan detaillierter zu besprechen. Herr Sojak weiß es sicher zu schätzen, wenn ihm jemand zu Hilfe kommt, der sich auf diesem Gebiet gut auskennt", höre ich meinen Verlobten sagen und mir bleibt in diesem Moment nichts anderes übrig, als gezwungen zu lächeln.

„Natürlich!" Ich schlucke. „Das ist doch überhaupt kein Problem."

Ach, du lieber Himmel! Wie soll ich da bloß wieder rauskommen?

Kapitel 2

Beim Dessert merke ich, wie meine Konzentration immer mehr nachlässt und ich mich am Gespräch kaum mehr beteilige. Noch weniger als zuvor. Dass Henrich mit seinem Bekannten bereits einen Termin für uns ausgemacht hat, versuche ich zu ignorieren. Gedankenversunken stochere ich in der Schokoladenmousse herum, das verführerisch auf meinem Glasteller liegt. Dieses Zeug schmeckt aber auch gut! So cremig und luftig und so herrlich süß, dass ich im Moment nichts anderes lieber essen würde. Ganz fasziniert von dem unglaublichen Geschmack feinster Schokolade steige ich gedanklich dann doch wieder in die Unterhaltung ein. Genau zum richtigen Zeitpunkt, wie es den Anschein macht.

„Am Sonntag können wir uns ja noch genauer über die Verlobungsparty unterhalten. Aber morgen fahren wir zuerst einmal zur Weinverkostung ins Waldviertel. Da kannst du uns dann deine Weinkenntnisse vor Augen führen. Nicht wahr, Liebling?", meint Tom stolz und klopft mir erneut auf die Schulter.

Moment! Habe ich das etwa richtig gehört? Sonntag? Heute ist doch Freitag! Wieso spricht er dann von Sonntag? Da ist noch ein ganzer Tag dazwischen.

„Schatz, ich kann dir nicht ganz folgen", gestehe ich leicht angespannt und hoffe auf eine Kurzfassung, damit meine gedankliche Abwesenheit nicht allzu sehr auffällt.

„Meine Eltern haben uns das ganze Wochenende zu sich eingeladen. Ist das nicht fantastisch! Ich habe dir extra nichts davon erzählt, weil ich dich damit überraschen wollte."

Ja, die Überraschung ist ihm gelungen! Ich habe das Gefühl, dass mir die soeben noch gelobte Schokoladenmousse wieder raufkommt, während mir der kalte Angstschweiß über den Rücken läuft. Ein ganzes Wochenende mit Toms Eltern, und das unter einem Dach. Ich gehe einmal davon aus, dass es keine Pyjamaparty geben wird. „Aber Schatz, ich habe doch nichts eingepackt. Tut mir leid, ich hätte das wissen müssen. Das nächste Mal können wir jedenfalls gerne…“, versuche ich, mich aus dieser Situation herauszureden, ehe mich Tom kurzerhand unterbricht.

„Liebling, du brauchst dir diesbezüglich keine Sorgen zu machen. Ich habe dir schon ein kleines Wochenendköfferchen zusammengestellt. Mit Inhalt natürlich.“ Tom lacht über seinen eigenen Witz und zwinkert mir zu. Seine Eltern stimmen ebenfalls in sein Gelächter ein. Einzig mir ist nicht zum Lachen zumute.

Ich dachte eigentlich, dass wir diesen einen Abend hier gemeinsam unsere Verlobung feiern und bei der ersten sich bietenden Gelegenheit wieder nach Hause fahren, und nicht, dass wir ein ganzes Wochenende im Haus seiner Eltern versauern. Stellt er mich jetzt etwa auf die Probe? Und dass er einfach so Klamotten für mich einpackt? Mist! Jetzt fällt mir auch noch ein, dass ich ihm einmal gesagt habe, Größe 34 zu haben, was freilich gelogen war. Aus dem Koffer passt mir sicher nichts.

„Und was sagst du zu unserem geplanten Ausflug? Zur Weinverkostung? Ist das nicht toll?“ Tom strahlt mich an wie ein Honigkuchenpferd.

„Toll!“, stammle ich und lächle gezwungen. Mir wird ganz schlecht. Das alles ist ein absoluter Albtraum. Tom tätschelt mich schon wieder.

Ich höre Henrich davon reden, wie sehr er sich auf meine Weinkenntnisse freue, und er erzählt von seinem Lieblingswein, wobei ich den Namen noch nie gehört habe, geschweige denn weiß, wie man ihn schreibt, um ihn googeln zu können. Verdammt! Wie konnte ich das bloß vergessen? Das mit dem Wein ist nämlich auch so eine Sache...

Ich wollte wieder einmal einen guten Eindruck hinterlassen und protzte deshalb damit, eine exzellente Weinkennerin zu sein. Ich schwärmte davon, dass ich mich bei sämtlichen Weinsorten auskennen und heimlich von einem eigenen Weingut träumen würde. Das Ganze ging dann so weit, dass ich mir selbst ein Zertifikat als Weinsommelier zusammenstellte und ausdruckte. Anschließend ließ ich meine Schwester das gefälschte Dokument unterzeichnen. Als ich dann Klara beim nächsten Besuch das selbstgemachte Zertifikat präsentierte, war ich richtig stolz darauf. Immerhin saß ich den ganzen Tag dabei, um es zu entwerfen, und das Designprogramm war wahrlich nicht einfach zu bedienen. Darüber hinaus rieb ich ihr noch unter die Nase, dass das Weinseminar in der Provence stattfand.

Daraufhin war ihre nächste Frage gleich: „Ach, du sprichst Französisch?" Meine einzige Antwort darauf war lediglich ein gestammeltes „Oui." Natürlich kann ich kein bisschen Französisch, abgesehen von ein paar Grundbegriffen wie: *Guten Tag* oder *danke* und *bitte* – und das auch nur, wenn es mir im richtigen Moment einfällt.

Henrich bohrte dann ebenfalls nach, wieso denn das Zertifikat auf Deutsch sei. Ich räusperte mich, um ein wenig Zeit zu gewinnen. An dieses kleine Detail hatte ich schlichtweg nicht gedacht.

Glücklicherweise fand ich schnell eine passende Erklärung: „Ahm... also, das Weingut ist sehr international ausgerichtet. Könnte ich Arabisch, dann hätte ich die Prüfung genauso gut auf Arabisch ablegen können." Ich lächelte dabei noch charmant, als ob es quasi selbstverständlich wäre, dass mein fiktives Weingut auch internationale Weinseminare anbietet.

„Das klingt ja sehr interessant. Haben die eine Website, die ich mir ansehen könnte?", konnte es Henrich einfach nicht lassen.

Aber selbst dafür war mir keine Ausrede blöd genug: „Ja, doch nicht jeder hat einen Zugang dazu. Nur ausgewählte Mitglieder des internationalen Weinclubs erfahren, wie man auf diese Website gelangt. Alles sehr geheim und viel zu kompliziert. Eigentlich verrate ich jetzt schon mehr, als ich sollte. Ich hoffe, wir werden nicht abgehört."

„Abgehört?", wiederholte Henrich stutzig und sah sich paranoid in allen Ecken um.

„Ja, wie gesagt... ist alles streng *geheim*. Allein die Sicherheitsbestimmungen. Die sind wirklich nicht ohne." Skeptisch hob er auf diese Aussage hin seine Augenbraue.

Ich kann immer noch nicht sagen, ob er mir die Geschichte abgekauft hat oder nicht. Aber immerhin hat er von da an keine dummen Fragen mehr dazu gestellt. Und manchmal ertappe ich ihn lustigerweise dabei, wie er misstrauisch über seine eigene Schulter schaut.

Am nächsten Tag habe ich mir umgehend einen Französisch-Schnellkurs mit Buch, CD und allem Drum und Dran zugelegt, um mir einen Überblick über die wichtigsten Basics zu verschaffen. Zum Glück kann in Toms Familie niemand Französisch. Tom selbst beherrscht nämlich *lediglich* Englisch, Spanisch, Italienisch und Russisch. Was habe ich also für ein Glück, dass Französisch nicht zu seinen Fremdsprachkenntnissen zählt. Trotzdem habe ich angefangen, ein paar Phrasen auswendig zu lernen, um auf jeden Angriff vorbereitet zu sein. Abgesehen davon ist Tom völlig hin und weg von meinem französischen *Accent* und erzählt immer wieder von seinem Kurz-aufenthalt in Paris. Jedes Mal sieht er mich dabei ganz verliebt an, vor allem, wenn ich daraufhin eine meiner einstudierten Floskeln von mir gebe. Ich hingegen hoffe nur, dass er nicht bemerkt, dass diese Sätze eigentlich keine tiefere Bedeutung haben.

Nachdem Henrich bezüglich des Weingutes dermaßen nachgebohrt hatte, beschloss ich, eine eigene Website dafür zu gestalten. Mit *WordPress* ging das auch relativ schnell und sollte mir für den Fall, dass er wirklich darauf bestand, die Website sehen zu wollen, als Beweisstück für das Weingut dienen.

Das eigentliche Problem neben meinen fehlenden Französisch- und Weinkenntnissen ist allerdings die Tatsache, dass ich gar keinen Wein trinke. Am liebsten trinke ich Bier – und das aus der Flasche. Ich rülpse dabei auch gerne, aber natürlich niemals in der Gegenwart eines Stromburgs.

Ich weiß jetzt schon, dass diese Weinverkostung ein absoluter Albtraum wird. Ich muss heute Nacht unbedingt noch meine Schwester anrufen. Die kann mir sicherlich weiterhelfen. Irgendwie muss es doch möglich sein, aus diesem Schlamassel wieder unbeschadet herauszukommen.

Am Abend schleiche ich mich aus dem Haus, um mit meiner Schwester ungestört telefonieren zu können. Ich fühle mich dabei wie ein Schwerstverbrecher.

„Marie? Ich brauche deine Hilfe!", jammere ich meiner Schwester sofort verzweifelt ins Handy. Ich erzähle ihr kurz vom geplanten Ausflug ins Waldviertel zur Weinverkostung und ihre einzige Antwort darauf ist: herzhaftes Lachen.

„Hast du dich jetzt wieder beruhigt?", frage ich sie genervt. Ich sitze in der Klemme und sie lacht einfach nur blöd.

„Das ist wie damals, als du ihnen erzählt hattest, einen Hund namens Chapper zu haben, und mich dann um Hilfe gebeten hast, eine geeignete Hunderasse zu googeln", scherzt sie.

Gut, dass sie mich an den erfundenen Hund erinnert, der vor fünf Jahren quasi *verstorben* ist. Das hatte ich längst vergessen. Ich habe nämlich einmal gelesen, dass Tierliebhaber die besseren Menschen seien und auch von anderen Menschen als liebenswerter eingeschätzt werden. Deshalb die Hundegeschichte. Ich hatte noch nie einen Hund. Schon gar nicht, weil ich nicht einmal in der Lage war, auf meinen Goldfisch aufzupassen. (Der arme Fisch kam bereits nach drei Tagen ums Leben. Ich bin jedoch immer noch davon überzeugt, dass es nicht meine Schuld war und er schon *vor* unserer Bekanntschaft an irgendeiner unheilbaren Fischkrankheit gelitten hatte.) Richtig knifflig wurde es, als Klara zu einer Hundeausstellung wollte, woraufhin ich in Panik geriet, weil ich von Hunden überhaupt keine Ahnung hatte. Marie informierte sich dann für mich und machte mich mit ein paar Hunderassen vertraut. Das geschah alles in letzter Minute. Ich musste ihr dann hoch und heilig versprechen, dass so etwas nie wieder vorkommt. Tja, wie sagt man so schön: Erstens kommt es anders, zweitens als man denkt.

„Ich habe keinen Laptop dabei und mit dem Internet am Handy komme ich hier auch nicht weit. Du musst dich bitte für mich schlaumachen und mir dann alle wichtigen Infos per SMS senden."

„Natürlich mache ich das für dich. Ich frage mich bloß, wann du endlich mal du selbst bist. Ewig kannst du so nicht weitermachen."

„Marie, halte mir jetzt bitte keine Predigt! Hilf mir einfach, das Wochenende zu überstehen." Ich seufze und bedanke mich schon mal im Voraus bei ihr. Ohne meine Schwester wäre ich echt aufgeschmissen. Und das Gleiche gilt fürs Internet. Marie versichert mir, sich darum zu kümmern, und legt auf.

„Schaaatz", quieke ich, als Tom plötzlich hinter mir steht und seine Arme um mich schlingt. Er drückt mich fest.

„Alles in Ordnung?", fragt er beunruhigt und redet gleich weiter, ohne auch nur auf eine Antwort zu warten. „Ich hoffe, du bist mir nicht böse, dass wir übers Wochenende bleiben. Meine Eltern haben praktisch darauf bestanden und sich schon so gefreut. Sie wollen dich besser kennenlernen. Und wenn ich dich im Vorhinein gefragt hätte, dann hättest du wahrscheinlich Nein gesagt." Klaras Vorfreude kann ich mir richtig vorstellen.

„Ach was", widerspreche ich ihm lächelnd, doch er kauft es mir nicht ab.

„Wenn du meine Eltern besser kennst, dann wirst du sie genauso ins Herz schließen wie mich. Es bedeutet mir wahnsinnig viel, dass ihr noch vor der Hochzeit miteinander warm werdet." Sanft küsst er meine Wange.

Die Hochzeit hätte ich beinahe vergessen.

„Dass du dich so gekonnt aus dem Staub machst, was unsere Hochzeitsplanung betrifft, gefällt mir aber weniger", sage ich direkt heraus.

„Ich mache mich doch nicht aus dem Staub, nur denke ich, dass du mit Henriette besser aufgehoben bist als mit mir", meint er schmunzelnd und küsst mich weiter.

„Um ehrlich zu sein, habe ich immer davon geträumt, meine eigene Hochzeit zu organisieren", gestehe ich und merke wie Tom grinst.

„Ach, Liebling! Du wirst doch nicht allen Ernstes alleine eine Hochzeit für zweihundert Gäste organisieren?"

„*Zweihundert?* Aber so viele Leute kenne ich doch gar nicht. Ich habe eher an eine kleine, familiäre Trauung gedacht und nicht daran, ein Riesen-Event daraus zu machen", stammle ich enttäuscht. Ich spüre jetzt schon, dass die Hochzeit nicht das wird, was ich mir immer vorgestellt habe.

„In unserer Familie sind Hochzeiten ein wichtiges Ereignis, das dementsprechend gefeiert werden soll. Es werden Verwandte, Freunde und Bekannte eingeladen, darunter auch ein paar wichtige Geschäftsleute." Geschäftsleute? Auf *meiner* Hochzeit? Ich glaube, ich höre nicht richtig.

„Warte einfach die nächste Woche mal ab. Dann kannst du alles in Ruhe mit Henriette besprechen", murmelt er, ohne aufzusehen, und küsst mich zärtlich weiter. Tom gibt mir damit gar keine Möglichkeit, noch länger an die bevorstehende Hochzeit zu denken. Noch vor einer Minute voller Sorge bezüglich unserer Hochzeitsfeier bin ich mittlerweile gedanklich ganz woanders. Ja, so schnell geht das. Tom weiß halt, was er tun muss, um mich auf andere Gedanken zu bringen.

Leidenschaftlich küsst er meinen Mund. Während die Küsse anfangs noch zärtlich und sanft waren, werden sie nun immer lustvoller und wilder. Er streichelt meinen Rücken, meine Brüste und ich merke, dass auch er es vor lauter Erregung kaum mehr aushält.

„Vielleicht sollten wir ins Schlafzimmer gehen, bevor wir es wild auf dem Rasen tun", flüstere ich ganz ungeniert und grinse ihm zu. Er nimmt daraufhin gierig meine Hand, um sich mit mir schnell auf den Weg ins Haus zu machen. Nun ja, schnell ist vielleicht ein wenig übertrieben. Bis wir vom Garten ins Haus kommen, dauert es bereits eine gefühlte Ewigkeit. Und dann auch noch in den ersten Stock, in den Westflügel, wie ich es gerne übertrieben nenne, um dort endlich ins Schlafzimmer zu gelangen. Das nächste Mal bleiben wir vielleicht doch lieber im Garten, denke ich mir und muss dabei unanständig grinsen. Wie Klara bloß reagieren würde, wenn sie uns in ihrem Vorzeigegarten beim schmutzigen Sex erwischen würde? Das wäre mit Sicherheit ein weiteres Highlight zwischen ihr und mir.

Kurz vor unserem Ziel, dem Schlafzimmer, läuft uns dann noch Henrich über den Weg. Auch das noch! Als ob der lange Weg nicht schon gereicht hätte. Er bleibt stehen und fängt mit Tom tatsächlich ein Gespräch über die Wirtschaftskrise an. Na toll, was für ein Stimmungskiller! Tom und ich bleiben ungeduldig stehen, um uns kurz mit ihm zu unterhalten. Am liebsten hätte ich ihn einfach stehen lassen und wäre mit Tom sofort in sein Zimmer verschwunden. Hoffentlich wird Tom ihn rasch wieder los.

Ich bekomme kaum etwas vom Gespräch mit, bin gedanklich einen Stock tiefer. Ach Gott, bin ich vielleicht *scharf*! Länger halte ich es echt nicht mehr aus!

„Vater, wir sind schon ziemlich müde. Lass uns morgen weiterreden", wimmelt Tom seinen Herrn Papa ab und wünscht ihm eine gute Nacht. Na endlich, geht doch!

Im Schlafzimmer angekommen, fallen wir übereinander her, als gäbe es kein Morgen. Tom reißt mir dabei fast die Kleider vom Leib. (Ach, bin ich froh, dass er nicht zu fest am Kleid gezogen hat, sonst wäre das neue Ding bereits am ersten Abend ruiniert worden.) Er zieht mich lustvoll aufs Bett, küsst mich leidenschaftlich am Hals und wandert langsam nach unten. Ich stöhne auf, genieße jeden Moment. Er verwöhnt mich, lässt mich zunächst gar nicht an sein bestes Stück.

„Nein, meine Süße, zuerst du", flüstert er nur und liebkost mich weiter, während ich es kaum mehr aushalte, bis er dann doch endlich in mich eindringt.

„Also, das Bett ist wirklich bequem. Daran kann man echt nichts aussetzen", lächle ich Tom nach dem Sex unschuldig entgegen und kuschle mich sanft an ihn. Er küsst mich auf die Wange und lächelt ebenfalls. Liebevoll streichelt er meinen Rücken. Ach, ich schmelze dahin! Da wird mir noch einer widersprechen wollen, dass Tom kein *absoluter* Traummann ist! Ich meine, abgesehen von seinem Aussehen, seiner charmanten Art und seinem Vermögen ist er nebenbei ein wahrer Sexgott.

Zufrieden schließe ich meine Augen. Vielleicht wird das Wochenende doch nicht so schlimm. Wichtig ist nur, dass ich mit Tom zusammen bin. Die Weinverkostung werde ich auch irgendwie überstehen und im schlimmsten Fall versuche ich mich einfach, aus diesem Schlamassel wieder herauszureden. Tom liebt mich so, wie ich bin, und wir werden heiraten. Ich bezweifle, dass er es sich ausgerechnet an diesem Wochenende anders überlegt. Ich muss daran denken, wie er mir den Antrag gemacht hat, und spüre, wie gerade eine Million Schmetterlinge in meinem Bauch losflattern…

Es war an einem Samstagabend. Wir gingen in unser Lieblingsrestaurant in der Wiener Innenstadt, ließen uns kulinarisch verwöhnen, unterhielten uns blendend und lachten viel. Als der Nachtisch serviert wurde, war ich schon ganz gespannt. Schließlich hatte Tom fest darauf bestanden, das Dessert für mich auszusuchen. Dass das ein Teil seines Plans war, wusste ich zuerst nicht. Es wurde eine kleine Schokoladentorte in der Form eines Herzens serviert, auf der *Ich liebe dich* stand. Ich freute mich dermaßen über den Schriftzug auf der Torte, dass ich im ersten Moment gar nicht mitbekam, wie Tom zu Boden ging und sich vor mich niederkniete.

„Tom…", bekam ich vor lauter Aufregung gerade einmal heraus. Langsam begriff auch ich, was er vorhatte. Ich hauchte noch ein aufgeregtes „O mein Gott!", das ich so gut aus den romantischen Liebesfilmen kenne, die ich mir so gerne anschaue, und ließ ihn dann endlich zu Wort kommen.

„Meine süße Ella, als ich dir das erste Mal begegnet bin, da war ich ganz hin und weg von deiner charmanten und leicht verrückten Art. Dein entzückendes Lächeln und deine strahlenden Augen haben mich gleich in den Bann gezogen. Die vergangenen Monate waren die schönsten meines Lebens und ich weiß, du bist die Richtige. Ella, ich liebe dich und möchte mein restliches Leben mit dir verbringen. Deswegen frage ich dich nun: Willst du mich heiraten?" Leicht nervös, aber dennoch selbstsicher zugleich kniete er vor mir und hielt mir eine kleine Schachtel entgegen. Als er sie öffnete, war ich ganz baff. War der Ring etwa von *Tiffany*?

Ganz abgelenkt von dem funkelnden Ring, der mir protzig entgegenstrahlte, hätte ich fast vergessen, Tom eine Antwort zu geben. Er räusperte sich kurz und bekam daraufhin sofort wieder meine volle Aufmerksamkeit.

„Verzeihung…", kicherte ich. „Und ja, JA, ICH WILL!!!" Ich war ganz aufgeregt und hatte überhaupt nicht damit gerechnet. Ich meine, irgendwie hatte ich ja schon daran gedacht, ob Tom womöglich der Mann meines Lebens sei und wie es sich wohl anfühlen würde, von ihm einen Antrag zu bekommen. Aber ich hatte auf keinen Fall damit gerechnet, dass er nun tatsächlich vor mir auf seine Knie ging und in so kurzer Zeit um meine Hand anhielt. Immerhin waren wir erst neun Monate zusammen. Es war also wirklich eine Überraschung.

Er steckte mir den Ring an den Finger, stand wieder auf und küsste mich. Im Hintergrund hörte ich Applaus und jemanden pfeifen. Da wurde mir erst wieder bewusst, dass wir ja in einem Restaurant waren. Der Moment war so innig, dass ich die anderen Gäste komplett vergessen hatte. Wir strahlten uns an und ich fühlte mich wie in einem kitschigen Liebesroman.

Anschließend aßen wir zusammen die Torte. Die ganze Zeit über hielt er dabei meine Hand und blickte mich glücklich an. Nach dem Essen wartete dann auch noch eine weiße Kutsche mit einem wunderschönen Schimmel vor dem Restaurant, die er extra für mich bestellt hatte, und so fuhren wir durch die bezaubernde nächtliche Wiener Innenstadt. Es war wirklich so romantisch!

Als ich in der Früh aufwache, habe ich für einen Augenblick fast vergessen, dass wir in Toms Elternhaus sind. Tom küsst mich auf die Wange. Anscheinend bin nicht nur ich gerade erst munter geworden.

„Guten Morgen, mein Liebling!", flüstert er mir sanft ins Ohr und schlingt seine Arme um mich. Ich drehe mich langsam zu ihm um und küsse ihn. Im selben Moment klopft es an der Tür. Genervt und leicht panisch zugleich (ich bin immer noch nackt) hüpfe ich schnell aus dem Bett, um mir das Nachthemd aus dem Koffer zu schnappen und es mir schnell überzuziehen. Dass es viel zu klein ist, wundert mich rein gar nicht. Ich springe zurück ins Bett und setze mich auf. Hoffentlich sieht man das Preisschild nicht, denke ich mir lediglich und warte, bis Tom eine Antwort gibt: „Ja, bitte?"

Wie ertappt, sitzen wir aufrecht im Bett und lächeln artig. Innerlich hoffe ich, dass es James ist, was natürlich nicht der Fall ist.

„Guten Morgen, ihr zwei Hübschen!", meint Klara übertrieben freundlich und grinst blöd. „Das Frühstück wird um neun serviert und danach fahren wir gleich los. Also richtet euch bitte jetzt schon alles her, um später nicht sinnlos herumzutrödeln." Wie charmant.

So schnell, wie sie gekommen ist, ist sie auch schon wieder weg. Gott sei Dank! Das ist wie in einem schlechten Horrorfilm, wenn das Schwiegermonster plötzlich vor der Tür steht, und das auch noch um halb acht Uhr in der Früh. Es hätte mich nicht gewundert, wenn sie hinter ihrem Rücken eine Kettensäge versteckt gehabt hätte. Bei diesem Gedanken muss ich schmunzeln.

Tom lächelt mich verlegen an: „Timing war noch nie ihre Stärke."

„Na, zum Glück platzte sie nicht gestern herein", grinse ich frech und Tom küsst mich lächelnd auf die Stirn.

Während Tom bereits auf dem Weg zu seinen Eltern ist, stehe ich immer noch vor dem kleinen Koffer und überlege, wie ich mich in all die *viel* zu engen Kleider hineinzwängen soll. Die Kleider sehen toll aus, ohne Zweifel, und in einer anderen Größe würden sie mir auch sicherlich gut stehen. Leicht verzweifelt halte ich das weinrote Kleid vor meinen Körper hin. Sieht echt hübsch aus mit der Spitze und den halblangen Ärmeln. Perfekt für einen Spätsommertag wie heute. Ich probiere es an und merke sofort, wie meine Brüste zusammengequetscht werden und mich das Kleid einengt. Ich betrachte mich im Spiegel. *Schick.* Wie eine Knackwurst sehe ich zwar nicht aus, aber dass es mir viel zu eng ist, würde sogar ein Blinder erkennen. Unzufrieden zwänge ich mich wieder aus dem Kleid heraus. Hätte ich doch mein blaues Kleid dabei, dann wäre dieses Problem gelöst. Das Einzige, das mir unter all den Kleidungsstücken passt, ist ein dunkelblauer Blazer. Ich ziehe mein Kleid von gestern an und werfe mir den Blazer über. Ich habe das Kleid zwar schon gestern Abend angehabt, aber mit dem neuen Blazer dürfte das nicht allzu sehr auffallen. Hoffe ich zumindest. Und besser als ein Auftritt in einem viel zu engen Kleid ist es allemal. Wenn ich noch den Schmuck wechsle und mir auch die Haare anders mache, dann wird wahrscheinlich niemand einen Unterschied merken. Entschlossen greife ich zu einer langen Kette und zwei kleinen Ohrsteckern, die ich im Koffer finde. Meine Haare frisiere ich zu einem strengen Dutt. Im Koffer entdecke ich noch ein paar andere Schuhe, in die ich ebenfalls sofort hineinschlüpfe. Zufrieden mit meinem Aussehen betrachte ich mich von allen Seiten.

„So, perfekt", flüstere ich mir zu und mache mich auf den Weg.

Ehe ich ins Esszimmer gehe, schleiche ich mich weiter in Richtung Küche zu James. Klara hat schon bei meinem letzten Besuch mitbekommen, dass ich gerne bei James vorbeischaue, um mit ihm ein wenig zu plaudern. Damals war sie darüber alles andere als erfreut, weshalb ich hoffe, dass sie es diesmal nicht mitbekommt. Auf meinen Zehenspitzen schleiche ich den Gang entlang und komme mir dabei vor wie eine Geheimagentin. Ein wenig zu sehr in dieser Rolle vertieft, mache ich zwischendurch schnelle Drehungen zur Seite und bin kurz davor, auch noch eine Stuntrolle am Boden hinzulegen. Besser nicht. Das wäre dann vielleicht doch *etwas* übertrieben. Ich wünschte, ich hätte mein Smartphone nicht auf dem Nachtkästchen liegen gelassen, denn dann könnte ich von meiner Geheimagentin-Nummer ein Selfie machen. Das wäre sicher der absolute Renner auf *Instagram*. Belustigt von meiner Vorstellung, mit diesem Foto der neue Star der Social-Media-Szene zu werden, gelange ich endlich in die Küche.

Ich öffne die Türe und sehe, wie James am Herd steht. Zuerst bemerkt er mich gar nicht und ich beobachte ihn, wie er mit seiner roten Kochschürze die Eier in die Pfanne gibt und diese dann in alle Richtungen schwenkt. „Hallo, meine Schöne!", meint er plötzlich lächelnd und ohne dabei aufzusehen. Ich fühle mich ertappt. Anscheinend hat er mich doch schon bemerkt. Er grinst breit, als sich sein Blick erhebt und er zu mir hersieht.

Ich begrüße ihn ebenfalls und schaue ihm zu, wie er mir eine Tasse Tee einschenkt. Mit Milch natürlich. Im Hintergrund brutzeln die Eier. Er reicht mir die Tasse, die ich dankend entgegennehme. Ich setze mich zu ihm auf den Hocker, der neben seiner Arbeitsfläche steht. Es riecht herrlich nach gebratenem Speck und Rühreiern.

Er widmet sich wieder dem Essen, während ich einen Schluck vom heißen Tee nehme und dabei aufpassen muss, mir nicht die Zunge zu verbrennen. Konzentriert auf seine Arbeit, fragt er mich, wie es mir gehe. Ohne zu zögern, plappere ich fröhlich vor mich hin. Da James ursprünglich aus Manchester stammt, unterhalte ich mich auf Englisch mit ihm. Da er weiß, wie sehr ich es liebe, diese Sprache zu sprechen, spielt er dieses Spiel gerne mit, ohne auch nur einmal ins Deutsche abzurutschen. So unterhalten wir uns eigentlich immer, wenn wir unter uns sind. James hat von Anfang an mein Vertrauen gewonnen und somit viel mehr Ahnung von mir als so manch anderer in diesem Haus. So ist er zum Beispiel darüber informiert, dass ich nach meinem Schulabschluss eine Zeit lang nach England gegangen war. Im Gegensatz zu Tom habe ich ihm anvertraut, wie viel mir diese Zeit bedeutet hatte und wie schwer es mir letztendlich gefallen war, mich von diesem Ort zu trennen…

Mein Schicksal führte mich damals auf die Isle of Wight, eine malerische Insel, die im Süden Englands liegt. Eher zufällig stieß ich damals im Internet auf ein Jobinserat, in dem ein Vier-Sterne-Hotel auf der Suche nach einer Servicekraft war. Ohne großartig zu überlegen und den Ort auch nur zu kennen, bewarb ich mich spontan um diese Stelle. Ich war komplett aus dem Häuschen, als ich dann tatsächlich genommen wurde. Schließlich hatte ich zu diesem Zeitpunkt überhaupt keine Erfahrung in diesem Bereich. Erst danach begann ich mit meinen Recherchen über die Insel und war überwältigt von der Vielseitigkeit, die sie zu bieten hatte. Erst vor Ort bemerkte ich, dass sie noch viel größer war als zuvor angenommen.

Ich arbeitete fast für ein Jahr in diesem gemütlichen und detailverliebten Hotel, das den Namen *Sunset* trug und in einem winzigen Ort namens Seaview zu finden war. Dieses kleine, ruhige Fleckchen Erde war von einer familiären Wohnsiedlung umgeben, die speziell im Sommer zum Leben erwachte. Viele der Häuser wurden nämlich nur über die Sommermonate vermietet. Lediglich ein paar davon waren auch das ganze Jahr über bewohnt. Die Gegend, in der sich das Hotel befand, war mir von Anfang an vertraut und es dauerte keine drei Tage, bis ich mich wie zu Hause fühlte. Mit der Zeit kannte ich nicht nur die wiederkehrenden Hotelgäste, sondern auch die Nachbarn mit Vornamen.

Die Arbeit im Hotel machte mir unendlich viel Spaß. Problemlos konnte ich meine Englischkenntnisse anwenden, die mit der Zeit immer besser wurden. Mit meinen Kollegen verstand ich mich prima. Alles schien perfekt zu sein und ich hatte das Gefühl, mich selbst gefunden zu haben. Ich war überglücklich und hätte mir gut vorstellen können, mein restliches Leben hier zu verbringen. Wären gewisse Dinge anders verlaufen, dann hätte ich diese Insel wahrscheinlich auch nicht wieder verlassen.

James habe ich von damals ausführlich berichtet. Er hat sehr aufmerksam zugehört, wie prägend die Zeit dort für mich gewesen war. Immer wieder fragt er mich aufs Neue, warum ich nicht geblieben sei oder nicht einfach wieder dorthin zurückkehre. Eine ehrliche Antwort darauf konnte ich ihm jedoch bisher nicht geben. Ich schaffe es irgendwie nicht, ihm zu verraten, was damals noch so vorgefallen war. Vor allem, nachdem er für die Eltern meines Verlobten arbeitet. Mit Tom habe ich nur einmal kurz über meine Zeit in England gesprochen. Auch er war dabei neugierig und wollte wissen, wieso ich nicht geblieben war, obwohl doch alles so toll gewesen war. Ich habe ihm erzählt, dass mir ein Engländer mein Herz gebrochen hatte. Mehr aber auch nicht. Ich wollte es vermeiden, ins Detail zu gehen, und Tom schien ebenfalls nicht wirklich daran interessiert zu sein. Somit war das Thema schnell einmal abgehakt.

James und ich unterhalten uns über meine Hochzeit, während er die Rühreier in den Wärmebehälter zum Speck gibt. Er fragt mich, wie ich mir mein Hochzeitskleid vorstelle, und ich erzähle ihm, dass es auf jeden Fall viel Spitze haben sollte. Ich sehe ihm zu, wie er das Essen auf den Servierwagen gibt. Abgesehen von den Rühreiern und dem Speck liegen auch Brot, verschiedene Aufstriche, ein paar Früchte und ein Marmorkuchen darauf. Ich werfe einen kurzen Blick auf die Uhr. Es ist kurz nach acht.

„Frühstück gibt es um halb neun", sagt James, der meinem Blick gefolgt ist. Ich nicke und bin beruhigt. Nicht, dass er Ärger bekommt, weil das Essen zu spät auf dem Tisch steht.

„Klara muss noch ein Telefonat tätigen. Wahrscheinlich mit Henriette", antwortet James auf meine Gedanken. Ich lächle ihn an und trinke meinen Tee aus.

„Hast du dich übrigens schon mit Tom unterhalten können?", möchte er wissen. Ich weiß natürlich, worauf er anspielt.

Beim letzten Besuch habe ich James anvertraut, wie unglücklich ich in meinem jetzigen Job sei und dass ich damals als Kellnerin mehr Spaß an der Arbeit gehabt hätte. Er weiß, dass ich eigentlich keine erfolgreiche Geschäftsfrau bin, sondern lediglich eine kleine Assistentin in einer renommierten Beratungsfirma. Die Arbeit passt weder zu meinem Studium noch zu mir und ich habe den Job ehrlich gesagt bloß bekommen, weil mein Vater jemanden kennt, der wiederum jemanden kennt, der in der Firma arbeitet. Ich hatte mir damals gedacht, dass die Arbeit ein guter Einstieg sei und ich mir später immer noch etwas anderes suchen könne. Es hat sich aber nie eine entsprechende Alternative ergeben. Die Firma ist ja nicht schlecht und meine Arbeit ist auch ganz in Ordnung. Sie ist einfach nur nicht mein Traumjob. Das ist alles. Ich brauche noch ein wenig Zeit, ehe ich Tom davon erzähle. Ich habe Angst, wie er darauf reagieren könnte. Außerdem befürchte ich, dass er gleich zu seinen Eltern rennt, wenn er erfährt, wie unzufrieden ich bin. Dass die dann anfangen, mir eine passende Arbeit zu verschaffen, auf das habe ich echt keine Lust.

„Nein, noch nicht", gestehe ich kleinlaut. „Der richtige Zeitpunkt ist einfach noch nicht gekommen." Ich zucke mit den Schultern und stehe auf, um die leere Tasse in den Geschirrspüler zu geben.

„Vielleicht solltest du noch vor der Hochzeit die Karten auf den Tisch legen", sagt James ruhig und sieht mich nachdenklich an. Ich weiß, dass er recht hat. Es wäre das einzig Richtige.

„Das ist alles nicht so leicht", erkläre ich mit gekonntem britischen Akzent.

„Du musst endlich lernen, über deinen Schatten zu springen. Früher oder später wird es ans Licht kommen. Und glaube mir, früher ist immer besser als später."

James rollt den Servierwagen durch die Küche und ich halte ihm die Türe auf. Ich habe fast vergessen, dass ich eigentlich nicht entdeckt werden wollte. Da im Gang aber niemand zu sehen ist, mache ich mir darüber keine Gedanken mehr.

Es ist fünf vor halb neun, als wir ins Esszimmer gelangen, und außer Tom ist dort noch niemand vorzufinden. Er sitzt bereits am Esstisch und sieht mich leicht verwundert an, wo ich denn so lange geblieben bin.

„Ich bin gerade James über den Weg gelaufen und da haben wir uns ein bisschen unterhalten", flunkere ich.

Tom sieht mich ein wenig skeptisch an, als plötzlich sein Handy läutet und er abgelenkt wird. Er hätte sicher etwas dagegen, wenn er wüsste, dass ich seinem Butler zu viel Privates anvertraue.

„Das Frühstück schmeckt ausgezeichnet, Mutter", lobt Tom und ich denke mir nur, dass James doch die ganze Arbeit gemacht hat.

„Ihr könnt euch richtig glücklich schätzen, James zu haben", werfe ich deshalb ungeniert ein, woraufhin mir Klara einen bösen Blick zuwirft. Auch Tom scheint von meiner Aussage überrascht zu sein. Als würde er allen Ernstes glauben, dass seine Mutter das Frühstück zubereitet hat.

„Ich habe mit meinem Bekannten bereits gesprochen. Er wird sich nächste Woche bei dir melden, Ella", meint Henrich urplötzlich.

Im ersten Moment habe ich keinen Schimmer, wovon er eigentlich redet. Doch dann fällt es mir wieder ein: Oh, nein! Ich werde tatsächlich seinem Bekannten Tipps bezüglich seiner Finanzprobleme geben müssen. Das kann ja heiter werden! Ich überlege kurz, wie ich an die Sache herangehen werde. Das Beste wird sein, ich kaufe mir davor noch ein Wirtschaftsbuch, um die wichtigsten Grundlagen durchzugehen. Mit der Hilfe von meiner Schwester wird mir sicherlich etwas Kreatives einfallen. Hoffe ich zumindest. Halbwegs beruhigt von meinem Plan, mich mit meiner Schwester zusammenzutun und ein Wirtschaftsbuch zu strebern, lächle ich Henrich zu.

„Kein Problem, er soll sich einfach bei mir melden", antworte ich mit einem zuckersüßen Lächeln im Gesicht. Ich darf mir bloß nichts anmerken lassen und schlürfe meinen Orangensaft.

„Der Winzer ist auch schon so gespannt auf deine Weinkünste. Er konnte gar nicht mehr aufhören, mir Fragen bezüglich deiner Ausbildung zu stellen", meldet sich jetzt Klara auch noch zu Wort.

Winzer? Weinkünste? Verdammt! Auf die Weinverkostung habe ich ebenfalls komplett vergessen. (Marie hat schon öfters anklingen lassen, dass ein Hirn wie ein Nudelsieb habe. Zwar habe ich immer wieder versucht, es abzustreiten, aber mittlerweile denke ich selbst, dass sie damit gar nicht so unrecht hat.) Ich muss unbedingt meine E-Mails checken. Hoffentlich hat Marie etwas Brauchbares gefunden, sonst bin ich echt erledigt. Klara wartet immer noch auf eine Antwort und ich ertappe mich selbst, wie ich nur perplex in die Luft starre.

„Ja, ich… ähm… ich kann es kaum erwarten, mich mit ihm über… ahm… Weißweine… und so zu unterhalten", stottere ich und räuspere mich schnell. „Ein Winzer versteht meinen Werdegang natürlich besser." Ich grinse, wie wenn ich gerade die Klugscheißerweltmeisterschaft gewonnen hätte.

Ein Winzer versteht meinen Werdegang natürlich besser? Ich merke selbst, was ich da für einen kompletten Stuss dahergeredet habe, und greife deshalb schnell zum Teller mit den Rühreiern, um mir davon eine Portion auf meinen Teller zu geben. Ich spüre dabei richtiggehend Klaras Blick im Nacken. Ohne aufzusehen, nehme ich mir auch noch ein bisschen vom gebratenen Speck. Sie wittert sicher, dass an der Geschichte etwas faul ist. Verdammt! Was soll ich denn noch sagen? Soll ich überhaupt noch etwas sagen oder am besten diese Aussage einfach so stehen lassen? Ich entscheide mich für Letzteres und lächle Klara deshalb nur doof an. Zum Glück wird sie von Henrich etwas gefragt. Ansonsten hätte sie sicher nachgehakt. Ob es vielleicht möglich wäre, den Winzer zu bestechen? Quasi, dass er sich zumindest für diesen einen Tag auf meine Seite schlägt, damit ich mit meiner Geschichte ungeschoren davonkomme? Wie teuer das wohl wäre? Ich kenne mich mit Korruption und Bestechung nicht so gut aus und habe ehrlich gesagt keine Ahnung, was das kosten würde. So gesegnet ist mein Bankkonto nun auch wieder nicht.

„Mutter freut sich schon so auf den Ausflug", sagt Tom und ich denke mir bloß, wie recht er hat. Logischerweise freut sie sich. Sie ist doch nicht dumm und merkt es mir sicherlich an, dass ich keine Weinkennerin bin und mich bei diesem Ausflug garantiert zum Affen machen werde. Wäre es umgekehrt, würde ich mich ebenfalls *total* darauf freuen.

Wir frühstücken zu Ende und machen uns auf den Weg ins Zimmer, als mir Klara auf einmal nachruft: „Ach ja, Ella!"

„Ja, bitte?", frage ich so charmant, wie ich nur kann, und drehe mich zu ihr um.

„Ahm... Tom hat dir doch einen Koffer mit frischer Kleidung gegeben. Hat dir daraus etwa nichts gefallen?" Sie betont jedes einzelne Wort und mustert mich von oben bis unten. Soviel zum Thema, dass es niemanden auffällt, dass ich mein Kleid von gestern anhabe. Nun wirft mir auch Tom einen prüfenden Blick zu und ich merke, wie ich rot anlaufe. Peinlich!

„Natürlich, die Kleider sind hinreißend", schwärme ich und lächle artig.

„Dann sei doch so nett und zieh dir etwas *Passendes* an." Klaras Blick schweift ein weiteres Mal von unten nach oben und irgendwie habe ich das Gefühl, dass ihr mein graues, EXTRA für SIE gekauftes Kleid gar nicht so gefällt. Ich folge ihrem Blick und sie lächelt nur selbstgefällig. „Ja dann, *hopphopp*! Wir sind schon spät dran."

Das fängt ja gut an.

Kapitel 3

Ich fühle mich ziemlich unwohl in meinem Kleid. Abgesehen davon, dass mein Busen flachgedrückt wird, komme ich mir vor wie ein aufgedunsener weinroter Marshmallow. Kein besonders attraktiver Anblick. Im Koffer hat das Kleid viel besser ausgesehen. Es ist mir einfach zu klein, wobei nichts und niemand daran etwas ändern kann. Ich habe mir zwar reservemäßig den Blazer mitgenommen, um eventuelle Problemzonen kaschieren zu können, nur ist mir jetzt schon so heiß, dass ich es mit dem Blazer kaum aushalten würde.

Nachdem Tom mich im Kleid gesehen hatte, machte er mir nicht wie üblich ein Kompliment, wie toll ich aussehe, diesmal sagte er einfach nichts – *gar nichts*. Aber das kann ich ihm auch nicht verübeln.

Die Fahrt ins Waldviertel vergeht bedauerlicherweise viel zu schnell. Was unter normalen Umständen etwas Positives wäre, ist mir heute ganz und gar nicht recht. Die ganze Fahrt über bin ich sehr wortkarg (was normalerweise nicht so oft vorkommt) und sehr fokussiert auf mein geliebtes Smartphone. Tom ist das natürlich aufgefallen, doch ich habe ihm einfach eingeredet, beruflich etwas erledigen zu müssen. Marie hat ihren Job richtig gut gemacht, indem sie sehr ausführlich recherchiert hat und mir danach alle wichtigen Infos per Mail hat zukommen lassen. Ich versuche, mir wichtige Wörter und Fachbegriffe einzuprägen, und überlege bereits, wie ich diese dann auch dementsprechend anwenden kann. Aber das erweist sich leider schwieriger als angenommen. Wer hätte wissen können, dass das Thema Wein so langweilig sein kann! Ich verstehe nur Bahnhof und stelle fest, wie mühsam es für mich ist, mir die Einzelheiten zu merken. Verdammt! Ich hätte meinen Mund nicht so voll nehmen sollen. Denn bei diesem Wirrwarr an Wörtern begreife selbst ich langsam, dass dieser Tag kein schönes Ende nehmen wird.

Wir durchqueren das wunderschöne Waldviertel, wobei man weit und breit nichts als Felder, Grünflächen und natürlich jede Menge Weinreben sieht. Wir sind mitten in der *Pampa*. Zwangsläufig muss ich dabei an die Serie *Lost* denken.

Wir düsen eine Straße entlang, die unendlich zu sein scheint. Links und rechts stehen Bäume, die wie Dominosteine im gleichen Abstand aneinandergereiht sind. Während ich immer noch damit beschäftigt bin, mir Wissen rund um das Thema Wein anzueignen, biegt Tom in eine Straße ab, die nach circa fünfhundert Metern zu einer großzügigen Einfahrt führt. Während wir diese Straße entlangfahren, sehe ich von meinem Handy auf und kann bereits ein riesiges Weingut erkennen, das mich eher an die Toskana erinnert als an das ländliche Weinviertel. An der Einfahrt befinden sich links und rechts zwei große Statuen, die zum einen eine Weinflasche und zum anderen ein Weinglas darstellen. Sehr originell. Wir fahren inmitten dieser zwei monströsen Statuen hindurch und gelangen zu einem großen Parkplatz, der aus lauter weißen Kieselsteinen besteht. In der Mitte davon steht ein kitschiger Springbrunnen, der mit unzähligen kleinen Weintrauben verziert ist. Einige Autos stehen über den Parkplatz verteilt, was mich vermuten lässt, dass das Weingut gut besucht sein muss.

Nachdem Tom das Auto eingeparkt hat und wir aus dem Wagen gestiegen sind, winkt uns bereits ein freundlich wirkender älterer Mann mit grau meliertem Haar entgegen. Wahrscheinlich der Winzer und derjenige, den ich bestechen würde, wenn ich vermögend wäre. Klara drückt ihm ein Küsschen auf beide Wangen, während

Henrich ihm freundlich die Hand schüttelt. Tom begrüßt ihn bereits von Weitem und mir kommt es so vor, dass die Familie diesen Winzer besser kennt, als ich zunächst angenommen habe. Ein Bestechungsversuch wäre also soundso kein guter Schachzug gewesen.

„Gustav, das hier ist Ella, meine Zukünftige!", stellt mich Tom höflich vor und ich spüre richtig, wie toll es sich anfühlt, als seine *Zukünftige* präsentiert zu werden. Ich begrüße Gustav und schüttle ihm freundlich die Hand. Er macht einen sehr netten Eindruck, so wie er mit seiner langen Lederhose und seinem grünen Trachtenhemd vor mir steht. Seine buschigen Augenbrauen sind kaum zu übersehen und erinnern mich an eine Lehrerin, die ich mal in der Grundschule hatte. Ich versuche, einen Lacher zu unterdrücken und nicht weiter auf seine Augenbrauen zu starren.

„Gustav ist ein alter Freund der Familie", erzählt Henrich. Ich nicke und tue so, als ob mir das nicht ohnehin schon aufgefallen wäre.

„Klara und Henrich haben mir bereits vorgeschwärmt, was für eine exzellente Weinkennerin Sie sind. Darauf freue ich mich natürlich und bin schon gespannt, was wir voneinander lernen können", meint Gustav mit typisch niederösterreichischem Akzent und klopft mir freundschaftlich auf die Schulter. Ich grinse nur und merke, wie mir übel wird. Selbst wenn ich einen dabeihätte, nicht einmal mein Flachmann würde mich jetzt beruhigen. (Echt schlimm, aber so langsam habe ich das Gefühl, durch Toms Familie noch zur Alkoholikerin zu werden.)

„Klaraaaaa!", höre ich uns plötzlich eine bekannte und vor allem nervige Stimme entgegenjaulen. „Haaallooooo!"

Noch bevor es diese gewisse Person schafft, uns allen einen Tinnitus zu verschaffen, geht Klara ihr bereits entgegen und nimmt sie in den Arm.

„Olivia, wie schön, dich zu sehen!", begrüßt Klara sie so liebevoll, wie sie mich wohl nie begrüßen würde. Es macht sogar kurz den Anschein, dass Klara sie gar nicht mehr loslassen möchte. Das macht sie natürlich absichtlich. Auch Henrich strahlt von einem Ohr zum anderen und errötet leicht, als ihm Olivia frech zuzwinkert. Tom lässt mich ebenfalls stehen, nur um dieser dummen Kuh um den Hals zu fallen. Ich komme mir in dieser Szene vor wie das fünfte Rad am Wagen und stehe da wie bestellt und nicht abgeholt. Ich werde – um hier gleich noch eine Redewendung zu bedienen – von einer Sekunde auf die andere wie Luft behandelt. Olivia schafft es einfach immer wieder, sich mit ihrer quietschigen Entenstimme und ihrem überaus überheblichen Auftreten in den Mittelpunkt zu stellen. Egal, wie sehr ich mich auch bemühe, über ihre anstrengende Art schaffe ich es einfach nicht hinwegzusehen.

Womöglich hat das mit ihrer und Toms gemeinsamer Vergangenheit zu tun. Tom hat mir mal erzählt, dass sie sich bereits von klein auf kennen und schon immer sehr eng miteinander befreundet waren. Sie ist der Liebling von Toms Eltern, was ich auch jedes Mal zu spüren bekomme.

Olivia ist vom Typ her das absolute Gegenteil von mir. Sie ist locker zwei Köpfe größer als ich, sodass ich mir immer wie ein Hobbit vorkomme, wenn ich neben ihr stehe. Sie fällt aber nicht allein durch ihre Größe und ihre barbiehafte Figur auf, sondern vor allem durch ihre rote Lockenmähne und ihre vielen kleinen Sommersprossen. Ihre giftgrünen Augen sind für mich wiederum nur ein weiterer Hinweis darauf, dass sie ursprünglich mal eine

Schlange war. Außerdem bin ich fest davon überzeugt, dass ihre Brüste nicht echt sind. Was die angeht, braucht mir niemand weiszumachen, dass da kein Silikon drin ist. Angeblich hat sie sogar eine Zeit lang als Model gearbeitet, bevor sie sich dann entschlossen hat, Jus zu studieren. Mittlerweile arbeitet sie in einer renommierten Kanzlei in der Wiener Innenstadt. Auch wenn ich es bloß ungern zugebe: Sie sieht gut aus und hat etwas im Kopf.

Auf mich wirkt sie sehr arrogant und kühl, wobei sie mir mit ihren spitzen Kommentaren regelmäßig das Gefühl gibt, nur ein vorrübergehender Gast in Toms Leben zu sein. Sie hat auch überhaupt kein Problem damit, ihn vor meinen Augen anzugraben, was mich jedes Mal fast zur Weißglut bringt. Es ist offensichtlich, dass sie hinter ihm her ist. Angeblich schon seit Jahren, was mir Tom sogar einmal bestätigt hat. Er hat mir aber versichert, dass er kein Interesse an ihr habe und nie etwas zwischen ihnen gelaufen sei. Sie sei einfach bloß eine Freundin der Familie.

„Ella, ich habe gar nicht gewusst, dass du auch hier bist", sagt sie hochnäsig und begrüßt mich mit einem Küsschen. Dummes Miststück! Wo sollte ich denn sonst sein als an der Seite meines Verlobten, nachdem das ein Familienausflug ist? In Bangladesch bei einem Teppichknüpfkurs vielleicht?

„Haben dir Toms Eltern nichts von unserer Verlobung erzählt? Schade! Ich hatte eigentlich angenommen, du wärst zur Hochzeit eingeladen", kontere ich gekonnt und schaue ganz unschuldig, während ich ihr den teuren Verlobungsring unter die Nase reibe. Ihre Mundwinkel zucken, so wie diese es immer tun, wenn ich ihr Konter gebe.

Natürlich weiß sie von unserer Verlobung und ich weiß auch, dass sie sich grün und blau ärgert, nicht an meiner

Stelle zu sein. Schließlich ist sie ja schon seit *Jahren* hinter Tom her und er hat sich *nie* wirklich für sie interessiert. Eins zu null für mich!

Anscheinend fällt ihr nichts mehr ein, denn sie lächelt nur dämlich, dreht sich zu Klara und hakt sich bei ihr ein. Na ja, eines muss man ihr lassen: Schauspielern kann sie.

„Gustav wartet bereits. Er würde gerne eine kleine Führung machen, damit Ella einen Überblick bekommt, was zu diesem Weingut alles dazugehört", höre ich Olivia laut sagen, die sich im gleichen Moment zu mir umdreht. Tzz! Eine kleine Führung *extra* für mich, damit ich mich auf dem Gut nicht verlaufe… Was glaubt diese blöde Ziege überhaupt? Als ob ich mich auf ein paar Hektar nicht zurechtfinden würde.

Gustav nickt artig und geht dann voraus. Wir begeben uns gemeinsam zum Steinhaus, das mit seinen gedämpften Farben, den großen roten Fenstern und der typisch mediterranen Architektur sehr einladend wirkt. Bereits von Weitem kann ich die vielen bunten Blumen erkennen. Die vielen Gerbera blühen in alle Richtungen. Bei all den schönen, zarten Farben kommt mir sofort der Gedanke, dass sich diese auch perfekt für meinen Hochzeitsstrauß eignen würden.

„Ich hoffe, ihr zwei werdet mal dicke Freundinnen", meint Tom urplötzlich und ich habe das Gefühl, dass mir gleich alles hochkommt. Wieso sollte ich so jemanden als meine Freundin haben wollen, hätte ich ihn am liebsten gefragt. Aber stattdessen sage ich einfach gar nichts.

„Ihr zwei habt mehr gemeinsam, als ihr denkt: Ihr seid beide erfolgreich, seht gut aus, trinkt gerne Wein…", zählt Tom einige Eigenschaften und Hobbys auf, die wir scheinbar gemeinsam haben, doch ich höre kaum zu. Das brauche ich jetzt sicherlich nicht, dass mir Tom die Ohren vollquatscht, wie ähnlich wir uns seien. Zumal mir die

meisten Eigenschaften eigentlich bloß als Notlügen ge-
dient haben und nicht der Realität entsprechen.

Wir gehen durch die Eingangstür, als der Winzer uns –
oder besser gesagt mir – mitteilt, dass wir die Besichti-
gung draußen beim Weingut beginnen und er mir danach
den Weinkeller und das dazugehörige Restaurant zeigt.
Wir überqueren den großen Eingangsbereich, um über
eine Hintertür wieder ins Freie zu gelangen. Schon jetzt
muss ich feststellen, dass das Haus um einiges größer ist,
als ich erwartet habe. Bereits der Eingangsbereich wirkt
so luxuriös mit den teuren dunklen Marmorfliesen, den
vielen kleinen Statuen am Boden und den farbenfrohen
Gemälden an der Wand. Eine imposante Treppe auf der
linken Seite, die ebenfalls mit Marmor verziert ist, führt
in den ersten Stock. Die Decke wird von massiven Holz-
balken gestützt. Die verteilt stehenden rustikalen Holz-
kommoden, ein kleiner Beistelltisch mit einer Vase voller
roter Rosen sowie einzelne Stühle vervollständigen die
Dekoration. Man könnte glauben, wir würden uns in einem privaten Ferienhaus und nicht in einer öffentlich zu-
gänglichen Winzerei befinden.
Als wir über die Hintertür ins Freie gelangen, bleibt mir
fast der Mund offen. Vor mir sehe ich eine riesige Wein-
gutfläche, viel größer, als ich sie mir vorgestellt habe.
Gustav erklärt mir, dass es sich dabei um fast vierzig Hektar handelt. Alles ist in Terrassen angelegt, wodurch die
Weinreben unter den besten klimatischen Bedingungen
wachsen können. Stolz zählt er die vielen Weiß- und Rot-
weinarten auf, die seine Familie bereits seit Generationen
auf dem Weingut herstellt.
Während ich ihm aufmerksam zuhöre, gehen wir ein
Stückchen auf und ab, um von der Anlage einen besseren
Eindruck zu bekommen. Unterwegs pflückt er eine

dunkle Weintraube und gibt sie mir zu kosten. Erwartungsvoll sieht er mich dabei an. Ich nehme sie in den Mund, kaue ein wenig darauf herum und hoffe, dabei nicht mein Gesicht verziehen zu müssen. Denn die Traube ist ziemlich sauer und sieht süßer aus, als sie eigentlich schmeckt.

„Herrlich! Was für ein einzigartiger Geschmack!", lobe ich und strecke beide Daumen nach oben. Stolz lächelt mir Gustav entgegen und errötet leicht.

„Schön, dass sie Ihnen so gut schmeckt. Sie können gerne zugreifen, falls Sie noch mehr wollen!"

Höflichkeitshalber pflücke ich noch zwei Trauben, die ich sofort in den Mund schiebe, in der Hoffnung, dass diese die letzten für heute sind.

Wir gehen noch einige Meter, wobei die anderen eher gelangweilt dahinschleichen. Ich hingegen versuche, interessiert zu wirken und mir den einen oder anderen Satz einzuprägen, der für die Weinpräsentation vielleicht noch von Nutzen sein kann. Doch plötzlich dreht er den Spieß um und stellt Fragen zu meiner erfundenen Ausbildung.

„Wie viel Hektar hat denn das Weingut, auf dem Sie waren? Ich kann mir vorstellen, dass das noch um einiges größer sein muss", starrt er mich neugierig an und ich habe im ersten Moment wieder einmal keine Ahnung, was ich darauf antworten soll.

„Ach, das kann ich Ihnen gar nicht genau sagen. Ich denke, es waren so um die fünfzig."

Leicht skeptisch sieht er mich an. Schlagartig stehen auch die anderen wieder dicht hinter uns.

„Müsstest du nicht eigentlich wissen, wie groß das Weingut war? Immerhin hast du zu jeder anderen Frage auch eine Antwort gewusst", höre ich Olivia schnippisch von sich geben.

„Nun ja, wie sagte mein Meister immer: Es kommt nicht auf die Anzahl der Hektar an, sondern auf das Endresultat, den Geschmack des Weines." Theatralisch werfe ich einen Blick auf seine Weinreben und strecke die Hand in Richtung der Trauben.

Gustav strahlt mich an: „Wie recht er doch hat und wie unterhaltsam, dass Sie den Winzer als Ihren Meister bezeichnen."

Ohne ein weiteres Wort darüber zu verlieren, drehen wir uns um und gehen zurück ins Haus, damit mir Gustav den Weinkeller zeigen kann. Zu meiner Überraschung ist dieser wiederum etwas kleiner als zuvor angenommen. Dennoch bin ich sehr beeindruckt von den vielen Fässern und Weinflaschen, die dort aneinandergereiht sind. Wir halten uns jedoch im Weinkeller nicht lange auf. Immerhin denkt Gustav, dass mir der Herstellungsprozess mehr als bekannt sein sollte, weshalb er diesen Teil gerne überspringt.

Am Ende seiner Rundschau gelangen wir dann noch in das dazugehörige kleine Restaurant, in dem bereits einige Gäste verweilen. Alles in allem muss ich gestehen, dass ich von der Größe der Anlage doch ziemlich beeindruckt bin. Ich habe jetzt schon die Orientierung verloren. Aber das würde ich ja niemals zugeben.

Das Restaurant hat den gleichen mediterranen Stil wie der Rest der Anlage. Es wirkt sehr gepflegt und einladend mit den vielen kleinen Tischen, die alle mit kirschroten Tischdecken und weißen Blumen verziert sind. Im Hintergrund spielt eine klassische Musik, die aber aufgrund der vielen Gäste kaum hörbar ist. Bodenlange Fenster erhellen den Raum, wobei zwei geöffnete Glastüren in den Gastgarten führen. Die ganze Atmosphäre wirkt sehr harmonisch und gefällt mir besser als befürchtet. Wer weiß, vielleicht wird der restliche Tag doch nicht so schlimm. Falls ich wirklich nach meiner Meinung gefragt werden sollte, dann rede ich einfach um den heißen Brei herum. Das klappt normalerweise ganz gut. Außerdem mischt sich Olivia wahrscheinlich ohnehin in jedes Gesprächsthema ein und meine Weinkenntnisse werden dabei schlicht und einfach vergessen. Womöglich ist es ja sogar ein Vorteil, dass sie mit ist.

„Eigentlich sollte die Weinverkostung im Weinkeller stattfinden. Aber bei so einem schönen Wetter können wir gerne im Gastgarten bleiben", erklärt Gustav und führt uns durchs Restaurant in den gut besuchten Gastgarten zu einem kleinen gedeckten Tisch. Der Gastgarten ist ein Traum. Sehr gepflegt und liebevoll dekoriert, wobei man sogar einen kleinen Ausblick auf den dazugehörigen Weingarten hat.

„Ich muss Ihnen gestehen, dass es sich mittlerweile herumgesprochen hat, Sie heute bei uns zu haben. Sie sind quasi unser *Überraschungsgast*." Zuerst gehe ich davon aus, dass er von Klara redet. Doch nachdem Gustav dabei nur mich ansieht und Klara verächtlich die Augen überdreht, ist dann auch bei mir der Groschen gefallen. „Die Gäste haben extra danach gefragt, ob Sie nicht die Weinverkostung übernehmen wollen. Alle sind schon *so* gespannt! Es ist dafür sogar eine kleine Reisegruppe früher angereist, die eigentlich erst morgen kommen wollte. Zum Glück hatte das Busunternehmen nichts gegen diese spontane Aktion." Oh, Gott! Das kann nicht sein ernst sein: ein Busunternehmen?

„Gustav, nicht doch", versuche ich, mich charmant aus dem Schlamassel herauszureden, und tätschle sanft seinen Oberarm. Ich glubsche mit meinen Kulleraugen wie der gestiefelte Kater aus dem Film *Shrek* und hoffe insgeheim, ihn damit um den Finger wickeln zu können. Ich tue verlegen und lächle ihn an. „Wir haben uns schon alle so sehr auf Sie gefreut. Ich bitte Sie, übernehmen Sie das Ganze", bemühe ich mich, den Spieß umzudrehen.

Gustav fühlt sich geehrt: „Na ja, wenn eine Weinspezialistin trotzdem darauf besteht, dass ich die Weinverkostung durchführen soll, dann ist das natürlich eine Ehre für mich, Ihnen mein Wissen weiterzugeben." Ich lächle zufrieden und bin regelrecht stolz auf meinen Schachzug. Doch anscheinend habe ich mich zu früh gefreut, denn Klara mischt sich jetzt ein: „Ach, Gustav! Gewiss freuen wir uns jedes Mal auf dein Programm. Aber nachdem Ella uns so vorgeschwärmt hat, über welch tolle Weinkenntnisse sie verfügt, bitte ich dich, diesmal Ella die Weinverkostung durchführen zu lassen."

Klara hat es tatsächlich geschafft, ihren Kopf durchzusetzen. Nun stehe ich vor einer kleinen Menschenmasse von begeisterten Weintrinkern, die alle ganz gespannt darauf sind, was ich zu sagen habe. Darunter befinden sich ebenfalls die Gäste aus dem Burgenland, auf die wir extra gewartet haben. Ich sehe in die Runde. Von allen Seiten werde ich angelächelt. Mir wird auch zugewinkt und es werden sogar Fotos gemacht.

Ich stehe zwar normalerweise gerne im Mittelpunkt, aber im Moment komme ich mir vor, als ob ich gleich eine Rede auf meiner eigenen Beerdigung halten würde. Vor mir befindet sich dieser kleine Tisch, auf dem mittlerweile verschiedene Weinflaschen stehen, alle mit Namen beschriftet, die ich weder kenne noch richtig aussprechen kann. Ein Korb mit Brot und ein runder Teller mit ein paar kleingeschnittenen Käsestückchen stehen ebenfalls bereit. Ich überlege angestrengt, für was der Käse und das Brot eigentlich da sind. Wäre ein Drei-Gänge-Menü nicht passender? Von Käse und Brot wird man doch nicht satt. Bevor ich wieder mit meinen Gedanken abschweife und darüber nachdenke, ob es damals im Hotel auch solch eine Weinvorstellung gegeben hat, versuche ich, mir einen Überblick zu verschaffen. Was haben wir hier noch alles stehen? Ach ja, einen Korkenzieher und eine weiße Serviette. Gut, das ist mir wenigstens bekannt. Aber wie man eine Weinflasche öffnet, weiß ich peinlicherweise bis heute nicht. Deshalb denke ich nach, wie das jemand anders für mich übernehmen könnte. Die Gäste vom Weingut starren mich mittlerweile ungeduldig an. Gustav lächelt mir zu und fragt mich, ob ich so weit sei. Verdammt, natürlich nicht! Ich nicke verkrampft und probiere, tapfer zu bleiben.

Gustav klatscht erfreut in die Hände, räuspert sich und hält eine kleine Ansprache, von der ich kaum etwas mitbekomme, weil ich mich angestrengt an die wichtigsten Fachausdrücke zu erinnern versuche. Während Gustav seine Rede hält, rinnt mir der Angstschweiß den Rücken herunter und auch meine Knie zittern leicht. Ich blicke in die vielen fremden Gesichter und entdecke Klara und Olivia, die mich amüsiert angrinsen. Ja, die zwei freuen sich. Die wissen sicherlich, dass ich keinen Schimmer von dem Ganzen habe. Aber irgendwie muss ich da jetzt durch. Plötzlich höre ich die Leute klatschen. Gustav nickt mir stolz zu. Ich gehe davon aus, dass ich nun an der Reihe bin. Ich atme tief durch und setze mein bezauberndstes Lächeln auf, das ich zu bieten habe. Showtime!

„Ich begrüße Sie", fange ich dramatisch an und hebe meine Hände, wie es normalerweise nur der Pfarrer in der Kirche tut. Die Leute sehen mich verwirrt an. Ja, das gehört alles zu meiner Show. Wenn ich mich schon zum Affen mache, dann aber richtig!

„Ich fühle mich sehr geehrt, heute vor Ihnen stehen zu dürfen, um Ihnen mein Wissen über die Faszination Wein weiterzugeben", fahre ich gekünstelt fort. „Wie Sie vielleicht wissen, hege ich eine langjährige Leidenschaft für Weine, die sich schon als Kind zu entwickeln begonnen hat, als ich mit meinen Freunden glücklich auf dem Weingut eines guten Freundes meines Vaters herumgetollt bin. Kein Wunder also, dass ich zu diesem Thema eine hochwertige Ausbildung abgeschlossen habe. Alles, was ich weiß, versuche ich Ihnen heute in kurzer Form zu vermitteln."

Ich nehme eine Weinflasche in die Hand und es wird plötzlich ganz still um mich herum. Ich kann die Spannung förmlich spüren. Ehrlich gesagt, keine Ahnung, was ich jetzt mit der Flasche anfangen soll. Deswegen versuche ich, das Schweigen ein wenig hinauszuzögern, und glotze die Flasche gespielt fasziniert an.

„Wie mein Meister immer zu sagen pflegte: Eine Weinflasche ist nicht nur eine Flasche, es ist der Wein, der die Flasche macht." O mein Gott! Was fasle ich da bloß? Das ergibt doch alles überhaupt keinen Sinn. Leicht verunsichert blicke ich in die Runde, sehe dann aber, dass eine Frau ihr Taschentuch herausnimmt und mich ganz gerührt ansieht. Anscheinend kommt mein Blödsinn doch ganz gut an.

„Gustav, mein Lieber, wären Sie so nett und übernehmen den *wichtigsten* Teil jeder Weinverkostung?", bitte ich ihn und halte ihm auffordernd den Flaschenöffner entgegen. Leicht verlegen nickt er und beginnt sofort, sämtliche Flaschen zu öffnen. Puh, da habe ich nochmals Glück gehabt! Spätestens beim Flaschenöffnen hätten mich nämlich alle durchschaut.

Ich merke, dass jemand in der Runde aufzeigt. Oh, Gott! Ich hätte wohl bereits am Anfang klarstellen sollen, dass Fragen unerwünscht sind. Gekonnt versuche ich, den Mann zu ignorieren – zumindest so lange, bis ich Olivias schrille Stimme höre.

„Ella? Sind denn Fragen nicht erlaubt? Es scheint nämlich so, als ob der nette Herr dort drüben eine Frage hätte." Sie zeigt zum Mann im grauen Pulli und lächelt ihn an.

„Na sicher!", bejahe ich notgedrungen. Innerlich bete ich dafür, dass ich die Frage erstens verstehe und zweitens auch halbwegs beantworten kann.

„Wieso ist denn das Flaschenöffnen der wichtigste Teil der Weinverkostung? Ich habe immer gedacht, der erste Schluck von einem neuen Wein sei der aufregendste Part." Gute Frage. Da könnte er sogar recht haben.

„Das behaupten viele", platzt es dennoch aus mir heraus. Ich bemühe mich, ein wenig Zeit zu gewinnen, um eine passende Antwort auf seine Frage zu finden. „Aber ist eine Weinverkostung nicht auch wie der Anfang einer großen Liebe zwischen zwei Menschen, die für immer zueinander gefunden haben?"

„Wie meinen Sie das?", unterbricht mich der Mann. Stimmt, wie meine ich denn das?

„Nun ja, sehen Sie den ersten Schluck wie den ersten Kuss. Demgegenüber betrachten Sie das Öffnen einer Flasche als eine Metapher für die erste zärtliche Berührung oder den ersten innigen Augenkontakt. Ist das denn nicht aufregender als der Kuss, der danach folgt?" Ich lächle ihn verschmitzt an und höre eine Frau im Hintergrund kichern.

„Ahm... ich glaube, ich verstehe, was Sie meinen", stammelt er nur verlegen. Ich denke, er hat immer noch keine wirkliche Ahnung, was ich da von mir gebe. Nichtsdestotrotz ist die Frage so ungefähr beantwortet, und das ist letztlich das Wichtigste. Eine Frau putzt sich laut ihre Nase, was ich wiederum als Zeichen verstehe, mit der

Weinverkostung fortzufahren. Gustav hat in der Zwischenzeit alle Weinflaschen geöffnet. Sehr gut! Und weiter geht's!

Ich nehme eine Weinflasche zur Hand und merke, wie Gustav zuerst mich und dann die weiße Serviette verwundert ansieht. Aha, anscheinend habe ich da etwas vergessen. (Gehören also Flasche und Serviette *doch* zusammen. Na ja, zumindest weiß ich das jetzt fürs nächste Mal.)

„Das haben Sie richtig erkannt, Gustav. Ich verwende bewusst keine Serviette, um die freundschaftliche Atmosphäre zu unterstreichen", erkläre ich, was ihn noch verdutzter dreinschauen lässt. Ich glaube, so einen Schwachsinn hat er in seinem Leben noch nie gehört. *Die freundschaftliche Atmosphäre zu unterstreichen* – was für ein Quatsch! Aber egal. Ganz selbstbewusst schenke ich viel zu viel Wein in das Glas ein und stelle dann die Flasche zurück auf den Tisch. Ich lächle in die Runde, während ich das Glas in meine rechte Hand nehme und dieses so wie in einem der vielen *YouTube*-Videos schwenke. Ich schnüffle an dem Wein und versuche, mich dabei an Fachbegriffe und Adjektive zu erinnern.

„Wie köstlich der Wein duftet", fange ich an und nehme gekonnt einen Schluck. Ich schließe die Augen und bemühe mich, ein halbwegs glückliches Gesicht zu machen. Langsam öffne ich meine Augen wieder und versuche mir gleichzeitig etwas Geeignetes für die Beschreibung des Geschmacks zusammenzureimen. Der Wein ist für mein Empfinden viel zu bitter. Aber so etwas zu sagen, wäre wahrscheinlich eher unpassend. Ich grinse die Leute daher zufrieden an.

„Wie erfrischend", fahre ich fort. „Die Geschmacksnote wirkt auf mich wie eine feine Mischung aus Trauben und Himbeeren mit einem zarten Hauch von frisch gepflückten Ribiseln. Es ist, wie auf einer Blumenwiese zu liegen

und die Wolken zu beobachten. Einfach ein außerge-
wöhnlich köstlicher Geschmack. Ein ganz besonderes
Erlebnis!" Theatralisch nehme ich noch einen Schluck
und stelle das Weinglas wieder auf den Tisch. Ich sehe in
die Runde und warte auf eine Reaktion. *Nichts*. Keiner
sagt etwas. Alle starren mich nur an. Wie peinlich!
Ohne darüber nachzudenken, geht mein Oberkörper
nach unten. Ich verbeuge mich. An dieser Stelle hoffe ich
allerdings, dass die Weinverkostung zu Ende ist. Denn
langsam wird es unangenehm. Damit auch wirklich jeder
begreift, dass das meine Schlussphase ist, bleibe ich so
lange verbeugt, bis ich endlich jemanden klatschen höre
und letztendlich alle darin einstimmen. So, das wäre dann
also erledigt.

"Ella, ich muss schon sagen, Sie waren einfach genial! Einen Rotwein mit so viel Hingabe zu beschreiben, war
schlichtweg herrlich. Vor allem Himbeere zu schmecken,
obwohl kaum welche drin ist – faszinierend! Wie haben
Sie das bloß gemacht? Sie müssen mir unbedingt die Adresse von Ihrer Ausbildungsstätte geben. Vielleicht bietet
dieses Institut auch Weiterbildungskurse an. Wie auch
immer, die Gäste sind hin und weg von Ihrer hinreißen-
den Art, wie Sie einen Wein darbieten. Ich bin schon gefragt worden, wann Sie wieder bei uns zu Besuch sind."
Gustav hört gar nicht mehr auf zu schwärmen, während
ich immer noch total überrascht bin, dass ich bei den Zutaten so gut geraten habe. Da habe ich wohl richtig Glück
gehabt! Wir stehen im Eingangsbereich, um uns voneinander zu verabschieden. Er hält die ganze Zeit über
meine Hand und lächelt mich stolz an.
"Ich würde gerne ein Foto mit Ihnen machen und dieses
auf unsere Ehrenwand hängen. Wenn Sie erlauben?"
Gustav holt seine Kamera aus einer der Kommoden und

drückt sie Olivia in die Hand. „Der große Knopf rechts", kommandiert er und legt freundschaftlich seinen Arm um mich. Olivia knurrt bis drei und drückt ab.

„Perfekt, vielen Dank! Ella, es war mir eine Freude." Gustav verabschiedet sich mit Küsschen links, Küsschen rechts und lächelt mir zu: „Bis dann, meine Liebe!" Ich merke, wie ich erröte, und bin richtig stolz darauf, dass ich so einen guten Auftritt hingelegt habe.

Tom und seine Eltern sind bereits beim Auto. Ich spaziere gemütlich in Richtung von Toms Wagen, da fällt mir auf, wie Olivia hinter mir herstöckelt.

„Ella!", höre ich sie schließlich rufen und bleibe genervt stehen. Ich habe mich schon gefragt, wie lange es wohl dauern wird, bis sie den Mund aufmacht. Ich drehe mich zu ihr um und blicke in ein überaus eingeschnapptes Gesicht. Glücklich dürfte sie anscheinend nicht sein. „Es ist ja sehr rührend, wie du dich anstrengst, um bei Toms Eltern einen guten Eindruck zu hinterlassen. Aber mir machst du nichts vor. Was glaubst du eigentlich, wer du bist, dass du hier allen vorgaukelst, eine Sommeliére zu sein? Dein Auftritt war mir fast peinlich! Ich bin ziemlich überrascht, zu welchen lächerlichen Aktionen du dich hinreißen lässt, nur um die nötige Aufmerksamkeit seiner Familie zu bekommen."

Ich fasse es nicht! Was fällt ihr ein? Mein Auftritt heute war so grandios, dass ich dafür locker einen *Oscar* verdient hätte.

„Ich habe keine Ahnung, was dein Problem ist. Ich verstehe zwar, wie schwer es für dich sein muss, einem Mann hinterherzurennen, der einfach nichts von dir will, aber das gibt dir noch lange kein Recht, dich mir gegenüber wie ein Miststück zu verhalten. Finde dich endlich damit ab, dass Tom mich gewählt hat und niemals etwas von dir wollte." Ich strotze in diesem Moment vor Selbstbewusstsein und möchte mich schon von ihr wegdrehen, als sie mich an der Schulter packt. Ich bin mittlerweile ziemlich genervt und möchte endlich zu Tom gehen. Bekommt er denn gar nicht mit, dass ich so lange mit Olivia beschäftigt bin? Das müsste ihm eigentlich zu denken geben.

Ich frage mich, wieso es Olivia nicht einfach sein lässt, bis sie überraschend etwas sagt, das mein ganzes Bild von Tom und ihr in ein anderes Licht rückt: „Ach, das hat dir Tom etwa erzählt, dass nie etwas zwischen uns vorgefallen ist. An deiner Stelle würde ich ihn lieber noch einmal darauf ansprechen, denn so wie es aussieht, hast du nicht nur vom Wein keinen blassen Schimmer, sondern auch von deinem Verlobten." Olivia sieht mich sauer an und geht an mir vorbei, bleibt dann aber nochmals stehen, um Folgendes nachzulegen: „Sobald Tom mitbekommt, was für Spielchen du treibst, bist du ihn schneller wieder los, als du *Hochzeit* sagen kannst." Autsch!

„Danke, dass du dir heute für uns Zeit genommen hast", bedankt sich Toms Mutter bei Olivia bereits zum zweiten Mal und drückt sie erneut. Wie ein Klammeräffchen hängt Klara an ihr und möchte sie, wie es aussieht, gar nicht mehr loslassen.

„Ach, es war mir eine Freude", höre ich Olivia sagen. Sie verabschiedet sich auch bei Tom und seinem Vater und merkt noch an, wie sehr sie sich auf die Verlobungsfeier freue. Toll! Dann steht sie also doch auf der Gästeliste. Wir warten alle, bis sie in ihren schwarzen Sportwagen einsteigt und davonkurvt.

Angesäuert steige ich in Toms Auto und freue mich, endlich in Richtung Heimat zu fahren. Olivias Andeutung geht mir nicht mehr aus dem Kopf. Ist zwischen ihr und

Tom doch etwas gelaufen? Hat er mich die ganze Zeit über belogen? Oder versucht sie nur, einen Keil zwischen ihn und mich zu treiben?

„Ella, meine Süße, du bist so still. Ist alles in Ordnung?", fragt mich Tom, nachdem ich bisher während der Autofahrt nichts gesagt habe. Ich lächle ihn an und versichere ihm, dass ich lediglich etwas müde sei.

„Meine Eltern waren richtig beeindruckt, wie toll du bei den Leuten angekommen bist. Vielleicht solltest du in dieser Branche bleiben. Gustav würde dich dabei sicher unterstützen. Du könntest ja Vorträge oder Workshops anbieten und dich mit seinem Weingut zusammentun." Tom redet und redet, doch ich höre ihm kaum zu. Ich bin gedanklich immer noch mit Olivia beschäftigt. Ich überlege, ob ich Tom heute noch darauf ansprechen soll. Ich möchte nicht das Wochenende ruinieren, falls das Gespräch in einen Streit ausarten sollte. Andererseits möchte ich einfach nur wissen, ob die beiden damals wirklich ein Techtelmechtel hatten.

Die gesamte Fahrt über bin ich sehr still. Auch im Zimmer bin ich alles andere als gesprächig. Ich ziehe mich gerade um, als ich merke, dass Tom sich anschleicht und mich von hinten umarmt. Er küsst sanft meine Wange.

„Nun sag mir doch endlich, was los ist. So still kenn ich dich ja gar nicht. Und ehrlich gesagt macht mir das ein wenig Angst", äußert er besorgt. Ich gebe mir selbst einen Ruck und drehe mich zu ihm um.

Ich habe keine Ahnung, wie ich das Gespräch anfangen soll, und lege deshalb einfach los: „Ich habe dich ja einmal gefragt, ob zwischen dir und Olivia früher mal etwas gelaufen sei, und da hast du eindeutig Nein gesagt. Doch heute hat sie das Gegenteil behauptet und ich frage mich nun, wer mich von euch beiden anlügt." Okay, das war vielleicht etwas zu direkt. Tom sieht mich nämlich alles andere als begeistert an.

„Was hat sie genau gesagt?", hakt er ungeduldig nach.

„Sie hat mich gefragt, ob du wirklich zu mir gemeint hättest, dass zwischen euch nie etwas gelaufen sei." Tom sagt nichts und dreht sich von mir weg.

„Also ist zwischen euch doch etwas gewesen?", will ich auf seine Reaktion hin wissen. Wie es aussieht, verläuft das Gespräch nicht so, wie ich es mir vorgestellt habe. Ich habe nämlich gehofft, er würde mir sofort versichern, dass an Olivias Aussage nichts dran sei.

„Es ist mir ja auch egal. Ich verstehe nur nicht, wieso du mir nichts davon erzählen wolltest. Ich komme mir jetzt richtig dumm vor, nachdem sie solche Andeutungen gemacht hat und ich keine Ahnung davon hatte."

Tom seufzt und geht im Schlafzimmer ein paar Schritte auf und ab. Ich setze mich aufs Bett und sehe ihm dabei zu.

„Sie hat recht. Ja, es stimmt, wir hatten ein Mal was miteinander. Es ist schon eine Ewigkeit her und es ist lediglich ein kleiner, harmloser Kuss gewesen, der mir rein gar nichts bedeutet hat. Denn sonst wäre *sie* jetzt hier und nicht *du*." Er sieht mich ganz traurig an und setzt seinen Dackelblick auf. Er setzt sich zu mir aufs Bett und nimmt sanft meine Hand. „Es tut mir leid! Ich wollte dir nichts davon erzählen, weil sie immer noch eine wichtige Rolle für meine Eltern spielt. Wir sind zusammen aufgewachsen und sie gehört quasi zur Familie. Ich wollte dich nicht mit so einer albernen *Wir haben uns einmal geküsst*-Geschichte belasten, weil ansonsten nichts dahintersteckt. Es tut mir echt leid. Vielleicht hätte ich einfach ehrlich zu dir sein sollen." Zärtlich küsst er meine Hand.

„Du hättest wirklich etwas sagen können", bekrittle ich trotzig. Dabei guckt er mich immer noch reumütig an.

„Aber nachdem es lediglich ein kleiner Kuss gewesen ist, müssen wir ja kein Drama daraus machen", versuche ich, verständnisvoll zu klingen und meine Eifersucht zu unterdrücken. Bloß bin ich innerlich immer noch ziemlich sauer auf ihn. Vielleicht ärgert es mich aber auch nur so, weil es hier ausgerechnet um Olivia geht und ich diese dumme Kuh schlicht nicht ausstehen kann. Na ja, immerhin weiß ich nun Bescheid. Außerdem bin *ich* jetzt seine Verlobte – und das ist alles, was zählt!

Kapitel 4

Bereits in der Früh bekommt Tom einen Anruf von seinem Arbeitskollegen, der mit ihm noch unbedingt das Konzept besprechen möchte, das sie morgen einem wichtigen Kunden präsentieren müssen. Sie haben sich deshalb für den Nachmittag verabredet, um ein paar Details zu überdenken. Tom hat sich bei mir entschuldigt, dass unser Wochenende dadurch früher vorbei ist als geplant. Mir persönlich ist es ja ganz recht: Je früher ich wieder nach Hause komme umso besser. Toms Mutter hingegen macht deswegen einen ziemlichen Aufstand, während ihm sein Vater stolz auf die Schultern klopft.

Nach dem köstlichen Mittagsmahl sitze ich vollgegessen neben Tom auf der Couch im Wohnzimmer und bespreche mit ihm und seinen Eltern die erste von zwei geplanten Verlobungsfeiern. Wie wahrscheinlich jede Braut auf der Welt habe auch ich klare Vorstellungen davon, wie eine Verlobungsfeier aussehen soll. Immerhin ist sie ein wichtiger Teil der Hochzeit. Ich bin ein wenig verärgert darüber, dass die erste bereits am Freitag stattfinden soll, da ich mir Sorgen mache, dass das für meine Freundinnen zu kurzfristig ist und alle bereits verplant sind. Außerdem wundere ich mich, wie ich in solch einer kurzen Zeit meine Ideen umsetzen soll.

„Gut, dann fangen wir an!" Aufgeregt blicke ich in die gelangweilten Gesichter, von denen ich versuche mich nicht irritieren zu lassen. Voller Begeisterung kann ich es kaum erwarten, meine tollen Vorschläge preiszugeben. „Ich habe ja schon *tausend* Einfälle, wie unsere Verlobungsfeier aussehen könnte. Also, ich dachte an eine gemütliche Atmosphäre, ausgefallene Deko und leckeres Essen. Ach ja, und einen Schokoladenbrunnen möchte ich auch. Und ein paar Partyspiele – aber nur stilvolle.

Also keine Trinkspiele oder Strip-Poker." Verlegen kichere ich und stelle mir vor, wie Sonja *All In* geht. (So wie damals auf einer Studentenparty, an die sie sich angeblich nicht mehr erinnern kann. Ich hingegen weiß noch allzu gut, wie sie sich ihre Kleider vom Leib riss, nachdem ihre eigentliche Strategie ein Griff ins Klo gewesen war und sie das Pokerspiel mehr als deutlich verloren hatte.)

Ich plappere hingerissen vor mich hin und erzähle von weiteren Ideen, die ich gerne in die Feier einbringen möchte, als mich Klara ungeduldig unterbricht: „Ella, was wird das?" Dabei sieht sie mich genervt an.

„Das mit den Trinkspielen und dem Strip-Poker war doch nur ein Witz. Manchmal übertreibe ich halt gern ein bisschen. Natürlich wird die Feier stilvoll. Bloß auf den Schokoladenbrunnen verzichte ich sehr ungern", gluckse ich und merke, dass ich die Einzige bin, die darüber lacht. Henrich kratzt sich am Hinterkopf und Tom gönnt sich einen Schluck Tee. Für einen Moment ist mir die Situation ein wenig unangenehm. Gut, vielleicht war mein Vorschlag mit den Glückskeksen etwas *too much*. Oder liegt es daran, dass ich vorhatte, Glitzer scherzhalber in kleine Päckchen zu füllen, um diesen als Feenstaub auszugeben? Ich dachte, dass es eine nette Idee sei, wenn sich damit jeder Gast einen Wunsch erfüllen könne. Wahrscheinlich ist meine Fantasie dabei etwas mit mir durchgegangen.

Klara schlägt ihre Beine übereinander, greift ebenfalls zu ihrer Teetasse, nippt daran und stellt sie wieder auf den edlen Glastisch. Sie streicht ihr Kostüm glatt und konstatiert trocken: „Ich denke nicht, dass ausgerechnet *du* die Verlobungsfeier übernehmen wirst!"

Leicht irritiert frage ich sie nach dem Warum.

„Henriette wird sich selbstverständlich darum kümmern. Schließlich ist sie unsere Eventplanerin und die Hochzeit ist ihr nächstes Projekt. Sie ist ein Profi darin, also musst du dir diesbezüglich keine Gedanken mehr machen. Außerdem möchte niemand eine Feier von einem Amateur besuchen, ganz gleich, ob es sich dabei um eine nebensächliche Verlobungsfeier oder um die Hochzeit selbst handelt." Bösartig funkelt sie mich an. Innerhalb weniger Sekunden hat sie es damit geschafft, den Traum meiner Verlobungsfeier platzen zu lassen. Ich kann gar nicht anders, als sie mit offenem Mund anzustarren, und brauche ein wenig, um mich von diesem Schock zu erholen. Sie traut mir rein gar nichts zu. Als ob ich nicht dazu fähig wäre, meine eigene Verlobungsfeier zu planen!

Klara erzählt, dass Henriette für heute bereits eingeladen worden sei, und ich fasse es nicht, dass sie diese Entscheidung tatsächlich ohne mich gefällt hat. Meine Enttäuschung ist mir ins Gesicht geschrieben und ich sitze da wie ein beleidigtes Kind. Tom versucht, mich mit einem halbherzigen Lächeln aufzubauen, nur geht dieser Versuch spurlos an mir vorüber. Hat Tom von Henriette etwa bereits gewusst? Als ob er meine Gedanken lesen könnte, setzt er sich zu mir, nimmt meine Hand und erklärt, dass Henriette alle Feiern der Familie plane und richtig gut darin sei. Er küsst mich sanft auf die Wange und bietet mir Pralinen an. Gefrustet stopfe ich gleich zwei Stücke auf einmal in mich hinein und schmecke weiche Vollmilchschokolade mit Haselnussfüllung. Ohne zu zögern, schnappe ich nach einer weiteren Praline und versuche dabei, Toms mitleidiges Gesicht zu ignorieren. Falls ich später in kein Hochzeitskleid mehr passen sollte, wäre es übrigens seine Schuld.

Wir warten also auf Henriette, die sich laut Klaras Zeitplan ein wenig verspätet.

„Könntest du mir bitte in der Zwischenzeit noch einmal die Tradition von zwei Verlobungsfeiern erklären? Das ist letztens beim Gespräch nämlich untergegangen und ich verstehe immer noch nicht, wieso wir zwei haben müssen", meine ich vielleicht ein wenig zu schnippisch und blicke zu Klara. Aus den Augenwinkeln sehe ich Toms verärgertes Gesicht. Seine Mutter seufzt genervt und schenkt sich noch etwas Tee ein.

„Die erste Feier dient dazu, dass dich Freunde und Bekannte unserer Familie kennenlernen. Sie soll die zweite und zugleich offizielle Verlobungsfeier unterstützen, damit keine Peinlichkeiten auftreten, weil dich niemand kennt", erklärt sie zynisch.

„Ja, aber wieso müssen überhaupt Leute auf unserer Hochzeit sein, die ich nicht kenne? Ich verstehe ja, dass Tom seine Verwandten und Freunde einladen will, nur, wieso sollten an der Hochzeit auch Geschäftsleute und Bekannte teilnehmen?"

Während Henrich mir erläutert, dass es sich dabei um eine Familientradition handle, bemerke ich, wie Tom einfach aufsteht und geht. Verdammte Tradition, denke ich mir bloß, bevor ich mich ebenfalls erhebe und Tom hinterhergehe.

Ohne sich umzudrehen, verschwindet er in der Küche. James dürfte außer Haus sein, denn in der Küche sind wir alleine. Tom nimmt sich einen Apfel aus der Obstschale und beißt kräftig hinein. Dass ich ihm gefolgt bin, ignoriert er einfach.

„Bist du etwa sauer auf mich?", frage ich ihn vorsichtig und versuche, geduldig auf eine Antwort zu warten.

„Bitte sag doch was!", fordere ich ihn auf, nachdem er nichts von sich gegeben hat. Er dreht sich um und sieht mich beleidigt an.

„Du versuchst es doch nicht einmal", japst er und kaut am Apfel. Ich verstehe nur Bahnhof und frage deshalb nach, was er meint.

„Meine Mutter gibt sich so viel Mühe. Sie hat extra darauf bestanden, dass wir alle zusammen das Wochenende verbringen. Doch du verhältst dich kindisch und ihr gegenüber ziemlich respektlos."

„Wie bitte?", stammle ich. Ich finde es unerhört, dass er das soeben wirklich gesagt hat.

„Du hast mich schon verstanden! Ich dachte, du würdest meiner Mutter entgegenkommen und dir wenigstens ein bisschen Mühe geben." Verteidigt er jetzt ernsthaft seine Mutter, die keine Sekunde auslässt, um mich bloßzustellen?

„Ach was! Deine Mutter hat mich lediglich zu sich eingeladen, um uns auseinanderzubringen", antworte ich trotzig, ohne großartig darüber nachzudenken. Daraufhin sieht er mich noch wütender an als ohnehin schon.

„Das ist doch völliger Quatsch! Gut, eure erste Begegnung ist nicht gerade optimal verlaufen, aber sie hat mir erst letztens noch gesagt, dass sie dich auf jeden Fall besser kennenlernen möchte und sie darauf vertraue, dass du die *Richtige* für mich seist. Sie hat dich mittlerweile richtig lieb gewonnen. Aber du möchtest das einfach nicht wahrhaben."

Perplex stehe ich vor ihm. Unglaublich, dass er ihr ihr Getue tatsächlich abkauft! Ich gehe gar nicht weiter darauf ein.

Stattdessen drehe ich mich um und bin schon fast zur Türe raus, da höre ich ihn plötzlich noch sagen: „Sie strengt sich sogar noch an und hilft uns bei den Hochzeitsvorbereitungen, doch du weißt das ja alles nicht zu schätzen!" Mit dieser Aussage bringt er das Fass zum Überlaufen. Stellt mich mein geliebter Verlobter nun etwa als die Böse hin? Ich bin schockiert!

„Wie bitte? Das nennst du *sich anstrengen*? Ich wollte nie eine Megahochzeit mit zweihundert Gästen, die ich alle nicht kenne und gar nicht dabeihaben möchte. Ich will auch nicht, dass irgendjemand anders unsere Hochzeit plant. Und ich will auch nicht, es deiner Mutter ständig recht machen zu müssen. Ich fühle mich unfair behandelt und werde mich sicher nicht länger von dir anschnauzen lassen. Außerdem finde ich es gemein, dass du mir nicht schon eher von Henriette und euren übertriebenen Traditionen erzählt hast." Mürrisch drehe ich mich wieder um und stampfe aus der Küche. Überraschenderweise eilt mir Tom hinterher, nimmt meine Hand und zieht mich zu sich. Widerwillig wende ich mich zu ihm und starre nur wütend vor mich hin. Ach, bin ich sauer!

Wir haben noch nie ernsthaft gestritten und jetzt, nach einem gemeinsamen Wochenende mit seiner Familie, fliegen bei uns die Fetzen. Falls sie tatsächlich probiert, uns auseinanderzubringen, dann dürfte ihr hinterhältiger Plan aufgehen. Tom atmet tief durch und nimmt mich in den Arm.

„Es tut mir so leid, mein Schatz! Ich bin ein wenig gestresst wegen der großen Präsentation morgen und unserer Verlobungsfeier. Ich wollte dich nicht so anfauchen, nur ist es mir so wichtig, dass du dich mit meiner Mutter gut verstehst. Sie weiß, wie viel ich geschäftlich zu tun habe, und wollte uns mit der Hochzeitsplanerin bloß entgegenkommen. Ihr liegt viel an zwei Verlobungsfeiern und wie die Hochzeit organisiert wird. Ich bitte dich, das zu respektieren. Sie meint es nicht böse und will lediglich die Tradition der Familie Stromburg weiterführen. Also wäre es schön, wenn du dich einfach darauf einlassen würdest. Ich verspreche dir, dass die Hochzeit trotzdem ein Traum wird. Und zwei Verlobungsfeiern sind sicherlich besser als eine."

Ich versuche, mich zusammenzureißen und den Gedanken zu ignorieren, dass seine Aussagen wie heruntergelesen klingen. Ich umarme ihn zwar, bin aber immer noch ziemlich sauer auf ihn. Ich schlucke meinen Ärger hinunter, hoffe, kein Magengeschwür davon zu bekommen, und erwidere Toms Kuss. Bevor wir zurück zu den anderen gehen, lege ich einen kurzen Zwischenstopp im Bad ein, um mich etwas frisch zu machen.

Im Bad atme ich ein paarmal tief durch. Für mich ist die Diskussion noch lange nicht erledigt. Dennoch mache ich gute Miene zum bösen Spiel. Außerdem habe ich keine Lust mehr, mich mit Tom zu streiten, style mich deshalb zurecht, lächle meinem Spiegelbild zu und hoffe einfach, dass das Gespräch mit Henriette schnell über die Bühne geht. Tom wünscht sich, dass ich besser mit seiner Mutter zurechtkomme, weshalb ich alles daransetzen werde, damit das funktioniert. Betont selbstsicher gehe ich zu den anderen zurück und begrüße Henriette, die in der Zwischenzeit aufgetaucht ist, mit meinem charmantesten Lächeln, das anscheinend in diesen Tagen häufiger gefragt ist denn je.

Henriette ist mir ehrlich gesagt genauso unsympathisch wie Klara, was mich nicht sonderlich überrascht. Kein Wunder, dass die zwei so gut befreundet sind. Henriette ist ein Stück kleiner als Klara und hat auch mehr Falten im Gesicht. Sie wirkt sehr stilsicher und ist überaus adrett gekleidet. Ihre großen blonden Locken springen in alle Richtungen. Beim Versuch, diese zu zähmen, streicht sie ihre Haarpracht mit ihren Fingern ständig nach hinten. Dabei fallen mir ihre künstlichen, rot gestrichenen Fingernägel sowie ihr schweres Goldarmband auf, das sie um ihr Handgelenk trägt. Von wem sie das wohl geklaut hat? Während sie in ihrer Tasche kramt, beobachte ich sie skeptisch und frage mich, ob diese Frau wirklich in der

Lage ist, eine große Verlobungsfeier zu organisieren. Endlich scheint sie ihren Kram beisammenzuhaben. Sie räuspert sich, fährt sich ein weiteres Mal durchs Haar, setzt ihre altmodische Brille auf, die an einer Brillenkette um ihren Hals hängt, und legt dann ihre Notizen vor sich hin. Geduldig sehen wir ihr dabei zu. Währenddessen schenkt Klara ihr einen Tee ein und Henrich bietet ihr Pralinen an. Dankend lehnt sie ab. Tom und ich sitzen auf der Couch neben ihr und warten gespannt, was die supertolle Eventplanerin Henriette zu bieten hat.

„Klara hat mir mitgeteilt, dass die erste Verlobungsfeier schon am kommenden Freitag stattfindet. Wie ich mit ihr bereits besprochen habe, werden zu dieser Feier nur hundert Gäste eingeladen. Damit hat Ella auch die Gelegenheit, Freunde und Bekannte der Familie kennenzulernen", erklärt Henriette an uns alle gerichtet und nickt mir aufmunternd zu. Sie nimmt einen Schluck von ihrem Tee. *Nur* hundert Gäste. Das ist für diesen Anlass ja wohl etwas übertrieben. Ich versuche dennoch, ihr Nicken mit meinem mittlerweile schon legendären Lächeln zu erwidern. So oft wie ich dieses in letzter Zeit gebraucht habe, könnte ich es mir fast schon patentieren lassen.

Henriette lässt mich aber keine Sekunde aus den Augen und fährt fort: „Die Feier am Freitag wird im Haus der Stromburgs stattfinden, die zweite Feier ist in der Wiener Hofburg geplant. Nachdem die zweite Verlobungsfeier erst in sechs Wochen über die Bühne geht, schlage ich vor, dass wir die Details in der Woche nach der ersten Feier besprechen."

Klara nickt zufrieden. Ich dagegen bin jetzt schon überfordert. Hat sie tatsächlich Hofburg gesagt? Das muss doch Unmengen an Geld kosten. Aber nachdem Klara darauf besteht, wird sie wohl auch die Kosten dafür übernehmen. Zumindest gehe ich mal stark davon aus.

„Bezüglich der Gäste hätte ich da eine Frage", mische ich mich ein und spüre, wie Klara genervt zu mir rübersieht. Ich versuche, meine Frage so höflich wie möglich zu formulieren, damit Tom meinen Beitrag nicht wieder als Angriff gegen seine Familie interpretiert. „Dürfen *meine* Freunde und *meine* Familie die Feier am kommenden Freitag ebenfalls besuchen oder ist deren Anwesenheit erst bei der zweiten Verlobungsfeier erwünscht?" Diese Frage stelle ich eigentlich nur pro forma, um keine bösen Überraschungen zu überleben. Immerhin bin ich ja die Braut. Was sollte also dagegensprechen?

Henriette kommt gar nicht dazu, mir meine Frage zu beantworten, denn Klara mischt sich umgehend ein: „Wie wir dir bereits mehrmals erklärt haben, soll die erste Feier eine Möglichkeit für dich sein, die wichtigen Menschen *unserer* Familie kennenzulernen. Aus diesem Grund ist die Einladung *deiner* Leute nicht gestattet." Mit offenem Mund starre ich sie an. Hat Klara mir soeben tatsächlich gesagt, dass ich niemanden einladen dürfe?

„Ich denke, meine Schwester einzuladen, würde aber niemanden stören. Schließlich handelt es sich dabei um lediglich *eine* Person und nicht um *hundert*", füge ich selbstbewusst an und wende mich Henriette zu, die jedoch mit dieser Situation sichtlich überfordert ist.

Ehe sie etwas darauf sagen kann, übernimmt Klara schon wieder das Zepter: „Sie wird bei der zweiten Verlobungsfeier dabei sein. Ella, und nun hör bitte damit auf! Wir würden gerne die Planung fortsetzen."

Ich sehe flehend zu Tom, in der Hoffnung, dass er sich auf meine Seite schlägt. Er sieht mich aber bloß mitleidig an und zuckt hilflos mit den Schultern. Ich glaube es nicht! Zählt denn meine Meinung hier überhaupt nichts? Und wieso kann mich Tom nicht unterstützen? Ich versuche, meinen Ärger so gut es geht hinunterzuschlucken.

Damit das besser gelingt, greife ich schnell zur Pralinenpackung. Gedankenversunken esse ich eine Praline, doch der herrliche Geschmack ändert an dieser Situation trotzdem nichts. Diese bittere Lektion hätte ich schon früher lernen sollen. Tom wirft mir einen verlegenen Blick zu und ich überwinde mich trotz allem zu einem Lächeln. Daraufhin lächelt er ebenfalls.

Während Henriette und Klara die Gästeliste besprechen, sitze ich nur da und schaue in die Luft. Ich komme mir vor wie ein kleines Kind, das gezwungen wird, an einem Erwachsenengespräch teilzunehmen. Es werden so viele Namen genannt, doch ich kenne keinen *einzigen* davon. Sogar Tom und Henrich haben sich mittlerweile aus dem Staub gemacht, um auf der Terrasse eine Zigarre zu rauchen. Ich überlege, wie ich ebenfalls die Flucht ergreifen kann, und schon fällt mir eine altbewährte, aber dennoch sehr effektive Ausrede ein: Ich muss aufs Klo. Natürlich formuliere ich den vorgetäuschten Drang, auf die Toilette zu müssen, etwas damenhafter und entschuldige mich, um kurz ins Bad verschwinden zu können. Auf dem Weg dorthin greife ich ganz unauffällig und geschickt nach meinem Handy, das zuvor auf einem kleinen Beistelltisch gelegen ist. Henriette und Klara sind so in ihre Gästeliste und in ihre Diskussion darüber vertieft, wer gut genug sei, um die Feier besuchen zu dürfen, dass sie es gar nicht mitbekommen, dass ich mein Handy eingesteckt habe. Erleichtert eile ich ins Bad. Als ich dort angekommen bin, wähle ich umgehend Maries Nummer und bin mehr als froh, dass sie sofort abhebt.

„Hallo, Schwesterherz! Na, wie ist dein Wochenende bei der *Adams Family*? Sind noch alle am Leben?", scherzt Marie zur Begrüßung. Die hat gut lachen!

„Haha, sehr witzig! Die gute Nachricht: Ich komme heute früher nach Hause als befürchtet. Tom muss ins Büro, um mit seinem Arbeitskollegen ein wichtiges Konzept durchzugehen."

„An einem Sonntag? Wow! Das nenne ich mal Leben." Ich schmunzle über Maries Aussage.

„Ja, an einem Sonntag. Echt verrückt! Mich würden an diesem Tag keine zehn Pferde ins Büro bringen", kichere ich.

„Ich freue mich, wenn du heute schon früher nach Hause kommst. Aber was ist die schlechte Nachricht?"

„Die schlechte Nachricht ist, dass eine Hochzeitsplanerin mit uns gerade die Vorbereitung für die *erste* Verlobungs-feier bespricht und ich mir dabei wie ein kleines Kind vorkomme, weil ich nichts zu sagen habe."

„Ach herrje! Aber wieso erste? Gibt es denn etwa noch mehr Verlobungsfeiern?", fragt Marie mich verwundert und ich bin erleichtert, dass meine Schwester mehrere Verlobungsfeiern genauso übertrieben findet wie ich.

„Ja, allerdings. Es gibt zwei. Ich habe es selbst erst dieses Wochenende erfahren. Das gehört zur Tradition der Stromburgs", spotte ich bei meinem letzten Satz Klara gekonnt nach.

„Was gehört eigentlich nicht zur Tradition der Strom-burgs? Ich wette, die haben auch ihre eigene Tradition, wie man am stillen Örtchen die Spülung bedient." Ganz verzückt von ihrem eigenen Witz hallt mir Maries Ge-lächter ins Ohr. Ich kann gar nicht anders und werde von diesem mitgerissen. Maries fröhliches Lachen baut mich wieder auf.

„Am besten erzählst du mir am Abend alles. Nicht, dass Tom noch einen Suchtrupp losschickt, nur weil er nicht weiß, wo du hin bist. Halte durch, Schwesterherz! Bald hast du das Wochenende überstanden."

Wir verabschieden uns und ich lege auf. Bevor ich zurückgehe, tätige ich noch sicherheitshalber die Klospülung, wobei ich klarerweise schmunzeln muss. Während ich mir die Hände wasche, werfe ich einen aufbauenden Blick in den Spiegel. Meine Schwester hat recht: Diesen Aufenthalt habe ich beinahe hinter mich gebracht. Zufrieden spaziere ich zurück ins Wohnzimmer und komme gerade rechtzeitig, da Klara und Henriette soeben mit der Gästeliste fertig geworden sind.

Tom und Henrich sind aber immer noch nicht zurück und unterhalten sich nach wie vor amüsiert auf der Terrasse, während sie genüsslich ihre Zigarren rauchen. Ich bin etwas gekränkt, als ich die beiden durch das große Glasfenster sehe, denn schließlich sollte er als mein Verlobter bei dieser Besprechung hier dabei sein.

Die Einzelheiten rund ums Essen, Dekoration, Blumenarrangements und Musik werden erst nach einer gefühlten Ewigkeit geklärt, in der ich weiterhin zum Dasitzen verdammt bin und nichts zu melden habe. Henriette verspricht, sich um alles zu kümmern, und betont, dass die erste Verlobungsfeier bloß ein Vorgeschmack auf die eigentliche sei. Zufrieden tätschelt Klara Henriettes Hand, die sie zuversichtlich anstrahlt.

„Am Dienstag treffen wir uns dann zu unserer ersten Hochzeitsbesprechung und am Donnerstag haben wir die erste Anprobe für dein Hochzeitskleid", erklärt mir Henriette den weiteren Ablauf und ich verschlucke mich beinahe am Tee.

„Das geht leider nicht! Ich muss arbeiten und habe viel zu tun", antworte ich, was in diesem Fall auch nicht gelogen ist.

„Dann nimmst du dir eben frei!", bestimmt Klara. Als ob das so einfach wäre.

„Tut mir leid, aber…", fange ich an, als mich Klara auch schon wieder unterbricht.

„Ella, es geht hier um deine Hochzeit, die bereits im November stattfinden soll. Es ist also wichtig, dass du dich bei den Vorbereitungen voll und ganz integrierst." Klara sieht mich fordernd an und ich weiß, dass sie kein Nein akzeptieren wird. Ich beiße mir fest auf die Lippen, um ihr darauf keine freche Antwort zu geben. Wenn ich jetzt etwas Unüberlegtes sage, dann gibt es sicher Streit. Tom wäre darüber bestimmt nicht erfreut. Deswegen denke ich mir nur meinen Teil und schenke ihr ein gezwungenes Lächeln.

„Gut, ich nehme mir dann frei", in der Hoffnung, dass das für meinen Vorgesetzten auch in Ordnung geht.

Henriette verlangt nach meinen Kontaktdaten, die ich ihr ohne Weiteres aushändige. Hoffentlich kommt sie nicht auf die Idee, mich auf *Facebook* zu adden. Ansonsten müsste ich mein gesamtes Profil überarbeiten und auch den einen oder anderen Kommentar löschen, den ich aus Langeweile gepostet habe.

Im selben Moment taucht mein Verlobter auf, umgeben von Zigarrengeruch.

„Mutter, es tut mir wirklich leid, aber Ella und ich müssen jetzt los. Wir packen noch schnell unsere Sachen und fahren dann." Klara wirkt gekränkt, woraufhin Tom sofort auf sie zukommt, um sie in den Arm zu nehmen.

„Mein Liebling, so schnell ist unser Wochenende vergangen", jammert sie. Tom tröstet sie und erklärt ihr noch mal die Wichtigkeit der morgigen Präsentation. Zudem ergänzt er, dass es nicht an ihr liege und wie gern *wir* noch geblieben wären. Ja genau! Ich hingegen kann es nämlich kaum mehr erwarten, von dieser Frau wegzukommen, und bin glücklicher als je zuvor. Angetrieben von meinen Glückshormonen, eile ich so unauffällig wie möglich in unser Schlafzimmer, um meine sämtlichen Sachen in rekordverdächtigem Tempo in den Koffer zu schmeißen.

Noch bevor Tom mir ins Schlafzimmer folgt, ist mein Koffer bereits gepackt und ich bin startklar. Während er sich noch um sein eigenes Zeug kümmert, verschwinde ich schnell in Richtung Küche, um mich von James zu verabschieden, der mittlerweile wieder im Haus ist.

„Darling, gehst du schon wieder?", fragt er mich mit seinem angenehmen britischen Akzent und sieht kurz zu mir her, während er das saubere Geschirr wegräumt.

„Na ja, wenn ich die Zeit über bei dir hätte sein können, dann wäre ich noch gerne länger geblieben", kichere ich und umarme ihn zur Verabschiedung.

„Bist du dann am Freitag bei unserer Verlobungsfeier dabei?", erkundige ich mich freundlich, obwohl ich die Antwort bereits kenne.

„Natürlich! Oder hast du etwa gedacht, ich würde mir so ein wichtiges Event entgehen lassen?"

Dankend lächle ich ihn an und plappere schon davon, wie wir gemeinsam das Tanzbein schwingen werden. Zu meinem Bedauern erinnert er mich daran, dass er nicht als Gast, sondern als Servicekraft anwesend sein wird. Geknickt lasse ich den Kopf hängen. Der einzige Gast, den ich persönlich kenne und auch gut leiden kann, steht offiziell nicht auf der Gästeliste und muss sich stattdessen um andere Leute kümmern. James versucht, mich ein wenig aufzubauen, indem er meint, dass mir die Feier dennoch gefallen werde und ich nicht allzu viel darüber nachdenken solle. Ich lächle ihn an, verabschiede mich noch einmal und mache mich dann auf den Weg zurück zu Tom, der zeitgleich die Treppe runterkommt.

Seine Eltern warten bereits im Eingangsbereich, um sich von uns verabschieden zu können. Provokant gebe ich Klara ein dickes Küsschen auf die Wange. Ich habe mir dafür zuvor noch eine Extraschicht roten Lippenstift aufgetragen. Tom entgeht zum Glück der auffallend knallrote Lippenabdruck auf der Wange seiner Mutter. Henrich hingegen hat es bemerkt und lacht zu meiner Überraschung herzhaft – ein Moment, der zwischen ihm und mir so in dieser Form noch nie vorgekommen ist. Leider vermasselt er diesen Augenblick schnell wieder, indem er mich nochmals an den Termin mit Herrn Sojak erinnert, den er für mich ausgemacht hat und ich die ganze Zeit über zu verdrängen versucht habe. Der Gedanke daran lässt in mir eine leichte Übelkeit hochkommen. Ich gebe Henrich freundlich die Hand und bedanke mich für die Einladung. Anschließend sehe ich zu, wie sich auch mein Verlobter von seinen Eltern herzlich verabschiedet. Wir steigen in den Wagen. Und während Tom aufs Pedal tritt, kann ich es kaum erwarten, diesen Ort des Schreckens zu verlassen und endlich nach Hause zu meiner Schwester zu fahren.

Zu Hause fällt mir Marie um den Hals, als ob sie mich monatelang nicht mehr gesehen hätte. Der vertraute Duft der Wohnung, die Räumlichkeiten, all das habe ich in den letzten Tagen furchtbar vermisst. Es gibt nichts Schöneres, als nach Hause in die eigenen vier Wände zu kommen. Und da ist es völlig egal, wie lange man weg war. Marie hat mir einen Entspannungstee zubereitet und mir im Bad die Wanne eingelassen. Sie besteht darauf, dass ich ihr erst vom Wochenende erzähle, nachdem ich heiß gebadet und den Tee ausgetrunken habe.
„Für die Nerven", meint sie mit einem Augenzwinkern.
Frisch gebadet und voller positiver Energie, komme ich nach einer halben Stunde gleich viel entspannter ins Wohnzimmer zurück. Den Koffer hab ich ganz stilvoll in eine Ecke geschmissen. Marie sitzt gespannt auf der

Couch und zeigt auf den Teller selbstgemachter Cupcakes.

„Was? Hast *du* die etwa gemacht?", frage ich erstaunt und reiße ungläubig die Augen auf. Die Vorstellung, dass sich meine Schwester die Arbeit antut, um etwas zu backen, ist für mich doch etwas überraschend. Und als ob ich es gewusst hätte, lacht Marie nur auf und schüttelt verneinend den Kopf. War ja klar!

„Selbstgemacht, ja, aber natürlich nicht von mir. Die hab ich selbstverständlich gekauft. So wie es sich für eine moderne Frau eben gehört", flachst sie und greift sofort zum Teller.

„Oder für eine, die einfach keine Lust auf Backen hat", ergänze ich.

Marie lacht: „Ja, oder so."

Auch ich schnappe mir einen süßen Schoko-Cupcake und beiße herzhaft hinein. Marie und ich stöhnen beinahe gleichzeitig vor uns hin. Ach, sind die lecker! Schokolade hoch drei. Und an die Kalorien kaum zu denken.

„Nun erzähl doch mal: Wie war die Weinverkostung?", fragt mich Marie mit vollem Mund und schmatzt ungeniert weiter. Bei ihrem Anblick muss ich grinsen. Ich bin gespannt, ob sie von selbst draufkommt, dass ihr Mund mit Schokolade verschmiert ist.

„Ich denke, es ist ganz gut gelaufen. Zumindest habe ich versucht, das Beste aus der Situation zu machen. Es hat ein paar Momente gegeben, in denen ich befürchtet habe, dass ich auffliegen könnte. Aber letztendlich ist alles gut ausgegangen. Danke nochmals für deine Hilfe! Ohne dich wäre ich noch hilfloser dagestanden als ohnehin schon", schildere ich und schlecke mir nebenbei genüsslich die Finger ab. Ich deute auf Maries Schokoladengesicht und biete ihr eine Serviette an. Sie bevorzugt jedoch den rechten Ärmel von ihrem Pullover.

„Ja, so geht es natürlich auch", schmunzle ich. Ach, wie schön es doch ist, wenn man sich zu Hause an keine Etikette halten muss.

„Das heißt, sie haben dir deine Weinkennermasche tatsächlich abgekauft?", fragt Marie erstaunt nach und verschluckt sich fast am Tee. Ich nicke und greife nach einem weiteren Cupcake. Die sind aber auch wirklich, wirklich gut! Davon kann ich einfach nicht genug kriegen.

„Also, Gustav, dem Inhaber des Weinguts, hat es auf jeden Fall gefallen. Selbst die Gäste waren begeistert von meiner Darbietung. Gustav hat sogar darauf bestanden, dass ich ihm die Adresse meiner Ausbildungsstätte weiterleite. Und zum Schluss wollte er dann auch noch ein gemeinsames Foto mit mir, das übrigens Olivia geschossen hat oder besser gesagt schießen musste, die richtig genervt davon war. Das Foto kommt auf seine Ehrenwand, die mit dem einen oder anderen Prominenten verziert ist – und ich bin *mittendrin*."

Marie reißt erstaunt ihre Augen auf und starrt mich an, ehe sie in einen hysterischen Lachanfall ausbricht, der auch mich ansteckt.

„Die waren tatsächlich *begeistert* von deiner Show? Und ein Foto für die *Ehrenwand* wollte er auch noch?", wiederholt sie glucksend. Ich nicke nur und lache weiter. Mit meiner Schwester wird jedes noch so erdenkliche Horrorszenario zum Brüller des Jahres.

„Lediglich Olivia hat mir meine Show nicht abgekauft. Sie hat meinen Auftritt eher peinlich gefunden und gesagt, dass sie meine Aktionen lächerlich finde, mit denen ich verzweifelt versuche, die Aufmerksamkeit seiner Familie zu bekommen", erzähle ich ernst weiter, nachdem ich mich von meinem Lachanfall erholt habe.

„Was? Das hat sie gesagt? Ach, sie ist so ein Miststück!", äußert sich meine Schwester erbost. Marie kennt Olivia eigentlich ausschließlich von meinen Erzählungen. So wie sie sich immer über sie aufregt, könnte man allerdings fast glauben, dass die zwei schon gemeinsam in einem Boxring gestanden wären.

„Das ist freilich noch nicht alles: Ich habe ihr unter die Nase gerieben, dass sie sich nur nicht damit abfinden könne, bei Tom nie eine Chance gehabt zu haben, und sie endlich damit klarkommen solle, dass ich nun die Frau an seiner Seite sei. Doch dann hat sie gemeint, dass ich von Tom und ihr genauso wenig Ahnung habe wie vom Wein. Als ich Tom darauf angesprochen habe, hat er mir gestanden, dass sie sich einmal geküsst haben."

„Was? Dann ist also doch etwas zwischen den beiden gelaufen?", bleibt Marie fast die Spucke weg.

„Ja, aber laut Tom war es lediglich ein bedeutungsloser Kuss."

„Und wieso hat er dir dann nichts davon erzählt, wenn der Kuss keine Bedeutung hatte?", hakt Marie jedoch weiter nach.

„Ich denke, er wollte mich einfach nicht verunsichern. Schließlich weiß er, dass ich nicht ihr größter Fan bin und es mir ohnehin schon zu schaffen macht, dass Klara sie lieber hat als mich", biete ich als Erklärung an.

„Klara ist eine hohle Nuss und Olivia hast du immerhin die Meinung gegeigt. Nur hätte dir Tom dennoch etwas davon erzählen können." Meine Schwester sieht mich für meinen Geschmack etwas zu ernst an und mir gefällt es gar nicht, wenn sie recht hat – vor allem, wenn es um meine Beziehung geht.

„Ja, das finde ich auch. Ich kam mir vor wie ein Vollidiot", stelle ich trocken fest. Wenn ich an Olivia und Toms Vergangenheit denke, ist meine gute Laune dahin. Da hilft auch kein dritter Cupcake mehr.

Marie weiß, wie ich mich fühle, drückt mich und versichert mir, dass Tom sicherlich ehrlich zu mir war und ich mir deshalb über deren Vergangenheit nicht länger den Kopf zerbrechen soll.

„Wie du selbst gesagt hast: Du bist die Frau an seiner Seite und nicht umgekehrt." Sie wirft mir einen aufmunternden Blick zu und schon geht es mir ein kleines Stückchen besser.

Um vom Thema abzuschweifen, erzähle ich Marie von Henriette, der Hochzeitsplanerin, davon, wie doof ich die Idee von zwei Verlobungsfeiern finde und wie unfair es doch ist, dass bei der ersten Feier niemand von meiner Familie und meinem Freundeskreis dabei sein darf.

„Allein, dass wir eine Hochzeit mit zweihundert Gästen schmeißen müssen, finde ich mehr als übertrieben. Ich habe kaum Mitspracherecht, aber Tom scheint das völlig gleichgültig zu sein. Er beteiligt sich ja nicht einmal und ist dann auch noch sauer auf mich, wenn ich seiner Mutter widerspreche. Das Ganze nervt einfach bloß", jammere ich und greife schließlich doch noch nach einem weiteren Cupcake. Irgendwie hat dieser eine beruhigende Wirkung auf mich. Oder es liegt an der süßen Versuchung. Ganz egal: Gegessen wird er so oder so.

„Jetzt warte mal ab! Vielleicht wird die Hochzeit trotzdem noch so, wie du sie dir vorgestellt hast. Und abgesehen davon: Wer kann denn schon von sich behaupten, dass er gleich zwei Verlobungsfeiern hatte?", versucht mich meine Schwester aufzubauen und in dem Ganzen etwas Positives zu sehen. „Und vielleicht ist die Idee ja gar nicht mal so schlecht, dass du die *wichtigen* Freunde und Bekannte von Toms Familie bereits im Vorfeld kennenlernst. Mir wäre das auf jeden Fall lieber, als mir dann bei meiner Hochzeit ständig die Frage stellen zu müssen, wer überhaupt all die fremden Gesichter seien."

Über das, was sie soeben gesagt hat, denke ich kurz nach. Eigentlich hat sie damit nicht unrecht. Wer möchte denn schon seine eigenen Hochzeitsgäste nicht kennen?

„Und wir können ja sonst immer noch eine interne Verlobungsfeier für dich schmeißen, bei der nur du entscheidest, wer eingeladen wird. Dann hast du insgesamt drei Feiern, bei denen es ausschließlich um *dich* geht!", bringt Marie mein Herz zum Strahlen.

Am Abend meldet sich Sonja bei mir. Sie erzählt mir von ihrem heißen Date mit Paolo, einem scharfen Spanier, den sie letztens in einer Latinobar aufgerissen hat. Sonja ist immer noch ganz aufgeregt, während sie über ihre Verabredung plaudert.

„Nach dem Essen gingen wir dann also wieder in die Bar, in der wir uns kennengelernt hatten. Ohne mich großartig zu fragen, nahm er meine Tasche, legte sie beiseite, nahm meine Hand und zog mich energisch auf die Tanzfläche. Er fasste mir an meine Hüften, an meinen Hintern, an meine Brüste, an meinen Rücken – ja, eigentlich überallhin. Eng umschlungen tanzten wir zu kubanischen Rhythmen. Dabei blickte er mir die ganze Zeit über tief in die Augen. Die Bewegungen wurden immer intensiver. Beinahe hätte ich alles rund um mich herum vergessen. Ach, Ella, es war so heiß! *Dirty Dancing* ist nichts dagegen." So leidenschaftlich, wie mir Sonja von diesem Abend erzählt, könnte man meinen, dass ich mir die Hörbuchverfassung von einem erotischen Bestseller anhören würde. Ich warte nur darauf, dass sie dieser Paolo auch noch an die Bar fesselte.

„Ich finde, es klingt eher so, als ob ihr kurz davor gewesen wärt, Sex auf der Tanzfläche zu haben", fasse ich schmunzelnd zusammen. Doch Sonja korrigiert mich sofort.

„Aber Ella, was denkst du von mir? Den Sex hatten wir natürlich erst danach", kichert sie mir verdorben in den Hörer und erzählt dann ungeniert weiter. Es hätte mich auch schwer gewundert, wenn nicht.

„Ich merkte ja schon beim Tanzen, dass er scharf auf mehr war. Ich meine, so schwierig war das nicht zu erraten, nachdem sich seine Hose immer mehr nach vorne gewölbt hatte."

Was bin ich froh, dass ich nicht gerade beim Essen bin. Aber was wäre eine Frauenfreundschaft ohne schmutzige Erzählungen aus dem eigenen Liebesleben.

Nicht nur ihre Geschichte kommt danach langsam zum Höhepunkt: „Dennoch hörte er nicht auf, sich zur Musik zu bewegen. So blieben wir eine gefühlte Ewigkeit auf der Tanzfläche und bewegten uns eng umschlungen im Kreis. Ich war schon so kribbelig, dass ich ihm am liebsten die Kleider vom Leib gerissen hätte. Da zog er plötzlich energisch an meiner Hand. Ich dachte schon, er wolle mit mir auf die Toilette verschwinden. Dabei wollte er ganz woandershin. Sein Auto stand in einer Seitengasse. Oder zumindest glaube ich, dass es sein Wagen war. Eine Alarmanlage ging auf jeden Fall nicht los. Wie auch immer. Wir schlichen uns also in das Auto und dann ging es ordentlich zur Sache. Und eines schwör ich dir: Die heiße Nummer am Tanzparkett war nur ein kleiner Vorgeschmack auf das gewesen, was sich anschließend abspielte!"

Ich versuche, meine Freundin zu unterbrechen, ehe sie mir wirklich alles erzählt. Doch sie ignoriert mich einfach und plappert weiter. Typisch Sonja! Ich schmunzle vor mich hin, während sie mir alle Einzelheiten von dem – ich zitiere – *besten Sex ihres Lebens* schildert. Anscheinend weiß der Latinotyp wirklich, wie es geht. Schließlich ist er laut Sonja mit einem üppigen Prachtexemplar ausgestattet.

„Bin ich vielleicht froh, dass wir es nicht auf der Toilette getrieben haben. Ich meine, ich bin ja generell sehr flexibel, was das betrifft, nur im Auto hat man doch mehr Bewegungsfreiheit. Du kannst dir gar nicht vorstellen, wie eng die Kabinen in dieser Tanzbar sind."

„Doch, ich kann es mir eigentlich sehr gut vorstellen. Oder hast du etwa den Kerl vergessen, der dich letzten Monat auf die Toilette abgeschleppt hat? Du hast mir die Kabine derart genau beschrieben, dass es sich immer noch so anfühlt, als ob ich tatsächlich dabei gewesen wäre."

„Ach ja, richtig! Da hast du mich anschließend gefragt, ob ich mir wohl die Hände desinfiziert hätte", lacht mir bei diesem Satz Sonja erneut ganz ungeniert in den Hörer. Was für ein Luder!

„Ja, und weil diese Toilettensex-Aktion nicht zum ersten Mal stattgefunden hat, habe ich dir diese Frage auch schon öfters gestellt", rechtfertige ich mich kichernd und versuche, das Gespräch in eine andere Richtung zu lenken. Ansonsten kommen wir von ihren Sexgeschichten gar nicht mehr weg. „Und, siehst du ihn wieder?", frage ich deshalb so trocken wie möglich, um sie auf keine dummen Gedanken mehr zu bringen.

„Ja! Natürlich! So einen Kerl *muss* man wiedersehen!", entgegnet sie euphorisch und fährt quietschend fort: „Weißt du, er leitet in seiner Freizeit einen Zumbakurs, und er hat mich gefragt, ob ich nicht einmal teilnehmen möchte." Ich kenne Sonja gut genug, um zu wissen, was sie mich jetzt als nächstes fragen will: „Ella, kannst du bitte, bitte, bitte mitkommen? Ich will da nicht alleine auftauchen. Nicht, dass jemand noch denkt, ich wäre sein Sexhäschen."

„So wie du den Typen anhimmelst, merkt das aber sowieso jeder."

„Ach was! Ich reiße mich auch zusammen. Versprochen! Bitte, Ella! Ich will dort unbedingt hin. Nur nicht alleine. Du weißt ja, wie doof es ist, wenn man wohin geht und man niemanden kennt."

„Aber du kennst Paolo."

„Der zählt nicht."

„Ach Gott, na gut! Wann ist denn dieser Kurs?", will ich wissen, damit Sonjas Betteln ein Ende hat.

Ich höre sie vor lauter Freude wie einen albernen Teenager durch den Hörer kreischen. Manche Dinge ändern sich wohl nie…

Ich kenne Sonja schon seit Jahren. Wir gingen zusammen in die Schule, saßen in der Klasse einige Jahre nebeneinander und besuchten dieselbe Universität. Sonja studierte Wirtschaft und machte mit mir gemeinsam den öden Wirtschaftskurs, den ich mir als Wahlfach anrechnen ließ. Wir sind uns sehr ähnlich. Auch Marie meinte einmal, dass sie ohne Weiteres als unsere psychisch instabile Cousine durchgehen könnte. (Zu diesem Zeitpunkt datete Marie übrigens einen Psychologen. Sie erzählte diesem Mann ein paar Märchen über Sonjas psychische Instabilität, was natürlich kompletter Quatsch war. Nur ist Marie der Meinung, dass Psychologen ausschließlich Frauen anziehend finden, die mindestens zwei Persönlichkeiten oder sonst irgendeine Macke haben. Keine Ahnung, wo sie diesen Schwachsinn wieder herhat. Ich hingegen denke ja, dass gerade ein Psychologe eher nach einer stinknormalen Frau sucht.

Meine Schwester sah das jedoch etwas anders: „Ich bin doch viel zu gewöhnlich für diesen Mann. Völlig uninteressant. Lass mich daher wenigstens so tun, als ob ich jemanden kennen würde, der einen Knall hat!"

Sonja hatte jedenfalls nichts dagegen, sondern freute sich stattdessen sogar, in Maries heißer Affäre eine so wichtige Rolle zu spielen. Sie bestand lediglich darauf, dass Marie ihren Namen änderte. Schließlich hatte sie ja einen Ruf zu verlieren. Ich weiß zwar bis heute nicht, welchen Ruf sie damit meinte, aber egal.)

Jedes Mal, wenn ich an meine Sonja von früher denke, muss ich schmunzeln. Denn die hat mit der heutigen nicht mehr viel gemeinsam.

Natürlich haben wir uns schon damals auf Anhieb verstanden und ich habe sie auch schnell ins Herz geschlossen. Nur war Sonja immer die Ruhige von uns beiden – quasi die Harmonieträgerin, die nichts aus der Fassung bringen konnte (von der Amoklauf-Aktion im Schuhgeschäft mal abgesehen). Die, die heimlich für Jungs schwärmte und immer zu schüchtern war, um sie anzusprechen. Das fröhliche Mädchen mit Zahnspange und Hornbrille, das gerne zwei Zöpfe trug und somit jedes Klischee einer Streberin erfüllte. Das mit sechzehn ihren ersten Kuss bekam und mit zwanzig noch Jungfrau war. Sie schrieb damals lauter Einsen und war religiös ziemlich angehaucht. Sie traute sich nie, viel zu sagen – und wenn, dann fing jeder zweite Satz mit einem Zitat aus der Bibel an. Je mehr Zeit sie dann aber mit mir verbrachte, desto mehr legte sie ihre Schüchternheit ab. Sie gewann immer mehr an Selbstbewusstsein, wurde lauter und schon bald war von dem einst so ruhigen Mädchen kaum mehr etwas übrig. Ihre Verwandlung vom stillen Entlein zum extrovertierten Schwan klingt beinahe wie ein hübsches Märchen und brachte für sie auch viel Positives mit sich. Sie wurde nun endlich wahrgenommen und konnte zeigen, dass in ihr mehr steckte als bloß eine kleine Musterschülerin.

Wenn man sie heute so sieht, mit ihrem frechen Auftreten und ihrer Schlagfertigkeit, würde man nie auf den Gedanken kommen, dass sie jemals schüchtern gewesen ist. Gepaart mit ihrem Ehrgeiz, hat sie es nach ihrem Studium innerhalb kürzester Zeit in die Managementetage eines internationalen Lebensmittelkonzerns geschafft.

Leider ist ihre Verwandlung nicht überall gut angekommen. Ihre Mutter hält ihr heute noch vor, was für einen schlechten Einfluss ich auf sie habe. Sonja hat mir mal erzählt, dass mich ihre Mutter am liebsten in ein mehrwöchiges Bibelcamp schicken würde, um mir dort den Teufel austreiben zu lassen. Sonja macht auch ständig ihre Witze darüber. Dennoch hat sie zu mir gehalten und unsere Freundschaft ist dadurch nur noch stärker geworden. Und zumal sie beruflich erfolgreich geworden ist, habe ich deswegen auch kein schlechtes Gewissen mehr.

Nachdem sich Sonja wegen ihres Latin Lovers wieder beruhigt hat, erklärt sie mir hastig: „Der Kurs ist am Mittwoch um 19.00 Uhr. Soweit ich weiß, teilt er sich ein Yoga- und Tanzstudio. Am besten bin ich um viertel sieben bei dir und wir fahren gemeinsam dorthin. Geht das in Ordnung für dich?"

Als ob ich jetzt noch eine andere Wahl hätte. Ich sage ihr zu und mache mir in meinem kleinen rosa Terminkalender eine Notiz.

Nachdem Paolo für einen kurzen Moment vergessen ist, erzähle ich Sonja kurz von meinem Wochenende. Auch sie findet Toms Eltern unmöglich, kann sich dennoch das eine oder andere Lachen nicht verkneifen. Vor allem die Wein-Episode findet sie komisch.

„Wann findet denn eigentlich dein Junggesellinnenabschied statt, nachdem die Hochzeit ja früher ist als geplant?", fragt sie interessiert. Ich kann mir vorstellen, dass sie sich in diesem Moment auf die Lippen beißt und ihre Frage bereits wieder bereut.

„Na ja, aufgrund dessen, was bei dir damals passiert ist, verzichte ich lieber darauf." An die Erinnerung vor sechs Jahren bekomme ich einen Lachanfall. Obwohl ich natürlich merke, dass ihr die Anspielung nicht sonderlich gefällt, schaffe ich es einfach nicht, mich wieder einzukriegen...

Zu Beginn unseres Studiums lernte Sonja Dominik kennen, einen netten Typen, der Informatik studierte. Die zwei verliebten sich unsterblich ineinander, was schon kitschiger war als die *Twilight Saga*. Eines Tages kam Dominik ganz spontan auf die Idee, ihr einen Antrag zu machen, als er bei einem alten Kaugummiautomaten vorbeiging und zwischen all den farbenfrohen Kaugummis einen kleinen, pink funkelnden Plastikring *(made in China)* entdeckte. Wie Gollum aus *Der Herr der Ringe* fühlte er sich von diesem Ring so magisch angezogen und betrachtete ihn als *meeein Schaaatz*. Er vergötterte Sonja und wollte nicht Jahre darauf warten, bis er um ihre Hand anhielt. Die Frage aller Fragen stellte er ihr dann bei einem Spaziergang im Park, woraufhin sie sofort Ja sagte. (Als Sonja ihre Verlobung bekannt gab, dachte zunächst jeder, sie sei schwanger. Und das ausgerechnet bei einer Vorzeigejungfrau wie ihr! Ihre Mutter stand kurz vor einem Herzinfarkt.)

Die Sache zwischen Sonja und Dominik war schon ziemlich fix. Zumindest bis zu ihrem Junggesellinnenabschied. Dominik machte sich diesbezüglich keine Sorgen. Warum auch. Sonja war keuscher als jeder Keuschheitsgürtel und die Letzte, die sich irgendeinem Typen an den Hals werfen würde. Tja, wäre da bloß nicht der böse Tequila gewesen!

Marie, Sonja, zwei weitere Freundinnen und ich hatten dem Anlass entsprechend einen über den Durst getrunken und waren bereits ziemlich angeheitert, als wir Sonjas Wohnung verließen. Jede von uns mit einer pinken Federboa um den Hals. Marie und ich hatten Sonja für den Abend zudem ein kleines Plastikdiadem mit einem kurzen weißen Schleier dran gekauft. Zusätzlich hatten wir für sie ein neonpinkes T-Shirt mit der selbst ausgedachten Aufschrift *Scheiße Mann, ich bin verlobt!* bedrucken lassen und jede Menge buntes Konfetti gekauft, das wir im Minutentakt kichernd vor ihr Gesicht schmissen. Wir waren an diesem Abend extrem gut drauf. Wüsste ich es nicht besser, dann hätte man bei unserem Verhalten von Drogenmissbrauch sprechen können. Aber zum Glück war es nur der Alkohol und keine zusätzlichen Pillen.

Den gesamten Abend über machten wir gefühlte eine Million Fotos, die wir zu Sonjas Bedauern bis heute nicht gelöscht haben, und führten uns noch peinlicher auf als sonst. Die genaue Reihenfolge der Lokale, die wir an diesem Abend aufgesucht haben, weiß ich leider nicht mehr. Dafür weiß ich allerdings noch ganz genau, dass von der Karaokebar bis zum Striplokal alles dabei war. In der Karaokebar standen wir zu dritt auf der Bühne und kreischten *Girls just wanna have fun*, während wir im Striplokal ungeniert mit den Strippern auf der Bühne tanzten und dabei auch noch ein paar Scheinchen verdienten. Marie biss sogar einem Stripper in den Hintern. In den *Hintern!* Wir wissen immer noch nicht, wieso sie das getan hat, und veräppeln sie heute noch damit. Sie streitet aber freilich alles ab. Von wegen, sie wisse vor lauter Alkohol nicht mehr, was damals passiert sei. Blöd nur, dass es auch davon ein paar Beweisfotos gibt.

In einem der Tanzlokale, in dem wir waren, spielten wir das *Darf ich bitten*-Spiel, das sich Marie extra für diesen

Abend ausgedacht hatte. (Dominik gibt Marie deshalb immer noch die Schuld dafür, dass zwischen Sonja und ihm letztendlich keine Hochzeit stattgefunden hat. Marie hingegen ist heute noch der Meinung, dass der Alkohol die Ursache dafür gewesen ist. Ebenso wie Sonjas Östrogene. Entschuldigt hat sie sich trotzdem bei ihm.) Bei diesem Spiel hatte Sonja die Aufgabe, Jungs um Küsse anzubetteln, die allesamt fotografiert wurden. Sie küsste insgesamt neunzehn fremde Typen, und zwar mit Zunge. Ach, wir waren so stolz auf sie! Doch dann war Sonja plötzlich spurlos verschwunden. Wir machten uns richtig Sorgen, weil wir sie auf einmal nirgendwo mehr finden konnten. Marie und ich begaben uns sofort auf die Suche nach ihr. Doch im gesamten Lokal war sie unauffindbar. Natürlich suchten wir sie dann auch auf der Toilette, für den Fall, dass ihr schlecht geworden war und sie sich übergeben musste. Wir rechneten schon mit einer verheulten Sonja, die sich die Kotze aus den Haaren zupft, nach ihrem Verlobten flennt und sich dann die verschmierte Mascara aus dem Gesicht wischt. Aber stattdessen hörten wir nur lautes, lustvolles Gestöhne und erwischten unsere ach so keusche Sonja beim Sex mit einem wildfremden Typen am Klo einer heruntergekommenen Bar. Und das ausgerechnet an ihrem Junggesellinnenabschied! Amen! Unsere sturzbetrunkene Freundin Sonja hatte also doch nicht bis zur Ehe gewartet. Nein, sie hatte ihre Jungfräulichkeit blöderweise ein paar Abende zu früh verloren. Und auch davon gibt es Bilder – natürlich gut unter Verschluss.

Nach dem Telefonat mit Sonja erzähle ich Marie gleich von Paolo und dem Zumbakurs, den sie und ich besuchen wollen.

„Was? *Du* willst zum Sport?", fragt meine Schwester verblüfft und sieht mich ungläubig an. Tzz! Und das gerade
von ihr! Nur weil ich kaum Sport mache, heißt das noch
lange nicht, dass ich total unsportlich bin.

„Mach mir dann wenigstens den Gefallen, dass du dir zuerst den Kurs ansiehst, bevor du dir einen Zehnerblock
kaufst, um anschließend nicht mehr hinzugehen", emp-
fiehlt sie mir rechthaberisch, woraufhin ich die Augen
überdrehe.

„Das sagt ausgerechnet die, die nach dreimal Yoga ihre
spirituelle Phase beendet hat, und das, obwohl sie zuvor
mehrere hundert Euro für Yogaoutfits, Räucherstäbchen
und Klangschalen ausgegeben hatte", korrigiere ich
meine Schwester und bekomme dafür einen Polster zugeworfen. Rechtzeitig schaffe ich es noch, dem fliegen-
den Angriff auszuweichen.

„Zumindest war mein Yogapolster eine tolle Investition.
Zum Fernsehen reicht er allemal!"

„Ja, und deine Räucherstäbchen finden sich seit damals
auf jeder Geburtstagstorte wieder und aus den Klangschalen löffelst du deine Suppe", beende ich ihren Satz.

„Na ja, nicht aus jeder. In einer Klangschale bewahre ich
auch meine Ohrringe auf", kichert Marie und schüttelt
dabei belustigt den Kopf. Nun ja, immerhin macht sie davon Gebrauch.

Kapitel 5

Der Montagmorgen hat noch nie zu meinen Lieblingszeiten in der Woche gehört. Und das vergangene Wochenende hat meine Meinung dazu auch nicht geändert. Viel zu müde und antriebslos würde ich am liebsten meine Seele an den Teufel verkaufen, nur um wieder zurück ins Bett gehen zu können.

Immerhin vergeht der Vormittag im Büro recht schnell, da noch einiges von letzter Woche zu tun ist. Für eine kleine Kaffeepause mit meiner Arbeitskollegin Natalie bleibt trotzdem genügend Zeit. Natalie und ich verstehen uns einfach blendend. Sie ist im selben Alter und arbeitet ebenfalls als Sekretärin – bloß in einer anderen Abteilung. Genau das habe ich mir immer gewünscht: Eine quirlige Arbeitskollegin, mit der ich mich anfreunde und problemlos über den Chef herziehen kann. Natürlich ist sie über mein Privatleben eingeweiht und weiß über Tom und die weiteren Highlights aus meinem Leben bestens Bescheid.

„Ach, ich würde es keinen Tag mit seinen Eltern aushalten. Echt, die sind so was von überheblich und unsympathisch", regt sie sich auf. Dabei nippt sie an ihrem Kaffee und verzieht das Gesicht. Etwas Milch und Zucker sollten an dieser Stelle helfen. Sie schnappt sich einen Kaffeelöffel und verrührt das Ganze, um anschließend einen weiteren Schluck davon zu nehmen, bloß diesmal ohne Grimassen zu schneiden.

„Nur kann man sich leider die Familie, in die man einheiratet, nicht aussuchen", meine ich leicht betrübt.

Natalie nickt zustimmend, bevor sie nach einer kurzen Sprechpause aus ihrem eigenem Privatleben zu erzählen beginnt: „Michael hat mich übrigens um ein Date gefragt."

Sie klingt dabei ganz aufgeregt und fährt sich verlegen durchs Haar. In diesem Moment wirkt sie fast wie eine Unschuld vom Lande.

„Wirklich? Das ist ja toll!", freue ich mich und umarme sie.

Michael ist einer der Unternehmensberater, der gerade im Begriff ist, ordentlich Karriere zu machen. Er ist vor zwei Jahren von einer anderen Firma zu uns gewechselt und etwas älter als sie. Natalie hat schon von Anfang an ein Auge auf ihn geworfen, war jedoch immer zu schüchtern, um den ersten Schritt zu wagen. Sie hat sich immer Sorgen gemacht, dass es ein schlechtes Bild auf sie werfen könnte, wenn sie mit einem ihrer Vorgesetzten anbandelt. Nicht, dass jemand noch denkt, sie wäre auf eine Beförderung aus.

„Ich hoffe, die Verabredung geht nicht in die Hose. Schließlich bin ich doch ein wenig nervös", gesteht sie und errötet. Ich versichere ihr, dass die Verabredung super verlaufen wird und sie sich keine Sorgen machen soll. Sie hat so lange darauf gewartet, also soll sie dieses Date auch genießen.

„Und falls es wirklich nicht passen sollte, dann kannst du ihn endlich abhaken und gedanklich für den nächsten Mann Platz schaffen", klinge ich wie so ein Liebesratgeber aus einer Frauenzeitschrift.

Natalie kichert und entspannt sich wieder. Bevor wir uns aber genauer über den Ablauf ihres Dates unterhalten können, taucht unser grimmiger Chef auf, der uns genervt zurück zum Arbeitsplatz schickt. Anscheinend haben wir die fünf Minuten Kaffeepause etwas überzogen. Gerade als ich mich an die Arbeit machen will, erhalte ich eine E-Mail von Henriette. Na toll!

Guten Tag, Ella,

wir haben morgen um 14.00 Uhr unsere erste Besprechung bezüglich der Hochzeitsvorbereitungen. Am
kommenden Donnerstag um 11.00 Uhr steht dann ein
Termin im Brautladen an. Wir treffen uns morgen in
meinem Lieblingscafé. Die Adresse ist unterhalb ange-
führt. Seien Sie pünktlich,
Henriette

Ich glaube, ich lese nicht richtig. Henriette hat anscheinend schon alles geplant, ohne mich zu fragen, ob das für
mich zeitlich überhaupt in Ordnung geht. Ich meine, haben die etwa vergessen, dass ich eine erfolgreiche Geschäftsfrau bin, die nicht einfach so von ihrer Arbeit weg-
kann? Im gleichen Moment ruft mein Chef nach mir, dass
ich ihm die Post bringen solle. War ja klar, dass er ausgerechnet jetzt danach verlangt.
Nachdem ich den überaus anspruchsvollen Auftrag meines Chefs erledigt habe, setze ich mich zurück an meinen
Schreibtisch. Ich bin sehr verärgert, weiß aber nicht, ob
das darin liegt, dass Henriette einfach so meine Woche
verplant oder mir anscheinend mein *Ich bin eine erfolgreiche
Geschäftsfrau und habe viel zu tun*-Märchen niemand abkauft.
Aus Trotz schreibe ich Henriette zurück, dass es für mich
zeitlich nicht machbar sei und wir unsere Besprechung
gerne auf den Abend verschieben können. Keine fünf
Minuten später erhalte ich bereits die nächste E-Mail von
ihr. Etwas nervös öffne ich diese und starre mit offenem
Mund auf die wenigen Worte, die sie mir zurückgeschrie-
ben hat:

Ella, Liebes, das Leben ist leider kein Wunschkonzert.
Morgen, 14.00 Uhr.
Henriette

„Ich fasse es nicht", stammle ich und schäume innerlich
vor Wut. Ich bin wirklich genervt von Toms Eltern und
all dem Drumherum. Eigentlich reicht es schon, dass mir
Klara dauernd vorschreibt, was ich zu tun habe. Da muss
es ihre Freundin nicht auch noch machen. Ohne groß
über die Konsequenzen nachzudenken, haue ich in die
Tasten und schreibe ihr stur eine Antwort:

**Henriette, Liebes, Sie sagen es: Das Leben ist kein
Wunschkonzert. Ich bin sehr beschäftigt und kann
nicht einfach meine Arbeit stehen und liegen lassen.
Wir sehen uns dann also morgen am ABEND.**
Ella

Beflügelt von meinem Mut, ihr zu widersprechen, drücke
ich auf Senden. Bösartig grinse ich vor mich hin und bin
überglücklich, als ich in den nächsten zehn Minuten keine
Antwort von ihr erhalte. Geschafft! Da wird noch einer
meinen, dass ich mich nicht durchsetzen kann.
Zufrieden widme ich mich wieder meiner eigentlichen
Arbeit und gehe einige E-Mails und Telefonate für meinen Chef durch, vereinbare Termine, organisiere eine Ta-
gung, die in der kommenden Woche stattfinden soll, und
bin mehr als erfreut, meine Tätigkeiten in Ruhe ausführen
zu können. Doch plötzlich klingelt mein Handy. Es ist
Tom. Verdammt! Ich ahne nichts Gutes.
„Hallo, mein Schatz!", begrüße ich ihn übertrieben
freundlich und versuche, meine Aufregung so gut es geht
zu unterdrücken. Es kommt eher selten vor, dass er mich
während der Arbeit anruft, da er selbst immer so beschäftigt ist und in der Regel gar keine Zeit dafür hat.
„Ella! Meine Mutter hat mich soeben angerufen." Oh,
Gott! Das klingt nicht gut!

„Ach, wirklich? Wie geht es ihr denn?", frage ich fröhlich quietschend, als ob ich diese Frau bereits vermissen würde. Aber was tut man nicht alles, um von einem unangenehmen Gesprächsthema abzulenken.

„Sie ist ziemlich verärgert. Sie hat gemeint, dass Henriette mit dir für morgen einen Termin ausgemacht habe und du dich ihr gegenüber sehr unverschämt verhalten hättest. Ich weiß nicht genau, was vorgefallen ist, nur ist es mir ein Anliegen, dass du das regelst." So wie er das sagt, klingt sein Anliegen vielmehr wie eine Aufforderung.

„Ahm… was meinst du genau mit *regeln*?", frage ich dennoch dümmlich nach. Bloß um hundertprozentig sicher zu gehen und ein mögliches Missverständnis zu vermeiden.

„Entschuldige dich bei ihr und einigt euch auf einen Termin", beauftragt er mich emotionslos. Wie bitte? Er hat keinen blassen Schimmer, um was es geht, verlangt aber von mir, dass ich angekrochen komme und mich entschuldige.

„Tom, wie du sagst, du weißt nicht, um was es geht. Also halte dich aus dieser Sache bitte heraus!"

„Mum hat mich daran erinnert, wie viel Arbeit Henriette in die Hochzeitsvorbereitungen steckt, weshalb du zumindest den Anstand besitzen sollst, dich daran zu beteiligen. Es ist schließlich *deine* Hochzeit", betont Tom streng. Mit dieser Aussage lässt er eine Bombe platzen. Und das heißt nichts Gutes!

„Was heißt hier *meine* Hochzeit? Tom, *wir* heiraten! Da gehörst du auch dazu. Insofern sag nicht, dass das alles allein für mich organisiert wird. Schließlich ist es *unsere* Hochzeit!", fauche ich und bin kurz davor aufzulegen. Ein Kollege, der gerade an meinem Schreibtisch vorbeiläuft, sieht mich leicht erschrocken an.

Toms Reaktion beschränkt sich auf eine unerträgliche Stille und für einen kurzen Moment befürchte ich schon, dass er gar nicht mehr in der Leitung ist.

Doch dann höre ich ihn tief durchatmen und er meldet sich wieder zu Wort: „Tut mir leid, Schatz! Selbstverständlich geht es hier um uns. Mach mir bitte den Gefallen und kümmere dich darum. Du möchtest meine Mutter doch nicht verärgern, oder?"

„Natürlich nicht!", sage ich dann um der Harmonie willen und lege auf.

Ohne mich weiter aufzuregen, schreibe ich Henriette eine neue E-Mail:

Henriette, was bin ich denn nur für ein Schussel. Ich hatte in meinem Terminplaner die falsche Woche aufgeschlagen. Nächste Woche wäre die Uhrzeit ein Problem gewesen, morgen geht es selbstverständlich auch um 14.00 Uhr. Die Anprobe am Donnerstag ist ebenfalls kein Problem. Ich freue mich darauf!
Alles Liebe Ella

Mich jetzt wieder nach Tom richten zu müssen, nervt gewaltig. Jedes Mal, wenn etwas mit seiner Familie zu tun hat, gibt es in letzter Zeit Krach zwischen uns. Die vergangenen Monate waren so harmonisch und schön, aber seit der Verlobung kriselt es. Ich bin ein wenig verunsichert. Versucht Klara etwa, Tom und mich auseinanderzubringen? Und das kurz vor unserer Hochzeit? Dass sie nicht unbedingt mein größter Fan ist, damit komme ich klar. Dass sie allerdings nichts auslässt, um mich zu vergraulen, ist mir nicht egal. Merkt sie denn nicht, dass es Tom ernst mit mir ist und ich ihn glücklich mache? Leicht niedergeschlagen kümmere ich mich wieder um meine Arbeit, als mir Sonja eine SMS schickt:

Süße, Marie und ich sind heute hungrig auf Italien ;-)
Um 19.00 Uhr beim Giuseppe? xxx

Der Gedanke daran, dass ich einen lustigen Abend mit meinen Mädels bei unserem Lieblingsitaliener verbringe, heitert mich sofort auf. Schnell texte ich ihr zurück:

Als ob ich schon jemals Nein dazu gesagt hätte ;-D
19.00 Uhr passt perfekt :-) xxx
PS: Deine Nachricht schickt der Himmel!

Ein paar Sekunden später erhalte ich bereits die nächste Antwort:

Tzz. Du Luder freust dich wahrscheinlich eh nur auf die
sexy Kellner – hihi :-)
Super! Ich freu mich!!

Ich kichere verdorben und kann es kaum erwarten, bis ich hier aus dem Büro rauskomme.

Zu Hause bin ich froh, dass der Tag auch schon fast wieder vorüber ist. Meine Schwester hat mir eine Nachricht geschickt, dass sie sich davor noch mit einer Freundin treffe und sie dann direkt zum Italiener komme. Es ist mittlerweile bereits kurz vor 18.00 Uhr. Zum Glück ist das Lokal gleich ums Eck. Somit kann ich mir noch ein wenig Zeit lassen.
Ich steige unter die Dusche und frische mein Make-up auf, wodurch ich wieder ein wenig lebendiger aussehe. Danach kümmere ich mich um mein Outfit. Gott sei Dank muss ich da niemanden beeindrucken, so wie bei Toms Eltern zu Hause.

Ich beschäftige mich eigentlich gerne mit Mode. Es macht mir richtig Spaß, mich für den Mädelsabend hübsch zu machen. Nur wenn es um Toms Eltern geht, verwandelt sich die Modewelt in ein Horrorland, in dem nie etwas Passendes zum Anziehen zu finden ist. Ich ziehe mir meine schwarze Lieblingshose, die leichte Lederapplikationen hat, an. Dazu wähle ich meine langärmlige weiße Bluse aus Viskose mit tiefem V-Ausschnitt und runden goldenen Knöpfen an den Ärmeln. Ich schnappe mir meine schwarzen Ankleboots, meine *fast* echte schwarze Lederjacke, meine graue Beuteltasche, an der viele kleine Fransen herunterhängen, und peppe mein Outfit noch mit schicken goldenen Ohrringen und einem verspielten Armband auf. Begeistert von meinem Look zwinkere ich meinem Spiegelbild zu und mache mich auf den Weg zum *Giuseppe*, dem besten italienischen Lokal in der Innenstadt. (Okay, so wirklich beurteilen können wir das eigentlich gar nicht. *Giuseppe* ist nämlich das einzige italienische Lokal, in dem wir in Wien jemals waren. Ich weiß noch, dass wir, nachdem wir das erste Mal dort gegessen hatten, so hin und weg davon waren, dass wir nie das Interesse verspürt haben, ein anderes italienisches Restaurant aufzusuchen. Aber vielleicht liegt es ja auch daran, dass wir einfach zu faul sind, woandershin zu gehen.)

Im Lokal warten Marie und Sonja bereits auf mich. Giuseppe, der sexy Geschäftsführer, der mit seinem schwarzen Haar, den dunklen Augen und seinem verführerischen Lächeln jedes Klischee eines italienischen Machos erfüllt, begrüßt mich mit einem charmanten *Ciao cara*, während mich einer seiner süßen Kellner zum Tisch begleitet.

Das kleine Lokal ist sehr gut besucht. Alle Tische sind besetzt und es herrscht eine richtig lebhafte Atmosphäre. Im Hintergrund werden italienische Lieder auf- und abgespielt, es liegt ein leichter Knoblauchgeruch in der Luft und zwischendurch hört man das Telefon klingeln, da man sich das Essen auch nach Hause liefern lassen kann, was Marie und ich schon gefühlte hundert Mal gemacht haben.

Ich begrüße meine Mädels mit einer herzlichen Umarmung und setze mich zu ihnen.

„Da freut sich aber jemand mächtig, uns zu sehen", scherzt Sonja und gibt mir ein Küsschen auf die Wange. „Was war denn heute los?", will sie sofort wissen, nachdem ich am Holzsessel Platz genommen habe.

„Ich habe mich über Henriette, ihr wisst ja: die Hochzeitsplanerin, so aufgeregt, dass ich ihr eine angriffslustige E-Mail zurückgeschickt habe. Daraufhin hat Tom angerufen und mir erklärt, dass Klara sehr verärgert sei und ich das wieder in Ordnung bringen solle."

Bedrückt erzähle ich den beiden, was vorgefallen ist. Sie sind ebenfalls der Meinung, dass es ziemlich unverschämt ist, nicht einmal nach der Uhrzeit zu fragen, sondern einfach davon auszugehen, ich würde ohnehin zu allem Ja und Amen sagen.

„Tom hätte dir wenigstens zuhören können", meint Marie und beißt sich auf die Lippen, als sie meinen überraschten Gesichtsausdruck sieht. Ich weiß, dass sie im Grunde wieder mal recht hat, aber mit Tom deswegen einen Streit zu beginnen, möchte ich auch nicht.

„Lasst uns den Abend einfach nicht mehr über Klara und Henriette reden", ist Sonja bemüht, mich davon abzulenken, und hebt ihr Glas. Marie hat mir bereits ein Getränk bestellt. Wir stoßen an und überfliegen die Speisekarte. So oft wie wir schon hier waren und auch Essen nach

Hause bestellt haben, kennen wir die vielen Gerichte ohnehin schon in- und auswendig.

Einer der Kellner kommt zu uns rüber und nimmt die Bestellung auf. Natürlich kann es keiner von uns unterlassen, mit ihm zu flirten: Marie versucht ihre Bestellung auf Italienisch und blinzelt ihm zweideutig zu (und dabei geht es eigentlich nur um eine Portion Lasagne), Sonja wiederum lächelt verlegen, als er sie *Bella* nennt, und ich versuche, mich betont sexy zu geben, indem ich hauche: „Eine Pizza *Quattro Stagioni* mit ganz *großen* Artischocken." Ich lächle ihn dabei verführerisch an, Sonja spielt immer noch mit ihren Haaren und Marie berührt ihn *ganz versehentlich* an der Hand, als er die Speisekarten wieder einsammelt. Nachdem er weg ist, kichern wir wie kleine Schulmädchen.

Wir führen uns immer so auf, wenn wir hier sind. Wir können gar nicht anders. Und solange uns niemand wegen sexueller Belästigung verklagt, wird sich das wahrscheinlich auch so bald nicht ändern. An unserem ersten Abend in diesem Lokal hat Marie nämlich mit einem kleinen Spiel angefangen, bei dem es für jede von uns darum geht, den für unseren Tisch zuständigen Kellner mit übertriebenem Charme um den Finger zu wickeln, um anschließend behaupten zu können, er habe nur Augen für einen selbst gehabt. Anfangs gab es dazu sogar eine eigene Strichliste, um unsere Flirtversuche zu verewigen. Doch mit der Zeit wurden wir zu faul, um uns alles zu notieren.

„Wir vergessen sicherlich nicht, dass die Kellner hauptsächlich an mir interessiert sind", hat Sonja dazu einmal spaßhalber gestichelt. Ich brauche an dieser Stelle aber nicht zu betonen, wer die meisten Striche auf dieser Liste eingeheimst hat.

„Eine Pizza *Quattro Stagioni* mit ganz *großen* Artischocken", äfft mich Marie nach und kriegt sich kaum mehr ein vor lauter Lachen.

„Wieso die Betonung auf *groß*? Meinst du, er legt dann seinen kleinen Freund auf die Pizza?", gibt Sonja ebenfalls ungeniert ihren Senf dazu.

„Sagt die, die eines auf unschuldiges Mädchen macht und dümmlich vor sich hin grinst", kontere ich lachend.

„Ella, du hast geklungen wie eine Pornoqueen!", gackert Marie weiter.

„Stimmt! Man hätte glauben können, das wäre der Anfang von einem Softporno. Der Titel vom Filmchen lautet: *Ganz große Artischocken*. Hauptdarstellerin: Ella Liner, bekannt aus *Eine lange Spaghetti um den Finger gewickelt* und *Schmutzige Garnelen*."

Sonja, die gerne übertreibt, denkt sich noch weitere blöde Namen für Pornofilme aus, in denen ich mitgespielt haben soll. Über diesen Schwachsinn kann ich selbst nur lachen. Wir veräppeln uns gegenseitig, sind aber sofort ganz erwachsen, als der schnuckelige Kellner zum Tisch zurückkommt und unsere Gerichte bringt.

Während dem Essen, das wie immer hervorragend schmeckt, quatscht Sonja von ihrer Arbeit und Marie von einem Verkehrspolizisten, den sie mit ihrem Fahrrad beinahe umgefahren hätte. Eigentlich überrascht mich bei meiner Schwester nichts mehr.

Um jedoch ganz sicher zu gehen, frage ich lieber noch einmal nach: „Was? Du hättest fast einen Polizisten überfahren?" Marie nickt kichernd.

„Hat er deine Daten aufgenommen?", will Sonja wissen und dreht ihre Nudeln auf die Gabel.

Marie nimmt einen großen Bissen von ihrer Lasagne, ehe sie antwortet: „Nein, er hat Gott sei Dank ein Auge zugedrückt."

Sonja und ich sind beruhigt. Doch anscheinend ist die Geschichte noch nicht zu Ende.

„Aber ich habe ihm trotzdem meine Nummer gegeben – für den Fall, dass ihn der Zusammenstoß doch noch mitnehmen sollte. Nicht, dass der Arme einen Schock erleidet und dann niemand für ihn da ist." Marie zwinkert uns zu und isst weiter. Sonja und ich sehen uns verdutzt an.

„Du hast beinahe einen Polizisten angefahren und anstatt dass du dich aus dem Staub machst, flirtest du ihn an und schreibst ihm deine Nummer auf", fasse ich zusammen. Es herrscht kurz Stille, bis wir alle laut loslachen.

„Du lässt aber auch nichts aus, um an einen Kerl ranzukommen", quiekt Sonja und Marie rechtfertigt sich, dass als Single alles erlaubt sei.

„Wenn ihr gesehen hättet, was für ein süßer Typ das war, dann hättet ihr diese Aktion sofort unterstützt!" Marie beschreibt uns das Zusammentreffen nochmals im Detail, wobei sie nun mehr auf den attraktiven Polizisten eingeht. Laut ihren Beschreibungen hat er ziemliche Ähnlichkeit mit Clark Kent, dem heißen Superman, der sich mir zuliebe in den Comicverfilmungen ruhig noch öfter das Hemd vom Leib hätte reißen können. Aber vermutlich geht in diesem Moment bloß ihre Fantasie mit ihr durch und sie dichtet das eine oder andere einfach hinzu.

Nachdem wir den Hauptgang weggeputzt haben, bestellen wir uns noch ein Dessert. Während wir auf die Nachspeise warten, wird Sonja auf zwei Typen aufmerksam, die gemeinsam mit einer größeren Runde am Tisch gegenüber sitzen.

„Sieht der vielleicht gut aus! Zum Glück wurde unser Eisbecher noch nicht serviert. Der würde garantiert dahinschmelzen", stammelt Marie verträumt und nimmt sich die Typen genauer unter die Lupe.

„Die sind euch erst jetzt aufgefallen?", frage ich erstaunt. Normalerweise werden solche Männer schon früher ins Visier genommen. Marie und Sonja einigen sich darauf, welcher Kerl am besten aussieht. Als der blonde Sonnyboy zu uns rübersieht, fangen beide an, verführerisch zu lächeln, und spielen dabei gleichzeitig mit ihren Haaren. Leicht amüsiert winkt er ihnen zu und widmet sich dann wieder seinen Freunden.

Nach dem Dessert besteht Sonja darauf, noch etwas trinken zu gehen, wofür sie uns nicht großartig überreden muss. So gehen wir in ein kleines Pub, das sich in derselben Straße befindet. Im Lokal herrscht eine tolle Stimmung, wobei es mich wundert, dass so viele Leute am Wochenanfang unterwegs sind.

„Vermutlich können die sich einfach nicht damit abfinden, dass das Wochenende bereits vorbei ist", erklärt Sonja und führt uns ins hintere Eck, wo wir einen freien Stehtisch entdecken. Wir beschlagnahmen den Tisch, bestellen uns alle einen Martini und sehen uns im Lokal um. Der eine oder andere gutaussehende Typ ist dabei, für Marie und Sonja das reinste Schlaraffenland.

„Echt doof, dass du verlobt bist", meint Sonja unerwartet.

„Wieso meinst du das?", will ich wissen und bedanke mich bei der Kellnerin, die uns soeben die Getränke serviert hat. Währenddessen erläutert Sonja, dass eine reine Singlerunde in ihren Augen um vieles lustiger ist, weil jemand, der fix vergeben ist, an der Männerbeschau nicht aktiv teilnehmen kann. Ich verstehe ihre Anspielung und gebe ihr gespielt verärgert einen leichten Klaps.

Bevor ich mit Tom zusammengekommen bin, sind wir Mädels viel öfter ausgegangen. Wir hatten fast jede Woche einen Frauenabend und so viel Spaß dabei, uns an gutaussehende Männer ranzuschmeißen. Seit ich mit

Tom zusammen bin, ist Sonja der Meinung, dass irgendetwas fehlt.

„Betrachte mich schlichtweg als deinen persönlichen Amor, der dir hilft, den Richtigen auszusuchen", habe ich damals zu ihr gemeint.

Plötzlich kreischt Marie vor Freude auf. Zum Glück ist die Musik so laut aufgedreht, dass das kaum jemand mitbekommt. Marie zeigt auf den blonden Typen, den wir bereits im Restaurant entdeckt haben.

„Ach, er sieht so lecker aus!", stöhnt Marie.

„Ich dachte, du wolltest dir den Polizisten angeln?", erinnere ich sie mit einem Augenzwinkern.

„Bis der sich meldet, werde ich noch zur alten Jungfer", scherzt sie und nippt an ihrem Martini.

Sonja stellt sich dicht zu Marie. Anscheinend hat man von Maries Platz aus den besten Blickwinkel.

„Geht einfach hin und sprecht ihn an", schlage ich vor und bin von ihrer Schüchternheit überrascht.

„Aber was sollen wir denn sagen? Ihn darauf ansprechen, dass wir ihn bereits im Restaurant angehimmelt haben?", fragt Sonja. „Außerdem ist er sicherlich überfordert, wenn wir beide vor ihm stehen."

„Das bestimmt", lacht Marie und schafft es kaum, ihren Blick von ihm abzuwenden.

„Er gehört dir, wenn du dich ihn ansprechen getraust", schlägt Sonja vor und Marie streckt sofort ihre Hand entgegen: „Deal!"

Beim gemeinsamen Grübeln, wie Marie ihn am besten ansprechen könnte, habe ich im richtigen Moment eine Erleuchtung: „Wie wär's mit: *Hey du! Ich war auch gerade beim Italiener. Sag mal, war dein Lachs ebenfalls so lachsig?*"

Erwartungsvoll schaue ich die beiden an, doch sie reagieren nicht. Sie stehen nur da und glotzen mich groß an, bis sie sich gegenseitig ansehen und losprusten.

„Lachsig", wiederholt Sonja und lacht weiter.

„Wie kommst du denn auf so was?", will Marie wissen und wischt sich eine Träne weg.

„Keine Ahnung. Aber du würdest damit auf jeden Fall Eindruck hinterlassen", argumentiere ich.

„Bestimmt einen *lachsigen* Eindruck", grunzt Sonja und kann sich mit Marie kaum mehr einkriegen. Wir stoßen noch einmal an und bestellen kurz danach eine weitere Runde.

Letztendlich hat ihn an diesem Abend keine der beiden mehr angesprochen. Das dürfte allerdings mehr daran gelegen haben, dass er damit beschäftigt war, sich mit einem Typen angeregt an der Bar zu unterhalten und mit ihm Händchen zu halten.

„Was für eine Verschwendung", hat Sonja noch gemeint, ehe wir uns auf den Nachhauseweg gemacht haben.

Der Abend war einfach toll. Aber was anderes habe ich auch nicht erwartet.

Als Marie und ich zurück in die Wohnung kommen, merke ich, dass ich bereits vier Anrufe in Abwesenheit habe. Allesamt von Tom. Ich rümpfe die Nase, schließlich bin ich aufgrund unseres letzten Telefonats immer noch sauer.

„Das kann warten", murmle ich und mache mich bettfertig.

Der Dienstagmorgen fängt viel zu früh an. Ich bin noch leicht übermüdet vom gestrigen Abend, zumal wir doch länger unterwegs waren als ursprünglich geplant. Der Gedanke, dass mich heute Klara und Henriette erwarten, macht das Aufstehen nicht unbedingt besser. Der Arbeitstag geht ohne besondere Vorfälle über die Bühne. Zum Glück habe ich ohnehin noch Überstunden abzubauen, weshalb ich bereits vor 14.00 Uhr gehen kann.

Das Café, in dem sich Henriette mit mir treffen will, ist fast eine Dreiviertelstunde von meinem Arbeitsplatz entfernt und ich schaffe es gerade noch, dort rechtzeitig einzutreffen. Meine Haare sind leicht zerzaust und ich ärgere mich, nicht mehr genügend Zeit zu haben, um mir diese ordentlich zu richten. Ich wette, mein Lippenstift ist auch kaum mehr zu erkennen. Da ich bereits spät dran bin, gehe ich direkt ins Café. Klara und Henriette sind natürlich schon da und schlürfen Tee. So freundlich wie möglich begrüße ich die zwei, ziehe meinen Mantel aus und bestelle mir gleich einen Smoothie, ehe ich mich zu ihnen setze.

„Du bist gerade noch pünktlich", erwähnt Klara und schürzt ihre Lippen.

Ich bemühe mich, darüber hinwegzusehen, und erwidere charmant: „Richtig, aber zum Glück habe ich es gerade noch rechtzeitig geschafft."

Ich merke, wie mich Klara mustert und ihr meine zerzausten Haare auffallen. Meine Augenringe hat sie sicherlich ebenfalls bemerkt.

„Anscheinend hattest du heute nicht genügend Zeit, dich herzurichten. Als Zukünftige der Familie Stromburg muss ich dich darauf hinweisen, wie wichtig für uns das Erscheinungsbild ist." Doch damit sie ist noch nicht fertig: „Für unser Treffen hättest du dich wirklich mehr herausputzen können!"

Ich kann nicht anders, als an mir herunterzusehen. Meinen weinroten Bleistiftrock mit meiner weißen Bluse und meinem dünnen dunkelgrünen Pullover zu kombinieren, finde ich eigentlich ganz schick. Vor allem die lange Perlenkette dazu ist super, da sie einen Hauch von *Chanel* hat. Aber wie es aussieht, bezieht sich ihre Aussage nicht auf mein Outfit, meine zerzausten Haare oder meine Augenringe. Bei meinem Kontrollblick entdecke ich nämlich einen gigantischen Marmeladenfleck, der tatsächlich mitten auf meinem Pullover thront. Keine Ahnung, wie ich diesen übersehen konnte. Panisch überlege ich, was ich nun machen soll. Soll ich darüber hinwegsehen oder mir anmerken lassen, dass mein Pullover vollgeschmiert ist?

„Meine Sekretärin hat mir heute ein Marmeladecroissant gebracht", erzähle ich kichernd und tue so, als ob mir nichts peinlich wäre.

„Das haben wir uns schon gedacht", äußert Klara streng und starrt auffällig auf den Fleck. Als sie es endlich schafft, mir wieder in die Augen zu sehen, sagt sie: „Henriette und ich wollten das ohnehin bereits ansprechen. Wir waren bei einer Ernährungsberaterin und haben für dich einen Ernährungsplan aufstellen lassen. Für die Anprobe am Donnerstag ist es leider schon zu spät, aber für die Hochzeitsfeier im November sollte es wohl möglich sein, ein wenig abzunehmen."

„Wie bitte?", frage ich nach, da ich fest davon ausgehe, mir diesen Kommentar nur eingebildet zu haben.

„Du hast schon richtig gehört", bestätigt Klara. „Die Hochzeit wird das Event des Jahres und alles muss perfekt sein. Dazu gehört auch, dass die Braut eine Größe 34 trägt." Wie es aussieht, hat sie mitbekommen, dass mir Toms Kleider letztens zu klein waren.

„Entschuldigt mich." Wie ferngesteuert stehe ich auf und eile auf die Toilette, um den Marmeladenfleck so gut es geht aus dem Pullover zu bekommen. Bei dieser Gelegenheit richte ich auch schnell meine Haare und frische mein Make-up auf.

Äußerst gekränkt von Klaras Aussage denke ich dabei an Maries Rat, den sie mir heute am Morgen gegeben hat: „Egal, was passiert, fang ja nicht an zu heulen! Sie will dich fertigmachen, also gib ihr keine Möglichkeit dazu."

Ich atme tief durch, setze mein gekünsteltes Lächeln auf, das ich seit der ersten Begegnung mit Klara so gut beherrsche, und gehe zurück zum Tisch.

Während Henriette und Klara den Ablauf besprechen, fühle ich mich genauso fehl am Platz wie bereits das letzte Mal in Klaras Wohnzimmer. Es wird über Dekoration, Sitzplan, Zeremonie, Essen und sonst noch was gesprochen, wobei mich niemand um meine Meinung fragt, sondern es werden mir lediglich Bilder gezeigt, wie die Hochzeit letztendlich aussehen soll. Die Bilder sprechen mich teilweise überhaupt nicht an, was auch daran liegen könnte, dass ich mir meine Traumhochzeit immer ganz anders vorgestellt habe. Meine eigentlich kleine, liebevoll geplante, romantische Traumhochzeit wird als ein übertriebenes Megaevent inszeniert, auf das ich gar keine Lust habe. Die Farben für die Dekoration, eine Kombination aus blau und grau, sind mir viel zu einfallslos. Den bereits bestellten Blumenschmuck mit den weißen Orchideen finde ich zwar ganz nett, aber für meine Hochzeit habe ich mir an und für sich etwas Farbenfroheres gewünscht. Die pompösen, leicht rustikal wirkenden silbernen Kerzenständer, die als Tischdekoration beim anschließenden Essen nach der Trauung dienen sollen, gefallen mir wieder überhaupt nicht. Zusätzlich umfasst die Tischdekoration weiße Stoffservietten und kleine weiße Tischkärtchen mit blauer Schrift, die für mich nichts Besonderes darstellen.

Während Henriette alle Facetten der Hochzeit beschreibt, händigt sie mir ein vorgedrucktes Blatt Papier aus, auf dem ungefähr dreißig Zeilen für Kontaktdaten zu finden sind. Sie erklärt mir, dass ich damit meine Gästeliste aufstellen soll.

„Aber bitte übertreibe nicht! Es muss nicht gleich jeder eingeladen werden", fügt sie skeptisch hinzu.

Im Gegensatz zu zweihundert Gästen, die allein von Toms Familie eingeladen werden, darf ich also gerade einmal so viele Gäste einladen, die auf *ein* Stück Papier passen. Widerwillig falte ich es zusammen und gebe es in meine Handtasche. Am besten versuche ich, einfach nicht darauf einzugehen.

„Für dein Hochzeitskleid wurde ebenfalls bereits ein Termin vereinbart. Ich bin leider verhindert und kann am Donnerstag bei der Anprobe nicht dabei sein. Wir haben jedoch im Brautladen schon ein paar Kleider für dich auf die Seite legen lassen, die du dann anprobieren wirst", klärt mich Klara streng auf. Artig nicke ich und bin glücklich, dass das Schwiegermonster bei meiner Anprobe nicht dabei sein wird. Dass sie tatsächlich vorgibt, welche Kleider ich anziehen soll, versuche ich wieder mal zu ignorieren.

„Jenes Kleid, welches dir am besten passt, wird dann bestellt und abgeändert. Wir haben Glück, überhaupt noch einen Termin bekommen zu haben. Denn normalerweise kümmert man sich sechs Monate vorher um das Kleid." Sie sieht mich böse an und tut so, als ob ich daran schuld wäre, dass wir zeitlich so spät dran sind. Ich habe nie vorgehabt, bereits im November zu heiraten, und das weiß sie ganz genau.

Nach einer gefühlten Ewigkeit hat auch dieser Spuk ein Ende. Doch bevor wir uns voneinander verabschieden, drückt mir Klara noch den Ernährungsplan in die Hand, den ich in den nächsten Wochen strikt einhalten soll. Als sie mir den Plan überreicht, habe ich das Gefühl, im falschen Film zu sein. Das geschieht jetzt aber nicht wirklich, oder?

„Versuch es wenigstens", bittet sie mich, bevor sich unsere Wege endlich trennen. Was für ein Albtraum! Erleichtert darüber, dieses Treffen hinter mich gebracht zu haben, kann ich es kaum erwarten, von hier wegzukommen, und beeile mich nach Hause.

Sobald Marie von der Arbeit heimgekommen ist, fange ich zu weinen an. Ich wollte mich eigentlich zusammenreißen, nur kann ich es einfach nicht mehr zurückhalten. Wie ein kleines Häufchen Elend lasse ich mich auf die Couch nieder und mich von meinen Gefühlen mitreißen. Tröstend nimmt mich Marie in den Arm und versucht, mir gut zuzureden. Nachdem ich es geschafft habe, mich ein wenig zu beruhigen, erzähle ich ihr aufgebracht vom Nachmittag mit Henriette und Klara.

„Sie war so fies, Marie", schluchze ich und deute gleich auf meinen Ernährungsplan. Marie erkennt nicht gleich, was auf dem Papier steht, und sieht sich das genauer an. Plötzlich wird sie stinksauer: „Das hat dir die Alte gegeben?" Ich nicke traurig.

„Sie hat mich durchschaut, dass ich keine Größe 34 bin", wimmere ich und wische mir die Tränen weg.

„Ella, lass dir jetzt bitte nicht einreden, dass du dick seist!", ermahnt mich Marie und zerreißt den Plan.

„Tu ich auch nicht. Nur gemein ist es trotzdem. Gut, es war nicht richtig, Tom eine falsche Kleidergröße zu nennen. Aber welche Frau ist, was das angeht, schon ehrlich? Deshalb braucht sie mir noch lange keinen Ernährungsplan in die Hand zu drücken. Diese dumme Kuh!"

„Die hat ja einen Sprung in der Schüssel!", meint meine Schwester kollegial und nimmt meine Hand. „Die Alte hat sicherlich mehr Speck an den Hüften als wir beide zusammen. Die Diät darf sie gerne selbst machen." Dabei sieht mich meine Schwester so sauer an, dass ihre Augen ganz klein werden und ihre berühmte Zornesfalte auf der Stirn zum Vorschein kommt. Bei diesem Anblick muss ich schmunzeln.

„Also, erzähl: Was ist noch vorgefallen?"

Ich berichte meiner Schwester von den Hochzeitsvorbereitungen, bei denen mich niemand um meine Meinung fragt, von der Dekoration, die mir überhaupt nicht gefällt, und dass Klara bereits ein paar Kleider für mich auf die Seite hat legen lassen, von denen ich mir dann im Endeffekt eines aussuchen muss.

„Die ist so unverschämt", regt sich meine Schwester aufs Neue auf. „Weißt du was? Am Donnerstag begleite ich dich einfach. Diesmal lasse ich dich mit dieser Irren nicht alleine!"

„Toms Mutter ist da zum Glück nicht mit von der Partie. Dafür allerdings Henriette."

„Ich komme trotzdem mit", bleibt Marie stur.

„Aber ich glaube, Henriette wird nicht so erfreut sein, wenn du mitkommst", gestehe ich und verfolge, wie sich Maries Lippen in diesem Moment langsam zu einem Grinsen verziehen.

„Ich weiß. Allein deshalb lasse ich mich nicht davon abhalten."

Irgendwie beruhigt es mich, dass Marie mich am Donnerstag begleiten wird. Ganz egal, was kommen mag, mit ihr wird es sicher bloß halb so schlimm.

Mein Handy läutet und ich sehe am Display, dass Tom anruft. Ich hebe dabei erneut nicht ab und lege das Mobiltelefon beiseite.

„Willst du denn nicht rangehen?", fragt Marie vorsichtig nach und ich schüttle den Kopf.

„Ist zwischen euch alles in Ordnung?", will sie wissen, doch ich zucke lediglich mit den Schultern.

„Ich denke schon, nur bin ich gerade nicht in Stimmung, mit ihm zu reden. Ich versuche ständig, einen guten Eindruck bei seiner Familie zu hinterlassen, jedoch kommt es mir so vor, als ob das nicht so wirklich funktionieren würde. Ich glaube, seine Eltern hassen mich. Außerdem nervt es mich, dass er sich nie etwas gegen sie zu sagen getraut." So, nun ist alles raus, was sich in den letzten Tagen gedanklich in mir aufgestaut hat.

„Ich denke nicht, dass dich seine Eltern hassen. Die haben bloß nicht alle Tassen im Schrank. Am besten wäre es, wenn du dich mit Tom ausreden würdest. Sag ihm, was du fühlst und wie es dir dabei geht. Ihr seid verlobt. Da wäre es gut, wenn ihr diese Probleme noch vor der Hochzeit aus dem Weg räumen würdet."

Meine Schwester hat recht. Doch so leicht ist das Ganze nun auch wieder nicht. Ich merke, dass sie noch etwas beschäftigt, weshalb ich sie so lange anstarre, bis sie mir von selbst sagt, was sie loswerden will.

„Darf ich dich etwas fragen?", fängt sie an und ich ahne nichts Gutes. Ich nicke und warte darauf, was kommt.

„Deine Unsicherheit hat aber nichts damit zu tun, dass du gedanklich mit deiner Vergangenheit noch nicht abgeschlossen hast?" Wow! Mit dieser Frage habe ich jetzt nicht gerechnet.

„Natürlich nicht!", platzt es aus mir heraus, ohne viel darüber nachdenken zu müssen. „Und wie kommst du da überhaupt drauf?" Ich bin überrascht, dass sie plötzlich damit anfängt, doch Marie zuckt lediglich mit den Schultern.

„Keine Ahnung. Aber soweit ich mich erinnern kann, warst du dir bei Luke nie so unsicher."

Verwundert über das, was meine Schwester soeben von sich gegeben hat, werde ich leicht sauer.

„Was hat denn Luke bitte mit Tom zu tun? Ich liebe Tom. Und Luke ist nur ein Trottel aus meiner Vergangenheit", fauche ich sie an und springe vom Sofa auf. Marie macht daraufhin große Augen und entschuldigt sich sofort. In diesem Augenblick merke ich, dass ich etwas überreagiert habe. Leicht aus der Fassung reibe ich mir mit meinen Händen das Gesicht und schüttle den Kopf: „Nein, Marie, mir tut es leid! Die Hochzeit, Toms Familie – das alles stresst mich ein wenig. Du musst dir keine Sorgen machen. Ich liebe Tom und ich weiß, dass er der Richtige für mich ist." Angestrengt versuche ich zu lächeln und verschwinde in mein Zimmer. Dass Marie mit Luke anfängt, gibt mir den Rest.

Am späten Nachmittag erhalte ich einen Anruf von einer unbekannten Nummer. Ich lümmle gerade bei meinem kleinen Schreibtisch im Zimmer herum und blättere eine Frauenzeitschrift durch. Beschäftigt mit dem vor mir liegenden Artikel über die neuesten Modetrends hebe ich gedankenverloren ab.

„Guten Tag! Hier spricht Franz Sojak. Spreche ich mit Frau Ella Liner?", will eine alte, krächzende Männerstimme von mir wissen. Im ersten Moment habe ich keinen blassen Schimmer, wer da anruft. Doch langsam dämmert es mir wieder: Herr Sojak... Bekannter von Henrich... Geldprobleme... Mittlerweile kann ich mir denken, wer er ist.

„Herr Sojak, das freut mich aber, dass Sie sich bei mir melden. Richtig, hier spricht Ella", quietsche ich ein wenig überrascht ins Handy. Irgendwie hatte ich gehofft, dass dieser Kontakt nie zustande kommen würde. Leicht unruhig rutsche ich auf meinem Stuhl auf und ab. Ich schnappe mir schnell einen Notizzettel und einen Stift, um halbwegs vorbereitet zu sein.

„Henrich hat Sie mir empfohlen. Er meinte, Sie seien sehr qualifiziert, um mir bei dieser *Sache* zu helfen." Ach, hat er das gesagt? Ich kann nicht anders und muss zufrieden lächeln. Anscheinend hat Toms Vater doch ein gutes Bild von mir.

Wenn ich mich bei Herrn Sojak als kompetent genug erweise, dann wird Henrich sicherlich dazu beitragen, dass auch mein Verhältnis zu Klara besser wird. Wer weiß, vielleicht sind die anfänglichen Schwierigkeiten bald verflogen und ich werde endlich in Toms Familie aufgenommen, so wie ich es mir schon immer gewünscht habe. Dann wäre alles perfekt! Beflügelt von meiner genialen Idee, die Beziehung zu Toms Eltern doch noch retten zu können, nehme ich mir vor, mich von meiner besten Seite zu zeigen und mich zu bemühen, Herrn Sojak eine gute Beraterin zu sein.

„Wann wäre es Ihnen denn recht, damit wir uns bezüglich dieser *Sache* treffen können?", will er zögerlich wissen. Anscheinend probiert er, sein Problem geschickt zu umspielen. Aber ich verstehe ihn. Niemand möchte laut aussprechen, dass er pleite ist.

Ich blättere in meinem Terminkalender, um einen passenden Termin zu finden. Ich schlage ihm den Donnerstagnachmittag vor. Nachdem ich mir bereits den Tag für die Anprobe freigenommen habe, kann ich auch gleich das Treffen mit Herrn Sojak erledigen. Ich merke, wie er kurz überlegt, sagt dann jedoch zu.

„Treffen wir uns bei Ihnen im Büro?", fragt er verunsichert.

Gute Frage! Daran hab ich noch gar nicht gedacht. Wo sollen wir uns denn bitte treffen? In der Arbeit geht es auf keinen Fall. Da würde bloß der Schwindel auffliegen. Sich in irgendeinem Café zu treffen, ist für diese Art von Gespräch wohl auch weniger passend.

„Bei mir… zu Hause", sage ich knapp. „Wenn Sie mir bitte Ihre E-Mail-Adresse hinterlassen, dann schicke ich Ihnen die Adresse."

„Sie möchten, dass wir uns bei Ihnen *zu Hause* treffen? In Ihrer Wohnung? Ist das nicht ein wenig zu *privat?*" Sein

Entsetzen ist kaum zu überhören und er betont jeden Satz so, als ob ich eine Prostituierte wäre. Ich wollte doch gar nicht, dass das so rüberkommt. Igitt! Bin ich etwa zu weit gegangen, weil ich ihn zu mir eingeladen habe? Oh, Gott! Hoffentlich erzählt er Henrich nichts davon. Wie ich mich dann erst wieder rechtfertigen muss. Vor Schamgefühl laufe ich rot an, räuspere mich und versuche, eine passende Erklärung dafür zu finden.

„Herr Sojak, bitte verstehen Sie mich nicht falsch. Es ist nur so, dass ich mir den Donnerstag freigenommen habe und es deshalb bevorzugen würde, nicht in der Arbeit erscheinen zu müssen."

„Aber Sie können ja trotzdem Ihr Büro nutzen, auch wenn Sie sich freigenommen haben", argumentiert er. Stimmt, damit hat er nicht ganz unrecht. Ich darf nicht vergessen, eine erfolgreiche Karrierefrau zu sein, mit eigenem Büro, eigener Sekretärin und weiß ich noch was für einem Schnickschnack.

„Nein, leider nicht. Denn abgesehen von meinem freien Tag gibt es noch ein zusätzliches Problem, dass ein Treffen in meinem Büro verhindert. Es wird im Moment nämlich umgebaut und ich habe den Arbeitern versprochen, ihnen am Donnerstag nicht in die Quere zu kommen. Die haben sich schon letztens darüber beschwert, nicht in Ruhe handwerkeln zu können, weil ich andauernd das Büro besetzt habe. Deshalb haben wir uns darauf geeinigt, dass ich nicht erscheine. Komme, was wolle!"

Es herrscht kurzes Schweigen am anderen Ende der Leitung und ich hoffe, dass mein Märchen zieht.

„Und nachdem Sie ein guter Freund der *Familie* sind, sehe ich kein Problem darin, dass Treffen in meine Wohnung zu verlegen", füge ich noch höflich hinzu.

Weiterhin kein Mucks von Herrn Sojak. Nervös kritzle ich in meinen Notizblock kleine Rechtecke. Hoffentlich kommt er bald zu einer Entscheidung. Wenn er das Treffen schon jetzt absagen will, dann bitte nicht wegen dieses kleinen Missverständnisses.

„Ja, ich denke Sie haben recht. Sie sind doch die Zukünftige von Henrichs kleinem Tom. Diesbezüglich drücke ich gerne mal ein Auge zu. Ich wollte Sie nicht kränken. Es ist nur so, dass ich versuche, diese *Sache* so diskret wie möglich zu halten. Und da ist jede private Umgebung ein wenig zu viel für mich. Verzeihung!"

Vielleicht ein wenig zu erleichtert, bedanke ich mich für sein Verständnis und ersuche ihn noch, mir seine E-Mail-Adresse zu geben. Wir fixieren den Termin für Donnerstag und gleichzeitig beginne ich schon zu überlegen, wie ich in solch einer kurzen Zeit zum Finanzheini werden könnte.

Nach dem Telefonat schalte ich mein Notebook ein und google mich durchs Internet, um so viel wie möglich zum Thema Privatkonkurs zu recherchieren. Dankbar für jede Auskunft finde ich auch kleine Fallbeispiele, die zum Glück gleich die passende Lösung parat haben. Im Grunde verbringe ich mehr oder weniger den restlichen Tag damit, mir Wissen darüber anzueignen. Ich stelle mir sogar eine Mappe zusammen, die mir dann bei der Beratung als kleine Hilfe dienen soll. Begeistert von meinem Plan bin ich davon überzeugt, dass nun nichts mehr schiefgehen kann.

Kapitel 6

Bereits in der Früh bin ich supergut gelaunt. Immerhin ist heute Mittwoch und bis zum Wochenende ist es nicht mehr weit.

Nachdem ich in der Firma eingetroffen bin, dauert es keine Minute und Natalie kommt auf mich zugerannt. Sie scheint ganz aufgedreht zu sein.

„Heute ist *der* Tag", ruft sie mir schon von Weitem entgegen und ertappt sich selbst dabei, dass das wohl ein wenig zu laut war. Eine Kollegin sieht sie irritiert an, während sie quietschvergnügt zu mir herhüpft. Im ersten Moment weiß ich eigentlich gar nicht, wovon sie spricht, doch kurz darauf kommt es mir wieder.

„Euer Date ist heute?", frage ich sicherheitshalber nach, versuche es aber eher nach einer Feststellung klingen zu lassen. Natalie nickt und strahlt von einem Ohr zum anderen.

Bevor wir beide auch nur einen Gedanken daran verschwenden, uns an die Arbeit zu machen, verschwinden wir schnell in die kleine Gemeinschaftsküche. Während Natalie uns Tee zubereitet, erzählt sie mir von ihren Ausgehplänen mit Michael.

„Er hat mir gestern Abend noch eine SMS geschickt und mich daran erinnert, dass wir heute verabredet sind", fängt sie an und kichert.

„Weißt du, was er mit dir vorhat?", will ich mit einem neckischen Grinsen im Gesicht wissen.

„Er möchte mich gerne in ein schickes Restaurant ausführen. Zumindest hat er das gesagt. Um halb acht holt er mich ab", erzählt Natalie ganz aufgeregt.

„Ja, das klingt doch nett. Und was habt ihr für danach geplant?", frage ich weiter und zwinkere ihr dabei ganz ungeniert zu.

„Na ja, ich hoffe genau das, an was du gerade denkst, du kleines Luder!" Natalie grinst mich an, bevor wir beide zu lachen anfangen.

„Aber wer weiß, ob heute Abend wirklich etwas laufen wird. Schließlich ist heute Mittwoch und kein typischer *Ich penne dann mal bei dir*-Abend", ist Natalie doch etwas skeptisch.

„Stimmt! Dafür eignet sich der Freitag besser. Rasieren würde ich mich an deiner Stelle trotzdem", stelle ich schmunzelnd fest und Natalie nickt zustimmend.

„Das sollte ich auf jeden Fall machen. Nicht, dass es noch zu einem haarigen Überraschungsmoment kommt", erwidert sie gackernd, wird allerdings schnell wieder ernst.

„Vielleicht wäre es ohnehin besser, wenn heute nichts zwischen uns laufen würde. Sonst denkt er auf einmal noch, ich hätte es dringend nötig. Ich meine, nur weil ich ihm schon so lange hinterhersteige, heißt das noch lange nicht, dass ich nicht bis Freitag warten kann."

Einer unserer Kollegen stößt in der Gemeinschaftsküche zu uns, woraufhin prompt das Thema gewechselt wird.

„Da hast du vollkommen recht, Ella. Die derzeitige politische Lage ist wirklich unerträglich. Was denken die sich bloß dabei? Ach, und die Leute, die tun mir am meisten leid. Denn die Armen werden immer ärmer und die wenigen Reichen immer reicher. Wieso sich hier niemand…" Natalie ist gerade so richtig in Schwung gekommen, da bricht sie ihre schauspielerische Darbietung abrupt ab, was damit zu tun hat, dass der Kollege sich wieder aus dem Staub gemacht hat. Natalie und ich prusten beinahe zeitgleich los.

„O Gott, Natalie! Von welcher politischen Situation hast du da jetzt bitte gesprochen?", brennt es mir auf der Zunge und versuche, mich wieder einzukriegen.

„Woher soll ich das denn wissen? Keine Ahnung. Aber in irgendeinem Land wird es politisch sicherlich nicht ganz korrekt zugehen. Und viel besser als deine Ozonloch-Episode vom letzten Mal war sie auf jeden Fall." (Natalie und ich wollen unsere privaten Geschichten so gut es geht von unseren Kollegen fernhalten. Damit das gelingt, wird bei uns spontan das Thema gewechselt, sobald sich jemand anderes zu uns gesellt. Letztes Mal sprachen wir ganz belanglos über Frauenbeschwerden, bis plötzlich unser Chef in die Küche platzte, und sofort wurde aus dem eigentlichen Frauenthema eine Diskussion über das Ozonloch. Blöd nur, dass unser Chef angeregt mitdiskutieren wollte und wir ihn beinahe nicht mehr losgeworden wären. Natalie meinte danach noch scherzhaft, dass das Ozonloch eh nicht weit von unserem eigentlichen Thema entfernt gewesen sei, und schüttelte den Kopf darüber, dass uns der Chef unsere Geschichte auch tatsächlich abgekauft hat.)

Endlich an meinem Schreibtisch sitzend, trudelt auch schon eine E-Mail von Natalie ein, in der sie schreibt, dass sie mir morgen alle schmutzigen Einzelheiten erzählen werde und ein wenig Sex vielleicht doch nicht so schlecht sei. Ich tippe ihr schnell zurück, dass ich ihr da völlig zustimme und widme mich notgedrungen meiner eigentlichen Arbeit.

Etwas später bekomme ich eine E-Mail von Sonja, in der sie mich an den heutigen Zumbakurs erinnert. Zum Glück, denn sonst hätte ich auf diesen Termin sicherlich vergessen. Ich bestätige unser Treffen und beschließe sodann, mich auch bei Tom zu melden. Ich sende ihm eine Nachricht, dass ich ihn heute Abend gerne sehen würde. Es dauert keine Minute, da schreibt er mir bereits zurück. Weil er in der Arbeit noch einiges zu tun hat, möchte er wissen, ob 21.00 Uhr für mich in Ordnung gehe. Früher wäre es mir ohnehin nicht ausgegangen, schließlich fängt der Zumbakurs erst um sieben an. Frohen Mutes sage ich ihm deshalb zu und fühle mich etwas erleichtert. Gut, dann kann ich das mit Tom heute ebenfalls noch klären!

Auf dem Heimweg ruft mich dann Sonja nochmals an.

„Süße, hast du vielleicht Lust, vor dem Kurs noch neue Sportsachen einkaufen zu gehen? Ich habe Zumba im Internet gegoogelt und festgestellt, dass bei diesem Kurs die Bekleidung etwas heißer und bunter ausfällt. Und da ich meinen sexy Spanier gerne schon während dem Kurs verführen möchte, will ich absolut scharf aussehen", plappert sie wild darauf los.

„Ach, Sonja! Versprich mir, dass das nicht wieder eine Vorspielnummer wird. Das ist bereits damals beim Kickboxlehrer ziemlich in die Hose gegangen." (Die Erinnerung an die gemeinsame Kickboxstunde, zu der mich Sonja ebenso hinschleifen musste, ist zwar sehr amüsant, endet jedoch mit einer gebrochenen Nase und einem zukünftigen Teilnahmeverbot am Kurs. Gott sei Dank waren es weder Sonja noch ich, die mit einer gebrochenen Nase dastanden. Schmerzhaft, dabei zuzusehen, wie es jemand anderem widerfährt, war es trotzdem.)

„Ja, was kann ich dafür, dass er so abgelenkt von meiner Ausstrahlung war, dass er einen Stoß von einer seiner dummen Schülerinnen nicht sehen konnte? Aber Hauptsache, er redete andauernd von Rechtzeitig-in-Deckung-Gehen. Zum Glück war er im Bett lediglich eine 6,5. War also halb so schlimm, dass es danach nicht mehr weitergegangen ist", rechtfertigt sich Sonja.

Die Beurteilungsskala, was ihre Liebhaber im Bett betrifft, reicht von 0 bis 12 und beinhaltet mehrere Kriterien wie Küssen, Leidenschaft, Dauer des Vorspiels, Beweglichkeit, Abwechslung und so weiter. Es hat bisher nur einen gegeben, der es nicht auf die Liste geschafft hat, und sie weigert sich bis heute, die ausschlaggebenden Gründe dafür zu nennen. Sie hat bloß einmal anklingen lassen, dass sie noch nie einem Mann begegnet sei, der so wenig Talent gehabt habe.

„Also, was ist? Gehst du nun mit zum Shoppen oder nicht?", will Sonja ungeduldig wissen.

„Nein, weil ich nicht glaube, dass dort alle wahnsinnig aufgebrezelt sind. Außerdem denke ich, dass er mit einem aufgedonnerten Luder wie dir ohnehin schon mehr als genug um die Ohren hat. Geh nur alleine einkaufen! Ich finde zu Hause sicherlich irgendwas Passendes zum Anziehen. Und für ein einmaliges Vorbeischauen reicht das allemal."

Sonja kichert noch ein *Ich freue mich auf später* in den Hörer und legt dann auf. Ehrlich gesagt freue ich mich nun ebenfalls schon auf den Zumbakurs, und das, obwohl es Sonja ein wenig Überredungskunst gekostet hat, mich dorthin mitzunehmen.

Meine Vorfreude verblasst augenblicklich, als ich Sonja in ihrem scharfen Tanzoutfit zu Gesicht bekomme. Verflucht! Wäre ich doch besser mit ihr zum Shoppen gegangen. Ich dagegen habe gerade mal ein altes *Nike*-T-Shirt (auf dem mit viel Fantasie noch der Schriftzug *Nike* zu erkennen ist, so alt und ausgewaschen ist es mittlerweile) und eine schwarze Leggins gefunden, die eben noch so passt und traurigerweise auch die Einzige ist, die kein Riesenloch im Schritt aufweist. Keine Ahnung übrigens, wieso all meine Sporthosen genau in dieser Gegend Löcher haben.

Als ich mich im Tanzstudio umsehe, stelle ich auch dort zu meinem Übel fest, dass ALLE Frauen (es ist nur ein

Mann in der Runde und der ist garantiert schwul – zumindest hat er vorher in der Umkleide von seinem Lover erzählt, einem ganz scharfen Feger, soweit ich das mitbekommen habe) extrem aufgestylt sind. Und das zum Sport! Ich meine, es ist ja nicht so, als ob ich mir sonst keine Gedanken über mein Aussehen machen würde. Aber in diesem Fall habe ich mir bloß gedacht, wir würden locker-flockig eine Stunde im Kreis herumhüpfen und das wär's. Ich hatte keine Ahnung, dass dieser Kurs gleichzeitig ein geheimer Stylingcontest ist. Rundherum sehe ich gutaussehende Frauen in bunten, knappen Shorts und engen Tops (wobei einige überhaupt nur einen Sport-BH und drüber ein kleines Jäckchen tragen, das sie garantiert auch noch ausziehen werden), mit perfekt sitzenden Haaren und superneuen Turnschuhen. Verdammt, wo bin ich da bloß gelandet? Etwa bei einem geheimen *Victoria Secret*-Sporttreffen? Sogar der einzige Typ in der Runde sieht besser aus als ich.

„Verflixt, Sonja! Wieso hast du mir nicht gesagt, dass hier alle so aufgetakelt sind? Ich komme mir vor wie ein kleiner Obdachloser, der zufällig ein Ticket zu einem Zumbakurs gewonnen hat", fauche ich meine Freundin an, die gerade damit beschäftigt ist, ihre Brüste in den viel zu kleinen BH reinzupressen.

„Ach Quatsch! Ella, du siehst wie immer toll aus – egal, was du trägst."

„Und das sagst du, obwohl du mich dabei nicht einmal ansiehst?", frage ich daraufhin umso grummeliger nach. Nun wirft Sonja doch einen Blick in meine Richtung und runzelt umgehend die Stirn. Ertappt! Das macht sie nämlich immer, wenn sie von einer Sekunde auf die andere ihre Meinung ändert.

„Dein T-Shirt sieht ja so aus, als ob du es damals für die Schule zum Sport gekauft hättest. Wie lange ist das her?

Dreißig, vierzig Jahre?", lacht sie über ihren eigenen Witz, reißt sich dann aber schnell wieder zusammen. „Ich habe dich doch gefragt, ob du mit zum Einkaufen willst. Und du hast noch gemeint, dass du eh nur einmal an diesem Kurs teilnehmen wirst und es dabei ohnehin wurscht ist, was du anhast. Außerdem: Woher hätte ich bitte wissen sollen, dass hier ein kleiner Wettkampf unter Singles und unglücklichen Ehefrauen steigt? Ich war ja selbst noch nie da", rechtfertigt sie sich und fährt gleich fort. „Im Übrigen hast du eh schon einen anständigen und gutaussehenden Mann an der Angel. Da kann es dir sowieso scheißegal sein, wenn die restliche Frauenwelt bei einem heißen Spanier ausflippt. Ich dagegen muss mich hier gegen haufenweise Konkurrenz behaupten. Mist! Hätte ich den Sport-BH doch noch um eine weitere Nummer kleiner kaufen sollen."

„Du hast recht. Ich muss wirklich um keinen Mann buhlen. Trotzdem komme ich mir wie ein kompletter Volltrottel vor", sage ich und zupfe grimmig an meinem ausgewaschenen *Nike*-Shirt herum. „Ach, und das mit deinem viel zu kleinen Sport-BH war also geplant, ja?"

Sonja schmunzelt: „Ja, was glaubst du denn? Unter normalen Umständen hätte ich mir schon einen gekauft, der auch sitzt und bei dem meine Möpse nicht gleich um Hilfe schreien, wenn ich mich ein wenig bewege." Ihre Aussage bringt mich zum Lachen und mir nichts, dir nichts ist mein kleines Kleidungsdebakel wieder vergessen. Nun ja, ein bisschen zumindest.

Der *ach so scharfe Spanier*, von dem Sonja so geschwärmt hat, ist noch gar nicht da.

„Bist du sicher, dass der Kurs von ihm hier stattfindet? Als Kursleiter sollte er doch längst da sein."

Sonja verdreht theatralisch die Augen: „Ella, hast du schon je einen Spanier erlebt, der pünktlich ist?" Gut, da hat sie recht.

Wir warten somit alle ganz gespannt, dass dieser Paolo endlich auftaucht. Es vergehen beinahe fünfzehn Minuten, bis plötzlich die Türe wuchtig aufschwingt, woraufhin das Geschnatter der Teilnehmerinnen sofort verstummt. Ein knusprig solargebräunter Mann mit langen, dunklen Rastazöpfen, durchtrainiertem nackten Oberkörper, kurzen, engen Shorts und einem strahlend weißen Lächeln, das ich sonst lediglich aus der Zahnpasta-Werbung kenne, stolziert selbstbewusst durch den Raum. Dabei wackelt er nicht nur gekonnt mit den Hüften, sondern zwinkert zudem den Frauen verführerisch zu und lächelt sie an. Er versprüht bereits jetzt mehr Sexappeal als die meisten Männer, die ich kenne. Das ist also Paolo – ein Mann, der ohne Weiteres mit einem wandelnden Sexspielzeug verglichen werden könnte. Tja, Sonja hat nicht zu viel versprochen!

„Hola Chicas! Schön, euch wiederzusehen!", begrüßt er die Meute mit seinem spanischen Akzent und strahlt uns begeistert an.

„Wie es aussieht, sind auch ein paar neue Gesichter unter uns. Es freut mich, dass ihr zu mir gefunden habt." Paolo blickt Sonja lüstern an, die in diesem Moment tomatenrot anläuft und ihn ganz verträumt angafft. Ach Gott, das kann ja noch was werden!

„Zumba ist eine ganz eigene Form, sich zu bewegen. Denen von euch, die noch nie einen Kurs wie diesen besucht haben, gebe ich gerne einen Tipp: Erschreckt euch nicht! Gebt eurem Körper die Möglichkeit, sich frei zu bewegen. Die Tanzschritte sind nicht allzu schwer. Ich werde die Schritte vortanzen und ihr versucht, sie einfach nachzumachen", erklärt Paolo und geht währenddessen zum

CD-Player, um die Musik einzuschalten. Die anderen Frauen stellen sich rasch im Raum auf, sodass Sonja und ich uns zuerst einmal orientieren müssen, wohin wir uns platzieren sollen. Einige Damen, die wahrscheinlich ebenfalls zum ersten Mal hier sind, stellen sich schüchtern in die letzte Reihe. Die Frauen, die schon öfters da waren, stehen selbstbewusst in der ersten Reihe, was Sonja und mich schließlich dazu veranlasst, uns irgendwo in die Mitte zu begeben.

„Chicas, lasst uns tanzen!", ruft Paolo noch in die Runde, bevor die ersten Takte der Musik zu hören sind.

„Uno - dos - tres", schreit Paolo laut und beginnt mit seinen Hüften zu kreisen. Anscheinend ist zuerst eine kleine Aufwärmrunde dran. Er steppt locker von links nach rechts und alle tun es ihm nach. Nach ein paar Sekunden wechselt er auf ein leichtes Springen und ich glaube, dass Sonja sich in diesem Moment doch lieber einen BH in ihrer Größe gekauft hätte, denn bei jedem Sprung hüpfen fast ihre Brüste heraus. Ich verkneife mir einen Lacher und versuche, mich wieder auf das Aufwärmen zu konzentrieren. Paolo hebt zwischendurch die Arme, wechselt die Schrittkombination und lässt wieder die Hüften wackeln. Er beschleunigt sein Tempo und ich muss leider feststellen, dass ich schneller außer Atem bin als gedacht. Alle anderen um mich herum bewegen sich locker zur Musik, ohne dabei auch nur eine Miene zu verziehen oder annähernd ins Schwitzen zu geraten.

Das erste Lied ist zum Glück vorbei. Ich will mich hinsetzen, weil ich davon ausgehe, dass die erste Einheit damit vorüber ist, doch schon höre ich Paolo schreien: „Chicas, jetzt ist Schluss mit dem Schneckentempo und es geht loooos! Vamos!"

„Was? Das war sein Schneckentempo?", frage ich Sonja schnaufend, die erneut an ihrem BH herumzupft.

„Tja, die Spanier haben ein etwas anderes Tempo, wenn du verstehst, was ich meine", entgegnet sie und grinst mir zweideutig zu. Also, unter Zumba habe ich mir ehrlich gesagt etwas Gemütlicheres vorgestellt.

Nachdem der zweite Song vom Rhythmus her noch schneller ist, beschleunigt auch Paolo seine Schrittfolge. Ich bin ein wenig überfordert und merke, dass ich vor lauter Konzentration kaum mehr etwas von der lateinamerikanischen Musik mitbekomme. Sonja hingegen hat sich längst mit dem Tanz, der Schrittfolge und der Geschwindigkeit angefreundet und bewegt sich so, als ob sie noch nie etwas anderes in ihrem Leben gemacht hätte. Mittlerweile ist auch ihr viel zu kleiner Sport-BH vergessen und sie tanzt, was das Zeug hält.

„Mui bien! Ihr macht das ganz toll", feuert uns Paolo klatschend an und geht durch die Reihen, um den Neulingen unter uns, sprich ein paar anderen Tussis und mir, mit den Schritten zu helfen. Als er vor uns steht, hat er nur Augen für Sonja.

„Das machst du super, Schätzchen", sagt er zu mir, und das, obwohl ich mich bewege, als ob ich einen Stock im Hintern hätte, und er mich kaum dabei ansieht.

Die CD spielt mittlerweile einen neuen Song.

„Einfach weitermachen, Chicas!", gibt er das Kommando und stellt sich hinter Sonja. Er packt sie von hinten zu sich, umschlingt mit seinen Händen ihre Taille, vergräbt sein Gesicht in ihrem Hals und bewegt sich mit ihr gemeinsam zur Musik. Sonja streckt ihm provokant ihren Hintern entgegen, schnappt sich seine Hände und führt sie zu ihrer Brust. Wild grapscht er nach ihren Brüsten, während sie sich weiterhin zur schnellen Musik bewegen. Zwei Frauen neben uns starren die beiden ungläubig an. Die Frauen hinter uns haben mittlerweile bereits ganz mit dem Tanzen aufgehört, um das erotische Spektakel vor ihnen beobachten zu können. Eine der Möchtegern-Latinobräute wirft Sonja einen hasserfüllten Blick zu, eine weitere schüttelt verärgert den Kopf, während alle anderen aus der ersten Reihe einfach unbekümmert weitertanzen. Ich für meinen Teil tue mittlerweile nur noch so, als ob ich mittanzen würde, und starre die zwei genauso ungeniert an wie die Frauen hinter mir.

Paolo, der mittlerweile genug an Sonjas Brüsten herumgegrapscht hat, fährt mit seinen Händen runter zu ihren Oberschenkeln. Sonja hingegen hat eine Hand inzwischen überhaupt schon in seinem Schritt. Oh, Gott! Ja, jetzt sehe auch ich weg.

Paolo dürfte seinen Kurs mittlerweile komplett vergessen haben. Die eine dunkelhaarige Tussi, die Sonja eben noch einen hasserfüllten Blick zugeworfen hat, tanzt plötzlich Paolo von hinten an. Paolo, der sich leicht erschreckt, dreht sich dann zu ihr um, lässt Sonja los und setzt seinen Tanz mit ihr fort. Sonja richtet sich schnell ihren BH und bewegt sich, ohne aufzusehen und sich irgendetwas anmerken zu lassen, einfach weiter zur Musik. Paolo tanzt kurz mit der Dunkelhaarigen, schnappt sich daraufhin eine neue Tanzgespielin und wiederholt den Partnertausch noch insgesamt zwei Mal, bis er schließlich wieder nach vorne geht und leicht außer Atem und sehr verschwitzt eine neue Schrittkombination ansagt. (Ich bekomme soeben mit, dass sich einige der Frauen aus dem Staub machen. Tja, *Sex sells* kommt halt doch nicht überall gut an.)

Wir tanzen noch circa vierzig Minuten so weiter, ehe er die laute und hektische Musik gegen eine ruhige und langsame eintauscht.

„Stretching, Chicas, Stretching!", schreit er in die Runde und macht zunächst einige Dehnübungen im Stehen vor.

Brav machen wir es ihm alle nach. Er wechselt zu Übungen, die auf dem Boden ausgeführt werden. Wir sollen uns dabei in eine leichte Grätsche setzen und uns langsam von einer Seite auf die andere beugen. Wieder geht er durch die Reihen und ist bei der einen oder anderen *behilflich*. Natürlich kommt er auch wieder zu Sonja. Er setzt sich ebenfalls mit leichter Grätsche hinter sie. Sanft streichelt er ihren Rücken und drückt sie tief nach vorne. Sonja stöhnt laut auf, was ihr wieder den einen oder anderen Hassblick einbringt. Paolos Streicheleinheiten wechseln von ihrem Rücken in Richtung Oberschenkel, wobei er kurz und entschlossen zwischen ihre Beine greift. Sonja stöhnt nun umso mehr. Schnell lässt er sie wieder los und geht zur nächsten. Ich frage mich mittlerweile, ob das bei ihm immer so läuft.

Nachdem ich auch noch die letzten Minuten überstanden habe, gehen wir alle zurück in die Umkleide. Fix und fertig, verschwitzt und rot wie eine Tomate setze ich mich auf die Bank und nehme einen Schluck aus meiner Trinkflasche. Als ich mich umsehe, bemerke ich, dass außer mir niemand so einen mitgenommenen Eindruck macht. Peinlich!

„Mit deiner Sexshow hast du dich wieder mal selbst übertroffen. Es würde mich nicht wundern, wenn man uns hier auch noch rauswerfen würde", flüstere ich meiner Freundin schmunzelnd zu und ziehe meine Turnschuhe aus.

„Das denke ich nicht. Paolo hat sich über meine Einlage sicherlich gefreut."

„Ja, Sonja, wir konnten es alle sehen." Sie kichert und nimmt ebenfalls einen Schluck aus ihrer Wasserflasche.

In der Umkleide werden es mit der Zeit immer weniger Leute. Ich merke, dass Sonja sich extra viel Zeit lässt. Ich hingegen bin nach dem Duschen bereits umgezogen und startklar, diesen insgeheimen Swingerclub wieder zu verlassen.

„Süße, ich bleibe noch ein wenig", sagt sie mit gedämpfter Stimme, was erklärt, wieso sie sich so viel Zeit gelassen hat.

„War doch klar", meine ich nur und überdrehe die Augen. „Erzähl mir dann wenigstens, wie es war." Sonja grinst, während ich meinen wohlverdienten Abgang mache.

Zu Hause werfe ich mich sofort auf die Couch und mache es mir gemütlich. Tom sollte ebenfalls bald auftauchen. Marie kommt zu mir ins Wohnzimmer und fragt, wie es beim Zumba gewesen sei.

„*Heiß*", beschreibe ich das Spektakel mit einem Wort.

„Stimmt! Du warst ja mit Sonja dort", lacht Marie und setzt sich zu mir. „Hat sie wieder ihre Vorspielnummer abgezogen?", will sie wissen und ergänzt schelmisch: „Hoffentlich hat sich diesmal niemand verletzt." Ich kichere und erzähle von Sonjas laszivem Auftritt.

Marie lauscht gebannt allen Details und gibt scherzend ihren Senf dazu: „Bleibt zu hoffen, dass sie bald ihren Traummann findet. Weil sonst werden wir in ein paar Jahren nirgendwo mehr hingehen dürfen."

Etwas später läutet es an der Tür. Tom! Meine Schwester sieht mich an.

„Oh, du hast dich entschieden, ihm nicht länger aus dem Weg zu gehen. Ich hoffe, du kannst mit ihm alles bereden, was dir am Herzen liegt." Dabei tätschelt sie meine Hand.

Ich gehe zur Tür und atme kurz durch. Ich weiß nicht, warum ich plötzlich so aufgeregt bin. Schließlich möchte ich bloß mit meinem zukünftigen Mann besprechen, was mich beschäftigt. Ich beschließe doch nicht, ihm all meine Geheimnisse anzuvertrauen. Bevor Tom es schafft, ein weiteres Mal zu klingeln, öffne ich die Wohnungstür und bitte ihn herein. Er wirkt sehr gelassen und freut sich anscheinend sehr, mich zu sehen. Er nimmt mich in den Arm und küsst mich, wobei ich das Gefühl habe, er will mich gar nicht mehr loslassen.

„Liebling, was ist los?", frage ich kichernd und schon ist meine Aufregung verflogen.

„Ach, in der Arbeit läuft es einfach super und Mum hat mir erzählt, wie gut die Besprechung gelaufen sei. Sie bedauert es sehr, bei der Anprobe nicht dabei sein zu können."

Wie bitte? Klara soll etwas Nettes über mich gesagt haben? Und das ausgerechnet über unsere Besprechung, bei der sie so gemein zu mir war? Mir bleibt die Spucke weg!

„Wie es aussieht, taut ihr langsam auf und kommt euch endlich näher. Ich habe dir doch schon immer gesagt, dass Mum dich gernhat. Und du hast dir solche Sorgen gemacht. Alles unbegründet." Tom lächelt mich an und küsst mich auf die Wange.

„Also, du wolltest etwas mit mir besprechen?", fragt er und ich sehe ihn verlegen an. Wie kann ich jetzt noch über seine Mutter herziehen, nachdem sie endlich einmal etwas Positives über mich gesagt hat? Ich meine, wer weiß, ob sie es wirklich getan hat. Vielleicht versucht Tom auch nur, die Wogen zu glätten.

„Willst du Kaffee? Tee? Milch?"

„Häh… seit wann bietest du mir Kaffee an? Du weißt ja, dass ich keinen Kaffee mag und stattdessen lieber Tee trinke", sieht er mich verdutzt an. Tom folgt mir in die Küche, wo ich ihm einen Tee richte, während er sich zum Küchentisch setzt und mich beobachtet.

„Ella, was ist los?", will er nun wissen.

„Ach, nichts. Es ist alles in Ordnung", lüge ich und stelle heißes Wasser auf. Innerlich hoffe ich, dass Tom mich vielleicht durchschaut und ich endlich loswerden kann, wie sehr mich die Situation mit seiner Mutter belastet und wie unglücklich ich wegen den Hochzeitsvorbereitungen bin. Doch Tom hat bereits das Thema gewechselt und erzählt von seiner Arbeit. Ich höre ihm nur teilweise zu, weil ich selbst noch mit meinen eigenen Gedanken beschäftigt bin. Ich will seine gute Laune nicht ruinieren und entscheide mich deshalb dazu, einfach nichts zu sagen. Ich reiche Tom seinen Tee und setze mich ebenfalls mit einer Tasse zu ihm. Gedankenverloren spiele ich mit meinem Teebeutel und starre vor mich hin.

„Erzähl doch mal von der Hochzeit", fängt er plötzlich an.

„Deine Mutter hat dir sicherlich schon alles berichtet", erwidere ich trocken, nehme einen Schluck und versuche, mir dabei nicht meine Zunge zu verbrennen.

„Ja, aber ich möchte auch gerne mal etwas von dir hören", bittet er mich.

„Du weißt doch bereits alles. Anscheinend sogar mehr als ich, wenn deine Mutter behauptet, dass die Besprechung so toll gelaufen sei", platzt es aus mir heraus, bereue es jedoch gleichzeitig schon wieder, was ich soeben gesagt habe. Tom sieht mich verwundert an. Dabei reißt er seine Augen weit auf, was mich etwas beunruhigt. Ich seufze und hole tief Luft.

„Also, die Besprechung ist folgend abgelaufen: Deine Mutter und Henriette haben alles besprochen und ich bin nur blöd danebengesessen. Zwischendurch habe ich mir ein paar Sticheleien von deiner Mutter anhören dürfen, die nicht unbedingt den Eindruck gemacht hat, als ob sie mit deiner Entscheidung, mich zu heiraten, besonders glücklich wäre. Wie ich mir die Hochzeit vorstelle, interessiert irgendwie niemanden. Nicht einmal dich! Du bist einfach viel zu beschäftigt, um dich an dem Ganzen zu beteiligen, und so muss ich das alles alleine ertragen." So, nun habe ich alles gesagt.

„Jetzt fängst du schon wieder damit an. Wie oft denn noch, Ella? Meine Mutter will die Tradition unserer Familie bewahren. Was ist so schlimm daran, wenn sie sich um alles kümmert? Sei doch dankbar dafür!"

„Dankbar? Du hast leicht reden. Was interessiert mich eure blöde Familientradition? Schließlich ist es *unsere* Hochzeit und da würde ich auch gerne ein Wörtchen mitreden", argumentiere ich energisch.

Toms Gesichtsausdruck verrät mir, dass auch er zornig ist.

„Ella… so kenne ich dich gar nicht. Seit wir die Verlobung bekannt gegeben haben, bist du wie ausgewechselt."

„Ach so? Vielleicht liegt es aber auch daran, dass du mich nicht wirklich kennst und du in deiner perfekten Welt keine Frau akzeptierst, die Ecken und Kanten hat. Doch so bin ich nun mal." Bevor ich mich verplappere und ihm all die Wahrheiten erzähle, die Job, Uni und privates Umfeld betreffen, reiße ich mich schnell wieder zusammen.

„Willst du etwa behaupten, dass ich dich nicht kenne? Ich weiß alles über dich. Ich weiß, dass du gerne Schwarztee trinkst, deinen Kleiderschrank nach Farben sortierst, von deinen Kenntnissen als Weinkennerin, dass du Reiten und Skifahren liebst, gerne Kreuzfahrten machst, dass du eine kleine Pflanzenkennerin bist und dir am liebsten einen eigenen Rosengarten anlegen würdest, von deiner Zeit an der Universität und deinem erfolgreichen Job. Sag nicht, dass ich dich nicht kenne, Ella Liner!"

Ehrlich gesagt mag ich keinen Schwarztee und trinke ihn bloß, weil er bei sich zu Hause meistens keinen anderen zur Auswahl hat. Mein Kleiderschrank ist nur nach Farben sortiert, um einen ordentlichen Eindruck zu hinterlassen, wenn er mal bei mir übernachtet. Normalerweise ist mein Kleiderschrank nämlich das reinste Chaos und ähnelt mehr einem bunten Bombenanschlag. Ich bin das letzte Mal als Kind auf einem Pferd gesessen und könnte mich heute wahrscheinlich nicht mal mehr auf dem Rücken eines Ponys halten. Ich weiß nur, dass der Reitsport bei reichen Leuten immer gut ankommt und Klara leidenschaftlich gerne reitet, weshalb ich groß herumposaunt habe, dass ich früher bei Dressurturnieren teilgenommen hätte. Ich hatte mir sogar extra eine Schleife gekauft, die ich dann stolz präsentiert habe, und habe allen vorgegaukelt, dass ich diese bei einem wichtigen Turnier gewonnen hätte. Und ähnlich verhält es sich mit dem Thema Skifahren: Ich habe einmal beim Mittagessen erzählt, eine exzellente Skifahrerin zu sein und dass ich bei einem Jugendskirennen zwei Jahre hintereinander die Goldmedaille erobert hätte, was natürlich erstunken und erlogen war, da ich nicht einmal richtig Ski fahren kann. Toms Eltern sind aber bekennende Skiliebhaber und ich wollte einfach eine weitere Gemeinsamkeit finden. Was die Kreuzfahrt betrifft, habe ich damals bei seinen Eltern nur das wiedergegeben, was ich aus einem Bericht einer Frauenzeitschrift weiß, und dann so getan, als ob ich alles selbst erlebt hätte. Zudem habe ich alles andere als einen grünen Daumen. Ein Rosengarten würde bei mir wie Unkraut aussehen. Tatsache ist, dass sogar ein Kaktus bei mir um sein Leben bangen müsste. Und was Job und Uni angeht, da haben die Schwindeleien schon beim Kennenlernen ihren Lauf genommen… Ich weiß, ich habe öfter die Tatsachen verdreht, nur hat es sich irgendwie von Anfang an so ergeben, was sicherlich keine bewusste Entscheidung war.

Tom sieht mich ernst an. Ich kann nicht alle Karten auf den Tisch legen. Er würde mich für eine Lügnerin und womöglich Betrügerin halten.

„Ich hasse Schwarztee und einen grünen Daumen hab ich leider auch nicht. Ich hätte bloß gerne einen", höre ich mich selbst sagen.

Tom nimmt daraufhin überraschend meine Hand. Er steht auf, zieht mich zu sich hoch und sieht mir tief in die Augen.

„Und trotzdem liebe ich dich, Ella!" Er lächelt mich an und ich erwidere sein Lächeln, bevor wir uns küssen. Bei dieser Reaktion hätte ich eigentlich gleich alles beichten können. Doch dafür ist es nun zu spät.

Tom bleibt noch eine Weile bei mir. Wir wandern von der Küche ins Schlafzimmer und verbringen einen schönen Abend miteinander. Ich genieße die Zeit mit ihm und bin ein wenig enttäuscht, dass er nicht über Nacht bleiben kann.

„Ich habe in der Früh einen wichtigen Termin. Den kann ich leider nicht absagen."

Als er sich von mir verabschiedet, küsst er mich innig. Anscheinend ist alles wieder in Ordnung und alle Zweifel sind vergessen.

„Ich habe dir doch gesagt, dass alles wieder gut wird. Wie hat er darauf reagiert, als du ihm dein Herz ausgeschüttet hast?", fragt mich Marie, die plötzlich hinter mir steht.

„Ahm…", überlege ich kurz und schon fällt mir meine Schwester ins Wort.

„Ihr habt also gar nicht darüber geredet. Ich dachte, du wolltest ihm alles sagen, was dir auf der Seele liegt."

„Hab ich auch. Ich habe ihm erklärt, wie sehr mir die Situation mit seiner Mutter zu schaffen macht. Bei dieser Gelegenheit habe ich ihm dann gleich gestanden, dass ich Schwarztee eigentlich nicht mag und gar keinen grünen Daumen habe, und er hat gemeint, dass er mich trotzdem liebt."

„Und wie hat er reagiert, als du ihm gebeichtet hast, dass du weder eine Weinkennerin bist noch Wirtschaft studiert hast?", hakt Marie umgehend nach.

„Ich muss ihm doch nicht sofort alles gestehen. Vor allem, nachdem ich seinen Eltern letztens bewiesen habe, wie talentiert ich bin", rechtfertige ich mich.

„Irgendwann musst du ihm zeigen, wer du wirklich bist, Ella!"

„Aber Marie, das sind doch nur kleine Notlügen. Er kennt mich trotzdem und er liebt mich so, wie ich bin. Ich meine, ich verheimliche ja nicht, eine Bank ausgeraubt zu haben oder mich illegal im Land aufzuhalten. Ich habe lediglich ein paar Dinge umgedreht beziehungsweise ausgeschmückt. Jeder macht das. Denk doch mal an deinen Lebenslauf und was du da alles reingeschrieben hast. Du präsentierst dich darin, als ob du in Harvard studiert hättest. Und ich habe dich deswegen auch nie kritisiert", kontere ich und hoffe, meine Schwester damit besänftigt zu haben.

„Ja, aber bei dir geht es um eine Beziehung – um einen Mann, den du *heiraten* willst! Du bist unglücklich wegen der Hochzeit und wolltest das mit ihm besprechen."

„Das habe ich ihm ja gesagt."

„Und was hat er dazu gemeint?"

„Dass ich nicht wieder damit anfangen solle und stattdessen froh sein solle, dass sich Klara und Henriette darum kümmern würden. Er hat recht. Andere Bräute haben nicht das Glück, eine Hochzeitsplanerin zu haben. Und ich verstehe auch, dass seine Mutter die Familientradition bewahren will."

„Und was ist mit dem, was *du* willst? Ella, ich meine es doch nur gut. Es ist eure Hochzeit, nicht die von Klara."

„Das habe ich ihm auch versucht klarzumachen. Allerdings möchte ich mich mit seinen Eltern nicht streiten. Zumal ich mich immer so bemühe, einen guten Eindruck bei ihnen zu hinterlassen."

„Gut, wie du meinst. Nur dann jammere bitte nicht mehr herum, dass dir das alles nicht passt und wie unglücklich dich das macht", motzt mich meine Schwester an und geht in ihr Zimmer.

„Wie kann es sein, dass du jetzt sauer auf mich bist?", rufe ich ihr hinterher, bekomme jedoch keine Antwort. Na toll!

Später erhalte ich noch einen Anruf von Sonja. Ach ja, die Sexgeschichte mit Paolo.

Ich hebe ab und schaffe es nicht einmal Hallo zu sagen, schon schreit Sonja ganz außer sich ins Telefon: „Ella! Das war der geilste Sex meines Lebens! Der Typ hat es echt drauf."

Ich setze mich auf die Couch und höre ihr aufmerksam zu, während ich ein paar Erdnüsse knabbere.

„Also, ich war ja dann alleine in der Umkleide. Paolo kam unter dem Vorwand rein, sich vergewissern zu wollen, ob auch alle Lichter abgedreht waren. Er sah, dass ich noch dastand, und grinste mich feurig an. Er meinte, er habe darauf gehofft, mich hier zu finden, und schloss die Türe hinter sich. Nachdem er abgesperrt hatte, kam er langsam auf mich zu. Dabei ließ er mich nicht aus den Augen. Als er dicht vor mir stand, riss er mir meine Kleider vom Leib und zog sich ebenfalls seine Klamotten aus. Danach hob er mich auf und trug mich in den Duschraum."

„Ihr habt es in den Duschen getan?", unterbreche ich sie perplex.

„Nicht nur", gesteht sie und beginnt zu lachen.

„Wo denn noch?"

„Zuerst in den Duschen, dann auf den Bänken in der Umkleide, später auf ein paar Yogamatten und schließlich noch im Stehen an der Wand." Sonja plaudert aus dem Nähkästchen und erzählt alle schmutzigen Details.

„Sag mal, hat nach dem Zumbakurs nicht auch noch ein Yogakurs stattgefunden?", frage ich nach und wundere mich, dass die zwei dabei nicht gestört wurden.

„Ja, der Yogakurs hat zur selben Zeit im anderen Raum begonnen, als unser Kurs zu Ende war. Ein weiterer Kurs hat danach Gott sei Dank nicht mehr stattgefunden."

„Heißt das, die Leute nebenan haben mitbekommen, dass ihr dort gevögelt habt?"

„Dass wir länger geblieben sind, ist sicherlich jemandem aufgefallen. Doch gehört hat uns bestimmt niemand. So laut waren wir nun auch wieder nicht."

„Eines muss man dir lassen: Das kann dir so schnell keiner nachmachen", lache ich und höre mir noch ihre Schwärmerei an.

„Ich habe auf jeden Fall vor, mich wieder mit ihm zu treffen", lässt sie keinen Zweifel an der Fortsetzung ihrer Affäre offen, ehe sie auflegt.

Marie dürfte mitbekommen haben, dass ich mit Sonja telefoniert habe, denn sie steht auf einmal im Wohnzimmer und will alle Einzelheiten vom Gespräch wissen. Anscheinend ist sie nicht mehr sauer auf mich. Ich erzähle ihr von Sonjas prickelndem Erlebnis, woraufhin Marie sofort zu lachen anfängt.

„Als ob die beiden niemand gehört hätte", kichert sie.

„Ja, das habe ich mir auch gedacht. Ich glaube, so wirklich entspannen hat im Yogakurs keiner mehr können."

„Hätte ich damals an ihrem Junggesellinnenabschied gewusst, dass so etwas dabei rauskommt, hätten wir bei ihr zu Hause gefeiert und eine Staffel *Gilmore Girls* geguckt", scherzt Marie und schüttelt den Kopf.

Kapitel 7

Ich habe mir den heutigen Tag freigenommen. Immerhin findet am Vormittag die Anprobe für mein Hochzeitskleid und nachmittags die Besprechung mit Herrn Sojak statt. Ich bin extra ganz früh aufgestanden, um noch vor der Anprobe die wichtigsten Punkte meiner Mitschrift für das Beratungsgespräch wiederholen zu können. Keine Ahnung, wie ich ihm dabei bitte helfen soll! Schon vor dem Frühstück raucht mein Kopf und ich hoffe bereits jetzt, dass dieses Treffen das einzige sein wird, dass ich mit Herrn Sojak jemals haben werde. Mithilfe meiner Notizen überlege ich, wie ich das Gespräch am besten angehen soll. So gut es geht versuche ich, mir wichtige Begriffe und Kennzahlen einzuprägen. Doch irgendwann ist es auch mir zu viel, weshalb ich meine Unterlagen beiseitelege, um in die Küche zu gehen. Das von mir verursachte Chaos im Wohnzimmer lasse ich einfach hinter mir. Vielleicht räumen sich die Sachen ja von selbst weg. Genervt greife ich nach meinen Cerealien, fülle damit meine blaue *Barbapapa*-Müslischüssel und gieße viel kalte Milch darüber. Dann futtere ich das zuckerhaltige Frühstück in mich hinein. Meine Schwester schafft es nun auch endlich aus den Federn und torkelt verschlafen im Pyjama zu mir in die Küche.

„Du schon auf?", meint sie knapp und gähnt laut.

„Ja, ich bereite mich schon die ganze Zeit auf das Beratungsgespräch mit Herrn Sojak vor", antworte ich monoton und hoffe, mir keine Moralpredigt anhören zu müssen.

„Das heißt, du hilfst tatsächlich jemanden, aus seinen Privatschulden herauszukommen. Ich dachte, du hättest deine Hilfe nur angeboten, weil du davon ausgegangen seist, dass dieses Treffen nie wirklich zustande käme."

„Ja, das ist richtig. Insgeheim hoffe ich immer noch, dass das Treffen nicht stattfinden wird."

Marie gähnt ein weiteres Mal, watschelt zum Kühlschrank, nimmt sich ein Joghurt heraus und setzt sich zu mir.

„Ich denke, du hast dich gut genug vorbereitet. Du wirst ihm sicher auf die eine oder andere Art weiterhelfen können", meint sie.

„Denkst du?"

„Natürlich! Auch wenn du dich kein bisschen auskennst, wirst du es letztendlich trotzdem irgendwie schaffen, eine passende Lösung für ihn zu finden", lächelt Marie mich zuversichtlich an.

„Freust du dich bereits auf die Anprobe?", wechselt sie das Thema und starrt mich mit großen Augen an. „Immerhin probierst du ja dein Hochzeitskleid an."

„Klar doch", antworte ich mit vollem Mund.

„Das ist der mit Abstand beste Teil von den ganzen Vorbereitungen. Ich glaube, wenn du dich heute zum ersten Mal in einem Brautkleid siehst, wirst du dich wie eine kleine Prinzessin fühlen. Der ganze Ärger mit Toms Eltern wird vergessen sein und du kannst dich endlich darauf freuen, zu heiraten", plappert Marie mit einem breiten Grinsen im Gesicht. „Ach, meine ältere Schwester wird erwachsen."

Als Marie und ich uns auf den Weg zum Brautladen machen, werde ich leicht nervös. Hätte ich Henriette und Klara vielleicht doch fragen sollen, ob mich meine Schwester begleiten darf? Was ist, wenn es Henriette so gar nicht passt und sofort Klara informiert? Ich meine, sie erzählt sowieso alles weiter, was im Laufe des Tages passiert. Dennoch möchte ich, dass die Anprobe halbwegs reibungslos verläuft. Auf der anderen Seite denke ich mir, dass es mein gutes Recht ist, meine Schwester mitzubringen. Schließlich bin ich die Braut und wieso sollte es überhaupt jemanden stören? Hin- und hergerissen gehe ich jedes Szenario durch und wünsche mir einfach, dass es keine Probleme geben wird. Wer weiß, vielleicht wird sich Henriette sogar freuen, meine Schwester kennenlernen zu *dürfen*, und dann Klara ganz enthusiastisch schildern, was für einen *tollen* Vormittag sie mit uns verbracht hat. Nachdem letztlich alle Zweifel aus meinem Kopf verschwunden sind, hake ich mich selbstsicher und gut gelaunt bei meiner Schwester ein.

„Wie schön es doch ist, dass du mitkommst", bedanke ich mich bei ihr. Marie lächelt mich an, während ich ihr gelassen den Unterarm tätschle. Alles wird gut!

Schon von Weitem sehe ich Henriette. Sie schleicht unruhig vor dem Brautladen auf und ab. Wie es aussieht, dürfte sie bereits eine Weile hier sein. Als sie mich sieht, winke ich freundlich.

„Juhuuuu! Henrieetteeee!", kreische ich bestens gelaunt und laufe quasi auf sie zu. Marie wirft mir einen überraschten Blick zu, den ich gekonnt zu ignorieren versuche. Henriette sieht mich ebenfalls verblüfft an und macht Augen, als ob ihr gerade ein verrücktes Marsmännchen entgegenrennen würde. Ich kann gar nicht sagen, wer verwirrter von meinem Auftritt ist: meine Schwester oder Henriette. Aber egal. Mit allen Mitteln werde ich heute probieren, mich bei Henriette einzuschleimen und einen guten Eindruck bei ihr zu hinterlassen. Wenn sie Klara erzählt, wie nett und lieb ich eigentlich bin, verschafft mir das mit Sicherheit einen Vorteil.

Ich nehme Henriette fest in den Arm und drücke ihr gleich zwei Schmatzer auf die Wange. Diese steht nur starr da und rührt sich nicht vom Fleck. Jetzt, wo ich sie

so vor mir sehe, hätte ich doch besser auf die Extraschicht Lippenstift verzichten sollen – sie schaut nämlich
nun ein bisschen wie ein Clown aus.

„Wie schön es ist, dich zu sehen! Du kannst dir ja gar
nicht vorstellen, wie sehr ich mich auf die heutige Anprobe gefreut habe. Schade bloß, dass Klara uns nicht begleiten kann. Aber dafür habe ich meine kleine Schwester
mitgenommen. Das ist Marie", stelle ich meine Schwester
vor, die brav lächelt und Henriette höflich die Hand gibt.
Sie ist kurz davor, einen Knicks zu machen. Doch zum
Glück kann ich das gerade noch verhindern, indem ich
leicht panisch den Kopf schüttle.

„Ach herrje! Du hast ein wenig Farbe abgekriegt", lache
ich, um das Gespräch zu lenken. Henriette sieht mich
verdutzt an und hat keinen Schimmer, wovon ich rede.
Ich lächle sie an und deute auf ihre Wangen. Henriette
dreht sich zum Schaufenster, um ihr Spiegelbild zu betrachten, und wirkt etwas schockiert, als sie zwei knallrote
Kussmünder auf ihren Wangen entdeckt.

„Tut mir leid!", entschuldige ich mich schnell. „Das passiert mir andauernd." Ich versuche, mir meine Lüge nicht
anmerken zu lassen, und überdrehe gespielt die Augen.
Nicht, dass sie noch denkt, ich habe sie mit Absicht be-
schmieren wollen.

Während sie ihr Taschentuch zückt und widerwillig meinen Lippenabdruck wegwischt, plappere ich frisch und
munter weiter: „Ich bin mir sicher, dass das perfekte
Kleid bereits auf mich wartet und ein Kleid schöner ist
als das andere."

Henriette wirkt ein wenig blass und noch steifer als sonst.
An diesen Anblick könnte ich mich gewöhnen. Doch ehe
wir den Laden betreten, räuspert sie sich und meldet sich
erstmals zu Wort.

„Ich wusste nicht, dass vereinbart war, dass uns noch jemand begleiten darf", krächzt sie und sieht uns beleidigt an. In diesem Moment hoffe ich nur, dass sich meine Schwester benimmt und nicht ihre Augen verdreht. Das tut sie nämlich normalerweise immer, wenn sie genervt ist. Und Frauen wie Henriette nerven sie *total*.

„Ich glaube nicht, dass ich Ihnen im Weg stehen werde", meint Marie scharf, schafft es aber dennoch zu lächeln. Ach, wie bin ich vielleicht stolz auf sie!

Henriette spitzt ihre Lippen und erwidert mit skeptischem Blick: „Das hoffe ich doch!" Dann dreht sie sich einfach um und geht, ohne auf uns zu warten, als Erste in den Laden. Marie und ich stehen da wie bestellt und nicht abgeholt.

„Das ist ja wirklich ein Miststück", hat nun auch meine Schwester erkannt.

„Also, ich habe sie bis jetzt eigentlich ganz umgänglich gefunden", gestehe ich mit einem leicht ironischen Unterton.

Meine Schwester zieht mich an der Hand und flüstert mir zu, dass auch dieser Tag ein Ende haben werde und ich die Anprobe immerhin nicht alleine durchstehen müsse.

Der Brautladen ist genau so, wie ich ihn mir vorgestellt habe: helles Licht, ein dunkler Teppichboden, der dem kitschigen Raum etwas Rustikales verleiht, ein paar Ausstellungsstücke, die elegant an Schaufensterpuppen gezeigt werden, eine große Vitrine mit Accessoires und ein alter hölzerner Verkaufstisch, auf dem eine offenbar uralte Kassa draufsteht. Die Wände sind zartrosa und mit einem weißen Blumenmuster verziert. Ich erkenne sogar klein geschriebene Liebesgedichte und Zitate aus bekannten Liebesfilmen, die ebenfalls auf den Wänden verewigt worden sind und dem Ganzen das gewisse Etwas verleihen.

Im Hintergrund höre ich eine sanfte Melodie, die von einem Klavier gespielt wird und mich ein wenig an die Entspannungsmusik bei meiner Frauenärztin erinnert, nur dass die eine Spur orientalischer klingt. (Meine Ärztin kommt ursprünglich aus Indien. Das dürfte auch ihren leicht speziellen Musikgeschmack erklären.)

Es liegt ein süßer Duft in der Luft, der mich irgendwie an Zuckerwatte erinnert. Es fühlt sich beinahe so an, als ob der gesamte Laden rein aus Luft und Liebe bestehen würde. Alles scheint perfekt. Man könnte fast meinen, wir wären bei Amor höchstpersönlich zu einer Brautparty eingeladen. Ich warte nur noch darauf, dass ein kleiner Pfeil durch die Luft fliegt.

Ein schmaler Gang führt zu weiteren Räumen, in denen die anderen Brautkleider, die Kleider für die Brautjungfern sowie die Anzüge für die Herren aufbewahrt sind. Zumindest steht das auf einem Schild, das an der Wand hängt und als kleine Wegbeschreibung in sämtliche Richtungen zeigt. Ich fühle mich auf einmal so entspannt und glücklich, beinahe high, als ob ich einen Joint geraucht hätte, und könnte schwören, zufrieden auf Wolke sieben zu schweben.

Bei all den Glücksgefühlen hätte ich fast Henriette vergessen, die bereits mit einer Kundenbetreuerin plaudert. Während sich die beiden noch unterhalten, drehen Marie und ich eine Runde und bestaunen die vielseitige Auswahl, die der Laden zu bieten hat.

„Wie schön die Kleider doch sind. Richtig edel. Ich kann es kaum erwarten, dich in einem davon zu sehen", wirkt Marie genauso aufgeregt wie ich. Wie es aussieht, hat die ganze Atmosphäre hier den gleichen Einfluss auf sie wie auf mich.

„Ich realisiere es immer noch nicht, dass ich heute diese wunderschönen Hochzeitskleider anprobieren darf", schwärme ich und stelle fest, dass ich mich von Glitzer, Spitze und Schleifen gar nicht mehr sattsehen kann. Ich habe plötzlich das Gefühl, wieder sieben Jahre alt zu sein und mir gerade ein hübsches Prinzessinnenkleid für meine Teeparty mit Mr. Bär auszusuchen.

Meine Fantasie beginnt nun richtig mit mir durchzugehen und so stelle ich mir vor, wie sich das Geschäft in ein rosa Schloss verwandelt und Tom als mein *Prinz Charming* im weißen Anzug vor mir steht. Tja, doch leider gibt es in jedem Märchen auch eine böse Hexe – und in meinem Fall sogar zwei. Eine davon steht jetzt direkt neben mir: Henriette. Und sie blickt mich gereizt an. Immerhin macht die Angestellte ein freundliches Gesicht. Dabei strahlt sie mich mit solch einem bezaubernden Lächeln an, dass jede Schönheitskönigin neben ihr verblassen würde. Wenn ich sie länger so betrachte, würde sie auch locker als eine Elfe in *Der Herr der Ringe* durchgehen. Die blasse Haut und langes, feines blondes Haar hat sie ja bereits. Eigentlich fehlen bloß noch die spitzen Ohren.

„Guten Tag, Frau Liner! Mein Name ist Charlotte. Ich werde Sie heute bei Ihrer Anprobe betreuen", sagt sie in einem unglaublich ruhigen, angenehmen Ton und lächelt stets dabei. Sie wirkt so zufrieden, dass man fast glauben könnte, sie hätte im Lotto gewonnen oder vor unserer Ankunft noch Sex gehabt. Oder aber sie erhält pro verkauftes Kleid eine saftige Provision, was wahrscheinlich das Nächstliegende ist.

Die Frau gibt Marie freundlich die Hand, ehe sie sich wieder mir zuwendet und zu meiner Enttäuschung meint: „Frau Stromburg hat Ihnen bereits eine Auswahl zur Seite gelegt. Sie ist sich ausgesprochen sicher, dass Ihnen eines davon gefallen wird."

Eigentlich hatte ich gehofft, Klara hätte letztens nur einen Witz gemacht, dass sie eine Vorauswahl für mich treffe. Wenn ich hier all die wundervollen Kleider sehe, dann bin ich noch viel enttäuschter, mir kein eigenes aussuchen zu dürfen. Ich bemühe mich dennoch, mir meine Niedergeschlagenheit nicht anmerken zu lassen, und lächle gezwungen.

„Davon bin ich überzeugt. Klaras Geschmack ist schließlich erstklassig", äußere ich mit einer Mischung aus Optimismus und Galgenhumor. Henriette schnaubt verächtlich und geht mit Charlotte vor. Meine Schwester und ich folgen ihnen. Nun ist es endlich so weit: Marie überdreht die Augen und ich muss aufpassen, dass ich nicht laut loslache. Ich habe mich bereits gefragt, wie lange es meine Schwester wohl aushalten wird, ehe sie genervt mit den Augen rollt.

„Ich komme mir vor wie ein kleines Kind, dem alles vorgekaut wird", werde ich schnell wieder ernst und jammere.

„Wir bringen das jetzt einfach hinter uns", flüstert mir Marie zuversichtlich zurück.

In einem der hinteren Räume findet die Anprobe statt. Zwei breite Garderoben mit langen, schweren Vorhängen nehmen bereits einen Großteil des Raumes ein. Gegenüber stehen ein bodenlanger Spiegel sowie ein kleiner Laufsteg bereit, auf dem die Braut von allen Seiten bewundert werden kann. Neben den Garderoben stehen Sitzgarnituren, auf denen Marie und Henriette sogleich Platz nehmen. Charlotte geht mit mir zur Umkleide.

„Frau Liner, ich zeige Ihnen nun ein Kleid nach dem anderen. Sie probieren es an und präsentieren es anschließend Ihrer Hochzeitsplanerin, die für Frau Stromburg ein Foto macht", erklärt die Verkäuferin freundlich.

„Was? Wieso will sie ein Foto von mir in einem Brautkleid machen?", will ich panisch wissen.

„Nun ja, Frau Stromburg möchte sich gerne an Ihrer
Entscheidung beteiligen", klärt mich Charlotte freundlich, aber leicht zögernd auf, ohne erstmals dabei zu lächeln.

„Wie viele Kleider hat Klara eigentlich ausgesucht?", erkundige ich mich gespannt und befürchte schon, dass
sich die Auswahl auf lediglich eines beschränkt.

„Drei."

„*Drei?!*", wiederhole ich lauter als gewollt. Ich soll ernsthaft nur drei Kleider anprobieren, die ich nicht einmal
selbst ausgesucht habe, und Klara trifft dann letztendlich
die Entscheidung! Ich versuche, mich schnell wieder zu
beruhigen. Nicht, dass Charlotte noch erzählt, ich sei eine
schwierige Kundin gewesen. Ich atme tief durch und
zwinge mich, einen glücklichen Gesichtsausdruck zu machen, was mir in diesem Moment natürlich etwas schwer-
fällt.

„Also drei?", frage ich nochmals nach, bloß diesmal in
einem nüchterneren Ton. Sie nickt nur.

„Gut... ahm... darf ich Sie bitten, mir die Kleider zu
bringen? Dann probiere ich sie gleich an." Als Charlotte
daraufhin kurz verschwindet, um die Modelle zu holen,
eilt Marie sofort zu mir rüber.

„Was ist los?", möchte sie wissen.

„Klara hat mir lediglich drei Kleider herausgesucht. Henriette soll von jedem ein Foto machen, damit Klara beurteilen kann, wie es an mir aussieht. Am Ende entscheidet
also sie, was ich zu meiner Hochzeit tragen werde", erzähle ich ihr leise, damit Henriette nichts davon mitbekommt. Doch die steht bereits wie eine Doppel-Null-
Agentin hinter meiner Schwester und fragt, ob auch alles
in Ordnung sei. Ich nicke artig und hoffe, dass sie schnell

wieder ihren Platz einnimmt. Dabei sieht sie mich so argwöhnisch an. Zum Glück taucht aber im selben Moment
Charlotte mit dem ersten Kleid auf.

„So… das wäre jetzt Brautkleid Nummer eins! Bitte sagen Sie mir, wenn Sie im Kleid drin sind, damit ich Ihnen
dann mit dem Reißverschluss helfen kann." Charlotte
packt das Kleid aus der Plastikhülle und hängt es vor
mich hin.

Während sie den Vorhang von der Umkleide zuzieht und
mir Zeit zum Umziehen gibt, sehe ich mir das Brautkleid
genauer an. Das Kleid an sich sieht nicht so schlecht aus
– meinem perfekten Hochzeitkleid entspricht es allerdings nicht.

„Ich bin mir sicher, der Meerjungfrauenstil passt Ihnen
sehr gut", höre ich Charlotte sagen. Das Kleid ist gerad-
linig geschnitten und ab Kniehöhe leicht ausgestellt. Der
Stoff ist glänzend und es hat ein bandeauförmiges Dekolleté. Das war's aber auch schon wieder. Im Großen
und Ganzen ist es schlicht und bis auf den aufregenden
Teil ab dem Knie ziemlich langweilig. Es hat keine Spitze,
keinen Glitzer und auch sonst keine Besonderheiten. Für
mich ist das kein Brautkleid, das ich zu meiner Hochzeit
tragen würde.

Ohne einen Kommentar abzugeben, ziehe ich es über,
lasse mir von Charlotte den Reißverschluss zumachen
und trete dann vor Henriette und meine Schwester. Marie
schaut mich an und ich merke sofort, dass sie das Kleid
ebenfalls nicht vom Hocker haut. Es fühlt sich schwer
und unvorteilhaft an. Ich kann mir nicht vorstellen, darin
tanzen zu können. Eine glückliche Braut sieht anders aus.
Leicht enttäuscht betrachte ich mich im Spiegel, während
Henriette mit ihrem Handy ein Foto macht und es umgehend Klara weiterschickt.

„Wie gefällt es Ihnen?", will Charlotte wissen. Ich schlucke.

„Es ist ganz nett", murmle ich nur und bitte sie, mir das nächste Brautkleid zu zeigen.

Charlotte hilft mir zuerst aus diesem Kleid heraus und holt dann das nächste, das Klara ebenfalls für mich ausgesucht hat. Ich warte in der Zwischenzeit in der Kabine und hoffe, dass das zweite Kleid mehr Emotionen in mir weckt.

Ich höre mein Handy vibrieren und nehme es schnell aus der Tasche. Eine Nachricht von Marie. Sie hat die Spielregeln also verstanden.

Kopf hoch! Das nächste ist mit Sicherheit besser

Maries Zuversicht hebt zumindest so lange meine Stimmung, bis mir Charlotte das zweite zur Auswahl stehende Hochzeitskleid in die Umkleide hängt. Ich bin mehr als enttäuscht, als sie es vor mir auspackt und es mir präsentiert. Es trifft noch weniger meinen Geschmack. Es hat zwar Glitzer, jedoch ist es meiner Meinung nach viel zu aufgebauscht. Als ich es anhabe, komme ich mir vor wie ein kleines Schweinchen, das in einem Haufen voller Tüll liegt. Das Kleid ist mir einfach zu überzogen. Als Charlotte ein weiteres Mal mein enttäuschtes Gesicht sieht, möchte sie wissen, wie ich mir mein Kleid eigentlich vorgestellt habe. Ich traue mich zuerst gar nichts zu sagen.

Zum Glück läutet in diesem Moment Henriettes Mobiltelefon und sie scheint kurz abgelenkt, sodass ich mit meiner Wunschbeschreibung loslegen kann: „Mir gefällt Spitze. Das ganze Kleid sollte aus Spitze bestehen. Von der Passform her sollte es zudem gerade geschnitten sein, wie das erste, nur mit breiten Trägern, die ein schönes Dekolleté zaubern. In der Taille hätte ich gerne einen

Gürtel, der nach hinten zu einer großen Masche gebunden ist und mit kleinen Glitzersteinchen oder Perlen verziert ist. Der Schleier wiederum sollte schulterlang und bestickt sein."

Was mein Brautkleid betrifft, habe ich konkrete Vorstellungen. Nicht umsonst lese ich seit Wochen eine Brautzeitschrift nach der anderen und sehe mir sämtliche Hochzeitsshows im Fernsehen an.

Henriette hat ihr Telefonat mittlerweile beendet und sieht gestresst zu mir rüber, während die Kundenberaterin langsam Mitleid mit mir hat.

„Es tut mir leid, aber ein Kleid mit Spitze ist nicht dabei", gesteht sie mit Bedauern.

Autsch! Das ist wie ein Schlag ins Gesicht! Bevor die Stimmung komplett im Keller ist, versucht mich Charlotte noch aufzubauen: „Aber probieren Sie einfach einmal Kleid Nummer drei an. Das geht in eine ganz andere Richtung und dürfte Ihnen mehr zusagen."

Bevor ich ein drittes Mal zur Tat schreiten kann, schießt Henriette schnell auch ein Foto von Kleid Nummer zwei. Ich versuche, mich zusammenzureißen, damit ich vor lauter Enttäuschung nicht in Tränen ausbreche.

In der Umkleidekabine höre ich Charlotte bereits von Weitem, wie sie vom Stil des Kleides und dessen Designer schwärmt. Sie bemüht sich wahrlich, mir das dritte Brautkleid mit allen Mitteln schmackhaft zu machen. Ich finde es wirklich nett, wie sie die Situation zu retten versucht.

Als ich das dritte Brautkleid anprobiere, empfinde ich das Gleiche wie bei den anderen beiden. Es sieht zwar um einiges besser aus als das vorherige, dennoch ist es bei Weitem nicht das Brautkleid, das mich vor lauter Freude zum Heulen bringt.

Ich zeige mich meiner Schwester, die sogleich ein paar aufmunternde Worte für mich parat hat: „Also, vom Schnitt her passt es dir gar nicht mal so schlecht."

Toll! Als ob eine Braut *gar nicht mal so schlecht* aussehen möchte. Das Kleid ist wie das erste im Meerjungfrauenstil geschnitten, nur an der Taille etwas enger. Vorne ist es leicht gerafft und am unteren Teil sehr bauschig und modern gehalten. Den Rücken ziert eine schmale Knopfleiste und der Ausschnitt hat eine leichte Herzform.

„Was sagen Sie zu diesem hier?", fragt Charlotte zögernd, in der Hoffnung auf eine positive Rückmeldung meinerseits.

„Es ist mir zu modern und der untere Teil gefällt mir nicht. Außerdem trägt der Schnitt an meinen Hüften auf, sodass ich mich wie ein aufgeblähtes Marshmallow fühle."

„Deswegen hat dir Klara ja die Diät vorgeschlagen", fällt mir Henriette frech ins Wort. Alle drei sehen wir sie daraufhin entrüstet an. Henriette ignoriert unsere Blicke und macht ein letztes Foto.

„Ich habe alle Bilder. Du kannst dich also umziehen. Charlotte, vielen Dank! Klara ruft Sie morgen an und lässt Sie wissen, welches Kleid es werden wird. Dann können wir auch einen Termin für die Schneiderin ausmachen."

Henriette verabschiedet sich und macht sich gekonnt aus dem Staub. Wie angewurzelt stehen wir alle da und blicken ihr nach. Es herrscht kurz Stille.

Bis sich meine Schwester zu mir umdreht: „Tut mir leid, wie das soeben gelaufen ist. Falls es dich ein wenig aufbaut, ich finde schon, dass dir die Kleider gut stehen. Du könntest auch mit einem Kartoffelsack zum Altar schreiten und würdest umwerfend aussehen." Marie versucht zu lächeln und tätschelt meinen Arm.

„Frau Liner, wenn Sie wollen, können Sie sich gerne auch andere Brautkleider ansehen und diese dann anprobieren", meint Charlotte, woraufhin meine Schwester und ich sie überrascht anglotzen. Ich überlege kurz. Marie wirft mir einen aufmunternden Blick zu und unterstützt Charlottes Vorschlag.

„Wie wäre es, wenn wir dein perfektes Brautkleid ausfindig machen und du es uns dann vorführst? Spitze, Gürtel, Schleier – deine Wünsche kennen wir ja", unterbreitet Marie und bringt mich zum Schmunzeln.

„Klar! Lasst uns gemeinsam auf die Suche nach meinem perfekten Brautkleid begeben!"

Aufgrund meiner ausführlichen Beschreibung, ist es nicht allzu schwierig, ein Kleid zu finden, das mich überzeugt. Charlotte bringt mir unterschiedliche Modelle mit Spitze, holt zwischendurch Accessoires und verschieden lange Schleier. Mir gefällt ein Kleid besser als das andere. Doch eines davon haut mich sprichwörtlich vom Hocker: Es ist genau so, wie ich es mir immer vorgestellt habe – einfach bezaubernd!

Ich stehe vor dem Spiegel und bewundere mich in diesem atemberaubenden weißen Brautkleid, das mit Spitze übersät ist. Das Kleid ist schlichtweg perfekt! Endlich fühle ich mich wie eine richtige Braut und nicht bloß wie jemand, der einfach nur weiße Kleider anprobiert. Ich blinzle eine Träne weg, um nicht allzu gerührt zu wirken, erkenne dann aber, dass meine Schwester ebenfalls mit ihren Tränen kämpft.

„Ella, du bist so wunderschön. Das Kleid steht dir hervorragend!"

„Ihre Schwester hat recht. *Das* ist ihr Kleid", bestätigt zu guter Letzt auch Charlotte, die uns beiden ein Taschentuch reicht. Meine Schwester macht ein Foto von mir und wir kichern alle, als sie dabei Henriette nachäfft.

„Wenn Sie wollen, kann ich Ihnen das Kleid auf die Seite legen", schlägt Charlotte vor und schon ist meine gute Stimmung wieder dahin. Wie soll ich mich denn für ein anderes Kleid entscheiden? Klara rastet aus und Tom wäre deshalb sicherlich ebenfalls sauer.

„Ich weiß nicht…", stammle ich aus diesem Grund bloß verunsichert und merke, dass mir eine weitere Träne herunterkullert.

Marie kommt auf mich zu und tröstet mich: „Was ist, wenn wir das Kleid auf die Seite legen lassen und du mit Klara darüber sprichst, dass du gerne dieses hier anziehen möchtest?" Ich schüttle den Kopf. Das wäre ein weiteres Drama, das ich lieber umgehen möchte.

„Und was ist, wenn wir Frau Stromburg erst gar nicht fragen?", wirft Charlotte plötzlich unschuldig ein, sodass Marie und ich sie nur erstaunt anstarren. Die Frau hat echt Mumm. Oder sie kennt Klara nicht gut genug, um sich von ihr einschüchtern zu lassen. „Ich meine, es ist letztendlich Ihre Hochzeit. Und da sollten Sie wenigstens das Brautkleid selbst aussuchen dürfen. Man heiratet ja schließlich nur einmal im Leben. Oder zumindest geht man davon aus."

Animiert von Charlottes Worten und dem bejahenden Blick von Marie, treffe ich eine Entscheidung: „Sie haben recht. Ich nehme *dieses* Kleid!" Und damit habe ich auch alles gesagt. Aus, Schluss, basta!

Nach der Anprobe sitzen Marie und ich in einer kleinen Eisdiele, die etwas vom Brautladen entfernt und bei diesem warmen Wetter sehr gut besucht ist. Wir gönnen uns beide einen Eisbecher mit extra viel Schlag und Schokolade obendrauf. Das haben wir uns einfach nach dem ganzen Wirbel verdient.

„Henriette ist aber auch eine Hexe", ärgert sich Marie immer noch.

„Da habe ich dir wohl nicht zu viel versprochen, was?" Ich nehme einen weiteren großen Löffel von dem leckeren Pistazieneis und bin froh, dass Henriette fürs Erste kein Thema mehr ist.

„Ja, wen sehe ich denn da? Ihr habt aber viel Urlaub in letzter Zeit. Oder seid ihr etwa arbeitslos geworden?", scherzt Sonja, die plötzlich ein paar Meter von uns entfernt steht und uns zuwinkt.

„Hallo, Süße! Hast du gerade Mittagspause oder haben sie das Treffen der anonymen Alkoholiker verschoben?", neckt Marie zurück und nimmt Sonja freundlich in den Arm. Zwei ältere Damen, die an einem Tisch neben uns sitzen, schütteln entsetzt den Kopf und wechseln zu einem freien Tisch, der ein größeres Stück von uns entfernt ist. Anscheinend sind sie solche Aussagen nicht gewohnt. Doch vielleicht ist es ohnehin besser, dass sie jetzt den Platz wechseln, bevor Sonja wieder von ihrem heißen Paolo anfängt. Nicht, dass eine der Alten noch ins Gras beißt. Das wäre nämlich viel schlimmer als Sonjas Amoklauf im Schuhgeschäft damals.

Sonja setzt sich zu uns und bestellt sich beim Kellner einen Eisbecher mit viel Alkohol, was im Endeffekt viel ekeliger klingt, als es eigentlich schmeckt.

„Der Nachmittag kann ja noch heiter werden", grinst sie schelmisch und blinzelt nebenbei dem Kellner zu, der leicht verlegen zurücklächelt und bei anderen Tischen weitere Bestellungen aufnimmt.

„Der Kellner ist viel zu jung für dich und bei dir sicherlich total überfordert. Außerdem willst du doch wegen so was nicht ins Gefängnis", frotzelt Marie.

„Stimmt! Wenn ich schon ins Gefängnis muss, dann aus einem richtigen Grund wie Geldwäscherei oder Drogenbesitz. Aber gut, dass du mich daran erinnerst: Wie läuft es eigentlich mit dem Anbau deiner neuen Hanfplantage?", geht das Geplänkel zwischen Sonja und Marie munter weiter. Wir drei prusten los.

„Zum Glück hört euch niemand zu. Nicht, dass wirklich noch jemand die Polizei ruft", kichere ich und schlecke genüsslich meinen Löffel ab.

„Also, was habt ihr heute so getrieben?", will Sonja wissen, nachdem sie sich vom Lachen wieder erholt hat.

„Wir waren bei der Anprobe", offenbart Marie.

„Welche Anprobe?"

„Die Anprobe für Ellas Hochzeitskleid."

Sonja reißt daraufhin die Augen auf und bietet uns genau die Szene, die ich mir innerlich bereits vorgestellt habe.

„Was?! Ihr wart bei der Anprobe, ohne dass ihr mir auch nur ein Sterbenswörtchen davon erzählt habt? Wie könnt ihr nur? Ich dachte, wir seien *beste* Freundinnen. Aber anscheinend habe ich mir das alles lediglich eingebildet. Wahrscheinlich habt ihr mich die ganze Zeit über bloß ausgenutzt, um an die Millionen meines zukünftigen Mannes zu kommen, der achtzig Jahre am Buckel haben und einen Tag nach unserer Hochzeit ganz zufällig den Löffel abgeben wird." Sonja macht ein ganz beleidigtes Gesicht und verzieht keine Miene, und das, obwohl Marie und ich uns das Lachen kaum verkneifen können.

„Sonja, ich hätte dich wahnsinnig gerne dabeigehabt. Nur war es schon ein Drama, dass ich meine Schwester mitnehmen wollte. Sei bitte deshalb nicht sauer! Henriette und Klara sind einfach schwierig, was die Hochzeit betrifft", erkläre ich.

„Du brauchst dir also keine Sorgen um die Millionen deines stinkreichen Ehemannes in spe zu machen, der dann ganz zufällig die Treppe hinunterfällt, womit du natürlich nichts zu tun hast, weil du ja solch einen steinalten Mann nie aufgrund seines Geldes heiraten würdest, sondern nur aus Liebe." Ich verschlucke mich bei Maries Aussage fast am Eis, während Sonja auf eine Serviette eine Zehn schreibt und sie dann wie eine Punktetafel in die Höhe hält. Ach, tut das gut, mit meinen Freundinnen unbeschwert herumzublödeln und den schrecklichen Vormittag hinter mir zu lassen!

„Deine zukünftige Schwiegermutter dürfte eine richtige Dramaqueen sein, was ich bis jetzt so mitbekommen habe. Ich denke, dass das sicherlich an ihrem Charakter liegt und nicht an eurer ersten Begegnung. Tom hätte dich damals meiner Meinung nach auch vorwarnen können, dass seine Mutter auf Besuch ist." Tja, damit gebe ich Sonja allerdings recht und ich weiß, dass Marie in diesem Punkt ebenfalls die gleiche Meinung vertritt.

Sonja besteht darauf, die ganze Geschichte rund ums Brautkleid zu hören, welche wir ihr daraufhin bis ins kleinste Detail schildern.

„Toms Mutter hat sie aber echt nicht mehr alle. Und Henriette scheint genauso eine dumme Kuh zu sein. Ach, meine arme Ella, tut mir leid, dass das heute so unerträglich für dich war. Ich hoffe, die Verlobungsfeier wird besser", findet Sonja aufbauende Worte.

„Ja, die ist bereits morgen. Hoffentlich wird diese wenigstens nur halb so schlimm. Oder besser noch kurz und schmerzlos!"

Der Kellner bringt Sonjas Bestellung, wobei sie ihn diesmal kaum beachtet. Nachdem er wieder verschwunden ist, müssen Marie und ich schmunzeln.

„Wie es aussieht, hast du den Rat meiner kleinen Schwester befolgt. Du machst Fortschritte – gut so!" Sonja zeigt mir die Zunge und schnappt sich zur Strafe meine heiß geliebte Cocktailkirsche, die ich mir extra bis zum Schluss aufgehoben habe.

„Hey! Du weißt ganz genau, wie gern ich die Kirschen mag!", rege ich mich auf.

„Ich weiß", meint Sonja und schiebt diese provokant in den Mund, um genüsslich darauf herumzukauen.

„Miststück! Wart bloß ab, was dann mit deiner passieren wird", drohe ich lachend. Wir führen uns auf wie alberne Teenager. Aber nach dem Vormittag ist mir ehrlich gesagt alles recht.

„Nimm ja dein Handy mit und berichte uns halbstündlich, ob du noch am Leben bist", rät mir Sonja, die wieder von der Verlobungsfeier anfängt.

„Ach, so schlimm wird die Feier hoffentlich nicht werden", versuche ich in erster Linie wohl mich selbst zu beruhigen.

„Na ja, sei besser darauf gefasst", macht mir Marie jedoch diesbezüglich wenig Hoffnung.

„O MEIN GOTT!", kreischt Sonja plötzlich. Ihre Augen werden immer größer, während sie wie verrückt mit ihren Händen herumfuchtelt. Anscheinend war das ein wenig zu laut, denn die halben Gäste von der Eisdiele schütteln mittlerweile genervt den Kopf. Ich befürchte fast, wir werden uns für das nächste Mal eine neue Eisdiele suchen müssen.

„Das Allerneueste habe ich euch noch gar nicht erzählt", plappert Sonja aufgeregt weiter.

„Beruhige dich erst einmal! Tief eeeiiin- und aaauuusatmen! So wie bei den Yogaübungen, die du so gerne machst", scherzt Marie mit einer Anspielung auf Paolo. Sonjas Lachfalten verraten, dass sie sich ebenfalls über diese Aussage amüsiert, bemüht sich aber, ernst zu bleiben.

„Ich war gestern im Internet", fängt sie an und wird im nächsten Moment bereits wieder von Marie unterbrochen.

„WAS? INTERNET? WOW! Ich wusste, dass *du* das irgendwann einmal von alleine hinbekommst", kreischt Marie theatralisch aufgeregt.

„Sehr witzig, Marie! Anscheinend war auch in deinem Eisbecher ein wenig Alkohol drin. Aber egal. Zurück zu *mir*. Ich war gestern im Internet, habe ein wenig herumgesurft und auf einmal sehe ich da eine kleine Werbeanzeige…" Sie macht eine würdige Sprechpause.

„Was für eine?", will ich wissen, doch Sonja schweigt.

„Jetzt mach es nicht so spannend", dränge ich sie.

„Also gut", sie beugt sich ein wenig vor und spricht etwas leiser weiter, „die Werbeanzeige war von einem Sexshop und der darauf abgebildete Typ hat mich an jemanden erinnert. Ich bin dann gleich auf die Website und sehe vor mir ein großes Werbebild mit ein paar DVDs im Angebot. Und nun ratet mal, wer auf diesem Werbebild abgelichtet war: Paolo! Darüber stand außerdem noch ein spanischer Werbeslogan, den ich dank *Google Translator* sofort habe übersetzen lassen. Und wisst ihr, was da gestanden ist? *Muchas Gracias - Paolos heiße Sexgeheimnisse, mit denen er auch Sie zum Schwitzen bringt.*"

Marie und ich sind sprachlos. Sonja übertrifft einfach alles.

„Heißt das, dein Lover ist ein spanischer Pornostar?", fasse ich zusammen und Sonja nickt.

„Anscheinend auch noch ein erfolgreicher", bestätigt sie stolz.

„Moment! Du hast echt mit einem Typen gevögelt, der normalerweise dafür bezahlt kriegt?", ist Marie ganz außer sich. „Aber gefilmt hat er euch dabei nicht, oder?"

„Verzeihen Sie meine Damen, könnten Sie sich bitte mit der Lautstärke etwas zurückhalten. Es haben sich schon Gäste beschwert", ersucht uns der Kellner höflich, während er die Eisbecher abräumt. Wir entschuldigen uns artig und warten, bis er wieder weg ist.

„Wir verurteilen doch niemanden, nur weil er gerne kleine Filmchen dreht", argumentiert Sonja, was meine Schwester und mich herzhaft zum Lachen bringt. Sie muss es ja wissen.

„Stimmt! Und wer weiß, vielleicht sehen wir dich das nächste Mal ebenfalls auf dem Werbebanner", scherze ich und grinse sie an. Sonja wird dabei nicht einmal rot. Ich wette, sie überlegt gerade, ob sie damit vielleicht sogar Erfolg hätte.

„Na ja, meine Mutter hat immer gesagt, dass es nichts Schöneres gibt, als wenn man sein Hobby zum Beruf macht." Auf diese Aussage von ihr stoßen wir an.

Mit meiner Schwester und Sonja kann man nicht einmal zur Eisdiele gehen. Innerhalb von eineinhalb Stunden bin ich leicht beschwipst und wir werden vom Kellner zwei weitere Male ermahnt, bis wir letztendlich ein Lokalverbot erhalten. Daraufhin zeigt Sonja einer alten Dame den Mittelfinger, die völlig schockiert den Kopf schüttelt. Hätte mich Marie nicht daran erinnert, dann hätte ich auch komplett auf mein wichtiges Meeting mit Herrn Sojak vergessen. Keine Ahnung, wie das jetzt ablaufen wird. Immerhin bin ich aber dank meinem neuen besten Freund, dem Alkohol, nicht mehr allzu nervös.

Kapitel 8

Es ist halb vier, als ich auf die Uhr sehe und einen letzten prüfenden Blick in das Wohnzimmer werfe. Ich habe alle persönlichen Dinge ins Schlafzimmer gebracht, mein *Wirtschaft für Dummies*-Buch versteckt, Schreibunterlagen hergerichtet, Zähne geputzt, um meinen nach Alkohol riechenden Mundgeruch loszuwerden, und mir meine Brille aufgesetzt, um einen kompetenteren Eindruck zu machen. Ich denke, ich bin für das Gespräch halbwegs vorbereitet. Überpünktlich läutet um Punkt vier Uhr die Klingel. Das ist er also. Nachdem ich noch einmal tief durchgeatmet habe, öffne ich die Tür.

„Herr Sojak, wie nett, Sie kennenzulernen! Ich bin Ella", begrüße ich einen kleinen, glatzköpfigen, leicht korpulenten Mann, der mir nervös die Hand schüttelt und mir dabei kaum in die Augen sehen kann.

„Bitte treten Sie doch ein." Ich lasse ihm den Vortritt und ersuche ihn, ins Wohnzimmer zu gehen. Leicht unsicher sieht er sich in meinen vier Wänden um.

„Darf ich Ihnen einen Kaffee anbieten?", frage ich höflich. Er nickt mir mit einem gequälten Lächeln zu, begibt sich zum Wohnzimmertisch und packt seine Unterlagen aus. Ich bringe ihm den gewünschten Kaffee und setze mich zu ihm. Es kann losgehen!

„Also, Sie haben finanzielle Probleme", fange ich das Gespräch an, woraufhin er sich beinahe am Kaffee verschluckt und die Tasse leicht zittrig wieder zurück auf den Tisch stellt. Gut, so sollte man das Gespräch demnach nicht beginnen.

„Bitte erzählen Sie mir davon." Ich bemühe mich, ruhig und langsam zu sprechen, so wie ich es in einer meiner Frauenzeitschriften gelesen habe. Das soll angeblich dabei helfen, um von seinen Mitmenschen als kompetenter und vertrauenswürdiger wahrgenommen zu werden. Da sich Herr Sojak bei mir in der Wohnung immer noch unsicher umsieht, starre ich ihn einfach so lange an, bis er endlich den Mund aufmacht.

„Okay... also, ich habe vor sieben Jahren ein Unternehmen gegründet, das sich mit dem Handel von Büroartikeln beschäftigt", teilt er mir schüchtern mit und schon mache ich mir die erste Notiz: *Handel, Büromaterial.* (Nur für den Fall, dass ich das im Laufe des Gespräches vergessen sollte.) „Anfangs lief alles nach Wunsch, doch seit drei Jahren machen wir immer weniger Gewinn. Im letzten Jahr kamen wir von einem Tag auf den anderen ins Minus und seitdem stehen rote Zahlen am Tagesgeschäft. Wir können keinen Umsatz mehr erzielen. Egal, was wir auch unternommen haben, nichts hat geholfen. Wir mussten bereits einige Mitarbeiter entlassen. Ich habe mein Unternehmen schon fast aufgegeben, da meinte Henrich, dass Sie mir vielleicht helfen können, die Sache wieder in den Griff zu bekommen. Ich weiß das sehr zu schätzen, Frau Liner, und bin Ihnen sehr dankbar dafür. Sie sind meine letzte Hoffnung!"

Herr Sojak sieht mich so dankbar an, dass ich fast ein schlechtes Gewissen bekomme. Henrich hat ihm Hoffnungen gemacht und ich befürchte leider jetzt schon, dass ich diesem Mann nicht werde helfen können. Wie denn auch? Ich verstehe nur Bahnhof und glaube nicht, dass mein Bemühen viel daran ändern wird. Was habe ich mir bloß dabei gedacht? Nichtsdestotrotz muss ich ihm Mut zusprechen. Vielleicht finden wir dennoch einen Weg, um sein Unternehmen wieder auf die richtige Bahn zu bringen. Ich darf mich nicht entmutigen lassen und ihm auf keinen Fall zeigen, was mir diesbezüglich durch den Kopf geht.

„Haben Sie Ihre Bilanzen mit, damit ich einen Blick darauf werfen kann?", will ich wissen und klinge dabei überaus professionell. Er nickt und kramt eilig in seiner schwarzen Aktentasche, um mir dann eine Mappe in die Hand zu drücken. Ich nehme diese entgegen und finde nicht nur die Bilanz, sondern auch weitere Unterlagen, auf denen kleingedruckte Zahlen und Grafiken abgebildet sind. Ich sehe mir die Unterlagen an und hoffe, dass er mir meine Unsicherheit nicht anmerkt. Ich verstehe überhaupt nichts davon, nada, niente! Auch die Bilanz sieht anders aus als in meinem Lehrbuch. Mist! Das Ganze stellt sich für mich dar wie ein riesiges Kreuzworträtsel gemischt mit einer Extraportion Sudoku und ich habe keine Ahnung, wie ich das lösen soll.

Wie soll ich mich nun verhalten? Ich verstehe nur Chinesisch und muss mich anstrengen, um die Zahlen überhaupt lesen zu können. Hätte er die nicht etwas größer ausdrucken können?

„Aha", gebe ich versucht interessiert von mir und blättere in den Seiten. Ich überfliege den Großteil, da ich keine einzige Zahl zuordnen kann. Die einzige Tabelle, die ich wirklich verstehe, ist die, die den Verlauf der letzten Jahre darstellt. Darin erkennt man schön, wie das Unternehmen vom Plus ins Minus abrutscht. Okay. Ich verstehe, dass seine Geschäfte nicht mehr laufen. Nur, wieso haben sich seine Zahlen so schnell verschlechtert? Erwartungsvoll beobachtet er mich und hofft sicherlich darauf, dass ich ihm dazu eine plausible Erklärung liefern kann.

„Was sagen Sie zu der negativen Entwicklung des Umsatzes? Erkennen Sie die Ursache dafür?", fragt er nach und ich bete innerlich, dass mir auf die Schnelle eine halbwegs gute Antwort einfällt. Doch nachdem ich von Finanzen überhaupt keinen Tau habe, kommt mir dazu auch nicht wirklich etwas Brauchbares in den Sinn. Er sieht mich ganz ungeduldig an. Langsam muss ich mir etwas einfallen lassen! Nur was?

„Es ist schwer zu sagen, was verantwortlich dafür ist", äußere ich und blicke von den Unterlagen nicht hoch.

„Und die Bilanz? Was meinen Sie zum Cashflow oder den Rücklagen?", gibt er einfach nicht nach, weshalb ich einen Gegenangriff starte: „Was denken *Sie*, was schiefgegangen ist?"

„Das weiß ich ja nicht! Aus diesem Grund sollen Sie mir ja helfen", gibt Herr Sojak patzig zurück. Gut, der Gegenangriff hat schon mal nicht funktioniert.

„Vertreiben Sie Ihre Waren auch übers Internet?" Er schüttelt den Kopf.

„Wie beantwortet das Internet die Frage zum Cashflow?", möchte er berechtigterweise wissen. Stimmt! Das macht wirklich nicht viel Sinn.

Ich versuche, mich deswegen aber nicht irritieren zu lassen und bleibe hartnäckig: „Es geht hier um weit mehr als um den Cashflow. Also, betreiben Sie einen Onlineshop?"

Herr Sojak sieht mich leicht verwirrt an, gibt dann aber zum Glück nach: „Davon halte ich nichts. Unternehmen, die unsere Produkte übers Internet verkaufen, haben wir zwar schon, wir selbst führen allerdings keinen eigenen Onlineshop. Doch nun zurück zu den Finanzen."

„Darf ich fragen, wieso?", hake ich nach und ignoriere somit seinen Versuch, auf die Kennzahlen zurückzukommen.

„Das kostet bloß Zeit und Geld. Ich sehe darin keinen Nutzen", erklärt er leicht mürrisch. Bevor er wieder Fragen zur Bilanz stellt, die ich eh nicht beantworten kann, werfe ich einen kurzen Blick auf meinen Spickzettel und stelle die nächste Frage: „Wie bewerben Sie Ihre Produkte?"

„Ich würde viel lieber die finanziellen Schwierigkeiten besprechen, denn diesbezüglich bin ich schließlich auch hier", antwortet er gereizt. Unruhig rutscht er auf seinem Stuhl hin und her. Ich tue so, als ob ich in seinen Unterlagen etwas suchen würde, und blicke dann auf.

„Mir ist bewusst, dass Sie nach Gründen für Ihre prekäre finanzielle Lage suchen, nur müssen wir Ihr gesamtes Geschäft analysieren, um die Ursachen dafür zu finden." Verärgert verschränkt er seine Arme und erzählt mir dann, dass er die Firma mit Hilfe von Prospekten und Zeitungsinseraten bewirbt.

„Herr Sojak, Sie wissen schon, dass die Art, wie Sie Ihr Unternehmen bewerben, nicht besonders aktiv und zeitgemäß ist? Ich meine, woher sollen die Leute denn wissen, dass es Ihr Unternehmen überhaupt gibt? Und auch den Umstand, dass Sie keinen Onlineshop führen wollen, verstehe ich nicht. Sie müssen doch mit der Konkurrenz mithalten können und das Internet spielt dabei eben heute eine wichtige Rolle. Meiner Ansicht nach sollten Sie Ihre Website erneuern und diese mit einem Onlineshop verbinden", schlage ich vor, aber schon schüttelt er energisch den Kopf.

„Das will ich alles nicht", wehrt er sich und fuchtelt wie wild mit seinen Händen. Ich werde aus diesem Mann einfach nicht schlau.

„Ja, aber Sie werden keine andere Wahl haben, wenn Sie Ihr Unternehmen retten wollen", äußere ich trotzig und von meiner Idee überzeugt.

„Ich habe ja schon versucht, mein Unternehmen anders zu bewerben. Doch dabei habe ich nur Geld investiert und nichts zurückbekommen. Die Agenturen haben mir ebenfalls Hoffnungen gemacht, damit wieder Gewinn zu erzielen. Aber letztendlich hat es nichts genützt. Somit bin ich bloß noch weiter ins Minus gerutscht. Ich dachte, Sie würden einen anderen Ausweg für mich finden."

„Und wie haben Sie Ihr Unternehmen anders beworben?", bohre ich weiter nach und befürchte schon, ihn mit meiner Fragerei noch mehr zu verärgern.

„Mit neuen Prospekten, Visitenkarten, Zeitungsartikeln... Warten Sie, Ich zeige es Ihnen!" Er legt leicht beleidigt die erwähnten Werbemittel auf den Tisch. Als ich das Werbematerial vor mir liegen sehe, bin ich überhaupt nicht überrascht, dass sich dadurch nichts verbessert hat. Die Prospekte sehen total langweilig aus und auch die Zeitungsanzeigen sind so emotionslos geschrieben, dass diese mich keineswegs ansprechen. Kein Wunder, dass er in die Werbung kein Geld mehr investieren will, wenn so etwas Farbloses dabei herauskommt.

„Das sieht ja voll scheiße aus", bricht es, ohne zu überlegen, aus mir heraus und beiße mir schnell auf die Zunge. Herr Sojak sieht mich überrascht an und ich versuche so zu tun, als ob ich eben nichts gesagt hätte. Einfach ignorieren – das klappt ja sonst auch ganz gut.

„Ahm... ich meine, die Werbeartikel sind nicht besonders ansprechend."

Herr Sojak schüttelt grimmig den Kopf und verzieht dabei sein Gesicht.

„Ja, und was hätten die Ihrer Meinung nach besser machen sollen? Sind Sie nun auch noch Werbefachfrau, oder was? Ich dachte, Sie wollten mir bei meiner finanziellen Lage weiterhelfen? Haben Sie denn überhaupt eine Ahnung davon? Mir scheint es fast so, als ob Sie mir diesbezüglich die ganze Zeit über aus dem Weg gehen wollen."

Die Aussage kommt so plötzlich, dass ich im ersten Moment gar nicht weiß, wie ich darauf reagieren soll. Er bringt mich total aus dem Konzept. Ich schlucke. Anscheinend hat er meine Ahnungslosigkeit durchschaut.

Ich muss mir schnell etwas einfallen lassen, ansonsten habe ich mit Toms Familie ein echtes Problem. Während ich grüble, wie ich mich aus dem Schlamassel herausreden kann, packt Herr Sojak zu meiner Überraschung auch schon seine Unterlagen zusammen. Anscheinend hat er genug und will sich aus dem Staub machen. Ich muss ihn irgendwie zum Bleiben bringen!

„Überlegen wir doch mal in Ruhe: Büroartikel kann man überall erwerben. Wieso sollte man also ausgerechnet zu Ihnen kommen, um Bleistift, Papier und so weiter zu erwerben? Sie müssen sich da etwas einfallen lassen, etwas mit dem Sie aus der Masse hervorstechen", plappere ich schnell los, aber er ignoriert mich einfach und lässt sich nicht aufhalten.

„Wie wäre es mit…", fange ich dennoch an und hoffe auf eine Erleuchtung. So wie früher im Matheunterricht. In diesem Moment fällt mein Blick auf eine meiner Postkarten, die ich irgendwann einmal an die Wand geklebt habe und auf der die Milchstraße abgebildet ist. Jetzt hab ich's!

„Wie wäre es mit: *In den Sternen geschrieben*? Sie gestalten das gesamte Werbematerial unter diesem Slogan und geben dem Kunden dabei das Gefühl, dass mit Ihren Schreibwaren alles möglich ist, dass man mit diesen quasi über den Horizont hinausdenkt und dass die Geschichten, die damit geschrieben werden, den Himmel erreichen und in den Sternen stehen!" Ich bin völlig begeistert von meiner spontanen Idee und habe plötzlich die verschiedensten Bilder im Kopf, wie man das Schaufenster dekorieren und die Prospekte gestalten könnte.

„Sie könnten außerdem eine Limited Edition dazu entwerfen und auch die neue Website darauf abstimmen." Aus mir sprudelt es nur so heraus, doch Herr Sojak schüttelt weiterhin bloß desinteressiert den Kopf.

Mittlerweile hat er all seine Sachen gepackt und steht auf.

„Tut mir leid, dass ich Ihre Zeit in Anspruch genommen habe, nur denke ich, dass Sie nicht qualifiziert genug sind, um mir aus meiner Misere zu helfen. Auf Wiedersehen!" Ehe ich noch etwas dazu sagen kann, ist er auch schon aus dem Wohnzimmer gestürmt. Ich schaffe es nicht mehr, ihn vom Gehen abzubringen, und höre lediglich noch, wie er die Wohnungstüre hinter sich schließt. Dennoch laufe ich ihm hinterher und rufe ihm nach. Mein verzweifelter Versuch, ihn aufzuhalten, hallt im ganzen Stiegenhaus. Doch ohne eine Antwort zu geben, stapft er hinunter, bis ich auch noch die Türe vom Stiegenhaus zuknallen höre. Er ist also gegangen. Und das, obwohl er keine halbe Stunde geblieben ist. Na toll!

Enttäuscht schlurfe ich zurück ins Wohnzimmer und krümle mich wie ein Häufchen Elend auf die Couch. Wenn Herr Sojak erzählt, wie inkompetent ich sei, dann wird sich Henrichs Meinung über mich sicherlich ändern und ich werde auch in seinen Augen nie gut genug sein. Ich hatte so gehofft, dass alles klappen würde und ich mich endlich vor Toms Eltern beweisen könnte. Hätte ich doch mehr über Bilanzen recherchiert, dann wäre der Abend sicherlich ganz anders verlaufen.

„Oder ich hätte einfach nie vorgeben sollen, jemand zu sein, der ich nicht bin", meldet sich plötzlich eine Stimme in meinem Hinterkopf zu Wort. Ich fühle mich von mir selbst ertappt und beiße mir auf die Lippen.

Als meine Schwester nach Hause kommt, liege ich immer noch regungslos auf der Couch. Bei meinem Anblick ahnt sie nichts Gutes.

„Das Gespräch ist also nicht so toll gelaufen", diagnostiziert Marie vorsichtig und setzt sich zu mir.

„Er hat gesagt, dass ich nicht qualifiziert genug sei, um ihm aus seiner misslichen Lage zu helfen", erzähle ich deprimiert. Gut, ich habe mir die Sache selbst eingebrockt. Dennoch hatte ich innerlich gehofft, ihm irgendwie helfen zu können. Ich hatte echt gedacht, ich hätte mit meiner *Ich bin eine Wirtschaftsexpertin und weiß auf jede Frage eine Antwort*-Lüge Erfolg.

„Ach, mach dir deshalb keinen Kopf. Dann hast du ihm halt nicht helfen können. Das hat ja auch niemand von dir erwartet", versucht mich Marie zu trösten und ich merke, wie ich wieder den Tränen nahe bin. Heute ist echt nicht mein Tag!

„Natürlich haben es Tom und seine Eltern erwartet, dass ich ihn von seinem Schuldenberg befreie. Letztendlich hat der Mann so eine schlechte Meinung von mir, dass er sich garantiert bei Henrich beschweren wird, was dieser sich dabei gedacht hat, ihn zu mir zu schicken. Damit hat Klara einen weiteren Grund, Tom und mir im Weg zu stehen", gehe ich vom Schlechtesten aus. Marie ahnt schon, in welche Richtung das Gespräch geht, und versucht, einen Heulanfall meinerseits zu verhindern.

Sie kennt mich gut genug, um in solch schrecklichen Momenten die passenden Worte zu finden: „Komm, lass uns Pflaumenwein trinken!", zwinkert sie mir hinterlistig zu. Natürlich weiß sie, wie gerne ich diesen Wein trinke. Ich schluchze und kichere zugleich.

„Wir haben heute doch schon so viel getrunken. In den letzten Stunden war ich eigentlich bloß damit beschäftigt, mich wieder voll auszunüchtern", bringe ich meine Schwester zum Lachen.

„Ich spreche ja auch nur von einem winzigen Schlückchen. Das hat bisher noch niemandem geschadet." Marie stupst mich an. „Du überlegst ja sonst auch nicht lange, wenn ich dir den Pflaumenwein von unserem Lieblingschinesen anbiete." Da hat sie allerdings recht.

„Heute war eben ein nervenaufreibender Tag und die bevorstehende Verlobungsfeier macht die Sache auch nicht unbedingt besser. Nur weil wir tagsüber schon beschwipst waren, heißt das noch lange nicht, dass wir ein Alkoholproblem haben", betont Marie.

Ich wische mir meine letzte Träne weg. So, genug geweint! Ich lächle meine Schwester an und nicke: „Gut, überredet!"

Marie und ich sind hagelvoll. Es hätte mich auch gewundert, wenn der Abend anders verlaufen wäre. Aus einem Schlückchen Pflaumenschnaps wurde eine ganze Flasche. Dazu gab es noch haufenweise Chips, Schokolade und Eierlikör. Eine echt tolle Kombination! Ich weiß jetzt schon, dass sich das morgen rächen wird. Sei's drum. Im Moment bin ich mehr als gut drauf.

„Und egal, was morgen passiert, vergiss nie, es kann nicht schlimmer werden wie damals in Lettland", erinnert mich Marie angesäuselt und bekommt einen Lachanfall. Ach Gott, Lettland! Ich hasse es, wenn sie mit dieser peinlichen Geschichte anfängt. Und dennoch kann ich nicht anders und pruste los.

„Du fieses Diiing, duuu! Jedes Mal kommst duuu mit dieser Geschichte daaaher", lalle ich mit dem letzten Schlückchen Pflaumenschnaps in der Hand. „Auuuf Lettland!", rufe ich und erhebe mein Glas. Marie stößt glucksend an, während ich schon längst in Erinnerungen schwelge…

In meiner Studienzeit machte ich ein Praktikum in Lettland. Ich musste dort immer mit dem Bus zur Arbeit und fuhr eine Zeit lang schwarz, um dadurch Geld zu sparen. Ich kam damit auch immer durch – bis auf ein einziges

Mal: Ich kann mich noch ganz genau erinnern, dass es an einem Freitag war. An der letzten Bushaltestelle gab es eine kleine Razzia, wobei es unmöglich war, sich an den zwei Kontrolleuren vorbeizuschleichen. Und so hatten sie mich erwischt. Ich versuchte natürlich mit allen Mitteln, mich aus der Sache herauszureden, aber an meinen Ausflüchten war irgendwie niemand interessiert. Genauso wenig an meinem bezirzenden Augenzwinkern. Zu meiner Verteidigung muss ich sagen, dass ich zwar eine Monatskarte besessen habe, nur habe ich diese einfach nicht mehr aufgeladen. Und auch mein internationaler Studentenausweis, den ich von einer Sommerschule in Schweden hatte, war bereits seit über einem Jahr abgelaufen.

Nachdem alle meine Versuche, mich aus dieser Situation herauszuwinden, kläglich gescheitert waren, musste ich wohl oder übel mit ihnen mitkommen. Wie ein Schwerstverbrecher ging ich mit ihnen mit, wobei sie mich die ganze Zeit über im Auge behielten. Es fehlten eigentlich nur noch die Handschellen. Ein paar Meter vom Autobus entfernt stand ein alter, kleiner roter Kastenwagen, an dem schon der Rost und andere Kratzer zu sehen waren. Einer der Polizisten verlangte in seinem gebrochenen Englisch, dass ich einsteigen solle. Zuerst wollte ich gar nicht. Ich meine, die hätten mich ja überallhin bringen können. Aber nachdem der Verkehrspolizist nicht gerade den Eindruck machte, als ließe sich mit ihm verhandeln, gab ich schließlich nach und stieg ein.

In diesem alten Kleinbus befanden sich weitere Männer und Frauen, die beim Schwarzfahren ertappt worden waren. Außer mir waren alle tätowiert, hatten Piercings oder einen echt miesen Haarschnitt. Einer von ihnen machte mir mit seinem narbigen Gesicht richtig Angst. Natürlich war ich dort komplett fehl am Platz und kam mir vor wie in einem schlechten Gangsterfilm. Es war fürchterlich eng und es stank erbärmlich nach Schweiß – und das lag wahrscheinlich nicht nur daran, dass es im Bus gefühlte vierzig Grad hatte. Ein Polizist notierte sich die Straftäter, während ein anderer die Rechnungen ausstellte. Ich warf einen Blick auf meine und rechnete sofort die Lats in Euros um. Ich war ziemlich erleichtert, dass es lediglich um die zwölf Euro ausmachte. Innerlich lachte ich über diese Situation. Immerhin war ich ja selbst schuld.

Doch dann fragte mich der eine Polizist, ob ich meine Papiere dabeihätte. Zuerst wusste ich gar nicht, was er meinte. Darauf wollte er von mir wissen, was ich überhaupt in Lettland machen würde. Ich erzählte von meinem Praktikum. Aber irgendwie wollte er mir nicht glauben. Keine Ahnung, warum. Vielleicht dachte er, ich hätte haufenweise Koks in meiner Tasche. Er wollte dann meine Arbeitserlaubnis und Aufenthaltsbestätigung sehen und ich erwiderte nur was von, dass ich keine kriminelle Einwanderin sei, sondern lediglich eine Studentin, die hier ihr Praktikum mache. Die EU erwähnte ich zwischendurch auch mal, bloß für den Fall, dass er nicht wusste, dass Österreich auch dazugehört. Plötzlich kam ein weiterer Polizist und sie fingen energisch an, sich auf Lettisch zu unterhalten. Sie musterten mich streng. Der eine fragte mich dann nochmals nach meinem Ausweis, doch alles, was ich mithatte, waren die ungültige Monatskarte, der ungültige Studentenausweis und eine Treuekarte von einem Drogeriemarkt. In diesem Moment war mir das Lachen endgültig vergangen, weil ich keine Ahnung hatte, was das Problem war. Gut, ich hatte kein Ticket. Allerdings wollte ich ja die Rechnung bezahlen und hatte meine Lektion gelernt. Aber nein, man verdächtigte

mich lieber – und das, obwohl ich an diesem Tag ein weißes Kleid mit Blümchen anhatte. Noch unschuldiger
hätte ich gar nicht mehr ausschauen können.

Es verging eine halbe Ewigkeit und mittlerweile kam mir
alles so vor wie in einer schlechten Dokusoap. Zum
Glück hatte ich dann eine Erleuchtung und schlug vor,
meine Chefin anzurufen, damit diese mir aus der Patsche
helfe. Das tat ich auch. Meine Chefin klärte die Situation
schließlich auf und rettete mich somit vor einem Ausflug
ins Migrationscenter. Ich weiß bis heute nicht, was sie denen erzählt hat. Aber zum Schluss waren alle arsch-
freundlich und erklärten mir wie einem dummen Klein-
kind, wie man in Lettland ein Busticket kauft. Es fehlte
nur noch, dass sie mir die Schulter tätschelten. Ich
machte dann schnell die Fliege und kaufte mir sofort ein
Monatsticket. Mit einem anderen Bus weiterfahrend,
wurde bereits an der nächsten Haltestelle wieder eine
Kontrolle durchgeführt. Diesmal hatte es jedoch den Bus
vor mir erwischt.

Meine Schwester ist davon überzeugt, dass man aus dieser Geschichte locker einen Blockbuster drehen könnte
– einen Spielfilm mit Überlänge, der nur davon handelt,
wie ich eine halbe Ewigkeit in einem lettischen Kleinbus
festhänge.

„Ich glaube immer noch, dass deine Konfrontation mit
dem lettischen Gesetz ein echtes Kinohighlight wäre", kichert Marie und klaubt mir ein Schokoladenstück aus den
Haaren. „Wie ist denn das da raufgekommen?", fragt sie
sich in erster Linie selbst und steckt sich das Stückchen
in den Mund.

„Du isst das auch noch?", schmunzle ich und gebe ihr
einen Schubs.

„Ja, was denn sonst! Wolltest du es etwa selber essen?"
Ich schüttle lachend den Kopf und schaffe es gerade

noch, Marie daran zu hindern, dass Schokoladenstückchen wieder auszuspucken. Unsere kindischen Spielereien werden von meinem läutenden Handy unterbrochen. Es ist Tom.

„Yo, Cowboy!", kreische ich ihm quietschend ins Ohr. Marie lacht im Hintergrund und bedient sich an der Chipstüte.

„Du bist aber ziemlich gut gelaunt für das, dass dein Gespräch mit Herrn Sojak dermaßen in die Hose ging", meint er streng. Was, er weiß schon Bescheid? Ich dachte, das würde sich frühestens morgen rumsprechen.

„Na ja, ich kann doch auch nichts dafür, dass der Typ so engstirnig ist", sage ich trotzig und torkle ins Schlafzimmer, um ungestört telefonieren zu können.

„Meine Mutter hat mir erzählt, dass er ziemlich außer sich war und gerne wissen würde, wie man dich als *Expertin* bezeichnen kann, wenn du nicht einmal den Cashflow in der Bilanz erkennst." Tom klingt sehr genervt. Ich lasse mich aufs Bett fallen und warte erst mal, bis er sich etwas beruhigt hat.

„Willst du sonst noch etwas loswerden?", frage ich giftig und bekomme Schluckauf. Daraufhin muss ich lachen.

„Machst du dich etwa über mich lustig?", möchte er wissen und ich merke, wie er richtig sauer wird. Wieso ist er jetzt eigentlich beleidigt auf mich? Kann ihm ja egal sein, wie das Gespräch mit Herrn Sojak gelaufen ist. Und sollte er als mein zukünftiger Ehemann nicht trotzdem hinter mir stehen und mich aufmuntern?

„Nein. Aber du bist sauer auf mich, obwohl es gar keinen Grund dafür gibt", antworte ich direkt.

„Ja, ist doch kein Wunder! Du hast meine Eltern mit dieser Aktion bis auf die Knochen blamiert und dir scheint das auch noch völlig gleichgültig zu sein..."

187

„Wie bitte? Ich habe deine Eltern *blamiert*? Und was ist mit den fiesen Kommentaren deiner Mutter, die ich mir ständig anhören muss? Mit der herablassenden Art deines Vaters?" Ich kann nicht anders: Aus mir spricht der Alkohol.

„Ach, fängst du schon wieder damit an! Langsam nerven mich deine Beschuldigungen. Ich hoffe, du reißt dich wenigstens morgen zusammen. So möchte ich dich nämlich nicht als meine zukünftige Frau präsentieren." Und schon legt er auf. Echt jetzt? Mit dieser Aussage soll also unser Gespräch enden? Ich fasse es nicht!

Kapitel 9

Heute ist also die Verlobungsfeier und ich möchte Tom nicht einmal sehen. Sein Verhalten mir gegenüber war gestern echt nicht in Ordnung.

„Allein die Vorstellung, heute Abend dorthin gehen zu müssen, ist ein Horror", jammere ich. Unglaublich, dass ich so über meine eigene Verlobungsfeier spreche!

„Ach, warte einfach mal ab. Bis dahin hat sich die schlechte Stimmung sicher wieder gelegt. Vielleicht war er gestern nur übermüdet. Außerdem warst du ja nicht ganz nüchtern. Der heutige Abend wird sicherlich gut über die Bühne gehen. Schließlich hast du deinen Arbeitstag auch problemlos überstanden", spricht mir Marie ein paar aufbauende Worte zu und schenkt mir eine weitere Tasse Pfefferminztee ein.

„Ja, aber den Tag habe ich bloß überstanden, weil ich drei Stunden früher gegangen bin und mich gleich danach aufs Ohr gelegt habe."

Marie lacht: „Egal. Du siehst immerhin besser aus als heute in der Früh. Und nach meiner Hühnersuppe, die ich *extra für dich* zubereitet habe, wird es dir gleich noch um einiges besser gehen. Dann bist du fit für deine Verlobungsfeier und lässt den gestrigen Abend hoffentlich hinter dir."

„Wenn du das sagst", antworte ich mit einer Prise Sarkasmus.

Nach Maries Süppchen fühle ich mich tatsächlich fitter als zuvor. Die Zeit vergeht wie im Flug und schon werde ich von Tom abgeholt. Ich habe mich hübsch herausgeputzt: Marie hat mir mit meinen Haaren geholfen (sie hat sich dabei nur drei Mal mit dem Lockenstab verbrannt –

das ist neuer Rekord!), ich habe mein schwarzes Lieblingsspitzenkleid, das ich vor Jahren mit meiner Schwester in einer kleinen Boutique ergattert habe und immer noch wie neu aussieht, an und trage meine höchsten High Heels, um im Kleid noch umwerfender auszusehen (und mir natürlich einen kleinen Wachstumsschub zu verschaffen). Marie hat ein Foto von mir gemacht und später ein weiteres zusammen mit Tom. Meine Laune hat sich ein wenig gebessert. Aber das liegt mehr daran, dass ich mit meiner Schwester noch herumgealbert habe, bevor mich Tom abgeholt hat.

In Toms Auto herrscht eine komische Stimmung. Er weiß anscheinend nicht, was er sagen soll, und ich weiß es ehrlich gesagt auch nicht. Seit ich bei ihm in den Wagen eingestiegen bin, haben wir noch kein Wort miteinander gesprochen. Toll! Und heute soll unsere Verlobung gefeiert werden. Die angespannte Situation nervt mich gewaltig. Ich würde jetzt viel lieber mit Marie und meinen Freundinnen ausgehen, als in Toms Elternhaus allen vorzugaukeln, wie glücklich wir doch sind. Ich bin ziemlich traurig, denn so habe ich mir den Abend gewiss nicht vorgestellt.

„Der Streit von gestern tut mir leid. Es hat mich einfach enttäuscht, dass du Herrn Sojak nicht hast helfen können und dein Verhalten ein schlechtes Bild auf meinen Vater wirft, da er dich ja empfohlen hat. Heute ist jedoch unsere Verlobungsfeier und ich möchte nicht, dass das zwischen uns steht", höre ich Tom plötzlich sagen.

„Oder geht es dir lediglich darum, dass niemand unseren Streit mitbekommt?", frage ich unverblümt zurück.

„Ella, ich weiß nicht, was mit dir los ist! Ist es der ganze Hochzeitsstress oder liegt es an der Arbeit? Was auch immer es ist, finde eine Lösung dafür, weil im Augenblick gehst du mir ziemlich auf die Nerven." Ich bin ganz baff, dass er das soeben zu mir gemeint hat.

„Und *mir* geht auf die *Nerven*, dass du dich wie ein Arschloch verhältst!" So, jetzt ist es raus und wir sind quitt. Wenn er gemein sein kann, dann kann ich das genauso. Tom sagt dazu nichts und stellt stattdessen das Radio lauter. Ja, so kann man(n) Probleme auch aus dem Weg gehen.

Bei Toms Elternhaus stehen haufenweise schwarze Audis und BMWs. Mein rosa Citybike mit dem kaputten Gepäckträger hätte da sicher gut reingepasst. Tom stellt den Wagen ab, steigt dann aber nicht gleich aus, sondern wartet einen Moment. Als ich aussteigen möchte, hält er plötzlich meine Hand fest. Er sieht mir tief in die Augen. Mit diesem Dackelblick habe ich jetzt nicht gerechnet.

„Ella, ich möchte nicht mit dir streiten, denn dafür liebe ich dich viel zu sehr. Können wir bitte die letzten Tage einfach nur vergessen und uns auf die Feier freuen? Die Feier, die sie für *uns* organisiert haben, damit alle Welt erfährt, dass wir bald heiraten werden." Er streichelt sanft meine Hand.

„Lass uns die letzten Tage vergessen", wiederhole ich und lächle ihn an. „Ich liebe dich, Tom!" Mir geht es gleich viel besser, nachdem wir uns wieder halbwegs versöhnt haben. Keine Ahnung, ob wir uns noch einmal darüber unterhalten werden. Im Moment ist es mir so allerdings lieber.

Er drückt fest meine Hand, während wir den Weg zur Haustüre hinaufspazieren. Der Hausdrachen hat anscheinend Toms Wagen schon gehört (oder schon die ganze Zeit über am Fenster gelauert), denn Klara erwartet uns bereits mit einem Glas Sekt beim Eingangsbereich.

„Da seid ihr ja. Wie schön, euch zu sehen!", ruft sie übertrieben gut gelaunt, umarmt Tom und gibt mir einen

Kuss auf die Wange. Sie lächelt mich zwar an, aber an ihren Augen kann ich erkennen, dass sie mich am liebsten auf den Mond schießen würde. Ich werfe ihr deshalb einen umso freundlicheren Blick entgegen und begrüße auch Henrich, der mittlerweile neben ihr steht.

„Lasst uns ins Wohnzimmer gehen, damit ihr die Gäste mit einer kleinen Willkommensrede begrüßen könnt." Klara grinst Tom zu, der liebevoll zurücklächelt, bevor er sich Henrich anschließt. Zu meinem Bedauern schlägt Klara beim Gang ins Wohnzimmer das gleiche Tempo ein wie ich.

„Hast du etwa gedacht, ich würde nicht dahinterkommen, dass du dich für ein anderes Hochzeitskleid entschieden hast? Was denkst du dir dabei? Die Anzahl der Kleider, die für dich zur Auswahl gestanden ist, war begrenzt." Während sie das sagt, macht sie ein joviales Gesicht und winkt nebenbei einem Gast zu.

Ich tue es ihr nach und grinse zuckersüß, während ich ihr darauf eine Antwort gebe: „Du glaubst ja wohl nicht im Ernst, dass du obendrein über mein Hochzeitskleid bestimmen darfst? Langsam gehst du echt zu weit! Und dieses Kleid lasse ich mir von dir sicherlich nicht nehmen." Gekünstelt freundlich sehe ich sie an und an ihrem Gesichtsausdruck kann ich erkennen, dass sie meine Aussage getroffen hat. Ella eins, Klara null! Ich wende mich zufrieden von ihr ab und stolziere zu Tom, ehe sie womöglich auch noch von der Sache mit Herrn Sojak anfängt.

Im Wohnzimmer ruft Henrich die Gäste zusammen, die gespannt auf Toms Rede warten. Ich blicke mich um und bemerke, wie schön der Raum dekoriert wurde. So wurden Blumen und kleine Kärtchen mit Liebesgedichten aufgestellt. Ein langer Tisch steht entlang der Wand, der voll mit Brötchen und Kuchen ist. Dazu kommen noch

Silberbesteck und haufenweise Weingläser. Ein Teil der Möbel wurde entfernt, damit ja alle Gäste genug Platz haben. Auch die Türen zum Esszimmer stehen offen und in einer Ecke musizieren ein Geigenspieler und eine Frau mit Harfe. Ich kann außerdem ein Klavier hören, dessen Klang wohl aus dem Nebenzimmer kommen dürfte. Es herrscht eine entspannte Atmosphäre, was mich ziemlich beeindruckt. James, der an diesem Abend von ein paar Serviererinnen unterstützt wird, bringt Tom und mir ein Sektglas. Ich schenke ihm ein Lächeln und freue mich, dass zumindest eine Person da ist, die ich gut leiden kann. Abgesehen von Tom natürlich. Ich blicke in die Runde und sehe lauter nobel gekleidete Leute, die ich weder kenne noch auf den ersten Blick großartig sympathisch finde. Es sind so viele neue Gesichter, dass ich kaum mit dem Mitzählen nachkomme.

In der Menge entdecke ich ebenfalls Olivia, die ein hautenges schwarzes Kleid mit weitem Beinschlitz und tiefem Dekolleté trägt. War ja klar, dass sie in so einem aufreizenden Kleid auftauchen würde. Man könnte fast meinen, sie würde sich um eine Rolle in einem *James Bond*-Film bewerben. Ich bekomme innerlich die Krise, als sie Tom auch noch hübsche Augen macht, der ihr daraufhin geschmeichelt zurücklächelt. Sie schaut leider Gottes verdammt gut aus und nutzt ihre Reize, um Tom um den Finger zu wickeln. Ich bemühe mich, meine Eifersucht im Zaum zu halten. Ganz ruhig, Ella! Zwischen den beiden war nie wirklich etwas. Sie kann aussehen wie zehn Bond-Girls zusammen, der Kuss damals hat trotzdem nichts zu bedeuten. Sonst würde Tom ja Olivia heiraten und nicht mich.

Ehe ich noch weitere Argumente finden kann, um mich zu beruhigen, beginnt Tom auch schon mit seiner Willkommensrede: „Freunde, Geschäftspartner und Familie!

Ich freue mich sehr, euch meine Verlobte Ella vorstellen zu dürfen und mit euch gemeinsam unsere Verlobung zu feiern. Diese Verlobungsfeier hat eine wichtige Tradition in unserer Familie und deshalb bin ich umso glücklicher, dass ich diese Tradition mit meiner wunderbaren zukünftigen Frau weiterführen darf. Bitte bedient euch am Buffet und lasst euch den guten Champagner, Sekt und Wein schmecken. Genießt mit uns diese herrliche Feier. Ella und ich werden euch noch persönlich begrüßen. Bis dahin wünsche ich euch einen schönen Abend und heiße Ella in der Familie Stromburg herzlich willkommen!"

Die Gäste klatschen begeistert und stoßen auf uns an. Auch Klara erhebt das Glas und begrüßt kurz die Gäste. Nach ihrer kleinen Ansprache verteilen sich die Anwesenden wieder auf die Räumlichkeiten und die Musik wird fortgesetzt. Ich drehe mich zu Tom, der bereits in ein Gespräch mit einem Geschäftspartner verwickelt ist. Ich stehe eine Zeit lang neben ihm, doch er ist zu sehr in die Unterhaltung vertieft, um mich auf irgendeine Art zu integrieren. Ich gebe mein Bestes, mich nicht darüber zu ärgern, und mache einfach selbst die Runde.

Die vielen Leute stehen im ganzen Raum verteilt und ich versuche, mich durch die Menge durchzukämpfen. Ich lausche der Musik und bewege mich unbewusst zur Melodie, während ich auf das Buffet zusteuere. Wenn ich schon niemanden zum Reden habe, dann kann ich mich wenigstens ungeniert über das Essen hermachen. Die Kuchen haben ja bereits von Weitem so köstlich ausgesehen. Ich schnappe mir einen Teller und kann mich zuerst gar nicht entscheiden, was ich nehmen soll. Ob James mir wohl von jedem Kuchen ein Stück auf die Seite geben kann? Dann könnte ich in Ruhe alles durchprobieren. Nicht, dass ich noch einen schlechten Eindruck mache, wenn ich gleich an Ort und Stelle von allem koste.

James hat sicherlich eine Tupperbox, die er mir borgen kann. Das wäre dann unser kleines, süßes Geheimnis (fürwahr es auch sein Gutes hätte, wenn ich nicht von jedem ein Stück abbekommen würde). Ich lächle zufrieden über diese geniale Idee, als plötzlich Olivia neben mir steht.

„Na, überlegst du gerade, wie du die Kalorien wieder herunterbekommst? Ich meine, ich würde das natürlich auch tun, wenn ich weiterhin in mein Hochzeitskleid passen möchte."

„Ich glaube, du brauchst dir, was das angeht, keine Sorgen zu machen. Mein Hochzeitskleid passt perfekt und sieht einfach traumhaft aus." Ich würdige sie keines Blickes und nehme mir ein extragroßes Stück vom Schokoladenkuchen, der mit Kokosstreusel verziert ist. Ach, sieht das lecker aus!

Ich blicke dann doch noch zu ihr hin und sehe sie fragend an: „Ach, du bist noch da? Du kennst anscheinend auch niemanden hier." Zu meiner Überraschung grinst mich Olivia daraufhin an.

„Ich kenne alle. Und rate mal, was mich die Leute schon die ganze Zeit über gefragt haben!"

„Mich interessiert nicht die Bohne, was du gefragt wirst", bemühe ich mich, ihrer Antwort aus dem Weg zu gehen, weil ich innerlich bereits ahne, was sie zu ihr gesagt haben.

Olivia ignoriert mich aber und spricht genau das aus, wovor ich mich bereits gefürchtet habe: „Sie wollten alle wissen, warum nicht *ich* Toms zukünftige Frau werde. Schließlich weiß ja jeder, dass wir schon so lange befreundet sind. Die Chemie zwischen Tom und mir ist für alle spürbar. Nur du versuchst, darüber zwanghaft hinwegzusehen."

„Das Einzige, was zwischen Tom und dir jemals gewesen ist, war ein lächerlicher Kuss. Tom hat mir alles darüber erzählt. Also finde dich endlich damit ab, dass du in seinem Leben keine wichtigere Rolle spielst."

„Ich finde es eher lächerlich, dass du dir das von Tom einreden lässt. Bloß um das klarzustellen: Ich kenne Tom und seine Familie viel zu lange, um mich deinetwegen von ihnen fernzuhalten. Du wirst mir folglich noch öfter über den Weg laufen." Sie funkelt mich an und geht. Ich komme nicht einmal mehr dazu, darauf etwas zu antworten. Dumme Ziege!

Ich nehme mein Stück Kuchen und stelle mich zu einem Stehtisch. Als ich davon koste, bin ich ein wenig enttäuscht, denn er sieht besser aus, als er schmeckt. Tja, es ist halt nicht alles Gold, was glänzt.

„Du kommst mir sicherlich nicht in meine Tupperbox", murmle ich zum Kuchen und kichere über meinen Dialog. Gegessen wird das Stück trotzdem – da kenne ich nichts!

„Sie führen doch keine Selbstgespräche? Damit muss man aufpassen. Das führt bekanntlich schneller zu Schizophrenie, als man denkt." Ein älterer Mann mit grauem Haar hat sich mit seinem Weinglas zu mir gestellt. Im Schlepptau eine Frau in seinem Alter mit Hornbrille und streng zusammengeknoteter hellbrauner Frisur.

„Ach nein, ich habe nicht mit mir selbst gesprochen. Ich meine… doch… aber das hat nichts zu bedeuten." Die beiden gaffen mich ungläubig an, während ich versuche, mich aus der peinlichen Situation herauszureden. Ich werde bei ihrem Anblick richtig nervös, schließlich möchte ich nicht als psychisch instabil abgestempelt werden. Sie sehen sich dann gegenseitig an und beginnen plötzlich übertrieben zu lachen.

„Nicht doch, Schätzchen! Magnus hat nur einen Witz gemacht. Niemand hält Sie für verrückt." Die zwei lachen erneut und ich stimme mit ein. Aus reiner Höflichkeit natürlich.

„Wahrscheinlich bin ich noch zu nüchtern für solche Witze", scherze ich und schon hören die beiden mit ihrem Gelächter auf.

„Sie haben doch kein Alkoholproblem?", fragt mich die Frau besorgt.

„Alkoholismus und Schizophrenie – da hat Tom ja einen guten Fang gemacht!", schüttelt der Mann betroffen den Kopf.

„Nein! Ich wollte doch nur einen Witz machen. Selbstverständlich habe ich kein Alkoholproblem und ich habe bloß zum Spaß mit dem Kuchen gesprochen."

„Magnus, sie muss uns, glaub ich, erst noch kennenlernen", zwinkert die Frau ihrem Mann zu und sieht mich belustigt an. „Entspannen Sie sich! Wir albern lediglich mit Ihnen herum." Sie kichert und nimmt sich von einer Kellnerin ein neues Glas Champagner. Ich möchte gar nicht wissen, wie viele sie davon schon getrunken hat. Ich habe ja nicht einmal bei mir selbst mitgezählt.

„Ich bin Violetta und mein Mann hier, das ist Magnus. Er hat mit Henrich zusammengearbeitet und ist seit Jahren eng mit ihm befreundet", erklärt sie mir.

„Violetta hingegen ist ganz eng mit Klara", entgegnet er.

„Aber nur, weil ich mit euren Männergesprächen nichts anfangen kann", hat die Frau das letzte Wort und die beiden kichern erneut.

Ich gebe ihnen die Hand und stelle mich vor: „Ich bin Ella. Aber das wissen Sie sicherlich bereits."

„Klara hat mir schon von Ihnen erzählt. Um ehrlich zu sein, war ich ein wenig überrascht, als ich von Ihnen gehört habe. Als sie von Toms Verlobten angefangen hat, habe ich sofort an Olivia gedacht. Manchmal kommt freilich alles anders, als man denkt", gibt Violetta von sich. Autsch! Was für ein Schlag ins Gesicht!

„Tom wird bestimmt seine Gründe haben, warum er sich letztendlich für Sie entschieden hat", so Magnus. Ich versuche zu lächeln, obwohl ich offen gesagt keine Ahnung habe, ob das gerade als Kompliment gemeint war. Wahrscheinlich eher nicht.

„Lernen Sie mich kennen und Sie werden keinen Gedanken mehr daran verschwenden, dass eine andere Frau an Toms Seite stehen könnte", kontere ich und bemühe mich, nicht allzu beleidigt zu klingen.

„Das werden wir, meine Liebe, das werden wir." Violetta sieht mich für meinen Geschmack dabei ein wenig zu ernst an. Ich kann mir gut vorstellen, wieso sie zu Klaras engen Freundinnen zählt. Violetta versucht, das Thema zu wechseln, und schwärmt davon, wie zauberhaft die Feier doch sei.

„Klara weiß halt, wie man solche Feiern veranstaltet. Du kannst dich glücklich schätzen, dass sie dich bei deiner Hochzeit so sehr unterstützt." Ich nicke nur und nehme mir ebenfalls ein Gläschen Champagner.

Magnus wird in ein anderes Gespräch verwickelt und auch Violetta verabschiedet sich endlich. Ich lasse den Teller mit dem restlichen Kuchen stehen und gehe mit meinem Champagnerglas in Richtung Esszimmer. Tom kann ich nirgends sehen. Soviel zum Thema: Wir gehen gemeinsam zu den Gästen, um mich vorzustellen.

Im Esszimmer angekommen, setze ich mich erst einmal hin. Am Tisch steht ein Teller mit kleinen Pralinen. Ich schnappe mir gleich eine und genieße den herrlichen Geschmack teurer Schokolade.

„Ella, wieso denn so alleine?", fragt mich eine schlanke Frau mittleren Alters, die ich noch nie zuvor gesehen habe. Ihre dunklen Haare trägt sie offen und sie gehört zu den wenigen Frauen, die kein Kleid anhat. Mit ihrer schwarzen Stoffhose und der blauen Seidenbluse wirkt sie dennoch stilsicherer als so manch anderer weiblicher Partygast. Ich schlucke meine Praline schnell hinunter und hoffe, keine Schokolade zwischen den Zähnen zu haben.

„Ich wollte mich ein wenig umsehen und habe es dann einfach nicht geschafft, mich an diesem Tisch vorbeizuschleichen. Die Pralinen sehen einfach zu köstlich aus", schwärme ich, woraufhin mir die Frau ein ehrliches Lächeln schenkt und sich zu mir setzt.

„Darf ich?", fragt sie dennoch höflichkeitshalber und ich nicke. Sie scheint auf den ersten Blick nett zu sein, weshalb ich mich freue, dass sie mir Gesellschaft leistet. Auf eine weitere Violetta hätte ich jetzt nämlich keine Lust. Außerdem gefällt mir ihre Perlenkette.

„Wir kennen uns noch nicht. Mein Name ist Karolina. Ich bin Klaras jüngere Schwester." Ich muss schlucken. Klara hat eine Schwester? Diese Frau ist ihre Schwester? Sie sehen sich doch nicht einmal ähnlich und einen Besen kann ich bei ihr auch nicht entdecken.

„Nun ja, Halbschwester", korrigiert sie sich. Das klingt schon besser! Dennoch kommt in mir eine leichte Unsicherheit auf. Wäre Karolina nicht mit Klara verwandt, würde ich gewiss nicht so reagieren. Ich sitze automatisch aufrechter und versuche, einen guten Eindruck zu hinterlassen. Ich merke, wie ich mich innerlich verkrampfe, und wünschte, ich hätte den Stammbaum von Toms Eltern im Vorhinein gewusst, weil ich dann besser darauf vorbereitet gewesen wäre. Das hier erinnert mich eher an einen Angriff, mit dem ich nicht gerechnet habe.

„Ich freue mich, dich endlich kennenzulernen! Tom hat mir schon so viel von dir erzählt. Und ganz ehrlich, ich bin froh, dass er nicht mit einer Olivia vor den Traualtar schreitet. Aber du weißt von nichts", äußert sie verschwörerisch. Ich kichere. Besser hätte sie unser Gespräch nicht beginnen können. Karolina ist mir sofort sympathisch, was mich innerlich entspannen lässt.

„Das freut mich, dass Sie im Team Ella sind", bringe ich Karolina zum Schmunzeln.

„Wenn dich das schon erfreut, was wirst du dann über die Fanartikel sagen, die ich extra deinetwegen hab anfertigen lassen?"

„Dazu sage ich nur: Gut, dass Sie nicht darauf vergessen haben!" Wir beide lachen und sie stößt mit ihrem Sektglas an.

„Nenn mich bitte Karolina. Du bist ein Teil der Familie, da sind solche Förmlichkeiten überflüssig." In diesem Moment muss ich an Marie denken, die gemeint hat, dass der Abend gar nicht so schlimm werden wird. Anscheinend habe ich gerade mit jemandem Freundschaft geschlossen, der noch dazu aus Toms Familie stammt und nicht gleichzeitig einen Knall hat.

„Also, wie laufen die Hochzeitsvorbereitungen?", fragt sie nach und schnappt sich eine Praline vom Teller.

Ich überlege kurz, was ich darauf antworten soll. Schließlich ist sie Klaras Schwester. Und wer weiß, wie nahe sie sich wirklich stehen.

„Super! Alles läuft perfekt!", quietsche ich eine Spur zu enthusiastisch und werde ein wenig rot, als sie mich daraufhin leicht skeptisch ansieht.

„Verstehe", bemerkt sie und macht eine kurze Pause. „Ich weiß, meine Schwester kann sehr fordernd sein. Aber gemeinsam mit Henriette versteht sie es auf jeden Fall, gute Feiern zu organisieren. Solange du noch Mitspracherecht beim Brautkleid hast, ist alles in Ordnung."

Als sie das Hochzeitskleid erwähnt, zieht sich in mir innerlich etwas zusammen. Karolina dürfte das auch mitbekommen haben, weil sie redet nun etwas leiser: „Egal, was passiert, wähle das Kleid aus, das *dir* gefällt! In dieser Sache musst du deinen Kopf durchsetzen. Und dabei spielt es keine Rolle, wie. Denn wenn sie in dem Fall kriegt, was sie will, schaffst du es nie wieder, ihr standzuhalten." Karolina weiß anscheinend, wovon sie spricht.

„Woher weißt du das?", will ich dennoch wissen und klinge ganz verunsichert.

„Ich sage es nur ungern, schließlich will ich keinen Keil zwischen dich und Tom treiben, aber falls du noch nichts davon weißt: Es hat vor deiner Zeit bereits jemanden gegeben, mit dem Klara die gleiche Show abgezogen hat. Und da war das Hochzeitskleid ausschlaggebend dafür, dass die Feier letztendlich ins Wasser gefallen ist."

Ich bin baff. Heißt das etwa, dass Tom schon einmal jemanden heiraten wollte? Wieso hat er mir nichts davon erzählt? O mein Gott! Was ist, wenn es sich dabei um Olivia gehandelt hat?

„War Olivia diese Frau?", frage ich deshalb nervös nach und versuche, nicht die Nerven zu verlieren. Karolina schüttelt verneinend den Kopf. Puh! Ich fühle mich zumindest ein bisschen erleichtert. So schnell ist das Thema für mich allerdings noch nicht erledigt. Auffordernd sehe ich Karolina an.

„Olivia ist mit Klara auf einer Wellenlänge. Das würde sie ihr nie antun", erklärt sie.

Aber wenn es Olivia nicht war, wer war es dann? Und was heißt, dass Klara ihr das nie antun würde? Weiß Karolina etwa über all die Schikanen Bescheid? Hat sie auch mit Tom darüber gesprochen? Fragen über Fragen. Ich bin mit dieser Situation völlig überfordert und habe das Gefühl, rein gar nichts über Toms Vergangenheit zu wissen. Ich komme mir ziemlich dumm vor. Und das auf meiner eigenen Verlobungsfeier.

„Wer war es dann? Erzähl mir bitte alles", ersuche ich sie. Doch genau in diesem Moment kommen zwei ältere Damen auf uns zugesteuert und stellen sich neben uns.

„Karolinaaaa", raunzt die eine, „wir haben dich schon überall gesucht"

„Ach wirklich? Tut mir leid, das ist mir wohl entgangen." Während sie pflichtbewusst aufsteht, zieht sie unübersehbar ihre Augenbrauen hoch. Anscheinend hat sie sich gezielt vor den beiden versteckt. Sie nickt mir freundlich zu und geht mit den Damen zum Buffet.

Ich hingegen sitze noch einige Minuten da und weiß nicht mehr weiter. Meine Gedanken drehen sich im Kreis und spulen Karolinas Aussagen rauf und runter. Am besten frage ich Tom, was damals vorgefallen ist, denn ansonsten mache ich mich selbst verrückt. Ich meine, die große Liebe dürfte es wahrscheinlich nicht gewesen sein. Sonst wären sie ja noch zusammen. Trotzdem würde ich gerne wissen, wann das eigentlich gewesen sein soll, und vor allem auch, was genau da vorgefallen ist. Was, wenn das erst vor einem Jahr geschehen ist? Was bin ich dann? Ein Ersatz? Gibt es noch weitere Frauen, die er heiraten wollte? Mein Kopf raucht. Ich stelle mir so viele Fragen und kann keine davon beantworten.

Ich stehe auf und begebe mich auf die Suche nach Tom, da ich es einfach nicht länger aushalte. Während ich mich auf den Weg mache, werde ich gleich zweimal von irgendwelchen Leuten aufgehalten, die erneut von mir wissen wollen, warum ich nicht Olivia sei. Die Leute nerven mich allmählich. Und das nicht nur wegen der Anspielungen auf Olivia, sondern auch deshalb, weil ich unbedingt mit Tom sprechen will und sie mich daran hindern. Trotz allem versuche ich, höflich zu bleiben und mich nicht von noch mehr fremden Leuten anquatschen zu lassen.

Im Wohn- und Esszimmer kann ich Tom nicht entdecken. Auch im zweiten Wohnbereich, in dem ein Klavierspieler die Performance seines Lebens hinlegt (so wie er sich in das Stück hineinsteigert, kann man nur davon ausgehen, dass er zu viele Aufputschmittelchen geschluckt hat), ist er nicht zu finden. Verdammt! In unseren Ehering muss ich unbedingt einen Peilsender einbauen lassen, damit mir so was in Zukunft nicht mehr passiert.

Ich bemerke, wie schon wieder jemand auf mich zusteuert, und gehe bewusst in die andere Richtung. Schrecklich! Zum Glück bin ich kein Popstar. Mit den vielen Paparazzi wäre ich sicherlich total überfordert – vor allem, nachdem mir bereits so eine Privatfeier zu schaffen macht.

Ich befinde mich nun endlich im Gang, der im Vergleich zu den anderen Räumen ziemlich leer zu sein scheint, und entscheide mich, in Richtung Küche zu gehen. Als ich auf dem Weg dorthin bin, sehe ich plötzlich Olivia und Tom bei der Eingangstüre hereinkommen. Ich verhalte mich weder diskret noch verstecke ich mich hinter der gigantischen asiatischen Vase neben der Treppe (angeblich hat diese die Familie Stromburg von irgendeinem asiatischen Kaiser geschenkt bekommen). Ich *will*, dass er mitkriegt, wie ich ihn dabei erwische, dass er mit diesem billigen *Bond Girl*-Verschnitt unterwegs war. Wollte er nicht den Abend mit *mir* verbringen? Seiner *zukünftigen* Frau? Den ganzen Abend über habe ich ihn nicht gesehen, sondern habe mich stattdessen mit irgendwelchen fremden Leuten unterhalten müssen. Und jetzt muss ich zu meinem Entsetzen noch feststellen, dass er mit Olivia sonst wo gewesen ist. Wer weiß, was die zwei da *getrieben* haben? Wütend blicke ich ihn an. Olivia steht ein wenig hinter ihm und grinst blöd. Ich stehe da und rühre mich nicht. Auf seine Ausreden bin ich gespannt!

Tom kommt langsam auf mich zu, ohne dabei auch nur ein einziges Mal seinen Blick abzuwenden. Olivia folgt ihm wie ein roter Chihuahua. Das ist ja wohl die Höhe! Kann sie nicht einfach die Fliege machen?

„Ich lasse euch lieber mal alleine", sagt sie zufrieden und schürzt ihre Lippen. „Tolle Party übrigens." Bevor ich irgendetwas dazu sagen oder mich über sie hermachen kann, ist sie auch schon weg. Gut für sie!

„Wir waren bloß spazieren", erklärt Tom monoton.

„Und das soll ich dir glauben?", blaffe ich ihn an. „Du lässt mich den ganzen Abend links liegen, nur um dich mit dieser dummen Kuh zu vergnügen? Wow, Tom! Das klingt ja nach einer vielversprechenden Ehe." Ich drehe mich um und will gehen, doch Tom hält mich zurück.

„Es ist nichts passiert, Ella. Mach jetzt bitte keine Szene!" Ganz unschuldig sieht er mich an.

„Wie bitte? Du entschuldigst dich nicht, erklärst mir nicht, warum du die ganze Zeit abwesend warst, und dann heißt es, *ich* soll dir keine Szene machen", fasse ich zusammen und funkle ihn an. Tom will meine Hand nehmen, aber ich reiße sie ihm weg. Die Tour kann er sich sparen. Nach dem, was mir Karolina erzählt hat und der Tatsache, dass er mich wegen Olivia stehen lassen hat, kann er sich seine Annäherungsversuche weiß ich wohin schieben. Doch Tom lässt nicht locker.

„Lass uns woanders hingehen", bittet er mich. Er drängt mich zur Treppe und wir gehen hinauf ins Gästezimmer. Sobald Tom die Türe hinter sich geschlossen hat, stelle ich ihn zur Rede: „Wann wolltest du mich eigentlich einweihen, dass du schon einmal verlobt warst und sich deine Mutter bereits damals so verhalten hat, wie sie es heute bei mir tut? Wenn das alles schon einmal so abgelaufen ist, verstehe ich nicht, warum du mich dann nicht verteidigst und deine Mutter nicht überhaupt aus der ganzen Sache rauslässt!"

Tom tigert auf und ab. Anscheinend hat er nicht damit gerechnet, dass ich auf dieses Kapitel seiner Vergangenheit zu sprechen komme.

„Wer hat dir das verraten?", bohrt er nach, wie wenn ich gerade nichts gesagt hätte. Denkt er etwa, er kann den Spieß umdrehen? Immerhin wird er nun von mir verhört und nicht umgekehrt.

„Das ist doch völlig egal", antworte ich giftig und versuche, mich durch sein ständiges Auf- und Abgehen nicht verrückt machen zu lassen.

„Hör zu, Ella! Ja, ich hätte dir davon erzählen sollen", fängt er reumütig an, doch ehe er fortfahren kann, unterbreche ich ihn bereits wieder.

„Du meinst, so wie vom Kuss mit Olivia, der anscheinend nichts zu bedeuten hatte? Sag mal, Tom, wie viele Geheimnisse werden noch aufgedeckt? Ich frage mich langsam, ob ich dich überhaupt kenne."

Tom bleibt mitten im Raum stehen und sieht ganz mitgenommen aus. Für einen Moment schließt er die Augen und reibt sich die Schläfen, ehe er seine Augen langsam wieder öffnet und auf mich zukommt. Er legt dabei seine Stirn in Falten und ich habe Schwierigkeiten, ihn zu durchschauen. Was geht wohl gerade in seinem Kopf vor? Vielleicht hätte ich Sonjas Buch über die Bedeutung von Mimik und Gestik doch fertig lesen sollen. Das wäre jetzt bestimmt hilfreich.

„Ella, lass mich doch alles erklären! Bitte!", sieht er mich flehend an. Mein Schweigen deutet er als Aufforderung und so fährt er fort: „Ja, ich habe vor drei Jahren gedacht,

die Liebe meines Lebens gefunden zu haben. Doch letztendlich war das alles bloß Einbildung. Ich würde in diesem Augenblick nicht vor dir stehen, wenn es anders gewesen wäre. Meine Mutter hatte Differenzen mit ihr, nur
war das sicherlich nicht der einzige Grund, warum es im
Endeffekt nicht geklappt hat."

„Aber sie war einer davon", stelle ich quasi als Bestäti-
gung fest.

Tom antwortet nicht gleich darauf. Es herrscht eine kurze
Pause.

„Ella, hör mir zu! Ich liebe dich! Ich will dich heiraten
und nichts kann sich zwischen uns stellen."

„Und was ist mit Olivia?"

Wieder eine Pause. Langsam reagiere ich auf die vielen
Zwischenpausen leicht skeptisch.

„Olivia ist lediglich eine Freundin", ringt er sich dann
doch zu einer Antwort durch.

Darauf habe ich nichts zu sagen. Mir steigt der Champagner zu Kopf, meine Füße schmerzen von den hohen Absätzen und ich habe keine Lust mehr, mich mit Tom in
die Haare zu kriegen. Wir hatten schon genug Streit in
den letzten Tagen. Außerdem findet einen Stock tiefer
immer noch unsere Verlobungsfeier statt. Das Thema
mit Olivia und seiner Ex-Zukünftigen ist sicher nicht
vom Tisch, aber im Moment ist es einfach nicht der richtige Zeitpunkt, um sämtliche Probleme auszudiskutieren.
Tom steht nun dicht vor mir. Zu meiner Verwunderung
umarmt er mich. Ich lasse seinen Annäherungsversuch
zu, fühle jedoch nicht so, wie sich eine Braut normalerweise bei der Umarmung ihres zukünftigen Mannes fühlen sollte. Was ist denn bloß los mit uns?

Er gibt mir einen Kuss auf die Wange. Ich schließe meine
Augen und wünschte, dass so vieles anders gekommen

wäre. Ich weiß, dass ich ab und zu dem Baron Münchhausen Konkurrenz mache. Allerdings ist das nichts im Vergleich zu dem, was Tom mir verheimlicht hat. Hätte er mir doch von Anfang an ehrlich dargelegt, was alles gelaufen ist. Dann gäbe es heute keine bösen Überraschungen und alles wäre halb so schlimm.

„Lass uns wieder nach unten gehen." Ich nicke und gehe mit ihm Hand in Hand zurück zur Feier.

Tom stellt mir haufenweise Freunde und Bekannte vor, erzählt von Geschäftspartnern und alten Geschichten, die ich mir kaum alle merken kann. Er präsentiert mich stolz als seine zukünftige Gattin, während ich brav lächle und aufgeregt von unserer Hochzeit berichte. Ich ertappe mich selbst dabei, wie ich dieselben Sätze immer und immer wieder herunterspule. Als Tom wieder einmal über sein Geschäft spricht und in diesem Moment ganz darauf vergisst, dass ich auch noch da bin, mache ich mich heimlich vom Acker und verdrücke mich in Richtung Küche.

Dort angekommen, treffe ich auf James, der gerade frische Brötchen auf ein Silbertablett legt. Er schenkt mir ein Lächeln, als er mich kommen sieht.

„Ella, was für eine bezaubernde Überraschung! Ich dachte schon, du wärst heute Abend zu beschäftigt für deinen alten Freund James", schäkert er. Ach, was habe ich seinen englischen Charme vermisst. Ich grinse ihn an und setze mich zu ihm an den Küchentresen. Er holt mir gleich einen Teller und legt mir ein Brötchen drauf. Dazu schenkt er mir ein Glas Orangensaft ein. James ist schlicht ein Goldstück.

„Und nun erzähl mir, was los ist", fordert er mich plötzlich auf.

„Ich weiß nicht, was du meinst", versuche ich, seine Frage zu überspielen, doch er hat mich längst durchschaut.

„Darling, wir wissen beide, dass dich etwas bedrückt." Während er das sagt, blickt er nur kurz zu mir, ehe er weiter die Brötchen sortiert. Ich nehme einen Schluck vom Orangensaft, um Zeit zu schinden, und ringe mit mir, ob ich ihm schildern soll, was soeben vorgefallen ist. Ich drehe mich kurz in Richtung Türe, und das, obwohl ich ohnehin weiß, dass sie geschlossen und außer James niemand anwesend ist.

„Na gut!", gebe ich nach und wechsle sofort ins Englische. „Der Abend verläuft ganz anders, als eine Verlobungsfeier meiner Meinung nach ablaufen sollte. Tom hat mich in der ersten Zeit stehen gelassen, weil er mit Olivia unterwegs war. In der Zwischenzeit habe ich mir von irgendwelchen Leuten anhören dürfen, dass sie eigentlich damit gerechnet hätten, Olivia würde Toms zukünftige Frau werden. Und als wäre das nicht schon schlimm genug gewesen, hat mir dann Karolina auch noch offenbart, dass Tom bereits einmal verlobt war und Klara dabei ebenfalls ihre Spielchen getrieben hat."

„Das heißt, du hast von Mona gehört", folgert er, ohne von seinen Brötchen aufzusehen.

„Du hast davon gewusst?" Überrascht reiße ich meine Augen auf und starre ihn an. „Aber wieso hast du mir nichts davon erzählt?", klinge ich ein wenig enttäuscht. Ich dachte, wir stünden uns näher.

„Darling, ich wollte es dir so oft sagen, doch ich konnte es nicht. Klara hat ausdrücklich betont, dass ich nichts davon ausplaudern darf. Sie weiß, dass wir viel miteinander reden, und hat gedroht, mich zu kündigen, falls ich etwas verrate. Tut mir leid! Nur war ich daran gebunden." James legt seine Hand auf meine und sieht mich ganz unglücklich an.

„Schon gut, James! Ich verstehe, dass du nichts sagen konntest." Ich kann ihm einfach nicht böse sein. War ja klar, dass Hexe Klara etwas damit zu tun hat. „Außerdem hätte ich in erster Linie von Tom erwartet, dass er mich darüber in Kenntnis setzt. Es wäre seine Aufgabe gewesen und nicht deine." Ich merke, wie meine Stimme versagt. Wie konnte er mich nur so verletzen? Enttäuscht lasse ich meinen Kopf sinken.

„Möglicherweise hat er dir bewusst nichts davon erzählt, weil er ganz genau weiß, wie sehr dich die ganze Hochzeit stresst. Wenn du in dem Fall auch noch argumentiert hättest, dass Klara die gleiche Show bereits bei Mona abgezogen hat, dann wärst du ständig mit ihm in Konflikt geraten. Schließlich weiß er ja selbst, dass es stimmt." James Sichtweise klingt plausibel.

Leicht zögernd greife ich nach einem belegten Brötchen und beiße hinein. Schweigend kaue ich vor mich hin, bis ich mir dann doch einen Ruck gebe, um James auszufragen.

„Ach, könntest du mich vielleicht darüber aufklären, was sie letztlich daran gehindert hat, Tom zu heiraten? Ich meine, jetzt kannst du mir ja die ganze Geschichte schildern." Gespannt warte ich ab. Nun ist es James, der sicherheitshalber zur Türe sieht.

„Also gut. Aber vieles daran wird dich nicht überraschen, denn die Situation war bei Mona ganz ähnlich wie bei dir – mit dem einzigen Unterschied, dass sie Klara auf Dauer nicht hat standhalten können. Ich glaube, das mit dir wurmt Klara ziemlich."

„Du meinst, sie denkt, dass mir ihre Schikanen nichts ausmachen?"

„Na ja, wie auch immer du dich ihr gegenüber verhältst, mach weiter so! Du hast ihr nämlich noch keinen Grund gegeben, dass sie glauben könnte, sie hätte gegen dich gewonnen." James blickt mich fast ein bisschen stolz an und widmet sich daraufhin den Muffins, die er ebenfalls sorgfältig auf ein neues Silbertablett legt. „Mona war da ganz anders. Sie ließ sich anmerken, dass ihr Klaras Bemerkungen zu schaffen machen. Einmal fing sie sogar vor ihr zu weinen an und beschimpfte sie dann auch noch vor Tom. Klara nutzte diesen Wutausbruch zu ihrem Vorteil und behauptete, sie habe keine Ahnung, was mit Mona vor sich gehe. Tom glaubte natürlich seiner Mutter und Henrich richtete sich ebenso nach ihr."

„Und Tom hat Mona nie verteidigt?", frage ich verblüfft, woraufhin James den Kopf schüttelt. Anscheinend war die Situation zwischen den beiden wirklich nicht viel anders als zwischen Tom und mir jetzt. Ich esse das restliche Stück Brot und leere mein Glas Orangensaft.

„Mona hat sich gerne bei mir ausgeweint. Ach, was war sie für ein bezauberndes Ding! Doch sie hätte dein dickes Fell gebraucht, um vor Klara gewappnet zu sein. Klara hat damals die gleichen Dinge abgezogen wie bei dir momentan. Und ich sage dir nun dasselbe, was ich auch Mona einst geraten habe: Lass dich von Klara nicht unterkriegen! Denn sobald die Hochzeit über die Bühne ist, wird sie sich langsam mit der Situation anfreunden und demnach erträglicher werden. Sie hat versucht, Mona von Tom wegzukekeln, und das ist ihr letzten Endes auch gelungen. Lass sie nicht das Gleiche mit dir machen! Egal, was sie noch so alles vorhat, denk dir immer, dass sie das mit Mona ebenfalls veranstaltet hat, und nimm es deshalb nicht allzu persönlich. Klara probiert mit allen Mitteln, ihren einzigen Sohn ganz für sich zu behalten. Und dafür tut sie alles."

„Aber meinst du nicht, dass sie im Grunde nur Olivia als seine Angetraute haben möchte? Unter Umständen will sie einfach bloß die beiden zusammenbringen", überlege ich laut und schnappe mir schnell einen Muffin, bevor mir James auf die Finger klopfen kann.

„Ich denke, dass sie das Gleiche auch mit Olivia abziehen würde, wenn die jetzt an deiner Stelle wäre." Mhm... Daran habe ich noch gar nicht gedacht. Vielleicht hat James recht und Klara will ihren geliebten Sohn schlicht nicht mit jemand anderem teilen.

„James! Bezahle ich dich etwa fürs Herumschwatzen? Die Gäste warten schon auf den Nachschlag. Also tu mir den Gefallen und mach deinen Job! Ella, und du hör auf, meinen Butler bei der Arbeit zu stören!", keift Klara, die soeben in die Küche hereinplatzt. In ihrem Schlepptau befinden sich zwei Serviererinnen, die sofort anpacken und James die Silbertabletts abnehmen. James wiederum nimmt eine Schokoladencremetorte, die ebenfalls am Küchentresen steht, und folgt den beiden Damen. Klara bleibt in der Küche stehen und schnalzt mit der Zunge, als er bei ihr vorbeigeht. Er schließt die Türe hinter sich und ich habe wieder mal das Gefühl, mitten in einem Horrorfilm zu sein. Ob sie in ihrem *Chanel*-Täschchen wohl diesmal ein Tranchiermesser versteckt hält? Ehe ich mir die Szene noch schrecklicher ausmale (oder aber davon einen Lachanfall bekomme), lächle ich Klara zu, stehe auf und räume Teller und Glas weg. Daraufhin drehe ich mich um und mache mich auf den Weg in Richtung Tür. Tja, geht ja!

„Ella", raunzt sie mir dann doch nach. Dabei war die Türe für mich schon in Griffweite. Na ja, immerhin hätte ich es fast geschafft. Ich drehe mich zu ihr und schaue sie unschuldig an.

„Was gibt es Klara?", frage ich sie höflich, obwohl ich gar nicht daran interessiert bin, was sie mir zu sagen hat.

„Wie gefällt dir die Verlobungsfeier bislang?"

Wie bitte? Will sie jetzt etwa ein Feedback oder so?

„Sehr gut, danke!" Meine Antwort ist kurz und knapp, schließlich warte ich nur darauf, was sie mir eigentlich mitteilen will. Ich kann mir nicht vorstellen, dass wir uns jetzt über die Feier unterhalten und womöglich anschließend über die Muffins herfallen und uns kichernd Champagner nachschenken werden.

„Für welches der drei Hochzeitskleider hast du dich entschieden?", rückt sie nun mit dem eigentlichen Gesprächsthema heraus. Echt jetzt? Denkt sie im Ernst, dass ich da nachgeben werde?

„Du weißt, für welches Kleid ich mich entschieden habe", antworte ich kühl und wende mich von ihr ab. Doch wie es aussieht, will sie mich nicht so einfach gehen lassen.

„Ella, glaubst du tatsächlich, dass sich Tom jemals gegen mich stellen wird? Wenn ich ihm erkläre, *wie viel* es mir *bedeutet*, dass du eines von meinen Kleidern auswählst, wie meinst du, wird er wohl darauf reagieren? Versteh doch endlich, dass er sich nie gegen mich stellen wird. Ich bin schließlich seine Mutter und habe letzten Endes das Sagen."

Unfassbar! Die Frau ist ja krank!

Ich drehe mich wieder zu ihr hin und funkle sie an: „Und glaubst du tatsächlich, dass ich eine zweite Mona bin, die du vergraulen kannst? Klara, gib es auf! Du kannst und wirst Tom und mich nicht auseinanderbringen. Ich habe deine Spielchen längst durchschaut und finde dein Verhalten einfach bloß erbärmlich. Schaff dir einen Hund an, den du ein Leben lang verhätscheln kannst, aber lass Tom endlich los!" Klara steht nur da und sieht mich regungslos an. Bin ich etwa zu weit gegangen?

Ich bin kurz davor, mich für mein Verhalten zu entschuldigen, da fängt Klara plötzlich zu lachen an: „Das denkst du also? Dass ich meinen Sohn sich nicht von mir abnabeln lasse? Ihm nicht gönne, sein eigenes, glückliches Leben zu führen? Ach, was bist du naiv! ELLA... DU...

BIST... NICHT... GUT... GENUG... FÜR... IHN.
Und das ist auch der Grund, warum ich absolut gegen
eure Hochzeit bin."

Also doch! Genau das, was ich immer befürchtet habe,
hat sie soeben laut ausgesprochen: Ich bin nicht gut genug für ihn. Völlig egal, wie sehr ich versucht habe, einen
guten Eindruck zu hinterlassen, und mich bemüht habe,
in ihre Welt zu passen. Trotz aller Geschichten, die ich
ihr aufgetischt habe, denkt sie immer noch, dass ich einfach nicht gut genug für ihren Sohn bin. Ich merke, wie
sich mein Magen zusammenzieht. Ich habe Klara noch
nie gemocht, aber sie das sagen zu hören, versetzt mir
regelrecht einen Stich. Meine Unterlippe beginnt leicht zu
zittern und meine Augen füllen sich mit Tränen.

„Nein, fang jetzt bloß nicht zu weinen an", ermahne ich
mich selbst und versuche, meine Gefühle zu unterdrücken.

„Weißt du was? Ich *scheiß* drauf!", bricht es aus mir unverblümt heraus und bin von meiner Ausdrucksweise
selbst überrascht. Habe ich das etwa gerade wirklich laut
gesagt? Zu meiner zukünftigen Schwiegermutter? Dass
ich darauf *scheiß*, was sie von mir hält? Oh, Gott! Wenn
Marie und Sonja jetzt da wären, würden die sich sicher
vor lauter Lachen nicht mehr einkriegen. Klara steht mit
offenem Mund da und sieht mich schockiert an. Ja, das
hat gesessen! Ich denke, wenn ich ihr eine verpasst hätte,
würde sie weniger dümmlich dreinschauen.

„Ich glaube, du kannst nun damit aufhören, mich und
Tom auseinanderzubringen", setze ich noch eins drauf
und grinse sie zufrieden an. Ich bin davon überzeugt, dass
ich sie endlich von ihrem Thron gestoßen habe. Lang
lebe die Königin!

„Weißt du, Ella, damit habe ich bereits seit Längerem aufgehört." Ich verstehe nicht, was sie mir damit sagen will.

Sie lächelt schief, bevor sie mir süffisant erklärt: „Olivia macht darin ihren Job nämlich besser als ich."

„Wie meinst du das? Hast du Olivia etwa auf Tom angesetzt?" Anscheinend habe ich mich zu früh gefreut und es ist doch noch nicht alles vom Tisch.

„Das denkst du etwa? Kindchen, sei nicht albern! Darauf muss ich sie nicht extra ansetzen. Zwischen Tom und Olivia ist schon immer etwas gelaufen, und zwar lange vor dir. Oder wieso meinst du, haben alle geglaubt, dass Tom Olivia gewählt habe und nicht irgendeine Unbekannte, von der zuvor noch nie jemand gehört hat? Es ist nur eine Frage der Zeit, bis er sich für sie entscheidet. Die Verlobungsfeier hat zumindest ihren Zweck erfüllt."

Also ist doch mehr zwischen ihnen gelaufen! Wie angewurzelt stehe ich da und würde am liebsten im Boden versinken. Klara nimmt sich ein frisches Sektglas und schleicht an mir vorbei.

Bevor sie zur Türe hinaus ist, meint sie noch: „Lass mich raten: Tom hat dir nichts davon erzählt." Kabumm!

Ich höre, wie sich die Türe hinter ihr schließt. Noch immer bin ich wie versteinert und rühre mich nicht. Hatte ich die ganze Zeit über recht? War es also doch nicht irgendein bedeutungsloser Kuss? Aber wenn Tom mich so sehr liebt, wieso hat er mir nicht einfach erzählt, was wirklich zwischen den beiden vorgefallen ist? Oder will er mir nichts davon sagen, weil er immer noch was für sie empfindet? Wenn ich Tom ein weiteres Mal darauf anspreche, platzt ihm sicher der Kragen. Von der Unterhaltung mit seiner Mutter berichte ich ihm am besten erst gar nicht. Ich liebe ihn und möchte unsere Hochzeit nicht aufs Spiel setzen. Auf der anderen Seite möchte ich endlich wissen, ob alle recht damit haben, dass Olivia an seine Seite gehört.

Ich gehe zum Tresen und schnappe mir ein volles Sekt-glas, das ich in einem Zug hinunterspüle. Mir wird die ganze Feier langsam zu viel. Am liebsten würde ich mich in Luft auflösen. Während ich nach einem weiteren Glas greife, überlege ich, ob ich nicht einfach mal mit Olivia sprechen sollte. Von Frau zu Frau. Der Gedanke daran gefällt mir zwar gar nicht, aber möglicherweise ist das meine Chance, die Wahrheit zu erfahren. Außerdem möchte ich einen weiteren Streit mit Tom vermeiden. Wer weiß, vielleicht versucht Klara ja lediglich, mich zu verunsichern, nachdem all ihre Bemühungen, uns ausei-nanderzubringen, bisher sichtlich gescheitert sind.

Es kommt mir wie eine Ewigkeit vor, als ich mich zu Ja-mes in die Küche geschlichen habe. Auf der Feier herrscht mittlerweile eine ganz andere Stimmung als zu-vor. Aber das liegt wahrscheinlich nur daran, dass bereits alle ziemlich betrunken sind. Ich höre die Musiker flot-tere Lieder spielen und zwischendurch lautes Gelächter. Im Wohnzimmer beobachte ich, wie sich Olivia an Tom ranschmeißt. Sie lehnt sich an ihn, berührt seinen Arm und lacht am lautesten über seine Witze. Hat er denn nicht bemerkt, dass nicht ich an seiner Seite bin? Voll-idiot!

Ich merke, dass ich schon ein wenig torkle. Das mit den zwei Sektgläsern war wohl keine so gute Idee. Schließlich hatte ich bereits davor mehr als genug. Überhaupt habe ich in den letzten Tagen mehr Alkohol getrunken, als ei-gentlich gut für mich ist. Olivia sieht zu mir rüber und funkelt mich an. Sie streichelt provokant über Toms Un-terarm und schenkt mir ihr boshaftestes Lächeln. Als ich mich gerade auf den Weg zu ihnen machen möchte, werde ich von zwei männlichen Gästen aufgehalten.

„Tom hat uns die ganze Zeit über von Ihnen vorge-schwärmt. Sie sind Weinkennerin?", sieht mich der Mann

215

mit Brille auffordernd an und sein kleiner, rundlicher Freund steht neben ihm und nickt.

„Ahm… ja… ja, das stimmt", stammle ich und fühle mich ein wenig überrumpelt.

„Was ist Ihr Lieblingswein?", will der Mann aufdringlich wissen.

„Ahm… der Grüne Veltliner", sage ich freundlich und hoffe, dass damit das Gespräch beendet ist.

„Hervorragende Wahl! Und international gesehen? Bevorzugen Sie Weine aus Frankreich oder Italien?" Der Mann lässt einfach nicht locker. Da möchte ich ein Mal mit Olivia sprechen und schon werde ich von allen Seiten aufgehalten.

„Frankreich hat ausgezeichnete Weine. Aber natürlich hat Italien genauso seine edlen Tropfen", meine ich verschmitzt und will mich von den beiden wieder abwenden. Anscheinend ist das jedoch schwieriger, als ich dachte.

„Sie haben Wirtschaft studiert und sind im Consulting tätig? Zumindest habe ich das gehört", fängt nun auch sein kleiner, wohlgenährter Gefährte an.

Ich nicke: „Ja, das stimmt."

„Was sagen Sie eigentlich zur letzten Parlamentswahl?", bohrt dieser weiter. Oh, Gott! Möchten die jetzt etwa ernsthaft über Politik sprechen? Das ist doch eine Verlobungsfeier! Wieso stellen sie nicht einfach Fragen zur Dekoration oder zum Buffet?

„Ich bitte Sie, meine Herren, das hier ist eine Party. Da werden wir uns ja nicht über politische Themen den Kopf zerbrechen", lächle ich beide zuckersüß an. Daraufhin wirken sie etwas betreten. Und so unhöflich es auch sein mag, drehe ich mich bestimmt um und entferne mich endgültig von diesen Männern, um auf Olivia und Tom zuzusteuern.

Tom wirkt ein wenig erschrocken, als er mich sieht, und schüttelt Olivia im wahrsten Sinne des Wortes ab. Anscheinend hat er doch bemerkt, dass sie die ganze Zeit an seiner Seite war. Er gibt mir einen Kuss auf die Wange und lächelt mich unschuldig an.

„Hier ist sie nun endlich: Ella Liner, meine wunderbare Verlobte, die ich mehr als alles andere auf der Welt liebe und mit der es garantiert nie langweilig wird."

Zwei Herren, die sich in unmittelbarer Nähe befinden, stimmen in Toms Gelächter ein. Seine liebevolle Art, mich als seine Verlobte vorzustellen, macht mich ein wenig verlegen. Ich bereue es jetzt schon, mich mit Olivia auseinandersetzen zu wollen.

„Es freut uns, Sie endlich kennenzulernen! Sie sind noch bezaubernder, als Tom Sie uns beschrieben hat." Beide Männer geben mir freundlich die Hand und stellen sich als Toms Geschäftspartner vor. Sie erzählen mir aufgeregt von dem aktuellen Projekt, an dem sie gemeinsam mit Tom arbeiten, und ich höre ihnen aufmerksam zu. Zumindest soweit das im alkoholisierten Zustand möglich ist.

Olivia hat sich mittlerweile von uns abgewendet und ich deute es als höheres, übernatürliches Zeichen, dass ich vielleicht doch nicht mit ihr sprechen sollte. Tom legt seine Hand auf meinen Rücken und ich fühle wieder die Schmetterlinge in meinem Bauch, die ich für einige Zeit so vermisst habe. Es kann allerdings genauso gut sein, dass diese Schmetterlinge dem Sekt zuzuschreiben sind. Ich ignoriere meine Zweifel und strahle ihn an. Er erwidert mein Lächeln und gibt mir einen flüchtigen Kuss. Wir unterhalten uns noch eine Weile mit seinen Geschäftspartnern und anderen Freunden, die mit der Zeit zu uns stoßen. Der restliche Abend vergeht wie im Flug und schon nehmen die Gäste nacheinander Abschied.

Wer hätte das gedacht, aber auch diese Feier hat einmal ein Ende!

„Wieso bleibt ihr nicht über Nacht?", will Henrich wissen, der mit Alkohol abgefüllt erträglicher ist als sonst. Er sitzt auf dem Sofa mit einem Teller Kuchen auf seinem Schoß und einem Sektglas in der Hand und scheint damit sichtlich überfordert zu sein. Irgendwie schafft er es dann doch, den Kuchen zu essen, ohne sein Glas abstellen zu müssen. Klara scheucht in der Zwischenzeit die Servierkräfte durch die Räume und treibt die Musiker an, sich mit dem Zusammenpacken ein wenig zu beeilen. Anscheinend will sie keinen Aufpreis bezahlen.

„Ellas Vater hat ja morgen Geburtstag. Davon habe ich dir ja erzählt", merkt Tom an.

„Aber Ella gehört doch jetzt zur Familie. Also wieso sind wir nicht eingeladen?", bohrt Henrich nach und wirkt in seinem Rausch leicht beleidigt.

Das würde meiner Familie noch fehlen, dass Toms Eltern bei ihr aufkreuzen würde. Meine Mutter kennt alle Geschichten, die meine zukünftigen Schwiegereltern betreffen, und sie würde wahrscheinlich auf Klara losgehen, wenn diese bei der Geburtstagsfeier von Dad auftauchen würde. Ich möchte nicht riskieren, dass die zwei sich in die Haare kriegen, weshalb ich es zu vermeiden versuche, dass sie sich noch vor der Hochzeit persönlich kennenlernen.

„Die Feier ist sehr intim. Wir feiern nur im kleinsten Kreis. Meine Eltern, meine Schwester und ich. Und Tom natürlich. Mein Vater steht nicht so auf Geburtstage. Ich musste ihn bereits dazu überreden, dass ich Tom mitnehmen darf. Dafür habe ich gebettelt, was das Zeug hält", erkläre ich und bin froh, dass sich das meine Schwester nicht mitanhören muss, denn die würde mich wahrscheinlich spätestens jetzt mit ihrem Lachanfall beim Lügen aufklatschen.

Unser Vater ist nämlich ein richtiger Partykracher. Er hat sich schon vor Jahren im Keller einen Partyraum einbauen lassen und schmeißt, seit er in Pension ist, fast monatlich eine Fete. Er ist in der Wohnsiedlung mittlerweile für seine ausgefallenen Feiern bekannt. Er liebt Themenpartys und so hat er in den letzten Monaten verschiedene Kostüm- und Tanzfeste veranstaltet. Dafür hat er sich sogar eine Jukebox gekauft. Manchmal legt er auch gerne selbst als DJ auf, wenn er einmal nicht mit seiner Band spielt. Mein Dad ist da richtig auf Zack. Nicht zu vergessen natürlich seine eigene *Wall of Fame* – eine Kellerwand, die mit hundert verschiedenen Fotos beklebt ist, die alle bei seinen legendären Feiern entstanden sind. Er geht mit meiner Mutter sogar regelmäßig zu Tanzkursen, von Samba bis Line Dance, um am Parkett auch ordentlich mithalten zu können. Seinen Geburtstag zu feiern, liebt er quasi über alles, weswegen er sich schon seit Monaten auf seinen großen Tag morgen freut. Tagsüber haben wir ein Grillfest mit seinen engsten Freunden, circa dreißig Personen, geplant. Für den Abend übernimmt er dann das Kommando und entscheidet, in welche Richtung seine Feier gehen soll. Bereits seit Wochen überlegt er, welche Themen in Betracht kommen. Seinen Geburtstag nicht zu feiern, käme für ihn gar nicht in Frage. Er hat da sogar richtig hohe Ansprüche, was Dekoration, Einladungen und Essen betrifft. Marie sagt immer, er sei unsere kleine Geburtstagsprinzessin, und dafür hat sie ihm auch vor Jahren eine Krone gebastelt, die er jedes Jahr aufs Neue aufsetzt. Diesbezüglich muss ich mir morgen unbedingt noch etwas einfallen lassen, was ich Tom erzähle, wieso sich mein Vater über Nacht in einen Partytiger verwandelt hat. Ihm habe ich nämlich ebenfalls aufgetischt, dass die Feier nur im kleinen Rahmen stattfindet. Aber egal. Auch dafür finde ich sicherlich eine passende Ausrede. Vielleicht mache ich ihm einfach weis, dass meine Mutter eine Überraschungsfeier geplant hat, ohne uns davon in Kenntnis zu setzen. Am besten versuche ich, ihn nach der Grillfeier loszuwerden. Dann kriegt er von Papas Partygetue nichts mit.

„Aber unter Umständen ändert er im nächsten Jahr seine Meinung", setze ich noch eins drauf und bemühe mich, mir bei all den Lügen nichts anmerken zu lassen, was im nüchternen Zustand irgendwie viel einfacher ist.

Tom gibt mir gerade einen Kuss, als sich Olivia von Henrich und Klara verabschiedet.

„Das war ein echt toller Abend, Klara! Da hast du dich wieder einmal selbst übertroffen", schleimt sie und verabschiedet sich anschließend von Tom. Mich hingegen würdigt sie keines Blickes, nimmt ihren Mantel und geht. Ohne lange zu überlegen, renne ich ihr hinterher. Sie ist fast beim Taxi angelangt, als ich durch die Eingangstüre hinaus bin, weshalb ich ihr hinterherrufe. Ein wenig überrascht dreht sie sich um und bleibt stehen.

„Ella, was willst du?", fragt sie genervt und verschränkt ihre Arme. Sie kneift ihre Augen zusammen und wirkt alles andere als glücklich, mich zu sehen.

„Ich muss mit dir reden. Hast du noch ein paar Minuten?" Ich kann einfach nicht anders. Ich muss wissen, was zwischen den beiden vorgefallen ist!

Olivia ahnt vermutlich bereits, um was es gehen könnte, und scheint zu überlegen, ob sie sich auf das Gespräch einlassen soll. Dennoch willigt sie ein und gibt dem Fahrer ein Zeichen, dass es noch etwas dauern wird. Sie geht zügig voraus und ich trotte ihr wie ein Dackel hinterher.

Ich schaffe es kaum, mit ihr Schritt zu halten. Wir überqueren den Parkplatz und gehen in Richtung Einfahrt, als sie endlich ihr Tempo drosselt und stoppt. Wie es aussieht, sind wir nun weit genug von Toms Elternhaus entfernt, sodass niemand unser Gespräch belauschen kann. Guter Schachzug, Olivia!

„Also, was willst du wissen?", hakt sie nach, ohne mich dabei anzuschauen. Den Blickkontakt hat sie auch schon mal besser beherrscht.

„Ich will endlich die Wahrheit wissen: Was ist wirklich zwischen Tom und dir gelaufen?", frage ich harsch. Jetzt sieht sie mich doch an.

Sie überlegt kurz, ehe sie sich einen Ruck gibt: „Du willst die Wahrheit? Na gut! Wenn es das ist, was du willst. Tom und ich hatten bereits öfter was miteinander. Auch schon vor Mona. Weißt du überhaupt, wer das ist?" Ich bejahe. Gott sei Dank wurde ich heute über diese Person aufgeklärt. Sonst würde ich nun richtig dumm dastehen.

Olivia fährt daraufhin fort: „Als es zwischen Tom und Mona fürs Erste vorbei war, machten er und ich da weiter, wo wir aufgehört hatten. Ich wollte eine Beziehung mit ihm, aber er war noch nicht so weit. Als ich dann jemand Neues kennenlernte, raste er vor Eifersucht. Ich ließ mich zuerst auf diesen Mann ein, doch Tom versicherte mir, dass er der Richtige für mich sei. Ich trennte mich also von diesem Mann, noch bevor mehr daraus werden konnte. Danach tauchte allerdings Mona wieder auf und Tom ließ mich sofort fallen."

„Moment! Mona kam wieder zurück?", unterbreche ich sie, woraufhin sie genervt mit der Zunge schnalzt.

„Kannst du jetzt mal zuhören!", funkelt sie mich gereizt an. „Ja, sie kam zu ihm zurück. Das war ein paar Monate, bevor er sich mit dir eingelassen hat. Mona wollte sich wieder mit Tom versöhnen, jedoch bekam sie mit, dass er sich in dem Zeitraum, in dem sie getrennt waren, mit mir vergnügt hatte. Und schon war sie endgültig auf und davon. Tom gab mir dann die Schuld dafür und versuchte, sie mit aller Kraft zurückzugewinnen. Doch sie hat bis heute nicht auf seine Anrufe reagiert. Da lernte er dich kennen und war sofort hin und weg. Und dennoch schlief er noch bis zu eurer zweiten Verabredung mit mir."

Der letzte Satz ist wie ein Schlag ins Gesicht. Tom hatte mit Olivia demnach noch was am Laufen, als wir uns bereits verabredeten. Soweit ich mich erinnern kann, habe ich genau dann das erste Mal mit Tom geschlafen, als wir unser zweites Date hatten. Heißt das etwa, dass er am gleichen Tag ebenso Sex mit Olivia hatte? Was für ein Arsch! Aber stimmt das auch alles, was mir Olivia da erzählt? Vielleicht treibt sie nur ihre Spielchen, um Tom endlich für sich zu gewinnen. Ich bin verwirrt und frage mich, ob es wirklich so eine gute Idee war, mich mit ihr darüber zu unterhalten.

„Wieso sollte ich dir glauben?", will ich skeptisch wissen.

„Das beantwortet sich von selbst, nachdem *du* das Gespräch gesucht hast. Es dürfte anscheinend an der Zeit gewesen sein, dass du erfährst, was vor deiner Zeit gelaufen ist."

Nun hat sie es doch noch geschafft, dass ich mir richtig dumm vorkomme. Olivia hingegen grinst mich selbstsicher an. Ihr dürfte die Situation ziemlich gut gefallen.

„Was ist heute zwischen euch vorgefallen?", kann ich einfach nicht aufhören, Fragen zu stellen, und will, dass sie alle Karten auf den Tisch legt.

„Wir hatten Sex." Ich fasse es nicht! Sie sagt das so gerade heraus, dass ich für einen Moment total überfordert bin. Völlig konsterniert lasse ich ihre Aussage so stehen und frage weiter: „Liebst du ihn?" Ich zittere leicht und merke, wie ich den Tränen nahe bin. Olivia sieht mich ernst an. Anscheinend dürfte ihr das Lachen in diesem Augenblick ebenfalls vergangen sein.

„Wir beide wissen, dass *ich* an Toms Seite gehöre. Du wirst mir nie das Wasser reichen können, ganz egal, mit welchen Lügengeschichten du es versuchst. Dir fehlt es schlichtweg an Klasse. Und auch dem Rest der Familie wirst du nie gut genug sein." Sie sieht mich herablassend an. „Ich glaube, wir haben uns jetzt lange genug unterhalten." Olivia dreht sich um und eilt zurück zum Taxi. Ich dagegen stehe da und hoffe, dass meine Wimperntusche auch tatsächlich wasserfest ist.

Ich brauche eine Weile, bis ich in der Lage bin, zurück zum Haus zu gehen. Nachdem Olivia mit dem Taxi weggefahren ist, breche ich zuerst einmal in Tränen aus. Ich wusste insgeheim, dass die Verlobungsfeier eine Katastrophe wird. Aber dass Tom mit Olivia schläft, damit habe ich nicht gerechnet. Ich wünschte, meine Schwester wäre hier. Ich versuche, mich zusammenzureißen, und wische meine Tränen weg. Zurück im Haus fragt mich Tom sofort, wo ich gewesen sei und was ich von Olivia wollte. Als er mein verheultes Gesicht sieht, wird er leicht aufbrausend.

„Was hat sie zu dir gesagt?", faucht er.

Ich gebe ihm keine Antwort, sondern hole lediglich meinen Mantel und meine Tasche. Tom läuft mir nach und fragt, was vorgefallen sei. Ich ignoriere ihn und verlasse das Haus. Während ich die Stufen bei der Eingangstüre hinuntergehe, rufe ich mir ein Taxi.

„Ella, nun warte doch mal!", ruft mir Tom hinterher und zieht mich an meiner Hand.

„Lass mich los, du Arsch!", brülle ich ihn an. Das Taxi soll in fünfzehn Minuten da sein. Na, dann hoffe ich mal, dass es sich beeilt.

„Was hat dir Olivia erzählt?", versucht es Tom noch einmal und packt mich am Oberarm. Ich reiße mich von ihm los und stoße ihn weg.

„Du schläfst mit ihr? Auf unserer Verlobungsfeier?", schreie ich ihn erneut an. Tom geht ein paar Schritte zurück.

„Was? Das hat sie dir erzählt? Und… und du glaubst ihr das?", stottert er. „Ihr beide habt euch von Anfang an immer bloß angegiftet und jetzt kaufst du ihr so einen Blödsinn ab?"

„Sie hat mir auch von Mona berichtet und dass zwischen dir und ihr schon immer mehr gelaufen sei. So viel zu deinem bedeutungslosen Kuss!", keife ich ihn hysterisch an und schaffe es dabei einfach nicht, ruhig zu bleiben.

„Das ist ja lächerlich!" Tom fährt sich verzweifelt durchs Haar und tritt von einem Bein aufs andere. „Ella", stammelt er, ehe er von mir jäh unterbrochen wird.

„Was? War das etwa ebenfalls gelogen? So wie das, dass ihr heute Abend Sex hattet?"

„Ella! Jetzt hör mir doch mal zu!" Nun schreit auch Tom. „Ja, das mit Mona stimmt. Und die Vorgeschichte mit Olivia genauso. Hingegen sicherlich nicht, dass wir heute miteinander geschlafen haben. Ella, wir haben an diesem Abend unsere Verlobung gefeiert und du weißt, dass ich dich liebe und dich nie für eine derartige Dummheit aufgeben würde. So glaub mir bitte!"

„Sie hat auch gemeint, dass ihr euch noch bis zu unserer zweiten Verabredung vergnügt hättet. Zu mir hast du gesagt, dass du bei unserer ersten Begegnung ganz hin und weg von mir gewesen seist und du da sofort gewusst hättest, ich sei die Richtige für dich. Eine komische Art, so zu denken, während man sich noch mit einer anderen amüsiert." Ich drehe mich um und möchte gehen, aber Tom hält mich zurück.

„Ella, ich liebe dich! Vergiss doch bitte die Vergangenheit und glaub nicht jeden Scheiß, den dir Olivia auftischen will. Ja, ich hatte was mit ihr, noch bevor wir zusammengekommen sind. Nachdem ich gemerkt hatte, dass das zwischen uns mehr ist als nur ein Flirt, habe ich sie auf der Stelle fallen lassen. Wieso meinst du, ist sie so sauer auf dich? Sie versucht, uns mit allen Mitteln auseinanderzubringen. Ich flehe dich an: Lass das, was wir miteinander haben, nicht von ihr zerstören!" Er sieht mich ernst an und ich wünschte, der Abend wäre ganz anders abgelaufen.

„Hast du mit ihr heute geschlafen?", frage ich ein weiteres Mal. Er nimmt meine Hand und blickt mir tief in die Augen.

„Nein, Ella! Natürlich nicht! Und das weißt du auch."

Was soll ich bloß glauben, nachdem mir Olivia bei all den anderen Dingen die Wahrheit erzählt hat? Zwei Scheinwerfer blenden mich und ich sehe das bestellte Taxi kommen.

„Bist du sicher, dass nicht ich dich heimfahren soll?", fragt Tom demütig nach.

„Ja, bin ich. Ich brauche ein wenig Abstand", antworte ich ihm. Ich löse mich von seiner Hand und gehe zum Taxi. Ich öffne die Türe und drehe mich noch einmal um. „Tom… ich bitte dich, morgen zum Geburtstag nicht zu kommen." Er nickt, ohne dabei etwas zu sagen. Ich steige in den Wagen und kann es kaum erwarten, endlich nach Hause zu fahren.

Es ist mitten in der Nacht und dennoch kommt mir meine Schwester im Pyjama und ihren violetten Plüschpantoffeln im Stiegenhaus entgegen. Mit weinendem Gesicht laufe ich zu ihr die Stiege hinauf.

„O mein Gott, Ella! Was ist passiert?", erkundigt sie sich sofort. Schluchzend falle ich meiner Schwester um den Hals und gehe mit ihr gemeinsam das nächste Stockwerk hinauf. Ich bemühe mich, nicht allzu laut zu sein, um meine Nachbarn nicht aufzuwecken. Sobald Marie die Wohnungstüre hinter sich abgeschlossen hat, breche ich in Tränen aus und heule los wie ein Schlosshund. Marie nimmt mir meinen Mantel ab und begleitet mich in mein Zimmer. Total verflennt lasse ich mich auf mein kuscheliges Bett fallen. Wie es aussieht, habe ich meinen Tiefpunkt erreicht. Und dabei dachte ich noch, die Woche könne nicht mehr schlimmer werden. Marie bringt mir ein Taschentuch und setzt sich zu mir aufs Bett. Sie legt den Arm um mich und versucht, mich zu trösten. Oh, Gott! So viel wie in den letzten Tagen habe ich schon lange nicht mehr geweint. Ich fühle mich wie die größte Heulsuse auf der Welt. Hätte ich gewusst, dass Verlobtsein so viele Tränen mit sich bringt, dann wäre es mir lieber gewesen, dass Tom erst gar nicht vor mir auf die Knie gegangen wäre.

Marie wartet geduldig, bis ich mich wieder halbwegs beruhigt habe. Erst dann bin ich in der Lage, meiner Schwester zu schildern, was heute vorgefallen ist.

„Tom… Er hat mit Olivia geschlafen… heute… auf der Verlobungsfeier."

„Was?!", kreischt Marie entsetzt und reißt ungläubig die Augen auf. „Das kann doch nicht wahr sein! Bist du dir da absolut sicher? Hast du sie etwa erwischt?", fragt meine Schwester nach und lässt mich kaum zu Wort kommen.

„Nein, ich habe sie nicht erwischt", stammle ich schluchzend.

„Ja, aber wie kommst du dann darauf?", will meine Schwester wissen und versteht nur Bahnhof.

Ich hole tief Luft und rede weiter: „Tom war ziemlich lange abwesend. Ich habe mich daraufhin auf die Suche nach ihm gemacht und ihn gesehen, wie er zeitgleich mit Olivia durch den Haupteingang zurück ins Haus gekommen ist. Nach der Party habe ich Olivia deswegen zur Rede gestellt und sie hat mir gesagt, dass sie miteinander geschlafen hätten."

„Du hast allen Ernstes Olivia gefragt, ob was zwischen den beiden gelaufen sei?", sieht mich meine Schwester überrascht an. „Wieso hast du nicht mit Tom gesprochen?"

Ich zucke lediglich mit den Schultern.

„Ach, diese Olivia!", schüttelt Marie verärgert den Kopf. „Die würde dir doch so einiges erzählen, bloß damit du dich von Tom trennst. Was hat Tom dazu gemeint?"

„Er bestreitet es."

„Ja, dann hat Olivia dich eben angelogen. Warum glaubst du ihr eigentlich mehr als deinem Verlobten?"

Ich betrachte mein angeschnäuztes Taschentuch und verziehe angewidert mein Gesicht.

„Igitt! Nimm dir bitte ein Neues", kichert Marie und gibt mir die Taschentuchbox. „Also, wieso lässt du dich von Olivia dermaßen verunsichern?"

Ich atme tief durch und fange ganz von vorne an: „Olivia und Tom hatten früher schon immer etwas am Laufen gehabt. Und das sogar bis zur zweiten Verabredung zwischen Tom und mir. Soviel zum Thema, es war Liebe auf den ersten Blick. Sie hat mir so manches erzählt, das Tom im Nachhinein als wahr bestätigt hat. Nachdem ich Olivia dann angesehen und direkt gefragt hatte, was heute Abend zwischen ihnen beiden gelaufen sei, sagte sie, ohne auch nur mit der Wimper zu zucken: ‚Wir hatten Sex!' Tom bestreitet es. Doch traurigerweise glaube ich ihr im Moment einfach mehr als ihm", konstatiere ich trocken und Marie nimmt mich kurz in den Arm.

„Aber was hat dir Olivia noch so berichtet, dass du ihr mehr Glauben schenkst?"

„Ich habe heute Abend erfahren, dass Tom sich bereits einmal mit einer gewissen Mona verlobt hatte. Seine Tante hat es mir verraten und von Olivia kenne ich die Einzelheiten. Klara spielt dabei ebenfalls eine gewichtige Rolle, denn die hatte mit der damaligen Verlobten das gleiche Spielchen getrieben wie nun mit mir. Mona hatte sich jedoch gegen Klara nicht wehren können. Von James weiß ich, dass sie daran zerbrochen war und deshalb Tom nicht geheiratet hatte. Olivia hat dann erzählt, dass sie und Tom nach ihrer Trennung sofort dort weitermachten, wo sie aufhörten. Bis plötzlich Mona wieder vor der Türe stand und es mit Tom noch einmal versuchen wollte. Nachdem sie dann herausgefunden hatte, dass er und Olivia während ihrer Abwesenheit miteinander geschlafen hatten, machte sie sich endgültig aus dem Staub. Bis heute ignoriert sie ihn. Zwischen Olivia und Tom hätte aber was Ernstes werden können, wenn Mona nicht wieder aufgetaucht wäre. Sie hatten weiterhin ein lockeres Verhältnis – zumindest so lange, bis Tom mich getroffen hat", schluchze ich. (Also, wenn ich mir selbst so zuhöre, dann komme ich mir vor wie in einem schlechten Liebesroman. Ich frage mich, wie lange ich noch auf mein eigenes Happy End warten muss.)

„Ach du meine Güte! Da ist ja heute einiges in die Hose gegangen. Ach, Süße! Das tut mir alles so leid für dich."

„Das mit Mona ist keine zwei Jahre her. Verstehst du jetzt, wieso ich Olivia die Geschichte von heute glaube? Tom hat mir alles andere bestätigt. Seine Vergangenheit ist das reinste Chaos und seine Gegenwart ist zurzeit auch nicht besser." Bei dem Gedanken, dass alles in die Brüche gehen könnte, kommen mir erneut die Tränen. Die Beziehung war doch anfangs so unbeschwert.

„Aber was redest du da? Er kann sich glücklich schätzen, mit dir zusammen zu sein. Außerdem, aus welchem Grund sollte er dich auf eurer Verlobungsfeier betrügen? Das ergibt keinen Sinn", redet Marie auf mich ein.

„Keine Ahnung. Nach diesem Abend bin ich mir nicht einmal mehr sicher, ob ich überhaupt noch mit ihm zusammen sein will. Ich fühle mich belogen und betrogen. Wärst du an meiner Stelle, würdest du nicht auch glauben, dass sie miteinander geschlafen hätten?"

„Vielleicht. Immerhin haben die zwei ja eine Vorgeschichte…", überlegt Marie laut und sieht mich ganz traurig an. „Er ist so ein Idiot. Ach, Ella!" Sie nimmt mich nochmals in den Arm und drückt mich fest. Ich habe das Gefühl, das meine rosarote Seifenblase bereits geplatzt ist.

„Marie, ich weiß nicht, was ich tun soll. Der ganze Abend war irgendwie ein Reinfall. Die vielen Leute, die ich kennengelernt habe, waren alle so komisch und fast jeder hat sich gewundert, dass nicht Olivia Toms zukünftige Frau wird. Mit Klara habe ich mich ebenfalls gezofft und dann soll mich mein Verlobter auch noch betrogen haben… Das kann doch nicht wirklich alles passiert sein, oder?"

„Was war eigentlich zwischen dir und Klara?", will Marie wissen.

„Ich hatte eine kleine Aussprache mit ihr. Ich habe ihr klargemacht, dass sie Tom und mich nicht auseinanderbringen kann, woraufhin sie gemeint hat, dass Olivia schon diesen Job übernehme. Ach, der ganze Abend war einfach nur schrecklich!"

„Ella, ich denke, du solltest mal ein wenig Abstand von Tom und seiner Sippe halten und in Ruhe überdenken, was du letztendlich machen willst. Du musst ihn nicht heiraten."

„Aber ich wollte doch", jammere ich.

„Ja, das war allerdings davor, als du noch nicht gewusst hast, dass er ein Idiot ist, der dich im Grunde nicht verdient hat. Außerdem geht es hier nicht um den Kauf von ein paar neuen Schuhen, die du wieder zurückgeben kannst, falls sie dir doch nicht passen sollten. Jemanden zu heiraten, heißt nämlich auch, den Rest des Lebens mit ihm zu verbringen und ihn nicht gleich wieder loszuwerden."

Ich denke kurz darüber nach, was meine Schwester soeben gesagt hat, bevor sie fortfährt: „Ella, ich will einfach bloß, dass du glücklich bist. Falls wir uns irren und Tom rein gar nichts falsch gemacht hat, dann nehme ich natürlich zurück, dass er ein Idiot ist, und hoffe, dass er dir in Zukunft keinen Grund mehr gibt, an ihm zu zweifeln."

„Ich weiß nicht, was ich tun soll", sehe ich meine Schwester verzweifelt an.

„Das musst du entscheiden, was du ihm verzeihen kannst und was nicht. Wenn zwischen Olivia und ihm heute wirklich nichts gelaufen ist und du damit leben kannst, in welche Familie du da einheiratest, dann steht eurer Hochzeit nichts mehr im Wege. Nur Ella, ich kann dir leider nicht sagen, ob etwas zwischen den beiden gewesen ist oder nicht. Das musst du mit Tom klären. Ich verstehe, warum du aufgebracht bist, aber alleine, dass du darüber nachdenkst, wie es mit Tom und dir weitergehen soll, zeigt mir, wie viel dir im Endeffekt an ihm liegt. Denk doch mal an Sonja: Die hätte Tom schon längst die Eier abgeschnitten und sie als kleine Trophäe an ihren Schlüsselbund gehängt."

Ich muss kichern. Allein der Gedanke daran ist komisch. Ich kann mir richtig vorstellen, wie sie mir stolz die abgehackten Eier präsentieren würde.

„Sie würde keine Sekunde überlegen – egal, ob er nun die Wahrheit gesagt hat oder nicht. Schlaf dich aus, Schwesterherz! Morgen sieht die Welt wieder ganz anders aus." Marie lächelt mich aufmunternd an.

„Ich hoffe, du hast recht. Danke!", tue ich erleichtert, bevor ich mich ins Bett begebe.

Die ganze Nacht über kann ich nicht schlafen. Ich muss ständig daran denken, dass mich mein Zukünftiger betrogen haben soll. Ich habe noch den Moment vor Augen, wie sich beide durch die Eingangstüre ins Haus geschlichen haben und ich dabei sofort das Gefühl hatte, sie bei irgendetwas zu erwischen. Ich denke daran, wie Olivia mir das mit Tom erzählt hat, an die Auseinandersetzung mit Klara und an seinen Gesichtsausdruck, als ich ins Taxi stieg. Falls Tom und ich zusammenbleiben sollten, bin ich froh, dass es eine zweite Verlobungsfeier gibt, denn so kann ich die erste ganz einfach aus meinem Gedächtnis löschen. Mein Handy vibriert und ich sehe eine Textnachricht von Tom am Display:

Ella, Liebes, ich habe dich nicht betrogen. Bitte glaub mir. Ich will dich nicht verlieren!

Er hat mir in der Zwischenzeit schon einige solcher Nachrichten geschickt und auch probiert, mich telefonisch zu erreichen. Ich habe ihn bewusst ignoriert und kein einziges Mal geantwortet. Ich bin nicht in der Stimmung, mich mit ihm auszusprechen. Zumindest jetzt noch nicht.

Seine letzte Nachricht löst sofort wieder einen Schmerz in mir aus. Ich lege das Handy zurück auf das Nachtkästchen und drehe mich auf den Rücken. Ich schließe die Augen und versuche einzuschlafen. Da vibriert mein Handy erneut. Natürlich ist es Tom:

Willst du etwa alles wegwerfen, was wir hatten, nur weil Olivia dir irgendwelche Märchen auftischt? Wir waren spazieren und ja, sie hat versucht, sich an mich ranzuschmeißen. Aber es ist nichts passiert. Das musst du mir glauben. Ich liebe dich doch!

Was, wenn es stimmt? Was, wenn Olivia die Situation bloß ausgenutzt hat und mir schamlos weismachen wollte, dass mehr zwischen ihnen gelaufen ist? Ich kann mir gut vorstellen, wie sie sich an ihn ranmacht. Und dabei kann ich mir genauso gut vorstellen, wie Tom sie zurückweist. Er liebt mich. Zumindest hat er das schon tausend Mal gesagt. Aber was, wenn es nur leere Worte sind? Was, wenn ich lediglich eine zweite Mona bin und es einfach nicht sein soll, dass Tom und ich eine gemeinsame Zukunft aufbauen? Während ich so über alles Mögliche nachdenke, schlafe ich letztendlich doch noch ein.

Kapitel 10

Marie ist schon längst wach, als ich am nächsten Morgen aufstehe. Sie hat mir Frühstück gerichtet. Die ganze Wohnung riecht nach frisch gebackenen Brötchen, Speck und Eiern. Anscheinend hat sie ordentlich aufgetischt. Ich folge dem herrlichen Duft und schlendere in die Küche. Marie steht am Herd und dreht sich sofort um, als sie mich kommen hört. Mit einem aufmunternden Lächeln nimmt sie mich in den Arm und erkundigt sich, wie es mir geht.

„Na ja, mir brummt ein wenig der Schädel. Ich sollte wohl langsam kürzertreten, was den Alkoholkonsum betrifft", scherze ich und setze mich zum gedeckten Küchentisch.

„Ach, heute kannst du ruhig noch mal auf Nicolas Cage in *Leaving Las Vegas* machen. Anschließend kannst du gerne auf Entzug gehen", kichert Marie und setzt sich zu mir. Sie hat Gurken und Radieschen klein geschnitten. Davon schnappe ich mir gleich welche und belege damit das Brot.

„Du hast dir echt viel Mühe gegeben. Danke!" Ich lächle meine Schwester gerührt an und schon kommen mir wieder die Tränen. Marie springt sofort auf.

„Süße, nein, bitte nicht! Ich weiß, das Frühstück sieht echt hammermäßig aus und ich kann es kaum erwarten, wenn du mir endlich auch einmal so etwas zubereiten wirst, aber das ist noch lange kein Grund zu weinen. Es ist doch nur ein Frühstück." Ich weiß Maries Aufmunterungsversuch zu schätzen und muss schmunzeln. „Ich habe die Brötchen nicht einmal selbst gebacken, sondern lediglich kurz ins Rohr gelegt", klärt sie auf.

„Ja, das Frühstück hat es echt in sich", schluchze ich und wische mir die Tränen weg. „Tom hat sich noch öfter bei mir gemeldet, mir geschrieben, dass er nichts getan habe und ich ihm glauben solle. Nur weiß ich einfach nicht, ob ich ihm glauben *kann*. Er hat mir so viel verschwiegen. Und ja, vielleicht hatte er seine Gründe dafür. Aber warum sollte ich ihm jetzt noch Glauben schenken? Was, wenn er mich wieder anlügt? Von Olivia hat er mir schließlich auch nichts erzählt und dann hieß es bloß, dass es ein bedeutungsloser Kuss war. Was würde er denn an meiner Stelle denken?"

„Ich kann dir leider nicht sagen, was du glauben sollst. Ich denke, du solltest dich auf jeden Fall noch einmal mit ihm zusammensetzen und alles in Ruhe besprechen. Was, wenn ihr Olivia zu diesem Gespräch einladet und ihr das gemeinsam klärt? In diesem Fall wären alle Beteiligten vor Ort und dann siehst du, was dabei rauskommt."

Ich finde Maries Idee gar nicht mal so schlecht. Zweifelsohne wäre das eine Möglichkeit, um herauszufinden, ob an dieser Geschichte etwas dran ist. Tom würde das allerdings sicherlich nicht wollen.

„Aber meinst du, Tom würde sich darauf einlassen?", frage ich skeptisch.

„Ich nehme an, Tom wäre mehr als dankbar, wenn er dadurch seine Unschuld beweisen kann." Marie setzt sich wieder hin und schenkt mir Tee ein. „Jasmintee, dein Lieblingstee vom Asiaten."

„Ich habe Klara gestern gesagt, dass ich darauf scheiß, was sie von mir denkt", erzähle ich mit gesenktem Blick und nehme einen Schluck vom Tee. Als Marie lacht, sehe ich auf.

„Wortwörtlich?"

„Ja, wortwörtlich. Ich habe mich zu ihr hingedreht, sie angeschaut und dann habe ich gemeint: ‚Weißt du was? Ich scheiß drauf!‘ Ihren Blick hättest du sehen sollen."

Marie lacht immer noch. „Ich bin stolz auf dich", lobt sie.

„Nein, darauf sei lieber nicht stolz. Ich meine, jetzt akzeptiert sie mich sicher noch weniger als Schwiegertochter als zuvor. Egal, was alles vorgefallen ist, mit dieser Aussage habe ich es mir gestern richtig verscherzt. All meine vorherigen Bemühungen waren umsonst."

„Du hättest dich nie so anstrengen dürfen, damit sie dich mag. Sie sollte vielmehr dankbar dafür sein, dass Tom so jemanden wie dich zur Frau nimmt. Genau genommen hätte *sie* sich bemühen sollen, um bei dir einen guten Eindruck zu machen, und nicht umgekehrt."

„Danke, das hast du echt lieb gesagt", erwidere ich gerührt.

Obwohl ich mein belegtes Brot noch nicht aufgegessen habe, reicht mir Marie bereits einen Teller mit Rühreiern und Speck. Ihr Essen riecht nicht nur herrlich, es schmeckt auch so gut, wie es aussieht.

„Ich wette, du hast noch nie so gute Rühreier gegessen. Da kann kein Haubenkoch mithalten", rühmt sie sich selbst und kaut schmatzend ihren Speck.

Ich schüttle schmunzelnd den Kopf und trinke meine mittlerweile zweite Tasse Tee. Ach, ich liebe diesen Jasmintee! Von unserem Lieblingsasiaten bekommen wir nämlich nicht nur unseren geliebten Pflaumenschnaps, sondern auch diesen köstlichen Tee, den der Chef vom Restaurant direkt aus China einfliegen lässt. Ich trinke den dermaßen gerne, dass es mir letztens fast schon ein wenig unangenehm war, ihn ein weiteres Mal zu fragen, ob ich denn nicht noch eine Dose von diesem Tee haben könnte. Er bestellt nun immer mehr, weil sonst fürs Restaurant nichts mehr übrig bleiben würde. Sonja hat mich damit aufgezogen, dass der Laden wegen meiner Sonderwünsche noch bankrottgehen wird, hat aber neulich selber nicht Nein gesagt, als sie zu ihrer Bestellung eine zweite Portion Frühlingsrollen erhalten hat.

„Wird Tom bei Papas Geburtstag eigentlich dabei sein?", erkundigt sich Marie vorsichtig und greift sicherheitshalber zur Taschentuchbox.

„Keine Bange, deswegen fange ich jetzt sicher nicht zu heulen an", versichere ich ihr und deute auf die Taschentücher. Grinsend legt sie diese wieder weg. Schön, dass mein persönlicher Tiefpunkt solch einen Unterhaltungsfaktor mit sich bringt.

„Ich habe ihn ausgeladen. Ich brauche Abstand", erkläre ich knapp.

„Gut, dann müssen wir uns wenigstens nichts dazu einfallen lassen, wieso unser Vater plötzlich eine Megaparty schmeißt, nachdem er ja sonst Geburtstage überhaupt nicht ausstehen kann", flachst Marie und spielt dabei auf die kleine Notlüge an, die ich mir ausgedacht habe, um seine Eltern nicht einladen zu müssen.

Ich kichere: „Ja, heute braucht sich niemand zu verstellen und wir können zu hundert Prozent wir selbst sein."

„Das ist auch gut so", lacht Marie und rülpst.

„Es gibt nichts Schöneres, als man selbst sein zu können. Nicht wahr, Marie?" Amüsiert stimme ich in ihr Gelächter ein und bin dankbar, eine Weile nicht an Tom denken zu müssen.

Am späten Vormittag machen Marie und ich uns auf den Weg. Unser Elternhaus befindet sich außerhalb von Wien in einer schnuckeligen Wohnsiedlung, in der, abgesehen von einem Autoverleih und einer kleinen Imbissstube, nicht viel los ist. (Vor Jahren eröffnete hier mal ein Bordell, aber das kam in dieser Gegend nicht so gut an. Das lag meiner Meinung nach daran, dass die Siedlung so klein ist und jeder jeden kennt, wodurch alle mitbekommen, was der andere freizeitmäßig so treibt. Ich habe mich einmal mit meiner Nachbarin über die spezielle *Vergnügungsstätte* unterhalten, was meine Mama ziemlich schockierte. Frau Mider, so der Name der Nachbarin, war nämlich damals schon über siebzig und ich freche Göre tratschte mit ihr über ein Freudenhaus, das aufgrund zu geringen Interesses schließen musste. Meiner Mutter war das so peinlich, dass ich ihr versprechen musste, mich mit Frau Mider in Zukunft nur mehr über altersgerechte Themen zu unterhalten, wie Gott und die Kirche. Ich denke, Mama hatte einfach Angst, dass meine Geschichten die alte Mider verstören oder vermutlich sogar einen Herzinfarkt bei ihr auslösen könnten. Ich hingegen denke, dass unsere liebe Nachbarin in jungen Jahren selbst ein Luder war und sie dieses Gequatsche vielmehr frisch und munter hält.)

Hierher verirrt man sich bloß, wenn man einen triftigen Grund hat. Zumindest hat das mein Vater immer gesagt. Es dauert fast eine Stunde, bis wir im Wohnbezirk meiner Eltern ankommen. Der Verkehr in der Innenstadt ist einfach ein Wahnsinn, ganz egal, zu welcher Uhrzeit oder an welchem Wochentag man losfährt.

Ganz klischeehaft hängen bereits in der Einfahrt der Siedlung bunte Luftballons, damit ja jeder weiß, dass hier heute jemand Geburtstag hat. Wir fahren die Straße hinunter und entdecken weitere Ballons: kleine, große, rote, blaue, gelbe, grüne, pinke – alles ist dabei. Sie sind entlang der Straße verteilt und bilden einen Wegweiser. Meine Schwester und ich können schon seit der Einfahrt mit dem Lachen nicht mehr aufhören. Papa hat sie sicher alle selbst aufgeblasen und befestigt.

„Die Leute kennen doch alle den Weg zu uns, oder etwa nicht? Ich meine, bei ihm steigt regelmäßig eine Party. Da wäre es ja gelacht, wenn plötzlich niemand mehr wissen würde, wo das Geburtstagskind wohnt. Dachte unser geliebter Vater vielleicht, dass seine Leute unterwegs Alzheimer bekommen und nicht mehr zu unserem Haus hinfinden würden?", meint Marie spöttisch.

„Ach, wenn ich dir diese Frage nur beantworten könnte", lache ich.

Wir biegen in den Mörlauweg ein und fahren bis ans Ende der Straße, direkt vor das Haus Nummer 27, einem einstöckigen gelben Häuschen mit Garage und viel Grund rundherum (plus Unkraut, wie Mama es immer so schön betont). Auch am Eingangstor hängen so viele bunte Luftballons, dass wir anfangs nicht einmal unsere Mum entdecken, die anscheinend sehnsüchtig auf uns wartet, denn sie steht bereits beim Eingang und winkt. Sie hat ihre langen dunklen Haare hochgesteckt, trägt kurze Hosen und ein weißes Top. Obwohl sie uns entgegengrinst, wirkt sie ein wenig gestresst. Vermutlich liegt ihr Papa schon seit Tagen im Nacken, was die Geburtstagsvorbereitungen betrifft.

„Hallo, Mama!", kreischt Marie glücklich, sobald sie aus dem Auto ausgestiegen ist. Wir nehmen Vaters Geschenke und unser restliches Zeug und begrüßen unsere Mutter mit einer dicken Umarmung – nun ja, soweit das möglich ist, wenn beide Hände vollgepackt sind. Im gleichen Moment sieht Frau Mider über den Zaun und winkt uns höflich entgegen.

„Na, ihr Mädchen! Schön, euch zu sehen!", ruft sie uns erfreut zu. Ihre blitzblauen Augen strahlen. Eigentlich eine Frechheit, dass wir mit ihr nicht verwandt sind und sie uns diese nicht vererbt hat.

„Frau Mider, ebenfalls schön, Sie zu sehen! Was für ein herrlicher Tag, Gott schütze Sie!", rufe ich ihr heiter zurück und winke brav. Meine Mutter verdreht die Augen.

„Kommt Frau Mider auch auf die Party?", will Marie wissen und kichert.

„Ja, das hoffen wir doch. Immerhin ist Frau Mider ein richtiger Partyknüller. Vielleicht springt sie sogar aus der Torte und singt halbnackt *Happy Birthday*", scherze ich. Marie lacht laut, während unsere Mutter bloß den Kopf beutelt.

„Ich hätte dir nie einreden sollen, dass du dich mit ihr über andere Themen als das Puff unterhalten sollst. Im Nachhinein hätte ich dir wohl eher mit Hausarrest drohen sollen", klagt Mama, die uns einen Teil der Sachen abnimmt.

„Das war vor fünf Jahren und da habe ich schon längst nicht mehr zu Hause gewohnt", erinnere ich sie lachend.

„Und sei froh, dass ich mich immer noch an deinen Befehl halte. Wenn es nach mir geht, würde ich ganz andere Gespräche mit ihr führen. Ich würde nämlich nur allzu gerne wissen, was zwischen ihr und Hansi läuft."

Schelmisch grinse ich sie an und Marie prustet los: „Du meinst mit Hansi, dem alten Knacker, mit dem sie sonntags immer Schnaps trinkt und pokert?"

„Ja, genau den. Da muss schon längst was gelaufen sein. Mama, stell dir doch mal vor, du erwischt die beiden in flagranti", male ich mir aus.

„Sie in Spitzendessous und er ans Bett gefesselt", legt Marie nach und wir beide können uns bei der Vorstellung, wie die zugeknöpfte Frau Mider ihren lieben Freund Hansi mit Handschellen ans Bett kettet, vor Lachen kaum mehr halten. Mama hingegen schüttelt erneut entsetzt den Kopf.

„Ach, was habe ich euch zwei Spaßvögel doch vermisst", sagt sie trocken und geht voraus. Wir tragen unsere Sachen in unsere ehemaligen Zimmer. Nicht, dass Papa seine Geschenke ohne uns aufreißt. (Das hat er vor ein paar Jahren schon einmal. Ungeniert saß er damals auf dem Wohnzimmerboden inmitten eines Geschenkpapierhaufens und alle waren sauer, weil er nicht warten konnte. Zudem war sein Gesicht mit Schokolade verschmiert, ein Indiz, dass er auch von der Torte nicht die Finger lassen konnte. Es war nicht gerade der schönste Anblick, aber mit Sicherheit einer der lustigsten.)

Nachdem wir unser Gepäck abgestellt haben, drückt Mama uns beide fest an sich: „Schön, dass ihr hier seid. Ach, was fehlt ihr mir!"

„Mutti, du tust ja so, als ob du uns bereits seit Monaten nicht mehr zu Gesicht bekommen hättest. Wir telefonieren regelmäßig und auch das E-Mailen klappt bei dir schon ziemlich gut, jetzt, wo du endlich weißt, wie man den Computer einschaltet. Du weißt über alles in unserem Leben Bescheid", plappert Marie und erntet von Mama für den Kommentar mit dem Computer einen Klaps auf den Hinterkopf.

„Ja, es ist fast so, als ob wir nie ausgezogen wären", stelle ich fest.

Mittlerweile hält Mama eines von Papas Geschenken in die Hand und schüttelt es kräftig.

„Ist hoffentlich nichts Zerbrechliches?", fragt sie, immer noch dabei, das Geschenk in alle Richtungen durchzurütteln.

„Das fragt man normalweise davor und nicht, während man es wie verrückt schüttelt", stichelt Marie, woraufhin Mama uns die Zunge entgegenstreckt. Ein weiterer Beweis dafür, dass wir alle aus einer Familie sind.

„Nein, es ist nicht zerbrechlich. Ella und ich haben ein paar alte Fotos nachmachen lassen und daraus ein Fotoalbum erstellt. Es stehen auch witzige Sprüche und alte Erinnerungen drin."

„Und falls ihm das nicht gefällt, haben wir ihm obendrein eine kleine Karaokeanlage gekauft." Ich zwinkere Mama zu, die in diesem Augenblick alles andere als glücklich dreinsieht.

„Auch das noch! Euer Vater und eine Karaokeanlage! Das hat mir gerade noch gefehlt", klagt sie scherzend und ahnt dabei nichts Gutes.

Wir gehen in das Erdgeschoss und treffen Papa im Wohnzimmer, der damit beschäftigt ist, eine quietschbunte Girlande aufzuhängen.

„Lass mich raten: Im ganzen Haus inklusive Garten wimmelt es nur so von bunten Girlanden, Luftballons und Schleifen. Dad, ich glaube, wir haben langsam alle gecheckt, dass hier eine Feier stattfindet", neckt Marie und drückt ihn.

„Ja, Papa, manchmal ist weniger mehr. Jedenfalls: Happy Birthday!", wünsche ich und drücke ihm dabei einen Kuss auf die Wange.

„Danke, meine Hasen!" Er strahlt wie ein Honigkuchenpferd und wirkt ganz aufgeregt.

„Du hast dich echt gut gehalten für deine dreiundsechzig", blödle ich und helfe ihm, die letzten Luftballons aufzublasen.

„War ja klar, dass du dich an die Luftballons ranschmeißt", flüstert mir Marie kichernd zu und lacht, als ich einen der Luftballons in den Mund nehme. „Und nun blaaaaseeen", scherzt sie und ich rolle nur mit meinen Augen.

„Wie alt sind wir? Zwölf?", frage ich gespielt streng.

„Schau lieber mal zu und lerne", kontere ich dann und Marie prustet los.

Unser Vater, schon etwas altersgeschwächt und schwerhörig (eigentlich ist er ja fit wie ein Turnschuh, aber Marie redet ihm gerne ein, dass sich die Altersschwäche auch bei ihm langsam bemerkbar macht – ach, sie kann *so* fies sein!), dreht sich zu uns um: „Habt ihr was gesagt?" Marie und ich schütteln lediglich den Kopf, können uns jedoch vor lauter Lachen nicht mehr halten.

„Schön, dass sich im Hause Liner nichts verändert hat", stellt Mama amüsiert fest und räumt Papas Müll weg.

„Wollte denn nicht dein Verlobter auch vorbeischauen oder kommt er erst später?", erkundigt sich Papa künstlich interessiert. Es ist ein offenes Geheimnis, dass er für Tom nicht allzu viel übrighat. Er findet ihn zu arrogant, zu steif und er entspricht überhaupt nicht dem Bild, wie sich mein Vater den Mann an meiner Seite vorgestellt hat. Er fragt dennoch immer nach, wie es uns geht, und verliert im Normalfall kein schlechtes Wort über ihn. Als mich Papa auf Tom anspricht, merke ich, wie sich meine Laune wieder in Richtung Keller bewegt.

Marie überreißt das sofort und übernimmt für mich das Wort: „Der Stinker hat sich was Blödes geleistet und wurde somit aus dem Event des Jahres ausgeladen." Papa sieht besorgt zu mir rüber. Gut, das nächste Mal spreche ich vielleicht doch besser für mich selbst.

„Ach, das tut mir leid. Ich hoffe, er ist nicht zu weit gegangen." Ich schaffe es kaum, Papa in die Augen zu sehen, und versuche, meine Gefühle zu überspielen. Normalerweise hätte ich mich schon längst bei meiner Familie ausgeheult. Aber nachdem heute sein Geburtstag ist, möchte ich ihm diesen Tag nicht vermasseln. Ich schüttle deshalb bloß den Kopf.

„Nein, Papa, nichts Weltbewegendes. Er weiß ja, dass er es sonst mit dir zu tun bekommt. Ich war einfach nicht in Stimmung, ihn hierher einzuladen. Heute soll es schließlich nur um dich gehen und nicht um Tom oder mich." Ich lächle gezwungen und widme mich wieder meinen Luftballons. Nachdem auch der letzte aufgeblasen ist, verteile ich sie im Wohnzimmer und Garten, während Marie die letzten Girlanden befestigt. Papa erzählt uns stolz von seinen neuen LED-Gartenlampen, die er vor ein paar Tagen im Abverkauf ergattert hat, und steckt diese schön verteilt in den Gartenboden.

„Hoffentlich spielt das Wetter mit, damit wir lange draußen feiern können", hofft er und sieht verunsichert zum Himmel hoch.

„Ach, Papa! Die paar Wolken werden dich doch nicht einschüchtern", neckt ihn Marie, die mir dabei hilft, die letzten Bierbänke aufzubauen.

„Bis jetzt hatten wir Glück mit dem Wetter. Der ganze September war warm und sonnig. Mach dir also darüber keine Sorgen", beruhigt Mama, die mittlerweile schon die zehnte Salatschüssel auf den Buffettisch stellt.

„Und falls das Wetter doch nicht mitspielt, hast du ja immer noch deinen Partykeller", erinnere ich ihn, aber blöderweise wird Papa nun erst recht nervös.

„Ach du meine Güte! Den habe ich noch gar nicht dekoriert. Und wer weiß, ob da überhaupt vierzig Leute reinpassen?"

„Du meinst fünfzig", korrigiert Mama.

„Was? Ich dachte, es wurden nur dreißig Gäste eingeladen", mischt Marie sich ein, der fast die Bierbank aus den Händen fällt. „Ich wusste gar nicht, dass du so viele Leute kennst, Papa."

„Ja, dreißig Freunde und dann noch die Familie", meint er und wird immer blasser. „Haben wir überhaupt genug zu essen?" Nervös blickt er zum Buffettisch und zählt die Teller und Schüsseln ab.

„Diva-Alarm!", scherzt Marie und wir lachen. Nur Papa steht da wie angewurzelt und verzieht sein Gesicht.

„Oh, Gott! Fängt er jetzt zu heulen an?", höre ich mich sagen und Mama geht schnell zu ihm, um ihn zu beruhigen.

„Ist das wirklich eine Träne? Ernsthaft?", ist Marie ganz perplex und starrt ungeniert in sein Gesicht.

„Schatz, du weißt ja, dass die Gäste Essen mitbringen. Wir haben genügend Platz und das Wetter ist auch perfekt. Dein Partykeller ist groß genug und es würde mich wundern, wenn er einmal nicht passend dekoriert wäre. Es ist für alles gesorgt", lässt meine Mutter keine Zweifel am Gelingen der Feier offen.

„Du schmeißt doch regelmäßig eine Fete. Wieso bist du jetzt so nervös?", will ich wissen.

„Das ist heute ja nicht *irgendeine* Feier, sondern *mein* Geburtstag", erinnert er mich ernst, bis er plötzlich zu grinsen anfängt.

„Papa hat uns anscheinend übers Ohr gehauen", schmunzelt Marie, während Mama ihm einen Klaps auf den Hintern verpasst.

„Böser Junge", meint sie dann noch und Marie und ich brechen in Gelächter aus.

„Seit wann ist Papa eigentlich unter die Schauspieler gegangen?", fragt Marie kurz darauf kichernd.

„Keine Ahnung. Aber vielleicht gibt es bei uns auch bald einen Comedy-Abend", überlegt Mama, was Marie sofort veranlasst, eine Szene aus Shakespeares *Romeo und Julia* nachzuspielen. Ich beobachte sie und klatsche begeistert, als sie sich als Draufgabe noch verbeugt.

„Papa, du könntest hier eine Castingshow abhalten. Am besten sprichst du mit einem der TV-Sender. Die hätten sicher Lust dazu", geht Maries Fantasie wieder mal mit ihr durch.

„Ja genau, Marie. Jeder TV-Sender würde sich bestimmt darum reißen, um in einer kleinen Wohnsiedlung eine Castingshow drehen zu dürfen."

„Ach, Ella! Schau doch bitte einmal über den Tellerrand." Theatralisch stemmt sie ihre Hände in die Hüften und rollt gespielt mit den Augen.

Ich finde den Auftritt meiner Schwester wirklich komisch. Gleichzeitig kommt mir der Gedanke, dass zwischen meiner und Toms Familie Welten liegen. Unterschiedlicher könnten sie fast nicht sein. Vielleicht war es gar nicht so schlecht, dass ich Tom ausgeladen habe. Wir würden uns sicher kultivierter verhalten, wenn er da wäre. Oder zumindest würden wir so tun.

Ich werfe einen verstohlenen Blick auf mein Handy. Zu meiner Enttäuschung muss ich feststellen, dass ich weder eine Nachricht noch einen Anruf erhalten habe. Zwar empfinde ich es als positiv, dass er sich an meine Bitte hält und nicht bei uns auftaucht, dennoch hatte ich insgeheim gehofft, dass er Interesse zeigen und quasi darum betteln würde, doch dabei sein zu dürfen. Schließlich machen das die Kerle in den Liebesfilmen, die ich so gerne sehe, genauso. Die finden sich auch nicht damit ab und geben sich sogar richtig viel Mühe, um das Herz ihrer Angebeteten doch noch weich zu kriegen. Wie es aussieht, sollte ich langsam lernen, mich von meiner Traumwelt zu verabschieden und stattdessen mit der Realität klarzukommen. Denn die Männer aus der echten Welt sind ganz und gar nicht wie die im Film. Und diese Idealvorstellung fängt bei mir schon bei *Walt Disney* an: Ach, was war ich für ein Fan von Aschenputtel, die mit ihrem schicken neuen Glasschuh den Prinz für sich gewonnen hat. Der ist ihr ja auch hinterhergelaufen.

Ganz in meinen Gedanken verloren, ist es mir komplett entgangen, dass Marie plötzlich neben mir steht. Traurig sehe ich sie an und sie ahnt bereits, um wen es geht.

„Versuch einfach, nicht an ihn zu denken", meint sie und ich nicke gequält.

Um mich dem Thema nicht mehr widmen zu müssen, gehe ich zu Mama und helfe ihr beim Buffettisch, der mittlerweile schon überfüllt ist und kaum mehr Platz für andere Speisen bietet.

„Sag mal, wie viel hast du denn zubereitet?", frage ich sie und bewundere all die Beilagen, Salate und Soßen, die sie vorbereitet hat.

„Als Ehefrau ist es meine Pflicht, dass die Party des Jahres nicht den Bach runtergeht", lacht sie und entfernt die letzte Klarsichtfolie von einer Salatschüssel.

„Toni! Vergiss nicht, den Grill anzumachen, damit er später auch warm genug ist", ruft sie Papa zu, der sich sofort seine Grillschürze umlegt. Er strahlt von einem Ohr zum anderen, was wohl nicht daran liegen dürfte, dass die Schürze seinen kleinen Bauchansatz verdeckt, sondern vielmehr, dass sein heutiger Auftritt als legendärer Grillmeister nun endlich gekommen ist.

„Ja, mach den Grill an, Daddy! Grill! Grill! Grill!", feuert ihn Marie an, wobei sie von einem Bein aufs andere springt und ein paar peinliche Cheerleadermoves macht. Papa nickt im Takt von Maries Anfeuerungsversuchen und reißt die Hände in die Höhe, nachdem die ersten Kohlen Rauch gefangen haben. „Papa ist der Beste!", kreischt sie und schwingt ihren Fuß in die Höhe. Sie hüpft noch ein paarmal auf und ab, bis sie sich schnaufend auf eine der Bierbänke niederlässt. Was für ein Anblick! Ich lache und juble meiner Schwester zu, während meine Mama nur wieder den Kopf schüttelt.

„Ach, unsere Familie!", stellt sie amüsiert fest und wirft noch einen letzten kritischen Blick auf den Buffettisch.

„Ja, die ist einmalig", beende ich ihren Satz und lächle Mama an.

Mittlerweile erstrahlen die Kohlen in einem hellen Feuerschein und Mama bringt noch ein paar Folienkartoffeln, die sie auf dem Tisch neben dem Grill ablegt, woraufhin ihr Papa einen Kuss gibt.

„Du bist die beste Ehefrau auf der Welt. Womit ich Spinner dich bloß verdient habe?", höre ich ihn sagen und Mama grinst ganz verliebt. Marie rennt ins Haus und holt schnell die Kamera.

„Und jetzt die Szene bitte wiederholen. Uuund ACTION!", ruft sie unseren Eltern entgegen und macht ein paar Aufnahmen. Marie macht dann auch ein Foto von sich selbst (ganz was Neues) und eines von mir. Auf den Geschmack gekommen, besteht Mama darauf, dass sich jede von uns zu Papa stellt, um weitere Fotos zu machen. Dieser genießt die viele Aufmerksamkeit um sich herum und posiert wie ein Model. Marie und ich gackern wie die Hühner, während wir mit Papa herumalbern.

„Dein Geburtstagsgeschenk wartet übrigens auch schon auf dich", weist Marie hin, die dabei verschwörerisch grinst. Papa nimmt sofort die Schürze ab.

„Geschenke!", ruft er ganz aufgeregt.

Marie und ich nehmen ihn bei der Hand und führen ihn ins Wohnzimmer. Mama folgt uns und präsentiert Papa stolz den Geschenketisch, der mit Luftschlangen und Konfettis geschmückt ist. Mamas Geschenke liegen ebenfalls bereits darauf. Marie eilt schnell in den ersten Stock, um unsere Geschenke zu holen. Papa jammert, wieso das so lange dauert, und ich mach meiner Schwester ein bisschen Druck und zähle laut bis zehn. Sie hätte eigentlich noch zwei Sekunden Zeit gehabt, als sie die

Stiege runtersprintet und unsere Geschenke neben die von Mama auf den Tisch stellt.

„Daddy, wir haben dich ganz fest lieb und wünschen dir alles Gute für die kommenden hundert Jahre", keucht sie und holt tief Luft, um ihren schnellen Atem ein wenig zu beruhigen.

„Sag mal, schwitzt du?", frage ich meine Schwester und starre auf eine Schweißperle, die sich auf ihrer Stirn zeigt. „Du bist ja keinen Marathon gelaufen, sondern nur in den ersten Stock. Oder hast du dich vorher schon so verausgabt? Wie es aussieht, kann ich dich dann doch nicht bei der Cheerleader-WM anmelden." Ich sage das so trocken und überheblich, dass mich meine Schwester ganz böse ansieht.

„Schön, wie du den Moment zerstören kannst. Papas Geschenke gehen gerade richtig unter. Miststück!", äußert sie schelmisch.

Mama überdreht erneut die Augen, während uns Papa nicht einmal richtig zuhört. Ja, es ist wirklich wie früher. Marie und ich schauen uns an und kichern. Dann drehen wir uns zu Papa und umarmen ihn. Er bedankt sich und widmet sich zuerst einem Geschenk, das in einem kitschigen pinken Geschenkpapier mit kleinen Herzchen eingewickelt ist.

„Ich will gar nicht wissen, was ihr euch bei diesem Papier wieder gedacht habt", überlegt Papa schmunzelnd und reißt das Geschenk wie ein kleines Kind auf. Das schöne Papier wird in alle Teile zerfetzt. Als er dann sieht, was drin ist, ist er ganz hin und weg.

„Ach, meine Engel!", meint er gerührt und hält uns stolz das Fotoalbum entgegen. Sofort blättert er darin und geht Seite für Seite durch. Er lacht zu den Kommentaren und Sprüchen, die wir verteilt ins Album hineingekritzelt haben, und schwelgt mit uns in Erinnerungen. Am besten gefällt ihm unser Familienfoto, das wir aufgenommen haben, als Marie und ich noch ganz klein waren. Er blickt auf diesem Bild unsere Mutter ganz verliebt an, die wiederum stolz in die Kamera lächelt und dabei ihren Arm um Marie legt. Papas Hand liegt auf meiner Schulter, während meine Schwester und ich buchstäblich um die Wette strahlen. Genau *das* möchte ich auch: Einen Mann, der mich über alles liebt, und Kinder, die dann unser Glück vervollständigen. Als ich das Foto betrachte, denke ich an Tom und merke gar nicht, wie mir die Tränen kommen.

„Ellchen, was ist denn?", fragt meine Mama besorgt und umarmt mich gleich.

„Es ist wegen Tom", schluchze ich. „Ich glaube, er ist nicht der Mann, für den ich ihn gehalten habe." Mama hält mich immer noch im Arm, streichelt mir über den Kopf und wiegt mich leicht, so wie sie es schon immer getan hat, wenn sie mich trösten wollte.

„Was ist denn passiert?", will sie wissen und drückt mich noch fester. Ich fühle mich so geborgen, dass ich mir wünschte, sie würde mich nicht mehr loslassen.

„Die Verlobungsfeier gestern war schrecklich. Es ging alles schief, was nur schiefgehen konnte", erzähle ich traurig.

„Sie hat herausgefunden, dass er bereits einmal verlobt war und zwischen ihm und Olivia schon immer etwas gelaufen ist. Anscheinend soll er sie gestern auch mit ihr betrogen haben", berichtet Marie, was Papa dazu bringt, sofort aufzuspringen.

„Dieser Mistkerl! Den mach ich fertig!" Er ballt die Faust und sieht ganz wütend aus. Seine Augenbrauen verengen sich und seine Falten kommen zum Vorschein. Auch wenn er dabei eine alberne Plastikkrone trägt und umgeben von kitschigen Luftschlangen, Girlanden und Geschenkpapier ist, würde ich ihm an Toms Stelle so nicht über den Weg laufen wollen.

„Nein, Papa. Ich weiß ja nicht, ob es stimmt. Tom bestreitet es."

„Wenn er dir das Herz bricht, dann breche ich ihm auch was!", sagt er dermaßen energisch, dass das Krönchen auf seinem Kopf verrutscht und nun ganz schräg zwischen seinem immer lichter werdenden grauen Haar hängt. Unsere Augen sind allein darauf gerichtet und schon fangen wir alle zu lachen an.

„Ja, mit dieser Krone wirst du sicher richtig ernst genommen", scherzt Mama. Papas Gesicht entspannt sich wieder. Anstatt die Plastikkrone abzunehmen, richtet er sie aber einfach bloß gerade.

„Sag ja nichts gegen meine Geburtstagskrone", warnt er blödelnd und widmet sich wieder dem eigentlichen Thema. „Ich hoffe, meine Nachricht ist angekommen. Wenn er sich einen dummen Fehler bei dir erlaubt, dann muss er sich meinen Segen abschminken." Papa klingt dabei ganz ernst und es tut mir weh, ihn das sagen zu hören. Andererseits ist es gut zu wissen, wie sehr meine Familie hinter mir steht.

„Danke, Papa!", erkäre ich leicht niedergeschlagen und er drückt mich.

„Warte einmal ab, was wirklich dahintersteckt", rät Mama. Ich nicke.

„Tut mir leid! Ich wollte die Stimmung nicht ruinieren", entschuldige ich mich und wische mir die Tränen weg.

„Liebes, dafür musst du dich nicht entschuldigen. Wir sind eine Familie und wir halten zusammen", untermauert Mama.

Um die Situation etwas aufzulockern und von meinen Problemen abzulenken, greife ich zum Geschenketisch, um Papa unser zweites Geschenk in die Hand zu drücken. Neugierig sieht er mich an und seine Augen werden immer größer, als er feststellt, wie riesig und schwer das Geschenk ist. Abgesehen davon bewundert er die Verpackung: Diesmal ist das Papier babyblau mit lächelnden violetten Schweinchen, rosa Herzchen und gelben Blumen drauf. Die Farbkombination und die verschiedenen Motive passen so überhaupt nicht zusammen und sehen als Gesamtbild echt hässlich aus. Trotzdem gewöhnt man sich nach einer Weile irgendwie daran. Mehr noch: Mittlerweile kann ich der Kombination fast schon etwas abgewinnen. Papa kann anscheinend meine Gedanken lesen, denn er weist extra darauf hin, wie originell er das Papier findet. Bevor er es von der Schachtel reißt, schüttelt er diese vorsichtig und versucht zu erraten, was drin ist. Seine Tipps, dass es sich entweder um ein regenbogenkackendes Einhorn, ein sprechendes Wiesel, ein singendes Murmeltier oder ein tanzendes Frettchen handelt, gehen natürlich voll in die Hose. Ohne allzu enttäuscht zu wirken, macht er sich daran, das Geschenk auszupacken, wobei er nebenbei betont, dass das die Wünsche für seinen nächsten Geburtstag sind – also das Einhorn, Wiesel, Murmeltier und Frettchen. Als er dann endlich die Schachtel öffnet und die Karaokeanlage sieht, springt er vor Freude auf.

„Endlich!", triumphiert er klatschend und bedankt sich bei uns. „Die muss ich sofort anschließen gehen." Umgehend stürmt er in seinen Partykeller, damit er die neue Karaokeanlage gleich in Betrieb nehmen kann. Auf dem Weg in den Keller hören wir ihn noch bis ins Wohnzimmer jubeln. Marie begleitet ihn dorthin und gibt sogleich ein paar Lieder zum Besten, um sich auf die neue Anlage gebührend einzustimmen. Meine Mama und ich bleiben im Wohnzimmer und falten die Überreste vom Geschenkpapier zusammen.

„Also, was ist gestern genau vorgefallen?", will Mama wissen und nimmt mich an der Hand, um mich auf die Couch zu ziehen. Wir setzen uns hin.

Sie sieht mich so besorgt an, dass ich augenblicklich beginne, vom gestrigen Abend zu erzählen: „Ach, Mama! Der Abend war so schrecklich. Die Leute haben sich alle gewundert, wieso Olivia nicht an seiner Seite steht. Abgesehen davon habe ich von Mona, seiner Ex-Verlobten, erfahren. Und zu guter Letzt hatte ich auch noch eine Auseinandersetzung mit Klara. Sie meinte, dass ich nie gut genug für ihre Familie sein werde. Daraufhin erwiderte ich, dass sie mit ihren Spielchen endlich aufhören solle, denn sie wird Tom und mich nie auseinanderbringen können. Da sagte sie plötzlich, dass dafür schon Olivia zuständig sei. Das hat mich total irritiert." Ich hole tief Luft und überlege, ob ich weitererzählen soll. Schließlich war das ja noch nicht das Ende der Fahnenstange.

„Ach, mein Kind! Das tut mir so leid", tröstet mich Mama und lässt meine Hand gar nicht mehr los. „Was ich davor mitbekommen habe, dürfte das jedoch noch nicht alles gewesen sein." Mama sieht mich vertraut an und gibt mir einen Ruck, die Geschichte fertig zu erzählen.

„Du hast recht. Das war leider noch nicht alles." Ein weiteres Mal hole ich tief Luft und erzähle zu Ende: „Noch vor meiner Konfrontation mit Klara habe ich bemerkt, dass Tom eine Zeit lang verschwunden war. Ich war gerade auf der Suche nach ihm, da habe ich gesehen, wie er ausgerechnet mit Olivia durch die Eingangstüre ins Haus gekommen ist. Ich war total außer mir und habe mich deswegen auch mit ihm gestritten. Logischerweise habe ich sofort das Schlimmste angenommen, doch Tom hat mir versichert, dass nichts vorgefallen sei. Obwohl ich so verärgert war, habe ich ihm geglaubt. Aber Klaras Aussage hat mich dermaßen verunsichert, dass ich unbedingt Gewissheit haben wollte, weshalb ich Olivia zur Rede gestellt habe. Sie hat mir dann ebenfalls von Mona berichtet. Nachdem sie bereit war, auf jede Frage zu antworten, wollte ich von ihr wissen, was passiert war, bevor ich Tom und sie zurück ins Haus schleichen gesehen hatte. Daraufhin behauptete Olivia ganz offen, dass sie miteinander geschlafen hätten. Das hat sie mir direkt ins Gesicht gesagt, ohne auch nur mit der Wimper zu zucken. Tom bestreitet das, bloß weiß ich einfach nicht, wem ich glauben soll. Ich meine, mit allem anderen, was sie mir erzählt hat, hatte Olivia doch auch recht."

Als ich meiner Mutter alle Details vom gestrigen Abend schildere, hört sie mir aufmerksam zu und wendet dabei kein einziges Mal ihren Blick ab.

„Ich kann dir leider nicht sagen, wer von den beiden recht hat, mein Schatz. Aber falls an Olivias Schilderungen etwas dran sein sollte, dann ist er mit Sicherheit nicht der Richtige für dich. Und zu Toms Familie äußere ich mich erst gar nicht mehr. Klara ist ein Kontrollfreak. Dass sie eure Hochzeit dermaßen an sich reißt, ist einfach nur lächerlich. Es tut mir leid, wie sie mit dir umgeht. So ein Schwiegermonster würde ich nicht mal meinem schlimmsten Feind wünschen. Okay, vielleicht doch."

Ich muss kichern, weil Mama vom Thema abschweift. Sie merkt allerdings selbst, dass ihre Gedanken in die falsche Richtung gehen und kehrt wieder zum eigentlichen Gesprächsthema zurück: „Das größere Problem ist jedoch eindeutig die Sache mit Olivia und Tom. Ich verstehe, warum du zweifelst, aber ich denke, du solltest dich noch einmal mit ihm aussprechen." Mama tätschelt meine Hand und sieht mich aufmunternd an. „War das auch der

Grund, wieso er heute nicht mitgekommen ist?", fällt ihr dazu ein und ich nicke.

„Ja, ich habe ihn ausgeladen", gestehe ich.

„Das war auch besser so. Deinem Vater und mir bricht es nämlich das Herz, wenn du so traurig bist. Ich hoffe, du kannst mit Tom alles klären. So schlimm es im Moment auch klingen mag, sei dankbar, dass du das jetzt durchmachen musst und nicht erst nach der Hochzeit."

„Ich weiß: Eine Ehe ist kein Schuhkauf", zitiere ich meine Schwester.

Ich fühle mich nach dem Gespräch mit Mama gleich viel besser. Sie umarmt mich nochmals und mahnt mich, dass Mütter an und für sich dafür da seien, sie bereits während des ganzen Dramas anzurufen. Sie blickt mich weise an, wobei sie mich mit ihrem gleichmütigen Gesichtsausdruck sofort an den knuffigen kleinen grünen *Yoda* aus *Star Wars* erinnert. Bei diesem Gedanken muss ich schmunzeln.

Die ersten Gäste kommen gegen fünfzehn Uhr. In der Zwischenzeit haben sich meine Eltern auch ein wenig aufgebrezelt. Mama sieht richtig hip aus in ihrem luftigen Kleidchen, das mit pastellfarbenen Blumen bedruckt ist, und Papa hat sein bestes Jeanshemd angezogen. Seine Krone hat er immer noch aufgesetzt. Er steht mittlerweile wieder am Grill und es duftet herrlich nach gegrilltem Fleisch. Mir läuft schon das Wasser im Mund zusammen und ich freue mich riesig aufs Essen.

„Susanne, du siehst hinreißend aus", wird Mama von Claudia, einer Freundin von ihr, begrüßt, die ihr ein Küsschen auf die Wange gibt.

„Mädchen, ihr seid auch da! Wie schön! Dann kann die Feier ja beginnen", strahlt sie in Richtung meiner Schwester und mir.

„Hallo, Claudia! Wie geht's dir denn?", antwortet Marie und tauscht mit Mamas Freundin den neuesten Klatsch aus. Claudia ist mit Mama bereits seit Jahren befreundet und wir haben schon früher öfter gemeinsam mit ihr etwas unternommen. Sie steht auch auf der Gästeliste meiner Hochzeit – falls diese überhaupt noch stattfinden sollte.

Papas Bandkollegen tauchen nun ebenfalls auf und richten sich auf der Bühne ein. Ja, Papa hat im Garten eine kleine Bühne stehen, damit er mit seinen Freunden so richtig loslegen kann.

„Wo steckt denn Toni, unsere Geburtstagsprinzessin?", ruft Claudias Mann Hannes in die Runde und erntet dafür ein paar Lacher. Er umarmt mich und meine Mutter und winkt Marie zur Begrüßung zu. Unser Vater kümmert sich gut gelaunt um den Grill und fuchtelt mit seinem Alleswender. Hannes stürmt lachend auf ihn zu und deutet auf seine Kochschürze, die knallrot ist und die Aufschrift *Schürzenjäger* trägt. „Na, du alter Hengst hast dir wohl deine Lieblingsschürze zu deinem Ehrentag umgebunden."

Mein Vater lacht und drückt Hannes ein kaltes Bier in die Hand.

„Ein Bild von *Peter Pan* auf seiner Schürze hätte wahrscheinlich besser gepasst. Der wollte nämlich auch nie erwachsen werden", albert Marie und stibitzt sich ein frisch gegrilltes Würstchen. Mama und ich heißen die letzten Gäste willkommen, die soeben eingetrudelt sind.

Nachdem es sich alle im Garten gemütlich gemacht haben und jeder mit Getränken versorgt ist, springt Papa samt Kochschürze und Krone auf die Bühne und hält traditionsgemäß eine kleine Rede: „Hallo, Freunde! Ich freue mich, dass ihr so zahlreich erschienen seid. Bevor ich anfange, um den heißen Brei herumzureden, und dann womöglich nicht mehr aufhören kann: Das Buffet ist eröffnet! Haut rein und lasst es euch schmecken!"

Papas Freunde lachen und klatschen, während seine Bandkollegen beginnen, ein paar Lieder zu spielen. Marie und ich helfen Papa am Grill. Mama wiederum verteilt die Soßen und füllt das Buffet nach. Nachdem alle verköstigt sind, können auch wir uns wieder ein wenig entspannen und setzen uns mit vollen Tellern zu den Gästen.

„Das Essen schmeckt super, Papa", lobt Marie und greift nach frischem Knoblauchbrot.

„Da hat sich das jahrelange Üben wohl ausgezahlt", äußert Mama mit einem Augenzwinkern.

„Weißt du, nach all dem Stress mit Tom tut es richtig gut, bei der Familie zu sein", sage ich zu meiner Schwester und lächle sie an.

„Ich weiß, es ist im Moment nicht einfach für dich, aber versuche, wenigstens heute einmal nicht daran zu denken." Meine Schwester blickt mich aufmunternd an und drückt meine Hand.

„Wie schön fettig deine Finger doch sind", scherze ich, woraufhin sie meine Hand noch fester hält. Wir beide lachen.

Papa kann wieder mal nicht still sitzen und springt während dem Essen spontan auf die Bühne, um mit seinen Bandkollegen einen Song zum Besten zu geben, ehe er wieder zurückkommt und ein zweites Kotelett verdrückt. Mama unterhält sich mit Claudia und lacht die ganze Zeit. Ein paar von Papas Freunden fangen vor der Bühne zu tanzen an. Es herrscht eine wunderbare Atmosphäre und Papa strahlt übers ganze Gesicht.

„Also, eines muss man ihm lassen: Partys schmeißen kann er", stelle ich fest.

Meine Schwester nickt: „Er braucht nur einen einfachen Garten, eine selbst gebaute Bühne, ein paar Bierbänke und seinen Grill – und alles läuft perfekt!"

„Na ja, vergiss nicht die hundert Girlanden und Luftballons, das Essen von Mama und seinen heiß geliebten Geschenketisch", ergänze ich kichernd.

„Hatten wir eigentlich jemals einen eigenen Geschenketisch?", fragt sich Marie und ich zucke bloß mit den Schultern.

„Wir hatten ja auch nie eine Krone", erinnere ich sie und wir blicken beide kichernd zu Papa. Mein Handy vibriert und ich denke sofort an Tom. Als ich aufs Display sehe, wird aber Natalies Name angezeigt.

„Natalie! Es tut mir so leid, dass ich mich noch nicht gemeldet habe. Laut deiner Nachricht dürfte dein Date gut gelaufen sein." Ich stehe von der Bierbank auf und ziehe mich schnell ins Haus zurück, um ungestört telefonieren zu können. Automatisch gehe ich dabei in mein Zimmer.

„Keine Sorge! Ich dachte mir schon, dass du viel um die Ohren hast. Wie war die Anprobe? Ich wette, dein Hochzeitskleid sieht atemberaubend aus."

„Klara hat drei Kleider vorbereitet und besteht darauf, dass ich mich für eines davon entscheide. Ich will jedoch ein anderes Model und versuche immer noch, meinen Kopf durchzusetzen. Aber ehrlich gesagt möchte ich im Moment nicht über die Hochzeit sprechen. Die Verlobungsfeier gestern war alles andere als toll und ich möchte nicht noch einmal alles durchkauen. Ich erzähle dir lieber ein anderes Mal davon, am besten begleitet von einer Flasche Tequila. Außerdem interessiert mich viel mehr, was zwischen dir und Michael gelaufen ist."

„Also, der Abend war schlicht bezaubernd. Er hat mich in ein teures Restaurant ausgeführt und mir ständig Komplimente gemacht. Wir haben uns so gut unterhalten und ständig gelacht", schwärmt sie, ohne die Hochzeit nochmals zu erwähnen.

„Klingt ja nach einem perfekten Date. Und was ist danach passiert?", bohre ich nach und sie kichert. „Selbstverständlich möchte ich die ganze Geschichte hören, inklusive schmutziger Details." Ich denke dabei an Sonja, die man im Gegensatz zu Natalie nicht extra dazu auffordern muss.

„Nun ja, ganz gentlemanlike hat er mich um einen Kuss gebeten, nachdem er mich nach Hause gebracht hatte. Natürlich habe ich nicht abgelehnt. Danach ist er mit zu mir rauf und wir haben es wild getrieben." Natalies Lachen schallt durch den Hörer und steckt mich sofort an.

„Das heißt, dich zuerst schüchtern um einen Kuss zu bitten, war einfach nur Tarnung?", fasse ich glucksend zusammen.

„Kann sein. Aber eines kann ich dir vergewissern: Seine Darbietung danach war alles andere als schüchtern!"

„Holla, die Waldfee! Doch wie sagt man so schön: Stille Wasser sind tief", bin ich in diesem Moment richtiggehend baff.

Wir albern noch eine Weile herum. Natürlich will ich auch wissen, wie die beiden verblieben sind.

„Wir waren am nächsten Tag im Kino und ich denke, es entwickelt sich." Natalie klingt ganz aufgeregt.

„Ach, das freut mich! Ich hoffe, dass ihr fix zusammenkommt und ich dann irgendwann einmal als deine Trauzeugin auserkoren werde, damit ich beim Essen einen lustigen Trinkspruch darüber machen darf."

„Wenn nicht du, wer dann", stellt sie kichernd fest. „Dein Vater hat ja heute Geburtstag, nicht wahr? Richte ihm alles Gute von mir aus."

„Danke, werd ich machen."

„Ich will dich auch nicht länger aufhalten. Feier brav und mach dir ein schönes Wochenende! Wir sehen uns am Montag und dann erzählst du mir in Ruhe, was bei der Verlobungsfeier vorgefallen ist."

Ich verabschiede mich von Natalie und lege auf.

Ich setze mich auf mein altes Bett und genieße für eine Weile die Ruhe um mich herum. Es fühlt sich eigenartig, aber schön zugleich an, in meinem alten Zimmer zu sein. Ich betrachte meine geliebte Pinnwand, die immer noch mit alten Fotos, Zeichnungen und anderen wichtigen Papierschnipseln behängt ist. Mein Bücherregal ist voll mit den unterschiedlichsten Romanen und natürlich den Büchern vom Studium. Auf meinem Schreibtisch liegt fast gar nichts mehr, nachdem mich meine Mutter vor meinem Auszug gebeten hat, ihn endlich einmal zu entrümpeln. Ich hatte immer die Angewohnheit, alles darauf abzuladen: meine Bücher, Schreibunterlagen, Klamotten – einfach alles. Meine Hausaufgaben habe ich dann halt woanders gemacht: am Boden, am Esstisch, im Zimmer meiner Schwester, eigentlich überall, nur eben nicht auf meinem Schreibtisch. Als ich jünger war, hat es deshalb immer Streit mit Mama gegeben, die immer Ordnung in mein chaoserfülltes Leben bringen wollte. Für mich war allerdings bereits das Chaos die Ordnung, bloß hat sie da nie so richtig durchgeblickt.

Ich sehe Sonja und Marie von der Pinnwand herunterlächeln und kann mich sofort an den Abend zurückerinnern, als dieses Foto entstanden ist. Wir gingen aus und Sonja war das erste Mal so richtig beschwipst. An diesem Abend trat eine Band im Lokal auf. Sonja torkelte auf die Bühne, schnappte sich das Mikrofon und trällerte ein paar Lieder mit der Band. Sie war voller Selbstvertrauen und genoss es regelrecht, im Rampenlicht zu stehen. Wir feierten, als ob es kein Morgen gäbe, und schwuren unserer Freundschaft ewige Treue. (Dass sich Sonja den restlichen Abend bei mir zu Hause übergeben und Marie wegen irgendeinem Typen einen Heulanfall bekommen hat, hat sich zum Glück in keinster Weise negativ auf diese schöne Erinnerung ausgewirkt.) Ich schmunzle und stehe auf, um mir die alte Pinnwand genauer anzusehen. Ich entdecke weitere Fotos, die Marie, Sonja und ich in den letzten Jahren aufgenommen haben. Und auch welche mit Mama und Papa. Ein alter Zeitungsartikel über die aktuellsten Modetrends sowie eine Postkarte aus England lachen mir ebenfalls entgegen. Mein Blick bleibt an der Postkarte hängen, die ich daraufhin abnehme. Ich drehe sie um – und das, obwohl ich ganz genau weiß, was darauf steht. Als ich meine Handschrift sehe, fühlt es sich so an, als ob ich sie gerade erst geschrieben hätte:

Hallo, ich!
Liebe Grüße aus der schönsten Zeit deines Lebens. Du hast hier alles, was dich glücklich macht. Also vermassle es nicht und bleib da. Falls Mama und Papa etwas dagegen haben sollten, dann komm wenigstens hierher zurück, wenn es in deinem Leben einmal kompliziert wird. Denn hier findest du auf alles eine Antwort. Versprochen!
In Liebe deine Ella
PS: Die neuen Shorts haben sich echt ausgezahlt! Luke steht voll drauf! ;-)

Ich saß auf einer alten Holzbank, die sich ganz versteckt in einer Bucht befand, als ich damals die Karte an mich selbst schrieb. Ich fand die Idee ziemlich witzig und musste nicht lange überlegen, was ich gerne lesen wollte. Ich hatte mir die schönste Karte ausgesucht und war fest davon überzeugt, dass sie eines Tages mein Lichtblick in schweren Zeiten sein würde. Am Abend zuvor waren Luke, ein junger, attraktiver Koch aus dem Hotel, und ich aus gewesen und hatten uns das erste Mal geküsst. Ich war so verliebt, dass ich von dort einfach nicht mehr wegwollte. Wir verbrachten fast jede freie Minute miteinander und lernten uns mit der Zeit immer besser kennen. Es war, als ob ich meinen besten Freund fürs Leben gefunden hätte, und ich hätte alles dafür getan, damit dieses Gefühl niemals aufhören würde. Luke war ein großer, muskulöser Blondschopf mit dem süßesten Lächeln und den verträumtesten blauen Augen, die ich je gesehen hatte. Er war so witzig und charmant, dass ich jedes Mal aufs Neue butterweiche Knie bekam. Ich war von der ersten Sekunde an in ihn verschossen und erfuhr durch ihn, dass es so etwas wie die Liebe auf den ersten Blick wirklich geben musste.

Ich erinnere mich noch genau: Ich hatte meinen ersten Arbeitstag und war ein wenig zurückhaltend und schüchtern. Bevor er auch nur ein Wort mit mir sprach, sah er mich an und lachte.

Als ich wissen wollte, was los sei, erwiderte er lediglich: „Oh-oh, wir haben eine Unruhestifterin im Haus." Keiner wusste, was er damit meinte. Er äußerte sich zu diesem Zeitpunkt auch nicht mehr dazu.

Ein paar Abende später fragte er mich, ob ich nicht Lust hätte, mit ins Pub zu gehen. Natürlich sagte ich nicht Nein und schloss mich meinen Kollegen an. An diesem Abend legte ich endlich meine Schüchternheit ab und zeigte mich von meiner witzigen und offenen Seite. Ach, was hatten wir für einen tollen Abend! Wir hatten so viel Spaß, dass ich heute noch den Klang seines Lachens beschreiben kann. Luke saß dicht neben mir und wir machten Witze über den Pub-Besitzer, der an diesem Abend eine Weihnachtsmütze zu seinem Rudershirt und kurzen Shorts trug.

„Ich wette mit dir, dass ich die Nächste bin, die diese Mütze trägt. Am besten, du lenkst ihn ab und ich schleiche mich von hinten an ihn ran. Wenn ich es schaffe, spendierst du mir einen Drink", erklärte ich ihm meinen neckischen Plan.

Da klatschte er in seine Hände und rief: „Ich hatte recht! Du bist wirklich eine Unruhestifterin." Lachend stießen wir mit unseren Gläsern an.

„Ich dachte ja nur, die Mütze stünde mir besser als ihm. Ich wollte doch keinen Ärger machen", kicherte ich und sah ihn ganz unschuldig an.

„Allerdings. Aber die Frage ist, was du dann noch dazu trägst? Ein Ruderhemd wird es wahrscheinlich nicht sein", schmunzelte er und ich merkte, wie mir das Blut in die Wangen schoss. Trotz meiner sonstigen Schlagfertigkeit hatte ich in dieser Sekunde keine Antwort parat. Dieser Moment ist mir heute noch peinlich. Vor allem, weil mir anschließend tausend Möglichkeiten eingefallen sind, wie ich auf seine Anspielung hätte reagieren können. Stattdessen nahm ich bloß einen Schluck von meinem Getränk.

„Als ich dich das erste Mal in die Küche hab reinkommen sehen, wusste ich sofort, dass du keine schüchterne graue Maus bist und man sich mit dir sicher nicht langweilt", legte er nach und lächelte mich dabei so süß an, dass es in diesem Augenblick um mich geschehen war. Er flirtete den ganzen Abend mit mir und unsere Hände berührten sich immer wieder – natürlich nur *aus Versehen*. Die anderen am Tisch hatten wir längst vergessen und wir registrierten erst, dass sie weg waren, als uns der Pub-Besitzer quasi vor die Tür setzte. Luke begleitete mich dann noch nach Hause, wünschte mir eine gute Nacht und ging. Er war schneller weg, als mir lieb war. Ich war leicht verwirrt und wusste nicht, ob ich seine Signale vielleicht falsch interpretiert hatte.

Die nächsten Tage in der Arbeit vergingen wie jene davor und ich war ein wenig gekränkt, weil er kein Interesse mehr zeigte. Ein paar Tage später fing dann zudem eine neue Servicekraft an. Ihr Name war Lizzy – eine große, schlanke Schönheit mit langen, feinen blonden Haaren und dunkelbraunen Rehaugen. Sie war ein richtiger Modeltyp und schaffte es mit ihrem Augenaufschlag, alle Männer um den Finger zu wickeln. Jeder war an ihr interessiert, aber sie ließ alle abblitzen, denn sie wollte nur den einen: Luke. Ich war so eifersüchtig. Sie nutzte jede Gelegenheit, um sich an ihn ranzuschmeißen, und ich hatte schon das Gefühl, mir den einen besonderen Abend mit Luke bloß eingebildet zu haben. Ich kam mir richtig dumm vor.

Eines Abends gingen wir dann wieder in den Pub. Diesmal war ich aber nicht mehr diejenige, die neben Luke saß, sondern Lizzy. Sie quatschte ihn voll und machte ihm schöne Augen. Ich hielt das irgendwann nicht mehr aus und ging zur Bar, um mir einen neuen Drink zu holen. An der Bar war es ziemlich voll und so musste ich eine ganze Weile ausharren, bis ich endlich dran war. Während ich auf mein bestelltes Getränk wartete, stand plötzlich Luke neben mir und lächelte mich an.

„Hast du dir schon überlegt, was du zur Weihnachtsmütze trägst?", fragte er schmunzelnd und deutete auf den Pub-Besitzer.

Ich nahm einen Schluck von meinem Getränk, behielt ihn dabei die ganze Zeit über im Auge und sagte dann: „Ich werde wahrscheinlich so mit dir beschäftigt sein, dass ich gar keine Zeit dafür haben werde, mir über mein nichtvorhandenes Outfit Gedanken zu machen." Er lachte herzhaft und nahm zu meiner Überraschung meine Hand.

„Du bist mir aus dem Weg gegangen", hielt er mir vor. Verblüfft über seine Aussage zuckte ich mit den Schultern.

„Du warst mit jemand anderem beschäftigt." Intuitiv sah ich in diesem Moment zum Tisch, an dem Lizzy saß und auf Luke wartete. Ich konnte meine Eifersucht nicht verbergen, wusste aber auch nicht, was ich sonst hätte sagen sollen. Schließlich sind in der Zwischenzeit ja fast zwei Wochen vergangen, in denen wir uns praktisch kaum unterhalten haben.

„Da läuft nichts", versicherte er mir und blickte mich ernst an.

„Heißt das, du lässt alle Mädchen so lange zappeln wie mich? Oder habe ausschließlich ich so viel Glück?", fragte ich frech zurück und wollte mich aus seiner Hand befreien. Doch daraufhin hielt er sie nur umso fester.

„Ich hätte dich letztes Mal küssen sollen." Okaaay... gut... also, mit dieser Aussage hatte ich jetzt nicht unbedingt gerechnet.

„Wieso hast du es dann nicht getan?", hörte ich mich fragen. Er kam einen Schritt auf mich zu, bis wir plötzlich so dicht beieinanderstanden, dass ich sein Aftershave riechen konnte. Ich war ganz aufgeregt und hielt unbewusst für einen kurzen Augenblick den Atem an.

„Ich war einfach zu feige", meinte er, was mich erneut überraschte.

„Feige?", wiederholte ich. Für mich ergab diese Aussage keinen Sinn und ich dachte mir schon, er nehme mich auf den Arm.

„Ich könnte mich ja in dich verlieben. Und wer liebt, der leidet", philosophierte er. Ehrlich gesagt wusste ich zu diesem Zeitpunkt nicht, ob er es ernst meinte, dass er sich in mich verlieben könnte. Ich konnte die Situation nicht wirklich einschätzen. Dennoch war ich ganz hin und weg. Er strich auf einmal eine Strähne aus meinem Gesicht und lächelte mich verlegen an.

Wir blieben noch eine Weile am Tresen stehen und unterhielten uns, bevor wir wieder zurück zu den anderen gingen. Ich setzte mich zu Luke, der Lizzy im wahrsten Sinne des Wortes sitzen ließ. Sie war richtig sauer und sprach deswegen auch die nächsten Tage in der Arbeit kein Wort mit mir. Ich fand sie sowieso von Anfang an ziemlich doof, weshalb mir ihr Verhalten relativ egal war. Nachdem Luke und ich an diesem Abend wieder als Letzte den Pub verlassen hatten, begleitete er mich abermals nach Hause. Als wir schließlich wieder vor meiner Haustüre standen, hielt er die ganze Zeit über meine Hand.

Er schenkte mir sein unwiderstehlichstes Lächeln und flüsterte: „Gute Nacht, Ella!" Ich blickte zu ihm hoch und dann küsste er mich. Das war der Moment, als ich mich endgültig in ihn verliebte.

Luke und ich gingen noch ein paarmal aus, doch erst einen Monat später waren wir offiziell zusammen. Bis dahin ließ Lizzy nichts unversucht, um an Luke ranzukommen. An einem Abend, an dem wir alle in der Disco waren, tanzte sie Luke ständig an und versuchte, ihn auch zu küssen. Ich habe das natürlich mitbekommen und war stinksauer. Klar, dass ich dann nicht mehr in Stimmung war, Party zu machen. Luke lief mir nach und wusste nicht, wieso ich so außer mir war.

„Wenn du mit ihr rummachen willst, dann tu es doch einfach. Aber gib mir bitte nicht das Gefühl, für mich die Sterne vom Himmel holen zu wollen", fauchte ich ihn an und drehte mich von ihm weg. Er schnappte nach meiner Hand und zog mich zu sich.

„Ich will überhaupt nichts von ihr. Das Einzige, was ich will, ist, mit dir zusammen zu sein. Und dass du jetzt mal die Klappe hältst und mich küsst." Von da an waren wir ein Paar.

Mit ihm zusammen zu sein, war alles, was ich mir wünschte. Ich war so glücklich mit ihm und wir verstanden uns so gut, dass ich oft das Gefühl hatte, er würde mich besser kennen als ich mich selbst. Er sagte mir, dass er mich liebt, und dasselbe empfand ich auch für ihn. Er war definitiv kein Sommerflirt. Vielmehr war er meine erste große Liebe. Für niemanden habe ich so viel empfunden wie für ihn und ich befürchte fast, das hat sich bei Tom auch nicht geändert. Zweifellos liebe ich Tom, doch bei Luke ging es darüber hinaus. Unsere Liebe war so stark, dass ich mich wie in einem kitschigen Liebesfilm fühlte. Meine rosarote Brille wollte sich gar nicht mehr abnehmen lassen.

Monate verstrichen und langsam ging mein Praktikum zu Ende. Ich hatte eigentlich geplant, danach ein Studium zu beginnen und mir einen halbwegs gut bezahlten Job zu suchen. Ich wäre nie davon ausgegangen, dass es mir auf der Insel dermaßen gut gefallen würde. Immer wieder telefonierte ich mit meiner Mutter und wollte wissen, was sie darüber denke, falls ich mich dazu entschließen sollte, in England zu bleiben. Ohne Frage hätte sie jede meiner Entscheidungen unterstützt.

Nach reiflicher Überlegung entschied ich mich dazu, nicht zurück nach Hause zu fahren. Ich war fest dazu entschlossen, mit dem Hotelmanager über eine fixe Anstellung zu sprechen. Davor wollte ich Luke aber noch in meine Pläne einweihen. Nachdem ich ihm davon erzählt hatte, war seine Reaktion allerdings anders als gedacht. Er fragte ständig, wieso ich nun doch nicht studieren möchte, und redete etwas davon, dass er nicht der Grund dafür sein wolle, dass ich als einfache Kellnerin arbeite. Ich war richtig aufgebracht und wir stritten uns deshalb auch ordentlich. So vergingen die letzten Wochen und ich sprach mit dem Hotelmanager kein einziges Mal über eine Fixanstellung. Und eines Tages war es dann so weit: Ich flog zurück. Er hatte sich dabei nicht einmal von mir verabschiedet, was mir im wahrsten Sinne des Wortes das Herz brach.

Als ich dann zu Hause war, war ich natürlich todunglücklich. Schon ein paar Tage nach meiner Ankunft konnte ich gar nichts anders, als Luke anzurufen, um ihm zu sagen, dass ich mich falsch entschieden hätte und ihn lieben würde. Und falls er auch so empfinden sollte, dann würde ich sofort in das nächste Flugzeug steigen, um nicht länger getrennt von ihm zu sein. Zumindest war das der Plan.

Als ich ihn jedoch anrief, war statt Luke Lizzy am Hörer. Sie meinte, dass sie beide gerade beschäftigt seien und er mich später zurückrufen werde. Ich war total perplex und legte sofort auf. Luke ließ darauf nie wieder etwas von sich hören, was mich dermaßen verletzte, dass ich mich auch nicht mehr bei ihm meldete. Es dauerte lange, bis ich über ihn hinwegkam. Dabei hatte ich wirklich gedacht, er würde mich lieben. Doch er hatte sich kein einziges Mal bei mir gemeldet. Und als ich bei ihm angerufen hatte, war es ausgerechnet Lizzy gewesen, die abgehoben hatte. Ich hatte mich in ihm getäuscht, denn ich war ernsthaft davon ausgegangen, dass er dasselbe wie ich empfinden würde. Anscheinend war ich aber nur eine von vielen gewesen, die er ins Bett hatte kriegen wollen. Und ich war auch noch so dumm gewesen, mich auf ihn einzulassen.

Erst jetzt merke ich, wie mir bei dem Gedanken, dass mir Luke damals das Herz gebrochen hatte, eine Träne über meine linke Wange herunterkullert. Ich habe schon eine Ewigkeit nicht mehr daran gedacht. Im Augenblick in meinem Zimmer zu sein und diese Karte zu finden, wühlt alte Gefühle in mir auf – Gefühle, die ich eigentlich nicht mehr hochkommen lassen wollte. Ich wische mir die Träne weg und hänge die Postkarte wieder zurück an die Pinnwand. Automatisch gehe ich zum Bücherregal. Ganz oben steht eine kleine dunkelblaue Kiste, die voll mit Erinnerungen ist. In diese Schachtel habe ich alles Wichtige aus dieser Zeit hineingepackt, um damit endgültig abschließen zu können. Marie hat mir dabei geholfen.

Als sie mir damals die alte Kiste in die Hand gedrückt hat, meinte sie: „Damit all deine Erinnerungen sicher aufgehoben sind." Seit jenem Tag habe ich die Schachtel nicht mehr angerührt.

Ich stelle mich auf meine Zehenspitzen, um an die Kiste heranzukommen, und nehme sie herunter. Sie ist schwerer, als ich sie in Erinnerung habe, und von einer dicken Staubschicht bedeckt. Ich nehme also ein Taschentuch, um den Staub abzuwischen. Ich weiß nicht, was mich daran gehindert hat, sie nicht schon eher zu öffnen. Vielleicht sind die darin verstauten Erinnerungen viel zu schmerzhaft. Ich atme kurz ein. Als ich sie dann aufmache, blicken mir all die vertrauten Dinge entgegen, die ich vor sieben Jahren so sorgfältig weggepackt habe. Ich entdecke haufenweise Postkarten, die ich alle unbedingt haben musste, damit ich ja keinen Augenblick vergesse, und einen alten Busfahrplan, auf dem noch immer in Lukes Handschrift bei der Straße des Hotels das Wort *home* zu lesen ist.

„Wenn du einmal nicht mehr weißt, wo du hin musst, dann komm einfach zu mir. Denn hier wirst du mich immer finden können", merkte er an, als er meinen Busplan bekritzelt hat.

In der Kiste verbirgt sich ebenfalls mein altes Tagebuch. Sonja hat mal gemeint, dass sie eine Million Euro dafür zahlen würde, nur um einen Blick hineinwerfen zu dürfen.

„Du steckst sicher voller schmutziger Geheimnisse, Ella Liner", deutete sie an und schüttelte bloß lachend den Kopf, nachdem ich ihr versichert hatte, dass sie bereits alle kennen würde. „Ich rede auch von deiner Jugend", ließ sie nicht locker, wofür sie eine sanfte Kopfnuss erntete.

Darüber hinaus befinden sich ein paar Steine und Muscheln, Fotos und Nachrichten, die ich mit meinen Arbeitskollegen auf dem Bestellblock ausgetauscht habe, sowie eine zarte goldene Kette mit einem kleinen Herz in der Schachtel. Letztere war ein Geschenk von Luke. An dem Abend gestand er mir, dass er noch nie für jemanden so empfunden habe und ich seine erste große Liebe sei. Ohne zu überlegen, nehme ich die Kette und hänge sie mir um den Hals. Ich schließe meine Augen und habe das Gefühl, wieder neunzehn zu sein. Am liebsten würde ich meine Augen geschlossen halten, denn diese Erinnerungen fühlen sich so echt und schön an, dass ich sie gar nicht mehr hergeben möchte.

„Ach, was mache ich hier eigentlich?", frage ich mich selbst und beginne die Sachen wieder zurück in die Kiste zu räumen. „Das ist doch lächerlich, an einen Typen aus meiner Vergangenheit zu denken. Ich bin schließlich verlobt! Und außerdem hat mir dieser Arsch mein Herz gebrochen. So ein Idiot! Zurück in die Kiste mit dir", murmle ich leicht verärgert vor mich hin, während ich die

Kette wieder abnehme und ebenfalls in die Schachtel packe.

Ich stehe auf und stelle die Kiste zurück auf das Regal.
Da bemerke ich, dass ich das Tagebuch vergessen habe.
Ach, ich hätte diese dumme Kiste vergraben sollen! Irgendwo tief im Wald. Am besten im Amazonas-Regen-
wald, denn dort hätte ich sie bestimmt nicht mehr ausge-
graben. Aber stattdessen musste ich sie ja auf mein Bücherregal stellen. Genervt greife ich nach dem Tagebuch
und recke mich, um es oben auf Kiste zu legen, ohne dass
ich diese dabei wieder vom Regal herunternehmen muss.
So tollpatschig wie ich bin, rutscht mir bei diesem Unter-
fangen das Büchlein auch noch aus der Hand und fällt zu
Boden.

„Du hast wohl auf die Vergangenheit ebenso keine Lust
mehr?", gebe ich zynisch von mir und bücke mich, um
das Tagebuch wieder aufzuheben. Als ich es in die Hand
nehme, fällt mir auf, dass zwischen den Seiten etwas her-
vorscheint. Ich habe keine Ahnung, was das sein könnte.
Ich schlage deshalb das Buch auf und entdecke einen weißen Umschlag. Ich kann mich nicht daran erinnern, dass
ich je einen solchen in meinem Tagebuch versteckt hätte.
Ich schnappe ihn mir, lege das Tagebuch beiseite und
setze mich auf mein Bett. Das Kuvert ist weder geöffnet
noch beschriftet.

Von meiner Neugierde gepackt, bin ich gerade dabei, es
aufzumachen, da platzt plötzlich Marie in mein Zimmer:
„Ach, da bist du ja!"

Ich gucke zu ihr rüber, während ich den Umschlag
schnell unter meiner Bettdecke verstecke. Solange ich
nicht weiß, was sich darin befindet, bin ich noch nicht
bereit, die Entdeckung mit meiner Schwester zu teilen.
Irgendwie hab ich das Gefühl, dass es sich hier um etwas

Bedeutungsvolles handelt, das womöglich in Verbindung mit meiner Vergangenheit steht.

„Was war das?", will Marie wissen und ich zucke nur mit den Schultern.

„Keine Ahnung, was du meinst... Was gibt's?", wechsle ich schnell das Thema.

„Was es gibt? Es gibt eine Megaparty, bei der du das Beste verpasst. Papa singt mittlerweile nonstop auf der Bühne und hat sogar ein Liedchen mit Mama geträllert. Ach, das war so romantisch! Aber keine Sorge, ich habe alles mit meinem Handy aufgenommen. Frau Mider ist in der Zwischenzeit auch aufgetaucht. Und dreimal darfst du raten, wen sie im Schlepptau hat: ihren Lover Hansi. Anscheinend hatten wir recht und da läuft wirklich was. Nachdem er ein Bier getrunken hatte, ist er gar nicht mehr von ihrer Seite gewichen. Und sie, komplett beschwipst von einem Glas Rotwein, hat ihn mit großen Augen angeschmachtet und albern gekichert. Beide haben rote Pausbäckchen und leicht glasige Augen. Echt süß." Marie erzählt mir ganz aufgeregt von den größten Highlights der Feier und zwingt mich, wieder mit nach unten zu kommen. Der Umschlag muss also warten.

Auf dem Weg nach unten lasse ich mich von Maries guter Laune anstecken und bin nach meinem kleinen Ausflug in die Vergangenheit wieder gut drauf. Im Garten sehen wir Papa mit Mama tanzen und unseren Onkel mit dem Mikrophon auf der Bühne. In unserer Familie steht aber auch wirklich *jeder* gerne im Mittelpunkt. Unser Onkel gibt die skurrilsten Töne von sich und wackelt langsam im Takt mit. Marie rollt mit den Augen und ich kichere. Wir setzen uns auf eine Bierbank und schenken uns frischen Wein ein.

„Hat sich Tom etwa gemeldet?", fragt sie zögernd und schaut mich besorgt an. Ich schüttle den Kopf.

„Nein, sondern Natalie. Sie hat mir von ihrem Date mit Michael erzählt. Der dürfte eine richtige Granate sein, soviel ich mitbekommen habe."

„Na ja, stille Wasser sind tief", schmunzelt Marie.

„Das habe ich auch gesagt." Ich trinke von meinem Rotwein und lausche dem grauenhaften Gejaule meines Onkels. Trotz seines schlechten Gesangs hat er mittlerweile eine Reihe an Fans, die belustigt mitklatschen und laut mitgrölen. Unglaublich, was für eine Wirkung Alkohol auf das menschliche Gehör haben kann.

„Hast du dann eigentlich die ganze Zeit über nur mit ihr telefoniert, nachdem du so lange weg warst?" Marie hat ihre Neugier noch nie groß verborgen gehalten. Schon als wir klein waren, wollte sie immer jedes einzelne Detail aus mir herausquetschen. Das war oft richtig anstrengend.

„Nicht nur. Ehrlich gesagt habe ich den Fehler gemacht, in meine Vergangenheit einzutauchen." Mehr muss ich nicht andeuten, damit meine Schwester weiß, um welchen Teil der Vergangenheit es sich handelt.

„Aber wieso?"

„Ich weiß es nicht. Mich hat es selbst überrascht, denn normalerweise kümmert mich das, was mit der alten Kiste zu tun hat, rein gar nicht." Ich trinke noch mehr von dem Wein und versuche, Maries bedrücktes Gesicht zu ignorieren.

Ehe sie noch etwas dazu sagen kann, springt Mama auf die Bühne und hält eine kleine Ansprache darüber, wie sehr sie unseren Vater doch liebt. Unsere Freunde klatschen begeistert, als Papa ebenfalls auf die Bühne steigt und seine Frau stolz in die Arme nimmt. Er küsst sie und erntet dafür weiteren Applaus. Anschließend verschwindet Mama mit Claudia im Haus. Wenige Minuten später kommen beide mit einer riesigen Geburtstagstorte zurück. Die Band spielt sofort ein Geburtstagsständchen und alle Anwesenden singen laut Happy Birthday. Papa ist ganz gerührt und bläst die vielen Kerzen aus. Alle auf einmal – und das, ohne abzusetzen. Die Menge tobt. Unmittelbar darauf schneidet er die Torte an. Marie und ich assistieren Mama und Claudia dabei, die Tortenstücke zu verteilen, und sind fast ein wenig erschöpft, als wir dann auf der Bank Platz nehmen, um selbst ein großes Stück zu verdrücken.

Papas Geburtstag wird noch bis in die Nacht hinein gefeiert. Nachdem es draußen dunkel geworden ist, verlegen wir die Feier in seinen Partykeller, wo wir auch gleich die neue Karaokeanlage ausprobieren. Es wird weiterhin gegessen, getrunken, getanzt und gelacht, bis die Gäste langsam heimgehen. Es ist schon ziemlich spät, als wir Mama beim Aufräumen des Partyraumes helfen.

Nachdem wieder alles so halbwegs auf Vordermann gebracht ist, verabschiede ich mich auf mein Zimmer und falle sprichwörtlich ins Bett. Im Bett liegend, greife ich nach meinem Handy und sehe drei verpasste Anrufe von Tom. Er hat mir auch eine Nachricht geschrieben, in der er sich erkundigt, wie die Feier gewesen sei. Ich bin nicht in Stimmung, auf seine Nachricht zu antworten, und lege das Handy auf den Nachttisch. Als ich mich unter die Bettdecke kuscheln möchte, bemerke ich den Umschlag, der sich immer noch ungeöffnet unter meiner Bettdecke befindet. Auf den hätte ich fast schon wieder vergessen.

Ich starre ihn eine Weile an. Er liegt so unschuldig da und wartet irgendwie nur darauf, dass ich ihn aufmache. Etwas zögernd nehme ich ihn in die Hand und frage mich immer noch, was da wohl drin ist. Er fühlt sich federleicht an. Ich drehe und wende ihn, bis ich endlich dazu bereit bin, ihn zu öffnen. Als ich ihn aufmache, finde ich einen Brief. Ich nehme ihn heraus und falte ihn auseinander. Mir bleibt beinahe das Herz stehen, als ich sehe, wer ihn geschrieben hat. Dass es Lukes Handschrift ist, erkenne ich sofort:

Ella, ich habe einen Fehler gemacht. Ich hätte dich nie daran zweifeln lassen sollen, dass ich dich nicht hier haben will. Die letzten Monate mit dir waren unglaublich. Ich hätte nie gedacht, jemanden so sehr lieben zu können. Ich bitte dich, geh nicht! Luke

Während ich daliege und mir den Brief durchlese, klammere ich mich fest ans Papier und kann es kaum glauben, was da vor mir steht. Ich lese den Brief ein zweites und drittes Mal und seine Worte berühren mich dermaßen, dass es sich so anfühlt, als ob ich eben erst aus England zurückgekehrt wäre. Luke wollte also doch, dass ich bleibe. Aber wieso hat er es mir nicht einfach gesagt? Wieso musste er mir ausgerechnet einen Brief schreiben, anstatt mir geradewegs ins Gesicht zu sagen, dass ich hierbleiben soll? Mein ganzes Leben wäre anders verlaufen. Ich hätte nicht wahllos zu studieren angefangen, keinen Job, der mich nicht glücklich macht, und auch keinen Verlobten, der mich zweifeln lässt.
Ich merke, wie eine Wut in mir aufsteigt. Ich dachte, er hätte mich verarscht und in dem Glauben gelassen, dass an seinen Gefühlen nichts dran wäre. Monatelang habe ich mich gefragt, wieso er sich nicht mehr bei mir gemeldet hat. Nächtelang habe ich geweint und unsere gemeinsame Geschichte immer wieder von Neuem durchgekaut, weil ich herausfinden wollte, was ich falsch gemacht hatte. Eigentlich war ich davon überzeugt, über all das hier hinweg zu sein. Doch nun, mit seinem Brief in der Hand, kommen alle Gefühle wieder in mir hoch. Hätte ich den Brief schon damals gefunden, dann wäre ich selbstverständlich sofort zurückgeflogen. Schließlich

wollte ich immer nur bei ihm sein. Ich liebte ihn. Aber nachdem er nichts mehr von sich hatte hören lassen und dann auch noch Lizzy ans Telefon gegangen war, habe ich mit ihm abgeschlossen.

Ohne nachzudenken, schnappe ich mein Handy und informiere mich über Flüge von Wien nach London Gatwick. Es dauert nicht lange, bis ich einen preiswerten Flug entdeckt habe: morgen um halb sieben in der Früh. Ich sehe auf die Uhr. Es ist bereits nach Mitternacht. Verdammt! Wieso müssen die Billigfluggesellschaften ihre Flüge immer zu den unmöglichsten Zeiten anbieten? Ich kontrolliere nochmals den Preis. Der ist einfach zu verlockend. Es wäre dumm, die Gelegenheit nicht zu ergreifen. Und egal: Ein Mal sehr zeitig aufzustehen, wird mich schon nicht umbringen. Ich muss das jetzt einfach tun. Ich *muss* mit Luke sprechen. Ich gebe meine Daten ein und im Nullkommanichts habe ich ein Ticket gebucht.

„Marie? Schläfst du schon?", frage ich flüsternd, als ich im dunklen Zimmer meiner Schwester stehe. Ich höre sie grunzen und sich im Bett von einer Seite auf die andere drehen. Auf eine Antwort warte ich vergebens. Ungeduldig, wie ich bin, schalte ich kurzerhand das Licht ein. Zwar ist mir bewusst, wie unausstehlich meine Schwester sein kann, wenn sie nicht genügend Schlaf bekommt, doch in diesem Fall gehe ich das Risiko gerne ein.

„Hey!", raunzt sie genervt und hält sich die Augen zu. Ich schalte das Licht wieder aus, während sie stattdessen die kleine Nachttischlampe anmacht.

„Tut mir leid", murmle ich halb ernst gemeint, „aber es ist wichtig!" Ich setze mich auf ihr Bett, während sich Marie immer noch die Augen reibt. Vielleicht war es doch ein wenig fies, ohne Rücksicht das Licht einzuschalten.

„Was ist los?", will sie wissen und gähnt. Ihre Haare sind ganz zerzaust und sie trägt ein altes T-Shirt mit einem Motiv von den *Spice Girls*.

„Ich habe einen Brief gefunden, und zwar von Luke."

„Was? Hat er dir etwa geschrieben? Wann denn?"

„Er hat mir noch vor meiner Abreise einen Brief geschrieben. Der Umschlag ist ungeöffnet in meinem Tagebuch gelegen. Er wollte nicht, dass ich gehe. Er wollte, dass ich bei ihm bleibe."

„Wieso hat er es dir nicht gesagt?", hat Marie den gleichen Gedanken wie ich, als ich den Brief gelesen habe. Ich zucke mit den Schultern.

„Ich weiß es nicht. Fakt ist, dass die Geschichte zwischen uns ganz anders verlaufen wäre, wenn ich den Brief schon damals gefunden hätte."

„Ach, Ella! Das tut mir leid."

„Ich will der Sache nachgehen. Vielleicht haben Luke und ich noch eine Chance verdient. Ich habe gerade ein Ticket gebucht. Der Flug geht morgen in der Früh."

„Wie bitte?" Marie setzt sich nun auf und sieht mich mit aufgerissenen Augen an. Spätestens jetzt ist meine Schwester hellwach. „Du fliegst zu ihm? Nach England? Aber was willst du dort?"

„Ich will wissen, ob er noch Gefühle für mich hat und wir nicht doch füreinander bestimmt sind."

„Ella, ich denke, das ist keine so gute Idee. Ich meine, du bist mit Tom verlobt, und wer weiß, wie es beziehungstechnisch bei Luke aussieht. Womöglich ist er mittlerweile verheiratet und hat sogar Kinder. Ich mache mir Sorgen, dass du dort hinfährst und alles anders ist, als du erwartet hast. Außerdem, wenn Tom davon erfährt, möchte ich nicht wissen, wie er dann reagiert. Willst du dafür echt deine Hochzeit aufs Spiel setzen?"

„Tom hat mich wahrscheinlich betrogen. Also nimm ihn bitte nicht in Schutz", meine ich gereizt und will wieder gehen. Marie hindert mich daran und zieht mich zurück auf ihr Bett.

„Ich will nicht, dass du verletzt wirst. Es ist Jahre her. Du hast keine Ahnung, ob er heute noch so empfindet. Man kann nicht einfach da weitermachen, wo man vor Jahren aufgehört hat."

„Marie, ich kann nicht hierbleiben und einen Mann heiraten, wenn ich mir nicht sicher bin, ob die Liebe meines Lebens nicht doch eine zweite Chance verdient hat. Ich habe ihn geliebt und möchte herausfinden, ob *er* nicht im Grunde der richtige Mann für mich ist. Wie es aussieht, war das damals alles bloß ein dummes Missverständnis. Und wenn ich nicht so stur gewesen wäre und ihn nochmals angerufen hätte, dann hätte ich schon eher von seinen wahren Absichten erfahren. Kein Wunder, dass ich nichts mehr von ihm gehört habe. Er dachte wahrscheinlich, ich hätte den Brief gelesen und mich trotzdem dazu entschieden, hierzubleiben. Wer weiß, ob Lizzy ihm damals tatsächlich von meinem Anruf erzählt hat... Ich hatte so viele Fragen und einfach keine Antworten darauf. Und jetzt, ganz plötzlich, finde ich seinen Brief. Das ist doch ein Wink des Schicksals!"

Ganz außer mir sitze ich in meinem Blümchenpyjama auf dem Bett meiner Schwester und frage mich, wieso ich eigentlich nicht schon in den letzten sieben Jahren darauf gekommen bin, dass hinter all dem vielleicht nur ein blöder Irrtum steckt. Gleichzeitig bin ich sauer, dass ich diese dumme Kiste nicht bereits eher vom Kasten heruntergenommen habe. Zum Glück habe ich sie nicht vergraben. Das wäre noch schlimmer gewesen.

„Du willst es wirklich wissen, oder?" fragt mich Marie und ich nicke.

„Denkst du nicht auch, dass es Schicksal ist, dass ich nach all den Jahren ausgerechnet *jetzt* seinen Brief finde? Jetzt, wo ich offiziell verlobt bin? Tom muss davon ja nichts mitbekommen. Es bleibt unter uns. Ich fahre hin, spreche mit Luke, sehe was passiert und komme in ein paar Tagen wieder zurück. Auch wenn aus Luke und mir kein Paar mehr werden sollte, hilft es mir wenigstens, endgültig damit abzuschließen. Bitte, Marie, ich brauch deine Unterstützung!"

„Natürlich, ich bin für dich da! Nur, wieso kontaktierst du ihn nicht einfach über *Facebook* oder rufst ihn an? Aber das ist dir wahrscheinlich nicht dramatisch genug", nimmt mich meine Schwester auf den Arm. Ich hingegen wundere mich, dass ich keine Sekunde an diese Optionen gedacht habe.

„Ich habe das Ticket bereits gekauft. Außerdem ist es ziemlich unpersönlich, ihm deshalb auf *Facebook* zu schreiben, und wer weiß, ob ich ihn so überhaupt erreichen würde. Wahrscheinlich würde er die Nachricht einfach löschen. Und meinen Anruf ignorieren. Dann wäre ich kein bisschen schlauer." Überzeugt von meiner Sichtweise versuche ich, mich wieder auf meine Mission zu konzentrieren: auf England, meine Jugendliebe und die Möglichkeit, Ungeklärtes aus der Welt zu schaffen. „Ich denke, ich tue das Richtige." Selbstsicher sehe ich Marie an. Sie drückt meine Hand. Ich stehe auf und gehe in Richtung Türe.

Da erkundigt sich meine Schwester noch, um welche Uhrzeit der Flieger geht.

„Um halb sieben", antworte ich.

„Ich fahre dich dann." Maries Hilfsbereitschaft ringt mir ein Lächeln ab und sie schaltet das Licht ihrer Nachttischlampe aus.

„Und Ella?", höre ich sie dann allerdings noch sagen, als ich bereits fast zur Türe raus bin.

„Ja?"

„Du weißt, dass wir mindestens zwei Stunden früher aufstehen müssen, um rechtzeitig am Flughafen zu sein?"

Verdammt! Daran habe ich natürlich nicht gedacht. Für mich als Morgenmuffel ist es zweifellos eine Qual, so früh aufstehen zu müssen. Aber das Ticket ist nun mal schon gebucht.

„Ja, logo!", lüge ich und bin froh, dass sie das Licht bereits ausgemacht hat, damit sie mein verdutztes Gesicht nicht sehen kann.

„Lügnerin!" Das war ja klar, dass mich meine Schwester trotzdem durchschaut. „Ich hoffe nur, er ist es wert."

„Ja, ich auch."

Als ein paar Stunden später der Wecker läutet, bereue ich es sofort, nicht einen späteren Flug gebucht zu haben. Ich quäle mich aus dem Bett. Trotz meiner starken Müdigkeit merke ich, dass ich dennoch ein wenig angespannt bin. Duschen, schminken und anziehen ist morgens unter normalen Umständen schon eine nervige Prozedur. In meinem übermüdeten Zustand dauert das alles noch viel länger als sonst. Ich werfe mir einen verschlafenen Blick im Spiegel zu und hoffe, dass die dunklen Schatten unter meinen Augen bald verschwinden. Denn ein wirklich anbeißender Anblick bin ich im Moment mit Sicherheit nicht.

Nach circa einer Stunde stehen mein Koffer und ich bereit. Ich habe nicht viel eingepackt. Ein Glück, dass in meinem Schrank ein paar Klamotten von früher verstaut waren, die mir noch halbwegs passen und nicht allzu abgetragen aussehen. Darüber hinaus habe ich zwei Kleider gefunden, die ich bei meinem letzten Aufenthalt hier vergessen hatte.

„Sonst kann ich mir ja auch noch etwas am Flughafen kaufen", überlege ich laut, während ich die bunt gemischten Kleidungsstücke in meinem Koffer betrachte. Viel passt da wahrlich nicht zusammen. Aber sei's drum. Vielleicht werden bei diesem Aufenthalt ohnehin gar keine Kleider gebraucht. Plötzlich sehe ich einen durchtrainierten, splitternackten Luke vor mir. Schnell versuche ich, dieses Bild wieder aus meinen Kopf zu kriegen. „Nein, Ella! Sexfantasien sind im Augenblick absolut das Letzte, was du gebrauchen kannst", ermahne ich mich selbst. Schließlich muss ich mich auf den eigentlichen Grund der Reise konzentrieren. Ich lege Lukes Brief auf die zusammengelegten Kleidungsstücke, mache den Koffer zu, schnappe meine Handtasche und gehe mit meinem Gepäck in die Küche.

Ich bin gerade dabei, mir mein Frühstück zu richten, als auf einmal Mama in ihrem beigen Morgenmantel und ihren braunen Hausschuhen neben mir steht. Anscheinend habe ich sie aufgeweckt.

„Du bist aber früh auf. Willst du irgendwo hin?", will sie wissen und macht eine Anspielung auf den Koffer im Wohnzimmer. Sie starrt mich verwundert an und wartet auf eine Antwort.

„Ich habe gestern Nacht noch spontan ein Ticket nach England gekauft", erkläre ich, ohne eine Emotion zu zeigen, und beiße von meinem Honigbrot herunter.

„Was? Aber warum denn?" Mama nimmt sich eine Tasse Tee und setzt sich zu mir. Ihre Haare hat sie zu einem seitlichen Zopf geflochten und sie schaut genauso unausgeschlafen aus wie ich.

„Ich will zu Luke", antworte ich lakonisch.

Mama ist natürlich in alle Geschichten über Luke einge-weiht. Sie ist nach all den Jahren immer noch nicht gut auf ihn zu sprechen. Sie hat nicht vergessen, wie ich mich tagelang bei ihr ausgeheult habe, nachdem Lizzy damals abgehoben hatte und es mit Luke endgültig vorbei gewe-sen war. Sie verzieht ihr Gesicht und sieht alles andere als begeistert über mein Vorhaben aus.

„Willst du mir auch sagen, wieso?", fragt Mama für mei-nen Geschmack etwas zu streng.

Ganz ruhig kaue ich den letzten Bissen von meinem Ho-nigbrot und nehme noch einen Schluck Milch. Mama rümpft ihre Nase. Sie kennt mich gut genug, um zu wis-sen, dass ich damit nur Zeit schinden will. Nachdem ich die Tasse wieder hingestellt habe, blickt sie mich genervt an.

„Also?", bohrt sie nach. Ja, Luke ist bei meiner Mutter eindeutig unten durch.

„Ich habe gestern einen Brief gefunden. Luke wollte da-mals gar nicht, dass ich ihn verlasse. Er wollte mich zum Bleiben bringen. Ich muss deshalb herausfinden, ob an seinen Gefühlen für mich noch etwas dran ist. Nur wenn ich ganz sicher weiß, dass das mit ihm tatsächlich bloß eine Jugendromanze war, kann ich Tom heiraten. Und dann auch nur im Fall, dass er mich nicht betrogen hat."

Mama sagt eine Weile nichts. Ich kann nicht wirklich ein-schätzen, was sie über meine Aktion denkt. Wahrschein-lich hält sie mich für komplett bescheuert, weil ich allen Ernstes vorhabe, in ein anderes Land zu fliegen, um dort einem Mann nachzulaufen, von dem ich jahrelang nichts gehört habe. Ich mache mich schon darauf gefasst, dass sie mir gleich eine Standpauke hält. Vermutlich überlegt sie gerade, ob ich das Geld fürs Flugticket zurückerstattet bekomme.

„Ich verstehe dich und hoffe, dass du die Antworten findest, die du suchst", höre ich sie plötzlich sagen. Aha, damit habe ich nicht gerechnet! Mama sieht mich an und lächelt mir aufmunternd zu, so wie sie es auch früher immer getan hat, als ich ihren Zuspruch gebraucht habe.

„Sag aber bitte nicht, dass du nur deswegen nichts dagegen hast, weil du nicht willst, dass ich Tom heirate", befürchte ich, dass meine Mutter in dieser Aktion auch für sich selbst einen Nutzen sieht.

„Ella, hier geht es ausschließlich um dich. Ich werde dir dabei gewiss nicht im Weg stehen. Und die Sache mit Tom musst du ohnehin selbst klären. Falls er dich allerdings betrogen haben sollte, dann mache ich ihm sein Leben zur Hölle. Und falls nicht, dann hoffe ich, dass ihr beide ein glückliches Leben verbringen werdet."

„Du meinst, so wie du einem deiner Typen das Leben zur Hölle gemacht hast?" Mama weiß sofort, auf was ich anspiele. Sie hat mir nämlich mal erzählt, dass sie sich in ihrer Jugend an einem ihrer Liebhaber gerächt hatte, der sie mit einer anderen betrogen und ihr das Herz gebrochen hatte.

„Ich habe dir doch erklärt, dass ich an diesem Abend ziemlich betrunken war und es nicht meine Idee war, ihm so viel Abführmittel in sein Getränk zu geben und seine Autoreifen aufzuschlitzen."

„Hast du nicht auch gesagt, du hättest eine Kontaktanzeige mit seinen Daten erstellt, in der es darum gegangen sei, dass er einen Partner suche, woraufhin er dutzende Nachrichten von Männern erhalten habe?", fasse ich zusammen und grinse sie spitzbübisch an. Diese Werbeanzeige hat sie mir sogar einmal stolz gezeigt, als sie mich aufmuntern wollte. Das ist ihr damit auf jeden Fall gelungen. Jaja, meine Mutter steckt voller Jugendsünden. Aber wie heißt es so schön: Der Apfel fällt nicht weit vom Stamm.

„Ja, das auch. Doch darum geht es jetzt nicht." Ich lache über Mamas Aussage, komme dann jedoch sofort wieder auf das eigentliche Thema zurück.

„Sag nur Tom bitte nichts", ersuche ich meine Mutter um Diskretion und sie nickt.

„Selbstverständlich, kein Wort." Sie schaut mich zuversichtlich an und trinkt ihren Tee aus.

„Ich zieh mich schnell an. Du musst nicht alleine zum Flughafen."

„Marie wollte mich fahren."

„Ich weiß. Was anderes hätte ich auch nicht erwartet. Ich komme trotzdem mit."

Im Auto fragt mich Mama zweihundertmal, ob ich auch ja meinen Pass mithabe. Marie wiederum bohrt ständig nach, ob ich eigentlich irgendeinen Plan habe und mir überhaupt sicher bin, dass Luke noch in derselben Gegend lebt. Ich versichere beiden, zurechtzukommen. Wirklich beantworten kann ich allerdings nur die Frage mit dem Pass.

Am Flughafen angekommen, merke ich, wie ich nervös werde. In der Flughafenhalle ist kaum etwas von der üblichen Hektik zu spüren, was vermutlich daran liegt, dass es erst kurz vor sechs Uhr in der Früh ist.

„Also, vergiss nicht anzurufen, wenn du da bist", erinnert mich Mama und schon fühle ich mich wie damals vor sieben Jahren, als mich meine Familie zum Flughafen gebracht hat. „Pass auf dich auf!", sind Mamas letzte Worte, bevor sie und Marie mich umarmen.

Im selben Moment ruft Tom an. Überrascht darüber, dass er sich um diese Uhrzeit meldet, drücke ihn weg. Im Augenblick geht es ausschließlich um mich. Die Sache mit Tom muss warten. Auch wenn ich weiß, dass mein

283

Verhalten ihm gegenüber falsch ist, tue ich für mich das Richtige. Wenn ich jetzt nicht herausfinde, zu wem ich gehöre, wann dann?

Kapitel 11

Ich weiß, ich wollte eigentlich meine Mission so gut wie möglich für mich behalten. Aber nachdem die alte Frau neben mir so nett gefragt hat, was ich in England vorhabe, kann ich einfach nicht anders, als ihr alles davon zu berichten. Letztendlich schildere ich ihr auch alle Einzelheiten über Tom und Olivia. Die zwei Frauen hinter mir hören sich das ganze Drama ebenfalls an und beteiligen sich an unserem Gespräch. Ja, es sieht so aus, als ob ich mich etwas verplappert hätte. Ich habe nämlich keinen blassen Dunst, wer diese Leute überhaupt sind. Dafür wissen sie nun *alle* über mein Liebesleben Bescheid. Sogar die Stewardess erkundigt sich zwischendurch nach meinem Wohlbefinden und schenkt mir zur Aufmunterung kandierte Nüsse.

„Ich denke, das brauchen Sie jetzt bei all dem emotionalen Stress", merkt sie an und lächelt mir tröstend zu.

Keine Ahnung, wie es andere Leute schaffen, doch ich sollte wirklich einen Weg finden, gewisse Dinge für mich zu behalten. Aber dafür vergeht der Flug wenigstens viel schneller.

„Wissen Sie, mein Mann und ich mussten auch um unsere Liebe kämpfen. Am Ende hat es sich gelohnt. Fünfundvierzig Jahre waren wir verheiratet. Ich habe ihn geliebt und alle anfänglichen Bemühungen haben sich ausgezahlt", erzählt mir die ältere Dame mit Tränen in den Augen und ich bin richtig gerührt. Als wir landen, wünschen mir die Frauen noch alles Gute.

Wie man vom Flughafen zur Insel gelangt, weiß ich genau von früher. Mit dem Zug gelange ich nach nicht mal zwei Stunden direkt zum Hafen von Portsmouth. Ich kaufe mir ein Ticket für die Fähre in Richtung der Isle of Wight, die in einer guten Viertelstunde ablegt. Bis es so weit ist, marschiere ich aufgeregt auf und ab und zerknittere dabei fast meine Fahrkarte.

Auf der Fähre werden immer noch dieselben schnulzigen TV-Spots über die einzelnen Attraktionen der Insel gezeigt und es liegt immer noch derselbe Geruch in der Luft, der mich an Salzwasser und Plastik erinnert. Im Grunde herrscht die gleiche Atmosphäre wie damals, nur dass sich in meiner Aufregung die Fahrt länger anfühlt als in meiner Erinnerung. Es sind einige Gäste an Board, die sich eifrig unterhalten. Ich lausche, wie eine junge Familie ihren bevorstehenden Urlaub bespricht und sich eine ältere Frau bei einer Freundin über ihren Ehemann beschwert. Nervös klopfe ich mit den Fingern auf der Armlehne herum. Die Dame neben mir wendet ihren Blick von ihrer Tageszeitung ab und fragt mich, ob es mir gut gehe. Wahrscheinlich denkt sie, ich sei seekrank. Da mir nicht genügend Zeit bleibt, ihr von Luke zu erzählen, versichere ich ihr, dass bei mir alles in Ordnung sei und ich mich einfach nur so sehr auf meinen Aufenthalt auf der Insel freue. Beruhigt lächelt sie mich an und widmet sich wieder ihrer Zeitung.

Es dauert nicht lange und die Fähre erreicht ihr Ziel. Als ich hektisch aussteige und mit meinem Koffer die unendlich lange Holzbrücke in Richtung Stadt überquere, steigen in mir sämtliche Erinnerungen von damals wieder hoch. Ich drossle mein Tempo und bleibe kurz auf der Brücke stehen, um mich nach allen Seiten umzusehen. Mit meinem Koffer blockiere ich zwar den Gehweg, jedoch lasse ich mich von den Passanten nicht davon abhalten, mir in Ruhe einen Überblick zu verschaffen. Wie konnte ich bloß so schnell von der Fähre stürmen, ohne die Umgebung, die mir früher so wichtig war, wahrzunehmen?

Die Sonne scheint und am Himmel sind lediglich vereinzelt ein paar Wolken zu sehen. Es geht ein leichter Wind, der mir den salzigen Meeresduft in die Nase weht, und ich muss lächeln, als ich die erste Möwe kreischen höre. Ich setze meine Sonnenbrille auf, atme tief ein und betrachte die Insel. *Nichts* hat sich verändert! Der Ausblick ist nach wie vor wunderschön und wirkt mit den kleinen bunten Häusern, die sich wie Dominosteine aneinanderreihen, sehr idyllisch. Der lange Sandstrand, der sich auf beiden Seiten breitmacht, lässt in mir eine Urlaubsstimmung aufkommen und ich merke, wie mir bei diesem vertrauten Anblick richtiggehend warm ums Herz wird. Plötzlich fällt der ganze Stress von mir ab. Ich bin zwar immer noch müde, aber zugleich auch glücklich, endlich wieder hier zu sein. Nach all den Jahren. Viel langsamer als zuvor schlendere ich weiter und sauge immer mehr Eindrücke auf. Am Wasser entdecke ich ein paar kleine Boote, die von Weitem wie winzige bunte Flecken aussehen. Je weiter ich gehe, desto klarer werden die Umrisse. Ich sehe noch mehr Häuser, die Spitze eines Kirchturms, ein paar Autos und ein paar Leute, die umherwandern. Das ganze Ambiente fühlt sich beinahe so an, als ob ich das Kunstwerk eines Malers betrachten würde. Ich warte nur darauf, bis mich jemand wachrüttelt und mir sagt, dass ich das alles bloß geträumt hätte. Doch glücklicherweise bilde ich mir diesen Anblick nicht ein und bin dankbar dafür, das alles hier wieder genießen zu dürfen.

Ich marschiere noch ein Stückchen, bis ich in die Stadt Ryde gelange. Anstatt des Rauschens des Meeres höre ich nun Autos die Straße entlangfahren und Leute miteinander schwätzen. Als ich im Zug auf dem Weg zur Fähre gesessen bin, habe ich mir in einem kleinen Bed & Breakfast, das hier ganz in der Nähe liegen soll, ein Zimmer gebucht. Zum Glück war noch eines frei. Die Pension dürfte erst nach meiner Zeit eröffnet haben, denn der Name der Unterkunft sagt mir nichts. Immerhin ist mir die Straße, in der sich das Bed & Breakfast befindet, nicht gänzlich unbekannt.

Ich mache mich also auf den Weg dorthin. Schließlich habe ich nicht vor, Luke mit meinem Gepäck und in meinem derzeitigen Zustand gegenüberzutreten. Die letzten Tage und vor allem die letzte Nacht, in der ich so gut wie kaum geschlafen habe, sowie die spontane Reise nach England haben ihre Spuren hinterlassen. Ich *muss* mir unbedingt eine Extraschicht Rouge ins Gesicht schmieren, denn im Moment schaue ich noch blasser aus als sonst. Im Zuge dessen kann ich auch gleich etwas gegen meine immer dunkler und größer werdenden Augenringe unternehmen. Ein wenig mehr Wimperntusche und Lippenstift würden bestimmt ebenfalls nicht schaden. Und gegen eine heiße Dusche hätte ich sowieso nichts einzuwenden. Mit anderen Worten, ich muss mich runderneuern. Dafür bleibt zum Glück genügend Zeit. Schließlich haben wir erst frühen Nachmittag, was das einzig Positive an meiner zeitigen Anreise ist.

Ich schleife meinen Koffer hinter mir her, der sich mittlerweile viel schwerer anfühlt als noch heute Morgen, biege in die richtige Straße ein und spaziere den leichten Anstieg hinauf, um endlich im Bed & Breakfast anzukommen. Es ist ein schmales weißes Reihenhaus mit einem großen, altmodischen Schild aus Messing, das den Namen der Pension trägt – *Daisies B&B*. An den Fensterbänken im Erdgeschoss stehen graue Blumenkästen voller Gänseblümchen. Das Bed & Breakfast macht bereits von außen einen sehr heimeligen Eindruck.

Als ich eintrete, werde ich von einem süßen Duft begrüßt, der mich an Butterkekse und Früchtetee erinnert.

Der schmale Eingangsbereich ist mit blau-weißen Tapeten bezogen, die ein dezentes Blumenmuster zeigen. Der graue Teppichboden wirkt sehr alt und abgetreten und in der Ecke neben der Türe steht ein schwarzer Ständer, aus dem drei färbige Regenschirme hervorblitzen. Dem Eingangsbereich folgt ein schmaler Gang, der im gleichen Stil fortgesetzt ist. Am Ende des Ganges befinden sich ein Stiegenaufgang, der mit einem kitschig hellblauen Samtteppich und einer goldenen Teppichstange verziert ist, sowie die Rezeption, an der eine ältere Dame steht, die mir freundlich entgegenlächelt, als sie mich auf sich zukommen sieht. Ihr Lächeln wirkt so vertraut, dass ich mir einbilden könnte, bei Oma auf Besuch zu sein. Sie kommt mir ein Stückchen entgegen und begrüßt mich herzlich. Erst jetzt bemerke ich, dass sie zu ihren braunen Cordhosen einen schweinchenrosafarbenen Pullover anhat, auf dem kleine braune Kätzchen abgebildet sind. Ich weiß nicht, was mich mehr irritiert: die rosa Farbe oder die vielen Katzen. Die ältere Dame folgt meinem Blick und lacht.

„Ein Geschenk meiner Enkelin. Sie ist acht", erklärt sie mit ihrem britischen Akzent amüsiert. Mir persönlich wäre in diesem Pullover das Lachen längst vergangen. Aber womöglich würde auch ich dasselbe für meine Enkelin tun.

„Mein Name ist Lory und Sie müssen Frau Liner sein." Ihre kleinen blaugrünen Augen blinzeln durch ihre runde Brille, die leicht schief auf ihrer krummen Nase sitzt. Sie wirkt mit ihrem dezent geschminkten Gesicht und ihren weißgrauen Haaren, die sie zu einem Dutt gebunden hat, sehr adrett. Wenn man ihr ins Gesicht schaut, vergisst man wenigstens für einen Moment ihren auffälligen Pullover.

Ich gebe ihr höflich die Hand und wir unterhalten uns ein wenig. Sie möchte natürlich sofort wissen, was mich auf die Insel führt. Diesmal lasse ich mir allerdings nicht in die Karten schauen und sage stattdessen bloß, dass ich hier sei, um ein paar Tage Urlaub zu machen. Daraufhin erzählt sie mir von den spannendsten Touristenattraktionen, wobei ich innerlich schmunzle, da mir die sogenannten *Needles*, drei prächtige, eng aneinandergereihte Felseninseln, genauso bekannt sind wie das *Carisbrook Castle*, eine märchenhafte Burg. Selbstverständlich gibt es noch viel mehr zu besichtigen und Lory hält sich auch nicht zurück, alles Sehenswerte aufzuzählen. Nachdem sie mit ihrer Auflistung fertig geworden ist und ich endlich eingecheckt habe, zeigt sie mir zunächst das Wohnzimmer und den Essbereich des Hauses.

Diese Räumlichkeiten sind um einiges größer geraten als der Eingangsbereich und die Rezeption. Sie sind zudem mit den dunklen Holzmöbeln und den typischen großen Sitzsesseln (die so bequem aussehen, dass ich mir jedes Mal vornehme, mir selbst so einen zuzulegen) sehr klassisch eingerichtet. Auffallend sind vor allem die vielen Porzellanteller, die mit kitschigen Blumenmotiven verziert sind und aufeinanderfolgend an den Wänden hängen. Die blau-weiße Blumentapete, die mir schon vom Eingangsbereich vertraut ist, ist ebenfalls in diesen Räumen omnipräsent. Ein älterer Mann liest im Wohnzimmer eine Zeitung und begrüßt uns freundlich, während mir Lory die Frühstückszeiten erklärt.

Nach ihrer kleinen Führung durch das Erdgeschoss begleitet sie mich in den zweiten Stock, wo sich mein Zimmer befindet. Als ich mein Zimmer betrachte, muss ich schmunzeln. Die Kombination aus Farben und Mustern ist doch etwas gewöhnungsbedürftig. So sieht man etwa auf der einen Seite eine rosa Blumentapete, die mich mehr an süße Lutschbonbons erinnert, in Verbindung mit hellgrün gestreiften Vorhängen und unzähligen Landschaftsbildern, die nicht annähernd aufeinander abgestimmt sind. Die beigen Holzmöbel sind mehr oder weniger zusammengewürfelt und auf dem riesigen Bett befinden sich gefühlte hundert Kissen, alle mit unterschiedlichen Mustern. Die Auswahl reicht dabei von pink geblümt über blau-grün kariert, rot schimmernd bis hin zu einem kindlichen Pferdemotiv. Bei diesem Anblick überlege ich, wie lange es wohl dauern würde, all die Pölster aus dem Bett zu werfen. Darüber hinaus frage ich mich, ob sich Lory ihren Pullover nicht doch selbst ausgesucht hat. Wahrscheinlich ist die Enkelin nur eine Ausrede, um ihre Gäste nicht abzuschrecken. Innerlich schmunzelnd, merke ich, dass mich Lory beobachtet und auf eine Reaktion von mir wartet.

Ich sehe sie deshalb an und würdige sie mit meinem bezauberndsten Lächeln: „Wunderbar! Vielen Dank, Lory!" Sie nickt stolz und verabschiedet sich. Ich hingegen nehme mir den Raum noch genauer unter die Lupe. Erst jetzt fallen mir der dunkelgraue Teppichboden und die große Lampe über mir auf, die anscheinend den ältesten Lampenschirm der Welt trägt. Ich kann nicht anders und mache ein Beweisfoto für Marie und Sonja.

Ich ziehe meine Jacke aus und lege mich aufs Bett zu all den vielen Pölstern. Das Bett fühlt sich so weich und kuschelig an und auch keines der vielen Kissen stört mich mehr. Ich lasse meinen Blick umherwandern. Das Zimmer ist so kitschig dekoriert und eingerichtet, dass ich – je länger ich es betrachte – mich immer mehr damit anfreunde und es mir nach einer Weile sogar gefällt. Ich grinse und stelle mir vor, wie ich selbst bald mit einem rosa Katzenpullover umherlaufe. Dabei schließe ich für einen kurzen Moment die Augen. Ohne es zu bemerken, bin ich auch schon eingeschlafen.

Mein Handy, das ununterbrochen vor sich hin vibriert, weckt mich schließlich auf. Leicht benebelt stehe ich auf und hole es aus meiner Tasche. Es ist Tom. Er hat schon zwei Mal angerufen. Ich sehe außerdem eine Nachricht von Marie, die wissen will, ob ich auch gut angekommen bin. Ich schreibe ihr schnell zurück und torkle wieder zurück ins Bett. Ganze zwei Stunden habe ich geschlafen und bin trotzdem immer noch so müde, dass ich am liebsten weiterpennen würde. Aber das geht jetzt nicht. Ich muss mich auf meine Aufgabe konzentrieren. Ich rapple mich auf und gehe, mit meinem Kosmetiktäschchen bewaffnet, ins Badezimmer. Dieses ist mit blauen Fliesen verziert und vor der großen, alten weißen Badewanne liegt ein hellblauer Plüschteppich. Während ich gähne, werfe ich einen schnellen Blick in den Spiegel. Oh, Gott! Ich sehe schrecklich aus! Meine Wimpern sind verklebt und die Mascara ist verschmiert. Der Sabber an meinem Kinn macht den Anblick auch nicht besser.

Ich schminke mich ab und springe gleich in die Wanne, um mich zu duschen. Danach hantiere ich mit Wimpernzange und Pinzette herum, klatsche mir eine frische Schicht Make-up ins Gesicht und verschönere mich mit dem restlichen Kosmetikzeug, das noch so dazugehört. Die Haare werden hübsch gekämmt und bereits eine halbe Stunde später sehe ich fast aus wie neu. Wesentlich frischer als zuvor steuere ich auf den Koffer zu und überlege, was ich anziehen soll. Ich greife nach meinem eng anliegenden dunkelblauen Dreiviertelkleid mit V-Ausschnitt, das ich irgendwann einmal für ein Essen mit Tom gekauft habe, und schlüpfe hinein. Ich schnappe mir meine schwarzen Pumps, parfümiere mich noch ein und mache mich dann endlich auf den Weg.

Ich stöckle den Hügel hinunter zum Busbahnhof. Von den Leuten angegafft, fühle ich mich doch ein wenig overdressed. Ich ziehe gerade in Erwägung, zurück zum Bed & Breakfast zu gehen, um mich nochmals umzuziehen, da biegt der Bus um die Ecke. Egal. Ich schaue toll aus und werde Luke damit sicher vom Hocker hauen. Selbstbewusst steige ich ein und versuche, die fragenden Blicke meiner Mitmenschen zu ignorieren.

Die Fahrt nach Seaview, einem winzigen, erholsamen Ort auf der Insel, wo das Hotel steht, in dem ich früher gearbeitet habe, dauert ungefähr zwanzig Minuten. Der Bus fährt den steilen Hügel, von dem ich soeben gekommen bin, wieder hinauf, später an einer alten Kirche vorbei und dann kreuz und quer durch verschiedene Wohnsiedlungen. Es folgt eine Kurve nach der anderen. Zwischendurch hält der Busfahrer alle paar Meter an, um Leute aus- beziehungsweise einsteigen zu lassen. Ich werde langsam ungeduldig. Der Bus bleibt doch öfter stehen, als ich es in Erinnerung habe. Außerdem werde ich während der Fahrt ziemlich durchgerüttelt. Ich muss mich einige Male am Sitz festklammern, um nicht herunterzufallen. Hingegen scheint eine ältere Dame, die gelassen neben mir sitzt, von der leicht turbulenten Fahrt nichts mitzubekommen. Ich frage mich, ob ich mich damals auch so festhalten musste und so angespannt dagesessen bin. Während ich mir diese Frage stelle, erreichen wir endlich die Bushaltestelle, an der ich aussteigen muss. Die Haltestelle ist keine fünf Minuten vom Hotel entfernt.

Ich steige aus und warte kurz, bis der Bus weitergefahren ist. Leicht nervös nehme ich den Lippenstift und den klappbaren Minikosmetikspiegel aus meiner Clutch und ziehe die Lippen nach. Aufmunternd lächle ich meinem

Spiegelbild zu. *Perfekt.* Ich gehe die Straße entlang und biege einmal links ab. Noch ein Stückchen weiter und schon befinde ich mich vor dem mir allzu bekannten Hotel, das in Großbuchstaben mit *Sunset* beschriftet ist. Das Haus sieht von außen noch genauso aus wie damals: groß und zitronengelb gestrichen, wobei die Farbe um einiges blasser wirkt als früher. Die weißen Fenster dürften erneuert worden sein und auch auf der Terrasse erkenne ich, dass neue weiße Stühle und Tische aufgestellt wurden. Allesamt aus Chromstahl. Den freundlichen Eingangsbereich ziert nach wie vor die schwere Holztür mit den kleinen Fenstern. Die großen Blumenstöcke auf beiden Seiten befinden sich ebenfalls noch auf ihrem Platz.

Ich stehe eine Weile da und betrachte einfach nur das Hotel. Es ist mir so vertraut. Ich erinnere mich daran, wie ich das erste Mal davorgestanden bin, und mich überkommt dasselbe Gefühl. Es ist wie ein Déjà-vu und ich genieße es sogar ein wenig, den Moment *so* noch einmal erleben zu dürfen. Ich höre ein paar Möwen kreischen und blicke automatisch in Richtung Meer. Beinahe hätte ich vergessen, dass sich dieses bereits am Ende der Straße befindet. Erst jetzt nehme ich den salzigen Duft auf, der in der Luft liegt und den ich schon heute auf der Brücke so intensiv wahrgenommen habe. Ich schließe die Augen und atme tief ein. Ich lausche den Gästen, die auf der Terrasse sitzen. Ich höre, wie sie sich unterhalten und nebenbei Gläser und Besteck klirren. Mit all meinen Sinnen nehme ich diesen Augenblick wahr und kann es kaum glauben, nach all den Jahren wieder hier zu sein.

Lächelnd öffne ich wieder meine Augen und bemerke, dass mich ein paar der Gäste beobachten. Ich räuspere mich, blicke automatisch verlegen beiseite, ehe ich mir einen Ruck gebe und stöckelnd die Terrasse überquere. Die meisten Gäste sind sehr leger gekleidet und kommen vermutlich gerade vom Strand oder von einem gemütlichen Spaziergang. Lediglich ein paar von ihnen wirken eleganter gekleidet und bei diesen handelt es sich wahrscheinlich um die Hausgäste. Mit solchen Absätzen, wie ich sie trage, läuft aber niemand herum! Etwas peinlich ist mir das schon. Ich versuche, zwischen den großen Pflastersteinen nicht stecken zu bleiben, und wundere mich, dass ich mich davor an diese nicht mehr erinnern konnte.

Als ich endlich das Hotel betrete, ist es fast so, als würde ich einen Schritt in meine eigene Vergangenheit machen. Es ist ziemlich ruhig. Es sitzen nur ein paar Leute im vorderen Bereich des Restaurants, manche von ihnen essen einen kleinen Snack, andere wiederum trinken eine Tasse Tee. Ich höre zwei etwas ältere Damen kichern und sehe in ihnen meine Schwester und mich. Es würde mich nicht wundern, wenn die zwei sich gerade über ein paar Jugendsünden unterhalten würden. Bei diesem Gedanken muss ich grinsen.

Ich schleiche mich an der Rezeption vorbei und gehe in den hinteren Bereich des Restaurants, in dem es ziemlich ruhig ist. Ich schaue mich um. Zu meiner Enttäuschung hat sich im Vergleich zu früher doch ziemlich viel verändert. Es ist ja nicht so, als ob der neue Stil mir nicht gefallen würde, bloß hätte ich mir irgendwie gewünscht, dass alles so geblieben wäre wie damals. Die Möbel sehen moderner aus und der grauenhafte gelbe Teppichboden, den ich einst so schrecklich gefunden habe, wurde durch einen schicken dunklen Parkettboden ersetzt, der sehr edel und elegant wirkt. Die Tische, dekoriert mit weißen Tischdecken, die mit einem großen gelben S bestickt sind, und kleinen Vasen mit gelben Zierblumen, wurden umgestellt, wodurch sich der Raum nun viel großzügiger darstellt. Drei Bilder mit ähnlichen Motiven, auf denen

Boote und das Meer zu erkennen sind, hängen an der Wand und erzeugen gemeinsam mit der ruhigen klassischen Musik im Hintergrund eine entspannte Atmosphäre.

Ein junges Mädchen deckt den Tisch. Sie summt vor sich hin und bemerkt gar nicht, dass ich da bin. Ich schaue ihr ein wenig zu und erinnere mich daran, wie ich tagtäglich die Tische neu aufgedeckt habe. Als ich ein paar aneinandergereihte Tische sehe, muss ich sofort an den Abend denken, an dem eine Gruppe von Geschäftsmännern ihr Businessdinner im Restaurant abhielt…

Ich war gerade dabei, die Teller abzuservieren, als sich einer der Männer zu mir umdrehte. Blöderweise stand ich ein wenig zu nah an ihm dran und so passierte es, dass sein Kopf mit dem Teller, den ich in der Hand hatte, zusammenstieß. Zu seiner und auch meiner Überraschung fing ich daraufhin laut zu lachen an. Als ich dann den nächsten Gang abservieren wollte, duckte er sich theatralisch bereits im Voraus, bevor ich seinen Teller überhaupt genommen hatte. Zum Glück nahm dieser Herr die Situation genauso mit Humor wie ich und hat sich diesbezüglich auch nicht beschwert.

„Suchen Sie etwas?", werde ich abrupt aus meinen Gedanken gerissen. Ich drehe mich um und stehe vor einer rothaarigen Frau mit schmalem Gesicht und spitzem Kinn, die einen schwarzen Hosenanzug trägt. Erst jetzt bemerkt auch das andere Mädchen, dass ich anwesend bin.

„Ich bin auf der Suche nach Luke Balon. Er ist bei Ihnen als Koch angestellt. Können Sie ihm bitte sagen, dass ihn jemand sprechen möchte?"

„Tut mir leid, aber ein Luke Balon arbeitet hier nicht", antwortet die Dame mit den roten Haaren.

Wieso sollte er nicht mehr da arbeiten? Das Hotel war sein zweites Zuhause. Er hat nie davon gesprochen, woandershin gehen zu wollen.

„Ich verstehe nicht. Er war hier doch jahrelang als Koch angestellt. Wo könnte er denn sonst sein?", überlege ich laut und blicke sie fragend an.

„Das kann ich Ihnen leider nicht beantworten. Ich bin im *Sunset* selbst erst seit zwei Jahren beschäftigt. Wissen Sie, es hat sich in den letzten Jahren einiges verändert. Das Hotel wurde neu übernommen und viele der damaligen Mitarbeiter haben uns in der Zwischenzeit verlassen."

Ich danke ihr für die Auskunft und verabschiede mich. Damit habe ich nicht gerechnet, dass ich ihn hier nicht mehr antreffe. Was soll ich denn jetzt bloß machen?

Enttäuscht verlasse ich das Hotel und spaziere die Straße entlang Richtung Meer. Ein Stückchen weiter erkenne ich sofort das Pub von früher, in dem wir nach der Arbeit oft etwas trinken waren und in dem die Sache zwischen Luke und mir angefangen hat. Bevor ich mir genauere Gedanken darüber mache, mit welchem Alkohol sich der Frust am besten runterspülen lässt, fällt mir ein, dass ich auch den Barbesitzer fragen könnte, wo ich Luke finden kann. Immerhin hat er Luke gekannt. Vielleicht kann er mir weiterhelfen.

Der Dielenboden knarrt, als ich den Pub betrete. Es ist ziemlich dunkel und abgesehen von zwei alten Männern, die an einem Tisch Karten spielen, ist im Pub nichts los. Hinter der Bar poliert eine junge, schlanke blonde Frau die Gläser und begrüßt mich, als sie mich kommen sieht. „Lass mich raten: Liebeskummer. Da hilft nur eines: Tequila!", plappert sie los und stellt mir ein Stamperl hin.

„Nein... ja... ahm... ich meine..."

„Luft holen und nochmals von vorne", flachst sie und schenkt mir ein Glas ein. Ich schaue auf die Uhr, die über der Bar an der Wand hängt, und habe fast ein schlechtes Gewissen, bereits um diese Uhrzeit Alkohol zu trinken. Es ist kurz vor fünf. Die Frau an der Bar folgt meinem Blick. „Keine Sorge! Außer uns bekommt niemand etwas davon mit." Verschwörerisch zwinkert sie mir zu.

„Es ist nur so, dass ich mir normalweise erst um halb sechs die Kante gebe", scherze ich und sie lacht herzhaft darüber. Ich setze mich an die Bar.

„Ich bin Carol", stellt sie sich vor und gibt mir freundlich die Hand.

„Ella", erwidere ich.

Carol schenkt sich ebenfalls einen Tequila ein.

„Cheers!", meint sie noch, ehe ihr Glas auch schon wieder leer ist. Ich tue es ihr nach und schüttle verneinend den Kopf, als sie mir einen zweiten Drink ausgeben möchte.

„Eigentlich bin ich hier, weil ich den Pub-Besitzer sprechen möchte."

„Du meinst Bob?"

„Ja, genau. Der Mann, der so gerne eine Weihnachtsmütze trägt, und das mitten im Sommer", erzähle ich kichernd und merke plötzlich, dass Carol leicht blass wird.

„Er ist vor ein paar Monaten gestorben."

Ach nein! Auch das noch! Carol gönnt sich einen weiteren Tequila.

„Herzinfarkt", erklärt sie.

„Das tut mir leid", stottere ich und frage mich, wie ich aus diesem Fettnäpfchen wieder herauskommen soll.

„Standet ihr euch nahe?", hake ich dennoch vorsichtig nach.

„Ja, er war mein Onkel." Carol sieht mich traurig an und ich fühle mich schlecht, dass ich nachgebohrt habe. Mir ist die Situation richtig unangenehm. Bevor ich noch etwas dazu sagen kann, fragt sie neugierig, was ich denn von ihm wollte.

„Ich bin auf der Suche nach Luke Balon. Er war früher Koch im *Sunset*. Ich hatte zunächst angenommen, er sei immer noch dort angestellt. Doch dann habe ich herausgefunden, dass es ihn mittlerweile woandershin verschlagen hat. Da habe ich mich an deinen Onkel Bob erinnert. Wir waren hier oft mit den Kollegen auf ein Getränk gewesen und ich dachte, dass er mir vielleicht sagen könnte, wo Luke zu finden sei." Während ich ihr davon berichte, räumt Carol die Flasche Tequila und die leeren Gläser weg.

„Heißt das, du hast auch im *Sunset* gearbeitet?", erkundigt sie sich.

„Ja, aber das ist bereits Jahre her."

„Ich kenne Luke. Er betreibt sein eigenes Restaurant in Shanklin."

„Er hat sein eigenes Restaurant?", wiederhole ich überrascht. Davon hat Luke immer geträumt. Er hat einmal in seinem Suff geäußert, dass er später auf drei Dinge zurückblicken möchte: sein eigenes Restaurant, vier laute, aber liebenswerte Kinder und mich. Ich finde es ja toll, dass er sich seinen Traum mit dem Restaurant erfüllen konnte, nur trifft mich das ein wenig wie ein Schlag ins Gesicht, denn schließlich wollte ich ihn dabei immer unterstützen.

„Woher kennst du Luke?", frage ich leicht unsicher.

„Na ja, die Frage ist, wer kennt ihn nicht? Dieser kleine Casanova hat quasi jeder auf der Insel den Hof gemacht. Er war sogar mit meiner Freundin Sandy verlobt. Dann hat er die arme allerdings am Altar stehen lassen. Ein Freund von ihm hat mir mal erklärt, dass ihm irgendeine

Schlampe das Herz gebrochen hat und er seit damals beziehungsunfähig ist. Ich hoffe, du erwartest dir nichts von ihm, weil diesem Mann keine Frau mehr helfen kann. Er ist gefühlsmäßig so kalt wie ein Eisberg."

Wie es aussieht, bin *ich* diese kleine Schlampe, von der sie soeben erzählt hat. Ich werde leicht rot und versuche, mir nichts anmerken zu lassen.

„Nein, wir haben damals bloß zusammengearbeitet und ich dachte mir, wenn ich schon einmal hier bin, dann könnte ich mich ja auch mit ihm treffen."

„Darüber wird er sich sicher freuen." Carol nimmt ein Blatt Papier und einen Stift zur Hand und schreibt etwas auf.

„Hier, das ist die Adresse von seinem Restaurant. Dort wirst du ihn auf jeden Fall finden." Sie lächelt mich an und ich nehme den Zettel entgegen. Ich bedanke mich und möchte für die Drinks bezahlen.

„Nein, Liebes, die gehen aufs Haus."

Dankbar nickend, verabschiede ich mich von ihr und spaziere zurück zur Haltestelle. Ich muss zuerst wieder nach Ryde, um von dort aus nach Shanklin zu gelangen. Ich werde gewiss noch eine Weile unterwegs sein. Ich überlege mir ein Taxi zu nehmen, doch im selben Augenblick kommt bereits der Bus. Der hat wirklich ein gutes Timing.

Die ganze Fahrt über grüble ich über Carols Sätze nach. Dass er sich mit fast jeder amüsiert haben soll, finde ich ehrlich gesagt nicht so prickelnd. Wenigstens ist er im Moment nicht in festen Händen. Hoffe ich zumindest.

Es dauert ziemlich lange, bis ich endlich in Shanklin ankomme. Ich bin eine Haltestelle zu früh ausgestiegen und direkt neben dem Strand gelandet, auf dem Kinder Sandburgen bauen und Jugendliche mit dem Frisbee werfen.

Die meisten Erwachsenen entspannen sich mit einem Buch oder einer Zeitschrift. Im Wasser sehe ich niemanden. Das dürfte mittlerweile auch für die Briten zu kalt sein. Ich spaziere die Hauptstraße entlang, weg vom Strand. Ich habe nur eine vage Ahnung, wo sich das Restaurant befinden könnte. Soweit ich weiß, liegt es etwas abgelegen vom sonstigen Urlaubstrubel und dürfte sich in einer Nebenstraße verstecken. Ich blicke ein weiteres Mal auf den Zettel: *Starry*. Immer und immer wieder lese ich dieses Wort. Ich habe absolut keine Ahnung, wie ich den Namen seines Restaurants interpretieren soll oder besser gesagt was hinter dessen Bedeutung steckt. Sein Lokal *Sternenklar* zu nennen, muss doch eine Anspielung auf mich sein, oder?

„Ach Gott, bin ich blöd!", sage ich laut zu mir selbst und klopfe mir auf die Stirn. Jetzt fällt es mir wieder ein…

Luke und ich waren eines Abends bei meinem Lieblingsplatz auf der Bank, die in der Bucht versteckt ist. Der Himmel war sternenklar und ich erzählte ihm begeistert von den unterschiedlichsten Konstellationen, die mir schon vor meinem Astronomiestudium bekannt waren. Es war etwas kühl an diesem Abend, sodass mich Luke in seine Jacke eingewickelt und mich fest an sich gedrückt hat. Während ich in den Himmel starrte und begeistert die Sterne zählte, beobachtete er mich interessiert.

Ich drehte mich dann zu ihm rüber und fragte ihn: „Weißt du eigentlich, dass alles, was uns passiert, in den Sternen geschrieben steht?" Er lachte.

„Wie kommst du denn darauf?", wollte er wissen. Ich zuckte mit den Schultern.

„Keine Ahnung. Meine Oma hat das immer zu mir gesagt, als ich noch klein war. Sie ist davon überzeugt gewesen, dass man nur in den Himmel zu schauen braucht und einem die Sterne den richtigen Weg zeigen. Die

Sterne kennen bereits all unsere Geschichten, auch die, die erst geschehen werden. Der Himmel ist somit wie ein offenes Buch und die Sterne erinnern uns an die Menschen, die wir lieben."

„Du meinst also, in den Sternen geschrieben und von den Sternen erzählt", fasste er lächelnd zusammen.

„Genau", entgegnete ich berührt.

Kein Wunder, dass ich beim Gespräch mit Herrn Sojak sofort auf diesen Spruch gekommen bin. Das ist nicht ohne Grund geschehen. Aber wieso hatte ich die Geschichte dahinter vergessen? Vielleicht hat es damit zu tun, dass ich jetzt zurück auf der Insel bin, dass es mir plötzlich wieder eingefallen ist. Ich versuche, die peinliche Begegnung mit Herrn Sojak aus meinem Kopf zu bekommen, und konzentriere mich stattdessen darauf, Lukes Restaurant zu finden.

Ich stöckle die Straße weiter entlang und merke langsam, wie meine Füße schmerzen. Diese Schuhe sind für lange Spaziergänge wirklich ungeeignet. Während ich mich über meine missglückte Schuhwahl ärgere, sticht mir plötzlich ein Häuschen aus lauter hellgrauen Natursteinen mit einem schwarzen Schild vorm Eingang, das die weiße Aufschrift *Starry* trägt, ins Auge. Da ist es also! Vor dem Haus ist ein kleiner, gepflegter Garten, der mit bunten Blumen geschmückt ist, sowie eine große Terrasse, auf der einige Gäste sitzen, die genüsslich speisen und sich unterhalten. Zwei junge Kellner, gekleidet in dunkelblauer Uniform mit Schürze, auf der eine weiße Aufschrift mit dem Namen des Restaurants und auch noch ein paar kleine Sterne zu sehen sind, servieren das Essen. Eine weitere Kellnerin räumt gerade einen Tisch ab.

Ich nähere mich dem Restaurant, folge dem kleinen Steinpflasterweg, der durch den Garten führt, und schaue mich ein wenig um. Zwischen den verschiedensten Blumenarten, hauptsächlich Rosen in sämtlichen Farben, befinden sich sternenförmige Pflanzenstecker aus Keramik in den unterschiedlichsten Variationen. An einem größeren Strauch hängt ein kleines Gartenwindspiel, an dem ebenso kleine Sterne baumeln. Die Gartendekoration wirkt sehr verspielt und ich fühle – ohne dass meine Fantasie in diesem Moment komplett mit mir durchgeht –, wie eine ganz besondere Aura den Garten umgibt. Ein kleines Stückchen weiter und schon bin ich auf der Terrasse angekommen. Die Tischtücher sind wie die Kleidung des Personals in einem dunklen Blau gehalten und mit kleinen weißen Sternchen verziert, die Tische und Stühle sind aus braunem, massivem Holz. Ein dezenter Blumenschmuck, weiße und rosa Margeriten, steht auf sämtlichen Tischen und bietet einen netten Kontrast zu den dunklen Möbeln. Zusätzlich befinden sich kleine Kerzenhalter auf den Tischen, die beim Erleuchten der Kerze ebenfalls ein Sternenmotiv zeigen. Begeistert von dem detailverliebten Ambiente genieße ich für einen Augenblick die angenehme Atmosphäre, die mir immerhin für einen Moment meine Nervosität nimmt. Als ich jedoch wieder an den eigentlichen Grund denke, warum ich hier bin, kehrt meine Anspannung zurück. Ich kann es kaum glauben, dass das alles Luke gehört.

Ein schlaksiger rothaariger Kellner mit lauter Sommersprossen, der mich wahrscheinlich bereits die ganze Zeit im Garten herumschleichen gesehen hat, begrüßt mich herzlich mit starkem britischen Akzent und fragt, ob er mir einen Tisch zuweisen dürfe.

„Ähm… ja, bitte", stammle ich aus meinen Gedanken gerissen und bin immer noch ganz perplex, dass ich mich gerade *wirklich* in Lukes Restaurant befinde. Persönlich hier zu stehen, ist ein ganz anderes Gefühl, als bloß davon zu hören.

Der Kellner führt mich zu einem Tisch und reicht mir, sobald ich mich hingesetzt habe, die Speisekarte. Ich bestelle mir ein Mineralwasser mit Holunderblütensirup und Minzblättern und sehe mir die Karte an, die schon beim ersten Blick auf die angebotenen Speisen sehr abwechslungsreich und vielversprechend klingt. Ich gehe die einzelnen Gerichte durch und merke, wie mir der Magen knurrt. Gegen einen kleinen Happen ist doch nichts einzuwenden. Ich entscheide mich für einen Teller Nudeln mit Pilzsauce und gebe dem Kellner Bescheid, als er mit meinem Getränk zurückkommt.

Während ich auf Lukes Terrasse sitze, denke ich darüber nach, wie viele Angestellte er insgesamt beschäftigt und wann er den Schritt gewagt hat, sein eigenes Restaurant zu eröffnen. Plötzlich wandern meine Gedanken zu Carol und ich frage mich, ob zwischen ihr und Luke auch etwas gelaufen sei. Hätte ich sie doch einfach gefragt, dann bliebe mir das Grübeln nun erspart.

Als mir der Nudelteller serviert wird, bin ich richtig angetan davon, wie appetitlich das Essen angerichtet ist. Ich probiere ein bisschen von den Tagliatelle und der Pilzsauce und fange unbewusst zu stöhnen an. Ach, schmeckt das köstlich! Bei Lukes Kochkünsten allerdings auch wenig überraschend. Kein Wunder, dass sein Restaurant so gut besucht ist. Ich habe den eigentlichen Grund, wieso ich hierhergekommen bin, für einen kurzen Moment vergessen. Ich genieße das Essen, die Atmosphäre, das tolle Wetter und kaue langsam vor mich hin. Ich lasse nichts übrig und bedanke mich beim Kellner, als er den Teller abserviert. Er fragt nach, ob ich noch einen Wunsch hätte, und bei dieser Gelegenheit nehme ich all meinen Mut zusammen.

„Ist Luke heute zufällig in der Küche?", erkundige ich mich so beiläufig wie möglich und tupfe mir mit der Serviette den Mund ab.

„Luke ist jeden Tag in der Küche. Es ist eher schwierig, ihn da wieder rauszubekommen", scherzt der junge Mann und zeigt mir beim Lächeln seine Zahnspange.

„Könnten Sie mir bitte einen Gefallen tun und ihm sagen, dass ihn jemand *Wichtiges* sprechen möchte", ersuche ich ihn höflich. Daraufhin reißt er ruckartig die Augen auf.

„Ach du meine Güte! Sie sind nicht zufällig Mrs. Leviner, die Restaurantkritikerin?", fragt er sichtlich angespannt. Ich räuspere mich.

„Doch, die bin ich", lüge ich und versuche, einen seriösen Eindruck zu machen. Ich schlage meine Beine übereinander und hebe mein Kinn.

„Verzeihen Sie, Miss. Wir dachten, Sie kämen erst gegen Ende nächster Woche", stammelt er unsicher, während sein Blick hilfesuchend zwischen mir, seinem Kollegen, der am Nebentisch beschäftigt ist und unsere Unterhaltung zum Glück nicht mitbekommt, und dem leergegessenen Teller, den er immer noch in der Hand hält, umherwandert. Hoffentlich fällt ihm nicht das Besteck auf den Boden, das in seiner Aufregung am Teller hin und her rutscht.

„Ich habe mich dann doch für einen Überraschungsbesuch entschieden", erkläre ich selbstbewusst und hoffe, dass er meinen Schwindel nicht durchschaut. Ich räuspere mich ein weiteres Mal und lächle ihn charmant an.

„Bitte richten Sie Luke aus, dass ich da bin und mich gerne mit ihm über ein paar Einzelheiten unterhalten möchte."

„Natürlich... ahm... sofort... einen Moment!", stottert er und macht sich schnell auf den Weg.

Ich schmunzle.

Eigentlich wäre mein Plan A gewesen, mich über das Essen zu beschweren. Bei einem unzufriedenen Gast hat Luke nämlich stets die Küche verlassen, um sich selbst darum zu kümmern. Mich als Restaurantkritikerin auszugeben, ist aber zweifellos auch eine gute Möglichkeit, ihn aus der Küche zu locken. Außerdem hätte mein ursprünglicher Plan wahrscheinlich eh nicht mehr funktioniert, nachdem ich meine Portion verschlungen und keinen Bissen übrig gelassen habe. Ich amüsiere mich immer noch über meinen Auftritt und bin bei genauerer Überlegung ziemlich froh, mich für das elegante Kleid entschieden zu haben. In Jeans und Sweater hätte mir wohl kein Mensch die Rolle der Restaurantkritikerin abgekauft. Und mich auch mit den Schuhen von A nach B zu quälen, hat sich letztendlich doch noch ausgezahlt!

Gedanklich damit, aber auch mit einem Faden, der von meinem Ärmel hängt, beschäftigt, bekomme ich zuerst gar nicht mit, dass auf einmal ein Mann im weißen Kochgewand vor mir steht.

„Miss Leviner?", fragt er höflich und ich bekomme Gänsehaut, als ich nach all den Jahren wieder seine Stimme höre. Langsam schaue ich zu ihm hoch. Seinem Gesichtsausdruck zufolge hat er mich sofort erkannt. Ich weiß gar nicht, was ich sagen soll. Irgendwie habe ich mir keine Gedanken darüber gemacht, wie ich reagieren soll, wenn er leibhaftig vor mir steht. Ich starre ihn deshalb einfach bloß an. Auch Luke sagt erst mal nichts. Er steht nur da und rührt sich nicht. Ich sehe ihn mir genauer an und bemerke, dass er sich kaum verändert hat. Natürlich ist er älter geworden und wirkt männlicher. Seine blonden Haare sind etwas länger als damals und er kommt mir um einiges muskulöser vor. Sein Dreitagesbart und seine kleinen Grübchen erinnern mich hingegen total an früher. Er wirkt so attraktiv, dass ich gar nicht weiß, wohin ich zuerst schauen soll.

„Hast du etwa deinen Nachnamen geändert und bist zur Restaurantkritikerin geworden?", meint er ernst. Er verschränkt seine Arme und sieht mich verärgert an.

„Hi, Luke!", gebe ich kleinlaut von mir.

„Was willst du hier?", fragt er gereizt nach. Gut, so habe ich mir unser Wiedersehen eher nicht vorgestellt.

„Ahm… es ist auch schön, dich wiederzusehen", stammle ich verlegen und leicht überfordert mit dieser Situation.

„Hör zu: Wenn du auf einem Nostalgietrip bist, dann geh bitte ins *Sunset!* Ich wüsste nicht, was du hier verloren hast", äußert er unfreundlich. Ich kann mich nicht daran erinnern, dass er je in einem solch forschen Ton mit mir gesprochen hätte. Aber damit nicht genug: „Du kannst gehen! Das Essen geht aufs Haus", legt er anschließend nach, ehe er sich energisch umdreht und verschwindet.

Der Kellner, der mich früher bedient hat und eben noch hinter Luke gestanden ist, blickt mich fragend an. Ich kann ihm vom Gesicht ablesen, dass er sich sein Gehirn zermartert, um eine Begründung für Lukes Verhalten zu finden. Ich sitze da und bin ebenso völlig perplex. Das ist doch nicht gerade wirklich passiert, oder? Hat er mich soeben ernsthaft aus seinem Restaurant geschmissen?

Hastig stehe ich auf. Meine Knie fühlen sich in diesem Moment butterweich an. Der Nebentisch hat unser Gespräch mitgehört und ich ernte schiefe Blicke. Auch der Kellner weiß nicht, was er sagen beziehungsweise tun soll, sodass ich mich ohne Mühe an ihm vorbeidrängen kann, um ins Restaurant zu stürmen. Ohne auf die fragenden Blicke um mich herum zu achten, folge ich Luke, der mir längst um einiges voraus ist. Es ist fast so, als ob ich schon einmal hier gewesen wäre, denn ohne mich zu erkundigen, führt mich mein Weg direkt zu Luke in Richtung Küche. Dass normalerweise nur Mitarbeiter dorthin dürfen, ist mir sehr wohl bewusst, aber ich ignoriere einfach den Kellner, der mich davon abhalten möchte.

Als ich die Küche betrete, lehnt Luke am Herd, mit dem Rücken zu mir gewandt. Als er bemerkt, dass ich hinter ihm stehe, dreht er sich genervt um. Ich kann sogar eine leichte Zornesfalte zwischen seinen Augenbrauen erkennen. Er dürfte demzufolge alles andere als erfreut sein, dass ich ihm hinterhergelaufen bin.

„Ella, was willst du von mir?" Sein Ton klingt weiterhin sehr harsch. Drei weitere Köche und ein Angestellter, der sich um den Abwasch kümmert, schauen verunsichert zu uns rüber und wissen nicht, ob sie nicht am besten alles stehen und liegen lassen sollen, um uns ein wenig Privatsphäre zu gönnen. Wie es aussieht, bin ich nicht die Einzige, die mit dieser Situation komplett überfordert ist.

„Ich muss mit dir reden, Luke. *Bitte!*" Ich hatte eigentlich nicht vor, ihn anzubetteln, aber anders wird er vermutlich nicht nachgeben. Er wendet seinen Blick nicht von mir ab und ich frage mich, wie lange er mich wohl zappeln lässt. Unsicher trete ich von einem Bein aufs andere, was vielleicht auch damit zu tun haben könnte, dass meine Fußballen brennen. Die Schuhe sind demnach weder für einen langen Spaziergang noch für eine kurze Laufeinheit zu gebrauchen. Fein, dass ich das jetzt weiß.

„Na gut, fünf Minuten! Aber nicht hier", knurrt er streng und verlässt durch einen Hinterausgang die Küche. Ich folge ihm schweigend und schnurstracks befinden wir uns in einem kleinen, versteckten Hinterhof, von dem man ebenfalls Zugang zur Hauptstraße hat. Da stehen wir also neben den Mülleimern und ein paar alten Fahrrädern – eine wahre *Traumkulisse* für jeden Romantiker.

„Ich weiß, es kommt ein wenig überraschend, dass ich plötzlich hier auftauche", fange ich an, in dem Versuch, das Eis zu brechen, und hoffe, nicht allzu verunsichert zu klingen.

„Komm einfach zur Sache!", fordert er mich schroff auf und verschränkt ungeduldig seine Arme. Seine Körpersprache verrät mir bereits, dass er im Grunde kein Interesse hat, sich das anzuhören, was ich ihm mitteilen möchte. Genervt mustert er mich und ich frage mich, wann Luke eigentlich zu so einem Volltrottel mutiert ist. So kenne ich ihn gar nicht. Langsam nervt mich sein Verhalten. Er verhält sich mir gegenüber sehr herablassend und ich komme mir dabei vor, als ob ich sein Kochlehrling wäre, der gerade sein Parfait ruiniert hätte und dafür eines auf den Deckel bekäme. Das ist doch lächerlich! Wir sind beide erwachsen. Da kann er sich ja wenigstens anhören, was ich ihm zu sagen habe. Blöder Arsch!

„Ich habe deinen Brief gelesen. Das war gestern", versuche ich zu erklären, ehe ich von ihm auch schon wieder harsch unterbrochen werde.

„Da hast du dir aber ziemlich lange Zeit gelassen."

„Ich habe ihn erst gestern gefunden. Wieso hattest du ihn denn überhaupt in meinem Tagebuch versteckt? Oder besser noch wieso hattest du mir nicht persönlich offenbart, dass ich bleiben solle?", blaffe ich ihn an. Meine Emotionen kochen nun über.

„Ella, was willst du von mir?"

Mit seiner Reaktion komme ich partout nicht zurecht. Wie es aussieht, lässt es ihn absolut kalt, dass ich den Brief erst gestern gefunden habe und heute bereits vor ihm stehe. Den ganzen Weg, den ich da auf mich aufgenommen habe – das interessiert ihn nicht die Bohne! Versteht er denn nicht, auf was ich aus bin? Das hier ist ganz weit entfernt von einem Happy End.

„Wieso hast du dich in den letzten Jahren kein einziges Mal bei mir gemeldet?", fauche ich ihn an. Mein ganzer Frust und Ärger kommen in mir hoch und ich schaffe es nicht, diese Gefühle zu unterdrücken.

„Ich hatte dir doch den verdammten Brief geschrieben! Wieso bin *ich* hier eigentlich der Böse? Ich meine, du hättest dich ja auch einmal melden können. Aber das hast du nicht! Also frage ich mich, was du jetzt von mir willst."

„Ich hatte dich angerufen, ein paar Tage nach meiner Ankunft. Da war jedoch nur deine Lizzy am Apparat gewesen, die mir gesagt hatte, dass ihr zwei beschäftigt wärt." Mich daran zu erinnern und es vor ihm auszusprechen, ist wie ein Stich ins Herz. Das hatte mir damals wirklich den Rest gegeben, dass ausgerechnet diese dumme Lizzy rangangen war.

„Sie hat mir nie etwas davon erzählt. Ich wusste nicht, dass du angerufen hattest." Luke beruhigt sich langsam. Ich dagegen komme erst richtig in Fahrt.

„Wahrscheinlich wart ihr mit anderen Dingen beschäftigt und seid dabei nicht viel zum Reden gekommen", werfe ich ihm vor.

„Ella, um was geht es hier eigentlich? Wieso bist du da?" Er sieht mich an und ich habe keine Ahnung, was ich ihm auf das hin noch sagen soll. Die Begegnung mit ihm ist ganz anders verlaufen, als ich es mir vorgestellt habe. Er freut sich nicht, mich wiederzusehen. Im Grunde interessiert es ihn nicht, wieso ich vor ihm stehe. Ich hätte nicht herkommen sollen. Das war ein Fehler! Und das weiß ich jetzt.

„Vergiss einfach, dass ich da war", meine ich lapidar, drehe mich hastig um und lasse ihn stehen. Luke ruft mir weder nach noch folgt er mir. So wie es ausschaut, ist es ihm schlichtweg egal.

Ich bin ziemlich aufgelöst, als ich zurück nach Ryde fahre, und mache mich ohne Umschweife auf den Weg ins Bed & Breakfast. Im Zimmer angekommen, krümle ich mich auf mein Bett. Da läutet mein Handy. Es ist Marie. Schluchzend hebe ich ab.

„Ella… was ist los?", will sie sofort wissen.

„Es ist überhaupt nicht gut gelaufen. Luke hat bloß abfällig nachgefragt, wieso ich hier sei und was ich von ihm wolle. Er war richtig unhöflich und ein ziemliches Arschloch. Die Reise hierher hätte ich mir echt sparen können", erzähle ich ihr und wimmere vor mich hin.

„Ach, Ella! Ich hatte gehofft, dass eure Begegnung anders verlaufen würde. Aber vielleicht hast du das trotzdem gebraucht, um nun endgültig mit ihm abschließen zu können."

„So unfreundlich, wie er sich verhalten hat, will ich einfach nur aus meinem Gedächtnis streichen, dass zwischen ihm und mir jemals etwas gelaufen war. Wir waren damals viel zu jung gewesen, als wir uns ineinander verliebt hatten. Und ich war so dämlich zu glauben, dass sich an unseren Gefühlen nichts geändert hätte. Ich habe auf jeden Fall meine Lektion gelernt."

„Weißt du was? Lass Luke links liegen und gönn dir stattdessen ein paar erholsame Tage, nachdem du sowieso schon dort bist. Dann war der gesamte Aufwand wenigstens nicht ganz umsonst. Du musst ohnehin deinem Chef noch Bescheid geben, dass du dir für die nächsten Tage kurzfristig freinimmst. Wenn schon deine Urlaubstage dafür draufgehen, dann kannst du dir auch gleich einen richtigen Urlaub gönnen. Geh shoppen und lass es dir gut gehen. Vergiss einfach, warum du ursprünglich nach England geflogen bist."

Ich wische meine Tränen weg und denke kurz darüber nach, was meine Schwester soeben gesagt hat. Nach all den Jahren bin ich endlich wieder zurück auf der Insel und sollte deshalb die Zeit, die mir hier zur Verfügung steht, auch genießen. An Luke denke ich schlichtweg nicht mehr. Die Sache hat sich für mich erledigt. So simpel ist das!

„Du hast recht. Ich mache mir eine schöne Zeit und fliege am Dienstag wieder zurück. Dann habe ich mir offiziell zwei Tage freigenommen und niemand kriegt was davon mit. Danke, Marie!"

Ich beende unser Telefonat und schreibe meinem Chef eine E-Mail. Zum Glück ist er in dieser Hinsicht relativ unkompliziert. Danach mache ich mich frisch und ziehe mich um. Heute habe ich mich lange genug für jemanden ausgegeben, der ich nicht bin. Ich ziehe meine Lieblingsjeans an und werfe mir ein Shirt, einen Cardigan und meine Lederjacke über. Die High Heels tausche ich gegen ein Paar abgetragene Turnschuhe, die gleich um einiges bequemer sind. Ich schütte den Inhalt meiner Clutch in meine *Guess*-Handtasche und mache mich auf den Weg. Wenn ich schon mal hier bin, dann möchte ich auch meinen Lieblingsplatz aufsuchen. Ich fahre also zurück nach Seaview.

Vom Hotel *Sunset* geht man circa zehn Minuten zu meiner Lieblingsstelle. Dabei spaziert man zunächst einem breiten Kieselweg entlang, bei ein paar abgelegenen Wohnhäusern vorbei, folgt anschließend einem schmalen Pfad, der von Sträuchern umwuchert und daher von Weitem kaum sichtbar ist, und kommt schließlich zu einem breiten Betonweg, der geradewegs zu einer kleinen Bucht führt – der sogenannten Seagrove Bay. Im Sommer wird diese von den wenigen Urlaubern, die von ihr wissen, belagert, weil der unmittelbar am Meer gelegene Kieselstrand viel zu schmal ist, um sich darauf ausbreiten zu können. Es handelt sich hierbei um einen kleinen Geheimtipp. Auch ich habe damals diese Bucht rein zufällig entdeckt. Von hier aus hat man nicht nur direkten Zugang zum Meer, sondern es ist zudem sehr ruhig und man hat eine tolle Aussicht auf die Küste.

Ich schlendere den Weg entlang. Ein paar Meter weiter befindet sich die alte Holzbank, auf der ich früher stundenlang gesessen bin, um vor mich hinzuträumen und meinen Gedanken nachzugehen. Ich setze mich hin und genieße den Ausblick auf das offene Meer, auf dem ein paar Segelboote und hin und wieder ein paar kleinere Kreuzfahrtschiffe vorbeifahren. Es dämmert bereits ein wenig und man kann die vielen kleinen Lichter auf dem gegenüberliegenden Festland erkennen, das plötzlich so weit weg zu sein scheint. Rund um mich herum ist alles sehr friedlich, da weit und breit keine Menschenseele in der Nähe ist. Ich höre nur das Meer rauschen und sehe den Wellen zu, die unruhig im Wasser tanzen. Ich genieße richtig die Stille. Früher bin ich so oft wie möglich hierhergekommen und habe die Boote gezählt, den Leuten beim Baden zugesehen und mir immer wieder vorgenommen, mich auch einmal ins kalte Wasser zu trauen (was ich letztendlich nie getan habe). Ich konnte hier einfach meinen Gedanken freien Lauf lassen. Oder ich war eben mit Luke beschäftigt.

Es sind so viele Jahre vergangen und ich finde es traurig, dass ich nicht schon eher zurückgekommen bin. Abgesehen von der Sache mit Luke war ich während meiner Zeit auf der Isle of Wight doch so glücklich gewesen und hatte von diesem Ort auch nicht mehr weggehen wollen. Ich hatte mir immer ausgemalt, eine kleine Pension zu eröffnen und mit Luke alt zu werden. Hätte ich mich bloß nicht von ihm verunsichern lassen und wäre stattdessen dageblieben. Ich hatte mich einfach falsch entschieden.

Darüber hinaus hätte Luke nicht der Grund dafür sein dürfen, dass ich nicht schon eher zurückgekehrt bin. Ehrlich gesagt fühle ich mich deswegen fast ein wenig feige. Ich hatte die Zeit damals so genossen und es war mir alles so perfekt vorgekommen. Vielleicht hatte ich aus diesem Grund Angst vor einer Rückkehr gehabt, weil ich dann hätte feststellen müssen, dass sich auch hier das Leben weitergedreht hat und sich die Dinge verändert haben. Womöglich hätte ich es nicht verkraftet, wenn ich herausgefunden hätte, dass nicht alles so geblieben ist, wie es einst war. Denn dann hätten sich wahrscheinlich all meine wunderbaren Erinnerungen an diesen Ort ebenfalls verändert.

Mein Handy meldet sich und reißt mich aus meinen Gedanken. Es ist Tom. Abermals ignoriere ich seinen Anruf und drücke ihn weg. Diesmal sogar ohne schlechtes Gewissen. Ich bin noch nicht bereit, mich mit ihm auseinanderzusetzen. Außerdem will ich ihm nicht sagen, wo ich bin. In zwei Tagen können wir uns immer noch darüber unterhalten.

Ich habe keine Ahnung, wie lange ich schon auf der Bank sitze. Die Zeit vergeht wie im Flug. Es wird immer dunkler und ich möchte gerade gehen, als ich jemanden auf mich zukommen sehe. Obwohl ich nur die Umrisse erkenne, weiß ich trotzdem ganz genau, wer es ist. Ich bin ziemlich überrascht, dass er hier auftaucht. Damit habe ich nämlich nicht mehr gerechnet.

„Ich wusste, dass ich dich an diesem Ort finde", sagt Luke, als er vor mir steht. Er wirkt weniger distanziert als noch vor ein paar Stunden und hält seine Arme nicht mehr verschränkt. Stattdessen hat er seine Hände lässig in seine Jackentasche gesteckt. Er trägt dunkle Jeans, ein

Paar Sneakers und ein dünner grauer Pulli blitzt unter seiner Jacke hervor – soweit man das im schummrigen Licht noch erkennen kann.

„Und ich wusste, dass du das weißt", antworte ich trocken und gehe an ihm vorbei.

„Ella, warte doch!", bittet er mich und automatisch bleibe ich stehen. Luke dreht mich zu sich und sieht mich ernst an. Er wirkt leicht angespannt.

„Ich möchte mich bei dir entschuldigen."

„Du meinst dafür, dass du so ein Arschloch gewesen bist?", beende ich seinen Satz.

„Gut, das habe ich verdient", gibt er offen zu und fährt sich unsicher durchs Haar. „Ich war damit überfordert, dass du auf einmal in meinem Restaurant aufgetaucht bist. Ich hätte mit allem gerechnet, nur nicht damit, dich jemals wiederzusehen. Es tut mir leid, dass ich so gemein zu dir war."

„Entschuldigung angenommen", antworte ich knapp.

Ich weiß nicht, wie ich mich verhalten soll. Soll ich mich umdrehen und gehen oder möchte er sich noch mit mir unterhalten? Ich sehe zu Boden und trete nachdenklich von einem Bein aufs andere. Da nimmt Luke unerwartet meine Hand. Langsam blicke ich zu ihm auf.

„Ich kann es nicht fassen, dass du tatsächlich hier bist", sagt er und durchbohrt mich mit seinen blauen Augen.

„Ich auch nicht", gestehe ich und muss lächeln. Luke zieht mich zurück auf die Bank und streift mir seine Jacke über. So wie damals.

„Du hast meinen Brief wirklich erst gestern gelesen?", fragt er vorsichtig. Ich starre hinaus aufs dunkle Meer, schaffe es einfach nicht, ihn anzusehen. Ich nicke.

„Er ist mir quasi in die Hände gefallen."

„Und ich dachte, das wäre ein gutes Versteck gewesen", meint er und ich schmunzle.

„Ach, dachtest du?", entgegne ich und er schaut mich dabei mit demselben charmanten Lächeln an, das mir schon früher den Kopf verdreht hatte. Wie es aussieht, ist das Eis zwischen uns endlich gebrochen.

„Du hattest mir damals erklärt, dass du in deinem Tagebuch all die wichtigen Erinnerungen niederschreibst, um ja keinen Moment zu vergessen. Obendrein hattest du gesagt, dass du die Seiten immer und immer wieder durchliest, da es sich für dich dann so anfühlt, als ob du den Augenblick ein weiteres Mal erleben würdest. Deswegen dachte ich mir, es sei ein gutes Versteck."

„Ja, das hatte ich gesagt und es hatte auch gestimmt. Nur hat es sich in diesem Fall geändert. Es war das letzte Tagebuch, das ich geschrieben habe, und meinen letzten Eintrag hatte ich vor meiner Abreise gemacht. Ich hatte mich so gekränkt gefühlt, dass ich die Ereignisse der vorangegangenen Monate nicht noch einmal hatte durchleben wollen. Vor allem, weil du auf fast jeder Seite erwähnt worden warst", gestehe ich und sehe ihm dabei erstmals wieder in die Augen.

„Kein Wunder, dass du meinen Brief dann nicht entdeckt hattest." Luke hält immer noch meine Hand. Er sitzt dicht neben mir, sodass ich seinen Geruch wahrnehme. Würde er mich jetzt noch küssen, wäre alles beim Alten. Aber so wie es aussieht, sind wir davon weit entfernt. Seine Hand zu halten, genieße ich trotzdem. Es fühlt sich so vertraut an.

„Zwischen Lizzy und mir ist nie etwas gelaufen. Sie hat auch nie ein Wort darüber verloren, dass du angerufen hattest", fängt er an. „Ach, hätte ich davon doch nur gewusst! Ich dachte, du hättest mit mir abgeschlossen, nachdem ich nichts mehr von dir gehört hatte. Ich ging fest davon aus, dass du meinen Brief erhalten hättest. Ich meine, darin bitte ich dich, zu mir zurückzukommen.

Klar, dass ich mich dann nicht mehr gemeldet habe, als ich darauf keine Antwort erhalten hatte."

„Und ich dachte, *du* hättest mit mir abgeschlossen, nachdem ich bei dir angerufen hatte und du mich nicht zurückgerufen hattest. Und dass ausgerechnet Lizzy an dein Handy gegangen war, machte die Sache auch nicht besser."

„Da ist wohl einiges schiefgelaufen", fasst Luke zusammen, während er nachdenklich sein Gesicht verzieht.

Wir sitzen für ein paar Minuten schweigend da. Wir hören den Wellen zu und ich schließe meine Augen. Lukes Hand zu spüren, fühlt sich so intensiv an. Ich kann es nicht glauben, dass ich nach all den Jahren wieder neben ihm sitze und er einfach so meine Hand hält.

„Das heißt, du hast gestern meinen Brief gelesen und bist heute gleich zu mir geflogen", stellt Luke vorsichtig fest. Er wirkt nach dem wenig herzlichen Empfang heute ziemlich reumütig. Ich merke, dass es ihm leidtut, wie er sich mir gegenüber verhalten hat.

„Ich hatte schon ganz vergessen, was für ein Blitzgneißer du bist. Es hat nämlich *nur* ein paar Stunden gedauert, bis du das herausgefunden hast", ziehe ich ihn auf und bemerke seine Grübchen, als er grinst. Ach, er sieht so sexy aus.

„Komm, Ella! Ich lade dich auf einen Drink ein." Luke greift nach meinen Händen und zieht mich hoch. Für eine Weile stehen wir uns bloß gegenüber. Er schaut mich an und streicht mir eine Strähne aus dem Gesicht. „Ich brauche jetzt etwas Starkes, um das alles zu verdauen", scherzt er und legt locker seinen Arm um mich, während wir uns gemeinsam auf den Rückweg machen.

Natürlich gehen wir ins Pub und Carol staunt nicht schlecht, als sie mich gemeinsam mit Luke zur Tür reinkommen sieht, vor allem, weil er seinen Arm noch nicht von meiner Schulter genommen hat. Unsicher lächle ich sie an, in der Hoffnung, dass sie keine eifersüchtige Ex ist, die mir eine Szene macht. Luke und ich setzen uns an einen freien Tisch in der hinteren Ecke des Pubs. Es ist wesentlich mehr los als tagsüber. Dennoch kann ich mich daran erinnern, dass schon mal mehr Gäste im Lokal waren. Die Urlaubssaison dürfte anscheinend langsam zu Ende gehen.

„Wie es aussieht, hast du ihn also doch noch gefunden", höre ich Carol sagen, als sie zu uns rüberkommt, um unsere Bestellung aufzunehmen. „Aber nicht, dass du mir ihr Herz brichst, Casanova", richtet sie eine Warnung an Luke und blickt ihn dabei streng an. Dieser ignoriert ihre kleine Drohung, überdreht die Augen und bestellt eine Flasche *Baileys*. Ich lächle, als er die Flasche ordert. Es ist wie in den guten alten Zeiten.

„Gleich eine ganze Flasche?", frage ich überrascht und lache.

„Die Nacht ist noch lang, Ella. Schließlich haben wir einiges aufzuholen", schäkert Luke.

„Gut, dann fang am besten einmal damit an, ein paar Ausreden für die Casanova-Anrede zu finden. Was ich gehört habe, warst du ja während meiner Abwesenheit mit so einigen Frauen beschäftigt."

Luke sieht mich ganz verlegen an.

„Dein Ruf eilt dir voraus", necke ich ihn. Er lehnt sich auf die Tischplatte, sodass sein Gesicht dicht vor meinem ist.

„Und nun rate mal, wem ich das alles zu verdanken habe", grinst er spitzbübisch und noch ehe ich diese Gegenfrage kommentieren kann, stellt uns Carol die *Baileys*-Flasche auf den Tisch.

„So, meine Lieben. Viel Spaß!", meint sie lediglich und zwinkert mir zu.

„Du trinkst hoffentlich noch gerne *Baileys*?", fragt er nach, während er uns ein Gläschen einschenkt. „Das war früher doch dein Lieblingsgetränk."

„Und das ist es bis heute geblieben. Blöd nur, dass ich davon immer noch so schnell betrunken werde."

„Aber nein, das liegt bloß daran, weil du nach ein paar Gläsern nicht mehr aufhören kannst."

„Sagt der, der eben eine ganze Flasche bestellt hat", gebe ich ihm frech Konter, woraufhin er mir erneut sein unwiderstehliches Lächeln schenkt.

„Ach, wie sehr habe ich das vermisst. Auf die alten Zeiten!", huldigt er und hält sein Glas in die Höhe. Ich tue es ihm nach und stoße mit ihm an.

„Also, was ist aus dir geworden, Ella Liner? Erzähl mir deine Lebensgeschichte", bittet er mich und lehnt sich gespannt zurück. Ich bin kurz am Überlegen, was ich ihm erzählen soll. Tom habe ich ja erklärt, dass ich eine erfolgreiche Geschäftsfrau sei und Wirtschaft studiert hätte.

„Nun ja, ich habe zunächst Jus studiert, dann Japanologie und letztendlich mit Astronomie abgeschlossen." Ich bin ein wenig unschlüssig, wie er darauf reagiert. So direkt spreche ich das normalerweise nicht aus, weil meine Sprunghaftigkeit während des Studiums bei vielen Leuten nicht so gut ankommt.

„Astronomie? Das passt zu dir. *In den Sternen geschrieben, von den Sternen erzählt*", zitiert er mich. Witzig, dass ich heute schon einmal daran gedacht habe und auch er sich noch daran erinnert.

„Und was arbeitest du?", fragt er weiter.

„Ich habe einfach einen Job angenommen, der meine Miete bezahlt. Ich arbeite in einer Beratungsfirma, bin dort jedoch nur als Sekretärin angestellt", gestehe ich. Irgendwie ist es mir ein wenig unangenehm. Eine erfolgreiche Geschäftsfrau zu sein, klingt doch um einiges spannender.

„Alles okay bei dir?", erkundigt sich Luke, der meine Unsicherheit mitbekommt.

„Na ja, normalweise erzähle ich, dass ich Wirtschaft studiert hätte und eine erfolgreiche Geschäftsfrau sei", gebe ich peinlich berührt zu.

„Gibt es einen Grund dafür?", will Luke wissen.

„Es gibt genügend Gründe dafür. Ich habe weder einen Abschluss anzubieten, mit dem irgendjemand etwas anfangen kann, noch eine aufregende Karriere vorzuweisen", äußere ich frustriert und leere mein Glas *Baileys* in einem Zug.

„Aber wen kümmert das denn schon?" Luke schenkt mir nach, ohne seinen Blick von mir abzuwenden.

„Wen kümmert es nicht?"

„Ella… ganz egal, was du machst, es ist nur wichtig, dass du glücklich dabei bist. Ich bin bloß ein wenig überrascht, dass du in der Zwischenzeit kein eigenes Hotel eröffnet hast. Das wolltest du doch immer."

„Toll! Jetzt fühle ich mich wie ein kompletter Loser."

Luke nimmt wieder meine Hand und stellt klar: „Das habe ich nicht damit gemeint. Nur hast du zu mir immer gesagt, dass man seinen Träumen folgen soll."

Stimmt! Das habe ich. Ich habe ihn immer dazu ermutigt, dass er einmal ein Restaurant eröffnen soll, und letztendlich habe ich ganz vergessen, mich selbst daran zu halten.

„In deinem Aufzug heute hatte ich dich zuerst gar nicht erkannt. Trägt man Abendkleider nun auch tagsüber?", schmunzelt Luke und ich würde am liebsten im Erdboden versinken. Ich laufe rot an. Eigentlich hatte ich ja gehofft, ihn damit vom Hocker zu hauen.

„Hör auf mich zu veräppeln! Du bist doch bloß sauer, weil ich so gut angezogen war, während du in deinem schmuddeligen Arbeitsgewand vor mir gestanden bist."
Luke lacht über meine Aussage.

„Ich will nur sagen, dass du mir jetzt viel besser gefällst. Das ist die Ella, die ich kenne und in die ich mich einst verliebt habe."

Ich werde ganz verlegen und bin froh, dass im selben Moment ein paar Männer laut zu lachen beginnen und mit ihren Bierkrügen anstoßen, wodurch wir kurz abgelenkt werden. Ich habe keine Ahnung, was ich darauf hätte antworten sollen.

Nachdem sich die Herren wieder ein wenig beruhigt haben, lenkt Luke das Gespräch in eine andere Richtung. Es dauert nicht lange und unsere *Baileys*-Flasche ist geleert und ich leicht beschwipst. Wir unterhalten uns über Gott und die Welt. Er erzählt mir von dem Aufbau seines Restaurants und ich von meinen Mädelsabenden mit Marie und Sonja. Als ich ihm von Sonjas Lover Paolo berichte, kann sich Luke vor lauter Lachen kaum mehr halten.

„Den Typen würde ich gerne einmal persönlich kennenlernen."

„Du meinst, damit er dir noch etwas beibringen kann?", ziehe ich ihn auf.

„Als Casanova der Isle of Wight dürfte ich mich in diesem Bereich wohl sehr gut auskennen. Oder hast du etwa von früher alles schon vergessen?", entgegnet er eloquent.

„Woher soll ich bitte noch beurteilen können, wie du damals im Bett warst?", kichere ich.

„Das gibt meinem Ego einen Tritt", macht Luke gespielt auf beleidigt. Ich lache.

„Gut, dann weiß dein Ego wenigstens, dass ich wieder da bin."

Es wird spät und die Bar ist kurz davor zu schließen. Luke steht gerade an der Theke, um zu zahlen, da kommt Carol zu mir rüber.

„Lass mich raten: Du bist die kleine Schlampe, die ihm das Herz gebrochen hat", äußert sie neugierig und sieht mich grinsend an.

„Tja, so hat jeder seine Geheimnisse", gebe ich zwinkernd zurück.

„Dann drücke ich euch die Daumen, dass sich eure gebrochenen Herzen wieder vereinen."

Ich lächle ihr zu, bis Luke nach mir ruft und wir gemeinsam die Bar verlassen.

„Wo bist du eigentlich untergebracht?", will er wissen, während ich mich bei ihm einhake. Ich schwanke bereits ein wenig und hoffe nur, nicht ganz das Gleichgewicht zu verlieren.

„In einem kleinen Bed & Breakfast in Ryde."

„Alles klar, dann werden wir dich mal dort hinbringen."

Luke ruft ein Taxi. Während wir darauf warten, lehnen wir an einer Steinmauer. Er umarmt mich, um mich zu wärmen, und legt sein Kinn auf meinen Kopf. Wir stehen einfach da und sagen kein Wort. Es ist so leise, dass, abgesehen vom kräftigen Meeresrauschen, nichts zu hören ist. Ich habe die Augen geschlossen und genieße es, ihm so nahe zu sein.

Im Taxi sitzen wir schweigend nebeneinander. Luke hält die ganze Zeit über meine Hand. Ich merke, wie die Müdigkeit in mir aufsteigt, und schaffe es nicht mehr, ein Gähnen zu unterdrücken.

„So wie es aussieht, ist unsere kleine Prinzessin müde?", neckt mich Luke und streichelt über meine Finger.

„Na ja, wahrscheinlich, weil unser lieber Prinz nicht schon früher die Initiative ergreifen konnte", kontere ich und zeige ihm frech die Zunge.

Als das Taxi vor dem Bed & Breakfast hält, steigt Luke noch aus, um mich bis zur Türe zu begleiten.

„Wieso hast du mir eigentlich nicht davon erzählt, dass du verlobt warst?", frage ich ihn direkt. Luke wirkt ein wenig überrascht. Anscheinend hat er mit solch einer Frage nicht gerechnet. Und vermutlich auch nicht damit, dass ich darüber Bescheid weiß.

„Weil ich erst gemerkt habe, dass ich sie nicht liebe, als es bereits fast zu spät war", antwortet er nach kurzem Zögern. Ich bohre nicht weiter nach.

Wir gehen die Stiege hinauf und befinden uns nun vor der Eingangstüre. Es ist fast die gleiche Situation wie damals, als wir das erste Mal gemeinsam im Pub gewesen waren und er mich anschließend nach Hause brachte.

Wieder stehen wir uns gegenüber und blicken uns nur an, bis sich Luke einen Ruck gibt und den ersten Schritt macht: „Es war ein toller Abend mit dir." Er lächelt mich vertraut an und nimmt dabei meine Hand. Ich halte für einen Moment die Luft an und bin ganz aufgeregt, zumal ich nicht weiß, was als Nächstes passiert. Luke sieht mich nach wie vor an und wartet darauf, dass ich ihm eine Antwort gebe.

„Ja, das finde ich auch", erwidere ich schüchtern und schaue kurz weg, ehe ich wieder seinen Blickkontakt aufnehme. Er lässt meine Hand los und nimmt mich in den Arm. Daraufhin verabschiedet er sich und geht zurück zum Taxi. Ich bin gerade dabei, die Türe zum Bed & Breakfast aufzumachen, da ruft er nochmals meinen Namen. Ich drehe mich um. Luke steht lächelnd beim Taxi, mit einem Fuß schon fast im Wagen.

„Es ist schön, dich wieder hierzuhaben, Ella Liner." Mit diesen Worten steigt er dann endgültig ins Taxi ein und fährt davon. In dieser Nacht schlafe ich mit einem Kribbeln im Bauch ein.

Kapitel 12

Ich schlafe wie ein Stein und wache erst gegen elf Uhr morgens wieder auf. Das Frühstück habe ich längst verpennt. Ich werfe einen Blick aufs Handy und sehe eine Nachricht von Tom:

Ella, Liebes, wo steckst du? Marie will mir einfach nicht sagen, wo du bist, und ich erreiche dich nicht. Bitte melde dich! Ich mache mir Sorgen. Dein Tom

Marie hat mich ebenfalls zwei Mal angerufen. Ich wähle ihre Nummer und kaum ist die Verbindung hergestellt, hebt sie auch schon ab.

„Dein Verlobter hat vielleicht Nerven, mitten in der Nacht bei uns aufzutauchen", quasselt sie gleich los.

„Wann? Gestern?", hake ich nach.

„Ja, gestern. So um halb zwei in der Nacht. Draußen hat jemand Sturm geläutet. Ich dachte, dass es vielleicht Sonja sei. Ich habe dann also die Türe aufgemacht und Tom ist vor mir gestanden. Er war leicht angetrunken und hat echt fertig ausgesehen. Er wollte zu dir und ich habe ihm geantwortet, dass du nicht da seist. Da wollte er natürlich sofort wissen, wo du steckst. Aber ich habe ihm nichts gesagt", schildert sie aufgeregt. Dass Tom betrunken wo auftaucht und eine Szene macht, kenne ich gar nicht von ihm. Irgendwie fühle ich mich geschmeichelt. Anscheinend bin ich ihm doch nicht gleichgültig.

„Und was ist dann passiert?"

„Er meinte, ihr hättet euch gestritten, weil dir Olivia reingewürgt habe, dass er dich auf eurer Verlobungsfeier betrogen habe, was in seinen Augen ein absoluter Quatsch sei. Jetzt habe er große Angst, dich zu verlieren. Ganz ehrlich, hat er eigentlich keine Ahnung, dass du mir ohnehin alles erzählst?" Ich kann mir vorstellen, wie Marie in diesem Moment mit ihren Augen rollt.

„Vielleicht wollte er die Geschichte noch einmal aus seiner Perspektive wiedergeben", überlege ich laut.

„Na ja, wie auch immer. Morgen kommst du ja wieder. Dann kannst du das mit ihm persönlich klären."

„Ahm… um genau zu sein, weiß ich noch gar nicht, ob ich morgen schon heimfahre", gestehe ich zögernd.

„Was? Warum denn? Ich dachte, dass mit Luke und dir sei gegessen."

„Das dachte ich zuerst auch. Doch am Abend hat sich alles gewendet. Ich bin zu meinem Lieblingsplatz gegangen, von dem ich dir bereits öfters erzählt hatte. Du weißt ja: die Bucht. Ich bin ziemlich lange auf der Holzbank gesessen. Als es schließlich dunkel wurde, wollte ich gehen. Da ist Luke plötzlich aufgetaucht."

„Was? Er ist dir nachgelaufen?", quietscht meine Schwester überdreht und ich kann mir ein Grinsen nicht verkneifen.

„Ja, ist er. Glaub mir, nach seinem Auftritt im Restaurant war ich selbst überrascht."

„Und was ist dann passiert?" Erwartungsgemäß will meine Schwester alle Einzelheiten wissen.

„Wir haben geredet."

„Geredet?", klingt Marie fast ein wenig enttäuscht.

„Ja, was hast du denn geglaubt? Dass wir gleich eine flotte Nummer schieben und ich morgen befriedigt wieder heimfliege?", äußere ich ironisch und Marie lacht.

„Wieso auch nicht? Aber egal. Also, ihr habt geredet und er hat sich nebenbei entschuldigt, nehme ich mal an."

„Ja, das hat er. Dabei hat er mir außerdem gesagt, dass Lizzy ihm nie etwas davon erzählt habe, dass ich angerufen hätte."

„Ach, ich *wusste* es! Du hättest ihn damals echt noch einmal anrufen sollen."

„Halte mir jetzt bitte keine Predigt! Zurück zu gestern: Nach unserer kleinen Aussprache sind wir ins Pub einen trinken gegangen. Na ja, eigentlich war es etwas mehr als bloß ein Getränk, nachdem er gleich eine ganze *Baileys*-Flasche bestellt hatte. Wir sind also im Pub gesessen und haben uns über die letzten Jahre unterhalten. Er besitzt sogar sein eigenes Restaurant! Darüber hatte ich dir bei unserem gestrigen Telefonat noch gar nichts berichtet."

„Schön, dass du das erwähnst. Ich war nämlich gestern schon kurz davor, dich zu fragen, was aus ihm geworden ist und wie er in der Zwischenzeit aussieht und so. Allerdings wollte ich dann doch damit warten, bis du zurück bist."

„Nun ja, er hat sich nicht nur seinen Traum vom eigenen Restaurant erfüllt, sondern er schaut zudem *noch* attraktiver aus als früher. Ach, er ist so scharf mit seiner engen Jeans und seinem Dreitagesbart!"

„Klingt echt lecker – vor allem, wenn ich an die Fotos denke, die du mir damals gezeigt hast. Er hat ja bereits in jungen Jahren extrem gut ausgesehen. Hat er eigentlich einen Bruder oder so?" Klar, dass sich meine Schwester gleich erkundigt, ob es noch mehr Junggesellen in seiner Familie gibt. Ich kichere.

„Er hat einen gut aussehenden Cousin, soweit ich weiß."

„Sehr gut! Und was ist nach eurem Ausflug ins Pub passiert? Hat er dich nach Hause gebracht und geküsst?"

„Ersteres schon, aber geküsst haben wir uns nicht. Jedoch hat er immer wieder meine Hand gehalten und seinen Arm um mich gelegt. Ach, Marie! Ich war richtig aufgeregt, ihm nach all den Jahren wieder so nahe zu sein."

„Und, was hast du jetzt vor? Ich meine, was ist mit Tom und wie geht es mit Luke weiter?"

Ich überlege kurz.

„Ich weiß es nicht. Ich weiß nicht einmal, ob ich heute bei Luke in der Arbeit auftauchen soll. Ich habe weder eine Nummer von ihm noch hab ich eine Ahnung, ob er mich überhaupt wiedersehen will."

„Ich schlage vor, du fährst erst gegen Abend zu ihm. Schließlich arbeitet er und ist tagsüber ziemlich beschäftigt. Nicht, dass du bei ihm auftauchst und ihm nur im Weg stehst. Und wegen Tom: So verzweifelt, wie er gestern vor unserer Türe gestanden ist, dürfte an der Olivia-Geschichte nicht wirklich was dran sein. Sie wollte euch damit sicherlich bloß auseinanderbringen. Tom liebt *dich*. Und das weißt du."

Ich bekomme ein schlechtes Gewissen. Hätte ich mich mit ihm aussprechen sollen, bevor ich Luke nachgereist bin? Hätte ich ihm vielleicht sogar von Luke erzählen sollen? Bin nun womöglich ich diejenige, die ihn hintergeht? Was, wenn sich herausstellt, dass mit Olivia wirklich nichts gelaufen ist, und ich in der Zwischenzeit mit Luke ins Bett steige? Dann bin ich diejenige, die ihn betrügt. Ich will ihn nicht verletzen, nur möchte ich auch meine Gefühle zu Luke nicht unterdrücken. Ich habe bemerkt, dass diese gestern wieder wachgerüttelt wurden. Und der Abend hat mir gezeigt, dass er wahrscheinlich ebenfalls noch etwas empfindet.

„Ich weiß, dass er mich liebt, und ich weiß, dass ich das mit ihm auf jeden Fall noch klären muss. Aber jetzt bin ich hier und versuche herauszufinden, wohin und vor allem zu wem ich gehöre."

„Ich verstehe dich, Ella. Nur, wenn du das mit Luke herausfinden willst, dann schwelge nicht zu sehr in alten Erinnerungen, sondern konzentriere dich stattdessen auf das Hier und Jetzt."

Meine Schwester hat recht. Es kann leicht passieren, dass ich mich zu sehr in meiner gemeinsamen Vergangenheit mit Luke aufhalte. Ich bin immerhin verlobt und kann es mir nicht leisten, groß herumzuexperimentieren, was meine Gefühle angeht. Falls Luke und ich zusammengehören sollten, dann muss das auf dem Jetzt basieren und nicht auf der Zeit, die wir hatten, als wir noch jünger waren. Ich muss deshalb herausfinden, ob er auch die Ella von heute mag.

Ich unterhalte mich noch ein wenig mit Marie und erzähle ihr außerdem von Carol und Lukes Ex-Verlobten Sandy. Marie staunt nicht schlecht, dass Luke ebenfalls schon mal verlobt war. Dass er seine Braut am Altar hat stehen lassen, findet sie aber weniger prickelnd.

Nach unserem Telefonat mache ich mich fertig und verlasse das Bed & Breakfast. Ich weiß sofort, wo es hingehen soll, nämlich in ein kleines Lokal mitten in Ryde, in dem ich früher oft mit Hannah gewesen bin...

Hannah war damals auf der Insel meine beste Freundin. Ich lernte sie im Hotel kennen. Sie arbeitete dort als Rezeptionistin und hatte etwas mit einem Koch namens Jeff am Laufen. Wir waren viel zusammen unterwegs, gingen shoppen und gemeinsam aus. Natürlich war sie in all die Geschichten rund um Luke eingeweiht. Sie war eine Mischung aus Sonja und Marie und wir verstanden uns echt super. Nach meinem Aufenthalt brach ich den Kontakt zu ihr jedoch bald einmal ab, was nichts mit ihr zu tun hatte, sondern damit, dass sie mich einfach zu sehr an Luke und die Zeit in England erinnerte. Ich frage mich, ob sie noch auf der Insel ist. Immerhin ist sie hier groß geworden. Andererseits träumte sie ständig davon, die ganze Welt zu bereisen und ein Abenteuer nach dem anderen zu erleben. Auf der Isle of Wight zu bleiben, war

ihr immer zu wenig. Deswegen fand sie es auch so amüsant, dass ich von diesem Ort nicht mehr wegwollte.
Nachdem ich sie bei der Suche nach Luke im Hotel nicht
gesehen habe, denke ich nicht, dass sie sich noch auf der
Insel herumtreibt. Aber vielleicht ist es ohnehin besser,
wenn ich ihr nicht mehr über den Weg laufe. Sie ist bestimmt sauer auf mich oder hat mich längst aus ihrem
Gedächtnis gestrichen.

Im Lokal bestelle ich mir einen Tee und ein Stück Apfelkuchen. Der Kuchen ist genauso saftig wie damals und
wird von mir bis auf den letzten Krümel weggeputzt.
Während ich mit meiner Tasse Tee im Lokal sitze und die
Umgebung wahrnehme, wird mir erst richtig bewusst,
wie sehr ich das Ganze vermisst habe. Ich bin zurück in
England, auf meiner geliebten Isle of Wight, und fühle
mich, als wäre ich wieder neunzehn. Das Lokal hat sich
ebenfalls über die Jahre nicht verändert. Die beige Sitz-
garnitur und die rechteckigen Glastische sehen noch
gleich aus wie früher. Auch die einzelnen Barhocker um
den Tresen sind dieselben. Hinter einer kleinen Glasvit-
rine kann man sich verschiedene Kuchen aussuchen. Da
gibt es welche mit Kirsche, Schokolade, Ribisel, Zitrone,
Karamell. Und natürlich Apfel. Auf jeder Wand hängen
Bilder mit unterschiedlichen Motiven und auf einer ist zudem eine altmodische Uhr mit großem Ziffernblatt und
römischen Zahlen angebracht. Obwohl ziemlich viel los
ist, kann man recht gut die neuesten Hits aus dem Radio
hören. Zumindest wenn die Kaffeemaschine oder der
Milchschäumer nicht an sind. Das Geschrei von einem
kleinen Jungen reißt mich aus meinen Gedanken. Ich
werfe einen Blick zum Tresen und sehe eine junge Frau,
die versucht, ihr Kind zu beruhigen.

„Nick, wieso schreist du jetzt so? Ich habe doch gesagt, du bekommst ein Stück Schokoladenkuchen", wundert sich die Mutter.

„Ich will aber ZWEI Stück!", schreit der Junge und hüpft unruhig auf und ab.

Einige Leute beobachten das Schauspiel, was der Frau sichtlich unangenehm ist. Leicht verunsichert schüttelt sie ihre lange braune Lockenmähne über die Schulter und zupft ihre weiße Bluse zurecht. Daraufhin konzentriert sie sich wieder auf ihren Sohn und bückt sich zu ihm runter, um wenigstens ungefähr auf gleicher Augenhöhe zu sein.

„Papa hat gemeint, dass du gar kein Stück bekommst, wenn du dich nicht benimmst", betont sie streng und schon reißt sich der Junge zusammen. Er verschränkt seine Arme und zieht ein beleidigtes Gesicht, während seine Mutter die Bestellung aufgibt. Die Kellnerin bittet sie, in der Zwischenzeit Platz zu nehmen. Sie bedankt sich und schaut sich nach einem freien Tisch um – als sich plötzlich unsere Blicke treffen. Ich bin mir zuerst nicht sicher, aber ich glaube, ich kenne diese Frau. Sie scheint ebenfalls zu überlegen, bis sie schlagartig ihre Augen aufreißt. Sie ist es also doch: Hannah!

Sie nimmt ihren Sohn bei der Hand und kommt zu mir rüber. Ihre braunen Locken fallen dabei wieder ins Gesicht. Ihrer Miene zufolge kann ich nicht wirklich einschätzen, ob sie sich freut, mich zu sehen. Automatisch erhebe ich mich und so stehen wir uns schweigend gegenüber. Unsicher mustern wir uns. Ihre vielen kleinen Sommersprossen sind im ganzen Gesicht verteilt und lassen sie nach wie vor jung und frech aussehen. Ihre Bluse hat einen leichten Ausschnitt und ich erkenne den kleinen Leberfleck an ihrem Dekolleté, der bereits damals ungeniert nach vorne blitzte. Wie früher trägt sie roten Lippenstift, wodurch ihre Schmolllippen noch mehr in den Vordergrund treten. Ihr Aussehen hat sich also im Vergleich zu damals nicht großartig verändert.

„Ella?", fragt sie dennoch vorsichtig, obwohl sie ganz genau weiß, dass ich es bin. Ich nicke. „Du Miststück hast meine E-Mails nicht mehr beantwortet." Sie funkelt mich an. „Was ist aus deinem *Freundinnen für immer* geworden?" Ihr Sohn blickt irritiert von seiner Mutter zu mir und versteht nicht ganz, was hier gerade vor sich geht.

„Tut mir leid! Ich konnte einfach nicht", stammle ich verzweifelt und weiß nicht wirklich, wo ich anfangen soll. Hannah sieht richtig wütend aus und ich fühle mich ein wenig eingeschüchtert.

„Und wieso nicht?", will sie sofort wissen und starrt mich an.

„Wegen Luke." Ich flüstere beinahe, als ich das sage. Jetzt, wo sie mit ihrem Kind vor mir steht, wird mir bewusst, dass ich den Kontakt zu ihr nie hätte abbrechen sollen. Wir waren so gut befreundet und ich habe mich einfach nicht mehr gemeldet.

Der Junge sieht mich an. Er hat einige Sommersprossen von seiner Mutter geerbt und auch die gleiche Stupsnase wie sie. Da habe ich wohl einiges verpasst! Ganz unerwartet nimmt mich Hannah in den Arm. Als sie mich wieder loslässt, winkt sie die Bedienung zu unserem Tisch. Wir setzen uns. Während die Kellnerin die Bestellung bringt, merke ich, wie Hannah mich anstarrt. Wahrscheinlich denkt sie gerade, dass sie träumt und diese Begegnung in Wirklichkeit gar nicht stattfindet. Sie hat sich ebenfalls einen Apfelkuchen und eine Tasse Tee bestellt, so wie wir es früher immer gemeinsam getan haben. Ihr Sohn stopft sich glücklich den Schokoladenkuchen in den Mund und schlürft dazu ein Glas Milch.

„Dieser kleine Frechdachs ist übrigens Nick", stellt sie ihn mir vor und er lächelt mir mit seinem schokoladeverschmierten Mund zu. Ich lächle zurück und begrüße ihn. „Ich kann es fast nicht glauben, dass du ein Kind hast", äußere ich überrascht. Hannah war früher von Kindern immer so genervt, dass sie selbst nie eines haben wollte.

„Zwei, um ehrlich zu sein. Und Nummer drei ist im Anmarsch", gesteht sie und deutet auf ihren Bauch, der nicht einmal annähernd verrät, dass sie schwanger ist.

„Wow! Das nenne ich fleißig", scherze ich und Hannah schmunzelt.

„Nun ja, irgendwie ist das so passiert. Nach unserer Hochzeit war zunächst bloß ein Kind geplant. Paul war erst ein Jahr alt, da folgte allerdings schon Nick", erzählt sie und strahlt dabei.

„Und, hast du bereits eine Ahnung, was es diesmal wird?" Neugierig deute ich auf ihren Bauch. Wir unterhalten uns beinahe so, als ob wir uns regelmäßig auf ein Stück Kuchen treffen würden, und nicht so, als ob wir uns Jahre nicht mehr gesehen hätten.

„Nein, noch nicht. Dafür ist es noch etwas zu früh. Aber ich hoffe, dass es ein Mädchen wird. Die zwei Racker können nämlich richtig anstrengend sein", lacht sie und streicht über Nicks Haare.

„Und wer ist dein Mann?", frage ich interessiert, woraufhin Hannah mit den Augen rollt.

„Du weißt ganz genau, wer mein Mann ist", entgegnet sie. Ich reiße die Augen weit auf.

„Du hast Jeff geheiratet?!" Mir bleibt die Spucke weg. Die zwei sind nach so vielen Jahren immer noch zusammen, sogar verheiratet und haben zwei Kinder, bald drei. Ich glaub es nicht!

„Ja, nach dem ständigen Auf und Ab am Anfang wurde es dann irgendwann einmal ernst. Wir waren zwei Jahre zusammen, da hat er mir einen Antrag gemacht."

„Du hast also mit dreiundzwanzig geheiratet?", rechne ich nach und Hannah nickt.

„Ganz traditionell und kirchlich. Luke war dabei Jeffs Trauzeuge. Wenn du auch noch da gewesen wärst, dann wäre die Feier perfekt gewesen." Hannah klingt ein wenig enttäuscht und ich bin traurig, ihre Hochzeit nicht miterlebt zu haben. Aber da bin ich selbst schuld.

„Es tut mir wirklich leid, dass ich nichts mehr von mir habe hören lassen. Ich hatte vorgehabt, zurückzukommen, und hatte Luke angerufen, nur war ausgerechnet Lizzy am Telefon gewesen und hatte gemeint, sie seien beschäftigt. Ich hatte mir dann ausgemalt, dass sie und Luke… na ja, du weißt schon. Danach war ich so gekränkt, weil Luke sich nicht bei mir gemeldet hatte, dass ich mit dem Ganzen nur mehr abschließen wollte. Und du hast mich einfach zu sehr an die Zeit hier erinnert."

Hannah nimmt meine Hand.

„Ich verstehe dich", tröstet sie mich und ich blinzle eine Träne weg.

„Warum hast du deine Freundin zum Weinen gebracht?", will Nick wissen und sieht seine Mutter entsetzt an. „Du bist eine schlechte Freundin!", schreit er und zeigt mit seinem Finger auf sie. Hannah schüttelt den Kopf und versichert Nick, dass das nichts mit ihr zu tun habe. Sie bittet ihn, seinen Kuchen aufzuessen, und wendet sich wieder mir zu.

„Luke hat nie davon gesprochen, dass du versucht hättest, ihn anzurufen", erklärt sie.

„Ja, weil Lizzy, die dumme Kuh, ihm nichts gesagt hatte."

„Lizzy war damals schon ein Biest gewesen. Unglaublich, dass diese Schlampe an sein Handy gegangen war. Wäre es Luke gewesen, hätte die Geschichte wahrscheinlich einen ganz anderen Verlauf genommen."

„Luke hatte mir vor meiner Abreise einen Brief geschrieben und ihn in meinem Tagebuch versteckt. Ich habe diesen allerdings erst vor zwei Tagen gefunden."

„Ja, Jeff hatte mir einmal erzählt, dass Luke dir geschrieben habe und du ihm jedoch keine Antwort darauf gegeben hättest. Ich war richtig sauer auf dich gewesen, da du weder auf ihn noch auf mich reagiert hattest. Ich hatte Jeff gesagt, dass du anscheinend nichts mehr mit uns zu tun haben wollest und Luke über dich hinwegkommen solle." Hannahs direkte Art habe ich richtig vermisst.

„Danke, Hannah!", äußere ich trocken und sie lacht.

„Sorry, aber ich war wütend auf dich und niemand wusste, dass du Luke kontaktiert hattest, geschweige denn, dass du seinen Brief nicht erhalten hattest."

„Schon gut! Es ist einfach dumm gelaufen. Ich dachte, seine Gefühle mir gegenüber hätten keine Bedeutung, und er dachte, ich hätte mich entschieden, nicht zurückzukommen. Im Grunde hätte er sich bloß mal zu melden brauchen. Doch das hat er nicht getan, und das nur, weil er in dieser Hinsicht genauso stur ist wie ich."

Nick hat mittlerweile sein Stück fertig gegessen und bettelt um ein zweites. Hannah bietet ihm die Reste von ihrem Kuchen an und er reißt den Teller sofort an sich. Einen gesunden Appetit hat er, der Kleine. Das muss man ihm lassen!

„Du hast gesagt, du hättest seinen Brief erst vor zwei Tagen gelesen. Ist das der Grund, warum du hier bist?"

Ich nicke: „Ja, ich bin am Sonntag mit dem ersten Flieger nach England gereist und habe Luke am gleichen Tag noch aufgesucht, was gar nicht so leicht war, weil ich fest davon überzeugt war, dass er noch im *Sunset* arbeitet."

„Nein, das tut keiner mehr von uns. Nachdem das Hotel von jemand anderem übernommen worden war, gab es ein paar Streitigkeiten. Luke hat daraufhin sein eigenes Restaurant eröffnet, Jeff hat es in ein Hotel nach Sandown verschlagen und ich war zunächst nach Pauls und Nicks Geburt zu Hause geblieben. Irgendjemand hatte ja auf die zwei Bengel schauen müssen. Vor einem Jahr habe ich allerdings angefangen, in einem Büro auszuhelfen, während der Zeit, in der meine Jungs im Kindergarten sind. In ein paar Monaten gehe ich jedoch schon wieder in Karenz." Sie streichelt sich unbewusst über den Bauch.

„Willst du es mit Luke noch einmal versuchen?", will sie wissen. Während sie so dasitzt und mich fragend ansieht, überlege ich kurz, ob ich ihr die ganze Wahrheit anvertrauen soll.

„Es ist ziemlich kompliziert. Ich bin in erster Linie hier, weil ich herausfinden möchte, ob Luke und ich eine zweite Chance verdient haben. Ich kann keinen anderen Mann heiraten, ohne damit abgeschlossen zu haben. Und schon gar nicht, wenn ich noch Gefühle für Luke habe."

„Was, du bist verlobt?" Sie blickt sofort auf meine Hände und sucht vergebens nach einem Verlobungsring.

„Ich habe ihn abgenommen, bevor ich zum Flughafen gefahren bin", gestehe ich und habe deshalb ein schlechtes Gewissen. Da findet man endlich einen Kerl, der einem einen Antrag macht und einen Ring an den Finger steckt, und bei der erstbesten Gelegenheit nehme ich diesen wieder ab. Eigentlich habe ich mir auch *das* anders vorgestellt.

„Weiß dein Verlobter, dass du hier bist?" Ich schüttle auf Hannahs Frage hin heftig den Kopf und sie schaut mich ungläubig an. Nach meiner Kurzzusammenfassung klingt die ganze Geschichte noch komplizierter, als sie ohnehin bereits ist.

„Es war einiges vorgefallen, weshalb ich ein wenig Abstand von ihm brauchte. Ausgerechnet dann bin ich auf Lukes Brief gestoßen. Ich habe nicht lange überlegt und umgehend ein Ticket gebucht. Du weißt, dass ich Luke über alles geliebt hatte, und es hatte mir das Herz gebrochen, wie letztendlich alles zu Ende gegangen war. Hätte ich den Brief schon damals gelesen, wäre ich meinem jetzigen Verlobten wohl nie über den Weg gelaufen. Ich bin es Luke und mir schuldig, herauszufinden, ob unsere Geschichte nicht doch eine Fortsetzung verdient hat", erkläre ich. Hannah sitzt mit offenem Mund vor mir und glotzt mich an. Sie braucht anscheinend einen kurzen Moment, um meine Geschichte zu verdauen.

„Also, ich glaube, es gibt wohl nicht viele Menschen, die so von ihren Gefühlen geleitet werden wie dich, Ella. In dir hat schon immer eine hoffnungslose Romantikerin gesteckt und für Luke wärst du bis ans Ende der Welt gegangen."

Selbstverständlich möchte sie dann wissen, was zwischen Tom und mir vorgefallen ist, und so fange ich ganz von vorne an. Ich erzähle ihr von Tom, seinen Eltern, den Hochzeitsvorbereitungen, von Henriette, der Anprobe, der Verlobungsfeier und natürlich von Olivia.

In der Zwischenzeit hat Nick noch ein Glas Milch bekommen und Hannah und ich haben uns noch einen Tee bestellt. Wir sitzen eine halbe Ewigkeit im Lokal und ich berichte ihr von jeder Kleinigkeit. Sie hört mir aufmerksam zu und gibt mir alle Zeit der Welt, um meine Geschichte fertig zu erzählen.

„Und nun bin ich hier." Mein Mund fühlt sich mittlerweile ganz trocken an und ich leere meine Tasse Tee, die inzwischen bereits kalt ist, in einem Zug. Ich bin ziemlich aufgewühlt und versuche mich daher, wieder ein wenig zu beruhigen. Die letzten Tage sind doch sehr emotional gewesen.

„Wow! Da ist ja wirklich einiges passiert", gesteht Hannah. „Weiß denn Luke über Tom Bescheid?"

„Nein. Und ich werde ihn auch nicht sofort darüber aufklären. Schließlich bin ich erst seit gestern da und es hat ohnehin schon ein wenig gedauert, bis wir uns wieder annähern konnten. Ich brauche die Zeit mit ihm und möchte nicht, dass die Geschichte mit Tom dazwischenfunkt."

„Früher oder später solltest du ihm allerdings die Karten auf den Tisch legen."

„Ich weiß."

Der kleine Nick fängt zum Quengeln an.

„Tut mir leid, aber wir sollten jetzt gehen. Ich bin überrascht, dass er überhaupt so lange still gehalten hat."

„Na ja, du hast ihn auch mit jeder Menge Kuchen bestochen. So schwierig war es also gar nicht, ihn ruhigzustellen", scherze ich, während Hannah ihrem Sohn die schokoladeverschmierten Hände säubert und ihm anschließend in die Jacke hilft.

Hannah trinkt das letzte Schlückchen von ihrem Tee aus, bevor sie sich von mir verabschiedet. Sie umarmt mich und verspricht mir, die Geschichte mit Tom für sich zu behalten. Darüber hinaus schreibt sie mir ihre Telefonnummer auf.

„Melde dich, bevor du abreist", äußert sie, während sie mir den Zettel in die Hand gibt. Ich nicke und drücke sie noch einmal. Sie zieht sich ihren Trenchcoat über und nimmt ihren Sohn an der Hand. „Ich bin gespannt, für welchen Mann du dich entscheiden wirst."

„Ja, ich auch."

Daraufhin lächelt sie mir kurz zu und wünscht mir alles Gute, ehe sie geht.

Ich bezahle und breche ebenfalls auf. Die Zeit mit Hannah ist wie im Flug vergangen. Ich möchte noch ein bisschen in der Einkaufsstraße flanieren, bevor ich mich auf den Weg zu Luke mache. In einem Geschäft kaufe ich mir eine neue Bluse mit einem dazu passenden Seidentuch und finde sogar ein Kleid, das nicht zu sehr nach Abendgarderobe aussieht. Zufrieden mit meinem Einkauf spaziere ich zurück zum Bed & Breakfast, als ich auf einmal bei einem Sexshop vorbeikomme. Sofort schießt mir eine amüsante Situation von damals durch den Kopf...

Hannah und ich waren wieder mal auf großer Shoppingtour und liefen bei einem Geschäft mit lauter Dessous in der Auslage vorbei. Nachdem am Schaufenster groß *SALE* stand, stürmten wir geradewegs hinein. Erst als wir drin waren und das ganze Sexspielzeug an der Wand aufgereiht sahen, bemerkten wir, dass es sich bei diesem Laden um kein gewöhnliches Unterwäschegeschäft handelte. Von Handschellen bis Peitsche – alles war dabei. Die Verkäuferin selbst war ein junges Ding Mitte zwanzig mit platinblonden Extensions, langem Pony und Nasenring. Sie trug eine enge schwarze Korsage aus Lackleder, die ihre großen Brüste zusammenpresste, die sie jedem einladend entgegenstreckte. Kaugummi kauend blickte sie zu uns und fragte, ob sie uns behilflich sein könne. Hannah konnte sich gerade noch einen Lacher verkneifen und begab sich gleich auf die Suche nach einem passenden Spielzeug.

Als ich sie verlegen dabei beobachtete, meinte sie nur verschmitzt: „Wenn wir schon einmal hier sind, dann können wir uns ja auch ein wenig umsehen." Dass aus ihrem *Ein wenig Umsehen* letztlich ein Großeinkauf wurde, konnte doch niemand ahnen. Mich hat sie zu ein paar klischeehaften Plüschhandschellen überredet. Das mit Spitzen besetzte, halbdurchsichtige Negligé war hingegen meine Idee. Luke war von diesem verführerischen Teil überaus angetan. Und von den Handschellen erst! Was folgte, war ein richtig heißer Abend, der mir heute noch im Gedächtnis weilt. Zu lange darf ich daran gar nicht denken, sonst werde ich ganz wuschig.

Kurz überlege ich, ob ich mir nicht wieder eine schicke Reizunterwäsche kaufen soll. Ich meine, bloß für den Fall der Fälle, dass es zwischen Luke und mir doch noch heiß hergehen sollte. Aber wenn man bedenkt, dass ich eigentlich mit Tom verlobt bin, dann geht das eindeutig zu weit. Mein Aufenthalt soll schließlich nicht zum Sextourismus verkommen. Ich will lediglich herausfinden, welcher Mann der richtige für mich ist.

„Braves Mädchen", lobe ich mich, gehe weiter und denke nicht mehr an den Abend, als ich Luke meine neue Unterwäsche gezeigt habe. Plötzlich läutet mein Handy. Zur Abwechslung ist es nicht Tom, sondern Sonja.

„Ich war gerade am Überlegen, ob ich in einen Sexshop gehen soll, und schon erhalte ich einen Anruf von dir. Das kann kein Zufall sein! Gib es zu: Du hast so etwas bereits geahnt und willst dich nur erkundigen, ob ich dir auch was Tolles zum Spielen mitbringen kann", bemerke ich scherzend, als ich abhebe, ohne an ein einfaches Hallo zu denken. Sonja prustet laut los.

„Und ich dachte mir noch: Ach, wie romantisch! Meine Freundin versucht herauszufinden, für welchen Mann ihr Herz schlägt, und fährt dafür sogar in ein anderes Land. Doch in Wirklichkeit geht es dir bloß um schmutzigen Sex."

Ich kann nicht anders, als mich ihrem Lachen anzuschließen.

„Marie hat mir bereits das Wichtigste erzählt. Ich gehe mal davon aus, dass du noch nicht weißt, was du jetzt machen wirst und für wen du dich entscheiden sollst." Sonjas Zusammenfassung bringt es auf den Punkt.

„Stimmt! Ich habe keine Ahnung. Aber vielleicht hilft mir der heutige Abend dabei, um dahinterzukommen, was ich eigentlich will."

„Falls sich das mit Olivia bewahrheitet, dann kannst du Tom sowieso abschreiben." Sonja ist wirklich auf dem Laufenden. Gut so! In dem Fall brauche ich die Geschichte wenigstens nicht nochmals zu wiederholen.

„Marie hat gemeint, dass sie an der Sache mit Olivia zweifle, nachdem er gestern leicht angetrunken vor ihrer Tür gestanden sei."

„Ja, das hat sie mir ebenfalls erzählt. Du solltest dich echt mal mit Tom aussprechen. Er hat dich sicherlich an die hundert Mal angerufen."

„Na ja, neunzig Mal vielleicht."

„Und wie ich dich kenne, hast du jeden seiner Anrufe ignoriert."

„Ich weiß, dass ich mit ihm reden sollte, nur schaffe ich es im Moment nicht."

„Mir ist klar, dass du verletzt bist. Aber vor der Sache einfach davonzulaufen, ist auch keine Lösung. Genieße die Zeit mit Luke und hole dir die Antworten, die du brauchst. Vergiss jedoch nicht, die Sache mit Tom zu klären. Du hast mir immer gesagt, dass er der Richtige für dich ist und wie sehr du ihn liebst. Wenngleich seine Eltern einen Vogel haben, im Endeffekt geht es hier ausschließlich um euch beide."

„Ich werde mit ihm telefonieren. Versprochen!"

„Gut! Wie auch immer du dich entscheidest, Marie und ich stehen hinter dir."

„Danke, Sonja!"

„So, ich habe dann alles gesagt. Bevor ich noch mehr für dieses Ferngespräch bezahle, lege ich lieber auf. Du solltest ohnehin bald wieder im Lande sein. Mach's gut, Ella!"

„Bis bald!" Gleich nachdem ich aufgelegt habe, überkommt mich ein eigenartiges Gefühl. Sonja hat recht. Ich liebe Tom und muss das auf jeden Fall noch mit ihm klären. Sobald ich in meinem Zimmer angekommen bin, wähle ich seine Nummer.

Ich rechne damit – oder besser gesagt hoffe darauf –, dass er mit der Arbeit zu beschäftigt ist und ich ihm einfach eine kurze Nachricht aufs Band hinterlassen kann. Doch es dauert keine zehn Sekunden, da hebt er bereits ab. Ich kann mir das gar nicht vorstellen, wie er alles stehen und liegen lässt, nur um mit mir telefonieren zu können. Ich frage mich, wie oft ich ihn schon während der Arbeit angerufen habe und er mich bloß genervt daran erinnert hat, dass er viel zu tun und keine Zeit habe. Manchmal habe ich gar nicht mehr gewusst, ob ich ihn tagsüber überhaupt noch anrufen darf. Deswegen habe ich meistens darauf gewartet, bis er das übernommen hat.

„Ella! Na, endlich! Wo steckst du denn? Hast du meine Nachrichten nicht bekommen? Ich habe so oft versucht, dich zu erreichen, und mir bereits Sorgen gemacht, dass du das Land verlassen hast." Tom lacht über seinen eigenen Witz. Er hat also keine Ahnung, dass ich in England bin.

„Tut mir leid, Tom. Ich habe ein wenig Zeit für mich gebraucht", fange ich an, ehe er mir ins Wort fällt.

„Ella, Liebes, du *musst* mir glauben, dass ich dich mit O-
livia nicht betrogen habe! Sie probiert uns damit auseinanderzubringen. Verstehst du denn nicht? Gut, ich hatte
mit ihr etwas am Laufen gehabt. Aber letztendlich habe
ich mich ja für *dich* entschieden. *Du* sollst meine Ehefrau
werden und niemand anderes."
Tom wartet auf eine Antwort von mir, doch ich sage
nichts darauf. Es herrscht Stille. Ich fasse stattdessen gedanklich die ganzen Ereignisse zusammen. Es kann gut
möglich sein, dass Olivia versucht hat, ihn rumzukriegen.
Sie dürfte jedoch daran gescheitert sein und wollte mir
dann einreden, dass er mich mit ihr betrogen hat. Sie
wollte damit meine Unsicherheit zu ihrem Vorteil ausnut-
zen und uns auseinanderbringen.
„Ella? Bist du noch dran?", fragt er vorsichtig nach und
reißt mich aus meinen Gedanken.
„Ja, bin ich", murmle ich. Ich atme kurz durch und versuche, alles Negative zu verdrängen. „Ich glaube dir,
Tom", höre ich mich sagen und daraufhin Tom, wie er
erleichtert ausatmet.
„Ach, Ella! Versprich mir bitte, dass wir niemanden mehr
zwischen uns lassen. Ich liebe dich so sehr. Du weißt gar
nicht, wie sehr ich in den letzten Tagen gelitten habe. Ich
schlage vor, ich komme später bei dir vorbei und wir bestellen uns etwas beim Chinesen."
„Das geht nicht", antworte ich hastig.
„Okay, dann halt Pizza. Wie du willst."
„Nein… ich meine, es geht nicht, dass du heute vorbei-
kommst."
Natürlich will Tom sofort erfahren, wieso: „Ich dachte,
wir haben uns gerade versöhnt." Er wirkt gekränkt.
„Das haben wir auch. Aber ich bin heute Abend bei
Sonja. Marie kommt ebenfalls vorbei. Wir machen uns

einen netten Mädelsabend und besprechen die Hochzeit", lüge ich.

„Gut, dass du von der Hochzeit anfängst. Meine Mutter möchte wissen, für welches Kleid du dich nun entschieden hast."

Dieses Miststück! Sie weiß ganz genau, welches Kleid ich nehmen will. Sie versucht immer noch, ihren Kopf durchzusetzen.

„Ich habe ihr bereits gesagt, für welches ich mich entschieden habe, und dieses auch auf die Seite legen lassen."

„Komisch! Ich glaube, da muss ein Missverständnis vorliegen, denn sie hat mich extra noch darum gebeten, dich diesbezüglich zu fragen. Am besten regelst du das mit ihr persönlich. Sie wollte ohnehin noch einiges mit dir besprechen."

Wenn ich an die ganze Hochzeitsplanung denke, dreht sich mir der Magen um. Ich hatte schon ganz vergessen, wie anstrengend diese ist. Henriette und Klara sind so weit weg, dass ich keinen Gedanken mehr an die Hochzeitsvorbereitungen verschwendet hatte. Und momentan möchte ich mich auch nicht damit beschäftigen. Schließlich weiß ich ja nicht einmal mehr, ob ich Tom überhaupt heiraten will.

„Passt, dann sehen wir uns eben morgen."

„Ähm… Tom, morgen bin ich genauso verplant", quieke ich und werde langsam unruhig. Hoffentlich durchschaut er mich nicht. Nervös gehe ich im Zimmer auf und ab.

„Echt jetzt? Einmal ein kleiner Streit und plötzlich hast du alle Abende verplant? Wie auch immer… Ich habe zwischen zwei Meetings eine längere Pause. Dann komme ich dich eben in der Arbeit abholen und wir gehen zusammen mittagessen."

Verdammt! Er lässt nicht locker. Gibt es denn keine Möglichkeit, seinen Verlobten für ein paar Tage von einem fernzuhalten?

„Nein, bitte nicht während der Arbeit!", falle ich ihm ins Wort und hoffe, dass ich mit meiner nächsten Ausrede durchkomme. „Ich habe gerade wahnsinnig viel zu tun und muss mich für ein wichtiges Kundengespräch vorbereiten. Ich habe dafür sämtliche Meetings sausen lassen. Es ist wirklich eine große Sache und ich darf mich dabei nicht ablenken lassen. Du weißt doch selbst, wie das ist."

„Ja, das verstehe ich. Der viele Druck, der da auf einem lastet. Schrecklich! Vor allem, wenn es sich in diesem Fall auch noch um einen *wichtigen* Kunden handelt. Dann lassen wir das Mittagessen aus und du meldest dich einfach am Abend bei mir. Vielleicht änderst du ja noch deine Pläne."

„Gut, so machen wir das. Schatz, ich muss mich wieder um meine Arbeit kümmern. Wir hören uns dann."

„Ich will dich nicht weiter stören. Ich bin nur froh, dass wieder alles in Ordnung zwischen uns ist. Ich kann es kaum erwarten, dich endlich zu heiraten. Ich liebe dich."

„Ich dich auch." Ich lege auf und lasse mich aufs Bett fallen. So viele Lügen und das in so einem kurzen Telefonat. Ich habe Tom also offiziell verziehen. Heißt das jetzt, dass unserer Hochzeit nichts mehr im Wege steht? Ich weiß es nicht. Am besten versuche ich, heute noch mit Luke abzuschließen, und fliege morgen wieder heim. Es war schön, ihn zu sehen. Aber Luke gehört zu meiner Vergangenheit. Tom ist meine Gegenwart und Zukunft. Ich fahre einfach zu ihm, wünsche ihm alles Gute und sage ihm, dass ich es schön gefunden habe, ihn wiederzusehen. Am Abend kümmere ich mich dann noch um mein Rückflugticket. Überzeugt von meinem Plan mache ich mich ein letztes Mal auf den Weg zum *Starry*.

Kapitel 13

Ich war wirklich überzeugt von meinem Vorhaben, dass ich zu seinem Restaurant fahre, mich kurz mit ihm unterhalte und mich dann von ihm verabschiede. Doch da habe ich wohl im wahrsten Sinne des Wortes die Rechnung ohne den Wirt gemacht. Als ich mich nämlich vor seinem Restaurant befinde, spüre ich wieder meine innerliche Aufregung und Vorfreude, Luke zu treffen.

Ich schleiche mich bei den Kellnern vorbei und gehe durch das Restaurant bis nach hinten in die Küche. Dort ist es ziemlich ruhig, da nur mehr die letzten Bestellungen ausgegeben werden, bevor für die Köche der Feierabend beginnt. Luke sieht mich im Türrahmen stehen und strahlt mich an. Er winkt mich zu sich und ich stelle mich zu ihm neben den Herd.

„Probier das einmal!", fordert er mich auf und hält mir einen Löffel mit einem orangegelben Brei entgegen. „Schließ die Augen!", möchte er dann zusätzlich noch.

„Das ist jetzt aber keine nachgespielte Szene aus *Fifty Shades of Grey*?", frage ich scherzhaft und Luke lacht.

„Nein, da würde ich schon ganz andere Szenen aus dem Buch nachspielen", blödelt er und ersucht mich, die Klappe zu halten, damit ich seine pampige Suppe probieren kann.

„Seit wann bist du denn so dominant?", erwidere ich. Ich kann einfach nicht stillhalten. Luke rollt mit den Augen.

„Ich habe vergessen, wie schwer es ist, dich zum Schweigen zu bringen", neckt er mich. „Also, schließ endlich die Augen und probier!"

Diesmal reiße ich mich zusammen und tue, was er verlangt. Ich nasche von seinem Gericht, das so hervorragend schmeckt, dass ich gar nicht mitbekomme, wie ich leise vor mich hin stöhne.

„Ich wusste, dass es dir schmecken wird. Ich habe allerdings nicht damit gerechnet, dass es solche Gefühle in dir auslöst. Zum Glück habe ich mich gegen eine Szene aus *Fifty Shades of Grey* entschieden, sonst hätten wir hier ein lautes Problem", grinst Luke und leert mir ein wenig von der Suppe in eine kleine Schüssel und hält mir den Löffel hin.

„Hinsetzen und essen! Ich bin bald fertig. Dann kümmere ich mich um dich." Er lächelt mich an und zeigt zu einem kleinen Hocker neben der Arbeitsfläche. Brav nehme ich Platz und schlemme sein Essen.

„Rate mal, was da drin ist", fängt er plötzlich an und ich erinnere mich, dass wir dieses Spielchen früher öfters gespielt haben…

Er hatte oft mit Rezepten herumexperimentiert und ich durfte anschließend das Resultat kosten, wobei ich erraten musste, welche Zutaten er dafür verwendet hatte. An einem Abend, als er mich wieder einmal zu diesem kulinarischen Spiel herausgefordert hatte, kam er ständig zu mir, küsste sanft meinen Hals, streichelte mir über den Rücken und lachte mich aus, nachdem ich vergessen hatte, welche Zutaten ich bereits aufgezählt hatte. Er hatte mir sprichwörtlich den Kopf verdreht, sodass ich mich nicht mehr aufs Wesentliche konzentrieren konnte. Luke zog mich dann zu sich und küsste mich leidenschaftlich. Ich fuhr ihm durchs Haar und er öffnete ganz frech meine Bluse. Langsam tauchte er nach unten, um meine Brüste liebkosen zu können. Seine Kochschürze legte ich auf die Seite, fuhr unter seine Kochjacke, streichelte seine nackte Haut und wanderte ebenfalls nach unten. Luke zerrte mich in den hinteren Bereich der Küche, setzte mich auf die Arbeitsplatte (die wir anschließend natürlich gründlich desinfiziert haben) und zog mir meine Hose aus. Ich war so aufgeregt und hatte Angst, erwischt zu werden. Doch Luke versicherte mir, dass niemand kommen werde, und so trieben wir es in der Küche. Im Patisseriebereich.

„Ella? So schwierig ist das doch nicht", lacht er und reißt mich aus meiner Tagträumerei. Auch diesen Abend muss ich schnell wieder aus meinem Kopf bekommen, ansonsten falle ich noch über ihn her. Es dauert einen kurzen Moment, bis ich mich wieder gefangen habe, und nehme einen weiteren Löffel von seinem Essen. Grübelnd verziehe ich mein Gesicht.

„Kürbis, Karotte, Paprika, Salz, Pfeffer, Chili und Muskatnuss", zähle ich stolz auf und Luke klatscht begeistert in die Hände.

„Sehr gut! Du weißt noch, wie es funktioniert. Aber etwas hast du vergessen", merkt er an. Ich überlege.

„Frische Petersilie?"

„Ja, das auch", lacht Luke und wartet auf meinen nächsten Versuch.

„Ich weiß es nicht. Die Karotte überwiegt den Geschmack", stelle ich schon leicht resigniert fest. Luke stemmt seine Hände in die Hüften.

„Hör auf mein Essen zu kritisieren. Die Karotte überwiegt da gar nichts", meint er gespielt beleidigt und wartet immer noch auf die richtige Antwort.

„Zimt vielleicht?", versuche ich es erneut und Luke klatscht abermals.

„Geht ja, Prinzessin." Er zwinkert mir zu und säubert seine Arbeitsfläche. Ich löffle die Suppe leer und kann einfach meine Augen nicht von ihm lassen. Ach, er sieht aber auch verdammt gut aus! Mein Blick wandert zu seinem Hintern. Ohne es zu merken, sitze ich mit meinem Löffel im Mund da und starre ihn an. Luke lächelt verschmitzt, als er das mitbekommt.

„Die Suppe tut dir anscheinend nicht so gut, was?",
scherzt er und ich versuche, meinen Blick abzuwenden.
Ich stehe auf und stelle die leere Schüssel mit dem Löffel
zum Abwasch.

„Also, was haben wir heute noch vor?", frage ich unschuldig. Dass ich mich eigentlich von ihm verabschieden
wollte, habe ich längst vergessen.

„Nachdem du nun so lecker gegessen hast, können wir
uns einen Restaurantbesuch wohl sparen", lobt er sich
selbst. „In einem Lokal um die Ecke tritt eine Live-Band
auf. Hast du vielleicht Lust, dort hinzugehen?"

„Blöde Frage. Klar habe ich Lust!", äußere ich enthusiastisch, was Luke sichtlich freudig vernimmt.

„Gib mir noch zehn Minuten und der Abend kann beginnen."

Nicht einmal zehn Minuten später zieht mich Luke an der
Hand aus dem Restaurant raus. Er legt den Arm um mich
und geht mit mir zu der Kneipe, von der er gesprochen
hat.

„Du siehst übrigens toll aus", schmeichelt er mir und ich
merke, dass ich rot werde. Seit wann werde ich bitte bei
Komplimenten rot? Bei Tom bedanke ich mich einfach
dafür und das war's dann auch wieder. Egal. Ich denke
jetzt nicht an Tom.

Von Weitem hört man schon die laute Musik spielen. Das
Lokal ist so voll, dass wir uns zwischen den Leuten bis
zur Bar durchdrängen müssen. Dabei hält er die ganze
Zeit über meine Hand und lächelt mich wiederholt von
der Seite an. Luke bestellt uns ein Getränk. Jedes Mal,
wenn er meine Hand nimmt, seinen Arm um mich legt
oder mich mit seinen blauen Augen ansieht, spüre ich ein

leichtes Kribbeln. Das dürften dann wohl die Schmetterlinge sein, die ich so lange vermisst habe und gerade wie wild in meinem Bauch herumflattern.

Luke und ich gehen näher zur Band. Tische sind keine mehr frei. Luke lehnt sich deshalb zur Wand und zieht mich zu sich, sodass ich mich an ihn anlehnen kann. Ich bin ihm gerade so nahe. Ich merke, dass er mich fester an sich drückt und über meine Hand streichelt. Er bewegt sich leicht zur Musik und summt immer wieder mit. Ganz unbewusst spiele ich ebenfalls mit seinen Händen und fahre ihm zärtlich über seinen Unterarm. Ich genieße den Moment so sehr und wünschte mir, ich würde augenblicklich nicht so stark für ihn empfinden, weil ich im Grunde dachte, mich bereits für Tom entschieden zu haben.

Die Band spielt ein Lied nach dem anderen und erntet dafür jedes Mal Applaus. Luke wiederum bestellt uns laufend neue Drinks und macht zwischendurch seine Witze.

„Luke, dich hätte ich hier nicht erwartet. Und schon gar nicht in Begleitung. Wie geht's dir, Mann?", spricht ihn ein großer Typ mit gegelten dunklen Haaren und rotem Karohemd an. Er dürfte in unserem Alter sein.

„Du siehst ja, dass es mir mehr als gut geht", gibt Luke als Antwort und stellt mich vor.

„Hi, Ella, ich bin Pete. Und, seid ihr zusammen oder so?"

„Seit wann so neugierig, Pete?", fragt Luke lachend. Pete grinst zurück.

„Na ja, du erzählst es mir sowieso irgendwann. Dann noch viel Spaß euch beiden!" Er zwinkert uns zu und taucht wieder in der Menge unter. Luke nimmt einen Schluck von seinem Bier.

„Komm, lass uns tanzen!", fordert er mich überraschend auf und zerrt mich auf die kleine Tanzfläche, die so gut wie leer ist.

„Nein, Luke! Tanzen wir später, wenn die Leute bereits zu betrunken sind, um sich vor ihnen zu blamieren", bettle ich, doch Luke lässt nicht locker.

„Sei kein feiges Huhn", meint er nur und zieht mich an sich. „So wie früher, meine Liebe", sind seine letzten Worte, ehe wir uns zum Takt der Musik bewegen. Er macht die Schritte vor, dreht mich und zieht mich immer wieder zu sich. Wir tanzen was das Zeug hält und ich lasse mich komplett in die Musik fallen. Die Leute pfeifen und klatschen begeistert mit. Auch andere Paare gesellen sich langsam zu uns. Glücklich strahle ich Luke an. Er ist schon immer ein guter Tänzer gewesen und es macht mir heute noch genauso viel Spaß wie damals, mit ihm das Tanzbein zu schwingen. Ich meine, welche Frau steht nicht auf einen gut aussehenden Mann, der auch noch tanzen kann?

Luke dreht mich ein weiteres Mal, doch diesmal ein wenig zu heftig, sodass ich am Ende der Drehung das Gleichgewicht verliere. Ich falle quasi Luke in die Arme und er fängt mich lachend auf. Die Leute um uns herum bekommen kaum etwas davon mit und tanzen ausgelassen weiter. Ich kichere und blicke zu Luke auf. Unsere Gesichter sind auf einmal so eng beieinander. Er sieht mir direkt in die Augen, umfasst mit seinen Händen mein Gesicht und schon berühren sich unsere Lippen. Wir stehen auf der Tanzfläche und küssen uns. Nach all den Jahren. Mein Kribbeln ist mittlerweile zu einem bunten Feuerwerk geworden. Der Kuss mit ihm ist so schön, dass ich mir nichts anderes vorstellen kann, was ich lieber täte. Alles um mich herum ist vergessen. Es zählen nur er und ich. Seine Lippen sind weich und sein Bart kratzt ein wenig. Ich halte meine Augen geschlossen und genieße den Moment. Seine Küsse werden intensiver, leidenschaftlicher. Als ob er mich einfach nicht mehr loslassen möchte.

Als die Band den Song fertig gespielt hat und die Gäste laut zu applaudieren beginnen, merken wir erst wieder, wo wir eigentlich sind. Er schaut mich an und schenkt mir sein spitzbübisches Lächeln, das ich bereits damals so sehr an ihm geliebt habe und mich auch heute geradewegs auf Wolke sieben beamt.

„Lass uns woanders hingehen", schlägt er vor und küsst mich auf die Wange. Er geht voraus und nimmt mich an der Hand. Ohne etwas zu sagen, verlassen wir das Lokal. Wir spazieren Arm in Arm die Promenade entlang. Ich weiß zwar nicht, wohin wir gehen, aber ich weiß, was er vorhat. Obwohl ich noch nichts getan habe, überkommt mich in diesem Moment ein schlechtes Gewissen. Schließlich wartet zu Hause mein Verlobter auf mich. Das Teufelchen auf meiner Schulter ist jedoch stärker und verdrängt meine Gedanken an Tom.

Kurze Zeit später befinden wir uns vor einem kleinen Haus aus roten Backsteinen und einem winzigen, verwucherten Garten. Das dürfte Lukes Zuhause sein. Ungeduldig warte ich, bis er die Türe aufsperrt. Ich bin total aufgeregt. Passiert das hier alles wirklich? Luke und ich? Ich dachte, dass dieses Kapitel schon vor Jahren abgeschlossen wäre, und auf einmal bringt er mich zu sich nach Hause. Er, der Mann, in den ich mich einst verliebt hatte, der Mann, der mir mein Herz gebrochen hatte.

Luke zieht mich in sein Haus und schaltet ein kleines Licht an. Ich sehe mich nicht wirklich um, sondern bekomme bloß einen Raum links neben mir mit, der womöglich das Wohnzimmer ist. Wir stehen im Eingangsbereich, von dem aus eine Treppe in den ersten Stock führt. Luke sagt die ganze Zeit über nichts. Er dreht sich zu mir um und nimmt mein Gesicht in seine Hände, um mich erneut innig zu küssen. Dabei zieht er mir meine Lederjacke aus. Seine Jacke streift er ebenfalls ab und lässt sie zu Boden fallen. Und dann geht alles ganz schnell. Er nimmt meine Hand und geht mit mir hinauf in den ersten Stock in sein Schlafzimmer.

Das Mondlicht, das durch das große Fenster scheint, ist das einzige Licht, das den dunklen Raum ein wenig erhellt. Er küsst mich leidenschaftlich und wandert anschließend meinem Hals entlang. Ich bin von der Atmosphäre dermaßen infiziert, dass ich ihm quasi sein Hemd vom Leib reiße. So steht er mir nun mit seinem nackten Oberkörper gegenüber. Seine Hände umfassen meine Taille. Meine wiederum streicheln über seinen muskulösen Oberkörper. Er zieht mir mein Shirt und meinen BH aus und spielt mit meinen Brüsten. Ich dränge mich dicht an ihn und spüre seine Erregung. Gott, ich halte es nicht mehr aus! Ich mache mich gierig an seinen Gürtel und öffne seinen Hosenknopf. Während er meine Brüste liebkost, merke ich, wie er dabei grinst. Nachdem er sich seiner Jeans mitsamt den Boxershorts entledigt hat und splitterfasernackt ist, wandert er mit mir zum Bett. Er streift meine Hose herunter und legt sich auf mich drauf. Wild küssen wir uns. Er berührt mich am ganzen Körper und bringt mich zum Stöhnen. Er zieht mein Höschen aus. Bevor er in mich eindringt, sieht er mich an. Sein Blick ist so intensiv, so leidenschaftlich. Und plötzlich spüre ich ihn in mir.

Wie schon beim Tanzen gibt er den Takt vor und ich fühle mich wie in Ekstase. Seine Küsse waren bereits vielversprechend, aber der Sex ist der Wahnsinn. Wir lassen uns völlig gehen und bringen uns gegenseitig zum Höhepunkt. Erschöpft lässt sich Luke auf den Rücken fallen und zieht mich erneut an sich. Ich lege meinen Kopf auf seine Brust und schließe für einen Moment die Augen, um den Augenblick zu genießen. Er fährt mir sanft übers

Haar und ich spüre seinen Atem auf meiner Haut. In mir kribbelt es immer noch.

„Ella", höre ich ihn plötzlich sagen. Ich sehe zu ihm hoch und warte gespannt darauf, was er mir mitteilen möchte. „Ich hätte nicht gedacht, dass wir zwei je wieder zueinanderfinden würden. Ich habe immer noch das Gefühl, als würde ich träumen." Ernst schaut er mich an. „Es macht mich glücklich, dass du da bist. Und wie auch immer es zwischen uns weitergehen mag, ich möchte, dass du weißt, dass es mir viel bedeutet, dass du sofort zu mir gefahren bist, nachdem du meinen Brief gelesen hattest."

„Hast du es bereut, dass wir damals nicht wieder zusammengekommen waren?", frage ich ihn und bin von meiner Direktheit überrascht.

„Ich habe es sofort bereut, als ich dich gestern auf meiner Terrasse habe sitzen sehen." Ich schmelze bei seiner Aussage dahin. Hat er das soeben wirklich gesagt? Ich kann gar nicht anders, als blöd zu grinsen. „Wir haben uns ein Happy End verdient, Ella", fügt er hinzu. „Unsere Geschichte ist noch nicht vorbei." Er lächelt mir vertraut zu und ich schmiege mich wieder an ihn.

Irgendwann schlafe ich neben ihm ein. In der Nacht träume ich von unserem ersten Kuss und dem Moment, als ich das erste Mal zu ihm sagte, dass ich ihn liebe. Der Traum hätte nicht kitschiger sein können und kommt mir vor wie ein bunter Abklatsch aus einem *Walt Disney*-Film. Doch dann sehe ich plötzlich Toms Gesicht vor mir und wache auf. Luke liegt neben mir und schläft tief und fest, während mich ein schlechtes Gewissen plagt. Ich habe meinen Verlobten betrogen!

Nachdem ich in der Nacht aufgewacht bin, habe ich Schwierigkeiten, wieder einzuschlafen. Ich denke ständig an Tom, aber auch an den Abend mit Luke. Ich schreibe

Marie eine Nachricht, in der ich erwähne, dass ich mit Luke geschlafen habe. Als ich in der Früh wach werde, lese ich ihre Antwort:

Dafür bist du zu ihm gefahren, um herauszufinden, ob du noch Gefühle für ihn hast. Jetzt musst du nur noch Tom klarmachen, dass es keine gemeinsame Zukunft mehr für euch beide gibt.

„Du hast gut reden", murmle ich und lege das Handy beiseite. Ich habe keine Ahnung, wie ich Tom von Luke erzählen soll. Ich weiß doch nicht einmal, was genau zwischen Luke und mir ist, geschweige denn, ob ich Tom für Luke verlassen soll. Die Hochzeitsvorbereitungen sind ja bereits in vollem Gange und ich bin sicher, dass Tom mich liebt. Was ist bloß aus unseren Zukunftsplänen geworden? Hätte ich Lukes Brief nicht entdeckt, wäre womöglich die Sache mit Olivia das Einzige, was mich zweifeln ließe. Abgesehen von seinen anstrengenden Eltern natürlich. Dabei hat zwischen Tom und mir alles so schön begonnen.

Ich werfe einen Blick zu Luke, der friedlich vor sich hin schnarcht. Hätte ich den Brief doch gefunden, bevor ich Tom kennengelernt habe. Dann wäre die Situation nicht nur einfacher, sondern mich würden auch keine Schuldgefühle plagen. Ich habe zuvor noch nie einen meiner Partner betrogen und nun betrüge ich ausgerechnet meinen Verlobten. Hinzu kommt, dass ich ihn vor nicht allzu langer Zeit selbst noch beschuldigt habe, fremdzugehen. Aber wenn ich mir Luke so anschaue, steigen die alten Gefühle wieder in mir hoch. Toll! Ich stehe zwischen zwei Männern, die nichts voneinander wissen, und kann mich nicht entscheiden, für wen. Irgendwie hat der kleine

Ausflug hierher die Sache bloß noch komplizierter gemacht.

Luke wacht langsam auf und kuschelt sich an mich.

„Guten Morgen, Prinzessin!", flüstert er mir ins Ohr und küsst mich. Wie schön sich das anfühlt. Ich schließe für einen kurzen Moment die Augen. Ich nehme seinen mir vertrauten Geruch wahr und genieße es, ihm so nahe zu sein. Doch von einer Sekunde auf die andere wird der Augenblick von meinem klingelnden Handy unterbrochen. Als ich auf das Display sehe, steigt Panik in mir hoch. Es ist Tom. Toller Zeitpunkt! Ich kann jetzt unmöglich mit ihm sprechen. Ich drücke deshalb den Anruf weg und drehe mich wieder zu Luke.

„Na, keine Lust zu telefonieren?", fragt er nach und ich schüttle den Kopf.

„Nicht um halb neun in der Früh", antworte ich und hoffe, dass sich mein Puls wieder beruhigt. Aber keine fünf Minuten später läutet mein Mobiltelefon erneut. Tom kann bei so was ziemlich hartnäckig sein. Ich versuche, das Läuten zu ignorieren, denn schließlich muss es ja irgendwann mal aufhören. Doch da täusche ich mich. Ich habe das Gefühl, als würde es bereits drei Minuten durchläuten. Und auch Luke scheint schon ein wenig genervt davon zu sein.

„Könnte wichtig sein", stellt er in den Raum. Seine Stimme verrät mir, dass er nichts Gutes ahnt. Es liegt eine komische Spannung in der Luft. Ich entschuldige mich, schnappe mein Handy und wickle mich noch schnell in die Decke ein, bevor ich aus dem Zimmer tapse. Ich kann Lukes Blick regelrecht in meinem Nacken spüren. Ich gehe in das Badezimmer nebenan und hebe dann ab.

„Wieso hast du mich vorhin weggedrückt?", fragt mich Tom sauer. „Und wieso bist du nicht im Büro?" Oh-oh! Das klingt überhaupt nicht gut.

„Wovon redest du?", stelle ich mich dumm, um etwas Zeit für eine passende Ausrede zu schinden. Im Hintergrund höre ich ein paar Autos hupen. Anscheinend dürfte er unterwegs sein.

„Ich war gerade in deinem Büro. Ich dachte mir, nachdem unser Mittagessen heute ausfällt, kann ich dir doch wenigstens ein Croissant zum Frühstück bringen. Als ich Natalie gefragt habe, wo du seist, hat sie bloß irgendetwas von einem Business Meeting gestammelt. Blöd nur, dass zum gleichen Zeitpunkt dein Chef aufgetaucht ist und mir erklärt hat, dass du dir die Tage freigenommen hättest. Ich musste fast zwanzig Minuten auf deine Kollegin einreden, damit sie mir endlich verrät, wo du steckst. England? Ist das ein schlechter Scherz, oder was? Was treibst du denn dort?" Tom ist ziemlich aufgebracht. Ich denke an die arme Natalie. Ich kann mir richtig vorstellen, wie er die Information aus ihr herausgequetscht hat.

„Also, wieso bist du in England und nicht zu Hause in Wien? Du bist wohl hoffentlich nicht dabei, in alten Erinnerungen zu schwelgen und deinem Liebhaber von früher nachzulaufen?"

Ich habe keine Antwort darauf. Was soll ich ihm sagen: Schatz, ich habe mit einem anderen geschlafen, was allerdings nicht heißen soll, dass unsere Hochzeit nicht vielleicht doch stattfindet? Ich bin mir im Grunde selbst nicht mehr sicher, ob ich Tom heiraten will. Ja, ich habe ihm verziehen, aber nachdem ich neben Luke eingeschlafen bin, weiß ich nicht mehr, was ich tun soll. Ich befinde mich in einem Männerchaos und bin damit total überfordert.

„Ich bin auf der Suche nach Antworten", stammle ich unbeholfen und hoffe, dass die Erklärung genügt.

Natürlich tut sie es nicht, denn Tom will sofort wissen, was ich damit meine. Ich versuche es mit der Wahrheit.

„Tom, ich war echt sauer wegen der Aktion mit dir und Olivia."

„Ich habe dir doch gesagt, dass da nichts dran ist", fällt er mir heftig ins Wort. Okay, vielleicht lasse ich einen Teil der Wahrheit lieber weg.

„Ja, das glaube ich dir jetzt auch. Nur habe ich am Wochenende einen Brief von Luke gefunden."

„Von dem Typen, mit dem du damals zusammen warst?"

„Ja, genau der."

„Und was dann? Dann bist du einfach spontan zu ihm geflogen, und das, obwohl wir in zwei Monaten heiraten wollen!" Tom ist richtig außer sich und ich fühle mich schrecklich.

„Ich habe an uns gezweifelt und wollte herausfinden, ob du noch der Richtige für mich bist." So, nun bin ich alles losgeworden. Na ja, fast alles. Dass ich außerdem mit Luke noch geschlafen habe, braucht er ja nicht unbedingt zu wissen. Zumindest im Moment nicht.

„Du zweifelst also daran, ob ich der Richtige für dich bin", fasst Tom zusammen und klingt gekränkt. „Habe ich dein Vertrauen so sehr missbraucht?"

„Ja, hast du", gebe ich offen zu, woraufhin eine kurze Pause herrscht. Währenddessen ist allein der Lärm von den Straßen zu hören.

„Und, hast du in der Zwischenzeit herausgefunden, ob du noch meine Frau werden willst?", fragt er grimmig.

„Ich habe gestern mit Luke geschlafen und ich glaube, ich habe noch Gefühle für ihn", bin ich kurz davor zu sagen, entscheide mich jedoch dagegen. „Nein, ich weiß es noch nicht. Tut mir leid", und lege auf.

Ich werfe einen Blick in den Spiegel. Ach Gott, was soll ich denn bloß tun? Ich denke, ich bin mit Luke zu weit gegangen. Ich frage mich, wie jemand anderes in meiner Situation reagiert hätte. Ich gehe zurück ins Schlafzimmer und sehe Luke, der angezogen auf der Bettkante sitzt und gekränkt zu mir herüberblickt. Ich befürchte nichts Gutes.

„Wieso hast du nicht erwähnt, dass du in festen Händen bist?"

„Hast du etwa einen Deutschkurs besucht, von dem du mir nichts erzählt hast, oder woher willst du wissen, dass es mein Freund war?", frage ich etwas zickiger zurück als beabsichtigt.

„Man braucht keinen Deutschkurs, um den Inhalt von solch einem Telefonat verstehen zu können." Luke starrt vor sich hin und schaut mich nicht an, als er mich darum bittet, mit der Wahrheit herauszurücken.

„Ich bin verlobt."

Luke sieht zu mir hoch.

„*Verlobt?*", wiederholt er entsetzt. „Solltest du dich dann nicht mit deinem Zukünftigen vergnügen anstatt mit mir?" Luke klingt sauer. Ich verstehe ihn. Er fühlt sich sicher auf den Arm genommen.

„Gott, Ella! Nach all den Jahren tauchst du wieder hier auf, gibst mir die Hoffnung, dass wir noch eine Chance verdient haben, schläfst mit mir, und jetzt: Steigst du in das nächste Flugzeug und fliegst zu ihm zurück? Was soll das Ganze? Wolltest du dich einfach noch ein letztes Mal austoben, bevor du dich an einen Mann bindest?"

Verdammter Mist! Seine Zusammenfassung lässt mich echt nicht gut dastehen.

„Luke, so ist es nicht", beteuere ich, doch er geht in Abwehrhaltung. Er zeigt auf meine Sachen.

„Bitte geh!" Er will mich also rausschmeißen.

„Luke, bitte! Lass mich erklären! Du hast ja keine Ahnung, was alles dahintersteckt. Und hast du vorhin nicht selbst gesagt, dass es dir viel bedeute, dass ich sofort zu dir geflogen sei?"

„Ella, verarsch jemand anderen. Zieh dich an und hau ab!" Luke verlässt wütend das Zimmer und knallt die Türe hinter sich zu. Er fühlt sich hinters Licht geführt. Ich hätte ihm von Anfang an die Wahrheit sagen sollen.

Weinend ziehe ich meine Klamotten an und gehe die Treppe hinunter. Ich sehe Luke in der Küche sitzen, aber er schaut mich nicht an. Er ignoriert mich und hat anscheinend kein Interesse mehr, sich länger mit mir zu unterhalten.

Total aufgelöst laufe ich zur Bushaltestelle. Ich möchte einfach bloß weg von hier. Ich wünschte, ich wäre jetzt zu Hause bei meiner Schwester, und rufe sie deswegen auch gleich an.

„Guten Tag, Frau Mider! Schön, dass Sie sich an mich erinnern. Ja, gerne gebe ich Ihnen Informationen zu unserem aktuellen Übernachtungsangebot", fängt Marie übertrieben freundlich an und ich weiß sofort, dass sie im Hotel an der Rezeption und ihr Chef in der Nähe steht. Sie hebt in der Arbeit immer so ab, wenn Privatgespräche unerwünscht sind, und benutzt hierfür zumeist als Pseudonym den Namen unserer alten Nachbarin. „Natürlich können Sie Ihren Hansi mitnehmen. Er ist bei uns immer willkommen. Ach, das Paarmassage-Angebot? Freilich, ja, das können Sie gerne zusätzlich buchen. Nein, Schlammbesuche zu zweit werden bei uns leider nicht angeboten", führt sie weiter aus und bringt mich kurz zum Lachen.

„So, nun geht wieder", höre ich sie dann von einer Sekunde auf die andere ganz normal sagen. „Ich hoffe, mein Chef bekommt nicht Wind davon, dass ständig eine Frau Mider anruft, die mit ihrem Hansi bei uns einchecken will, aber letztendlich nie bei uns auftaucht. Letztens hat sie nämlich eine Champagnerflasche und ein Schaumbad geordert, als Sonja angerufen hat." Marie lacht mir ins Ohr.

„Toll! Jetzt habe ich ein Bild von Frau Mider und Hansi nackt in der Badewanne im Kopf", was mich allerdings nur kurz ablenkt.

„Wie ich dir bereits in der Nacht geschrieben habe, habe ich mit Luke geschlafen", bricht es schluchzend aus mir heraus. Meine Schwester gibt zunächst keinen weiteren Kommentar dazu ab, sondern wartet geduldig, bis ich mich wieder etwas gefangen habe und in Ruhe weitererzähle. Ich atme tief durch. „Es war so schön, heute Morgen neben ihm aufzuwachen. Doch dann hat Tom angerufen. Er weiß, dass ich in England bin. Luke hatte mein Telefonat mit Tom mitbekommen, und fragte mich, ob wir zusammen wären. Da habe ich ihm gebeichtet, dass Tom eigentlich mein Verlobter sei. Luke war ganz außer sich. Er denkt nun, ich bin bloß hergefahren, um ein letztes Mal Spaß zu haben, bevor ich den Bund fürs Leben eingehe. Als ich ihm alles erklären wollte, hat er mich einfach rausgeschmissen."

„Er hat dich vor die Tür gesetzt?"

„Ja, das hat er. Er war richtig sauer und distanziert. Ich hatte gar keine Gelegenheit, ihm die Situation darzulegen."

„Und weiß Tom, dass du mit Luke geschlafen hast?"

„Nein. Er weiß lediglich, dass ich mir unsicher bin, ob ich ihn noch heiraten will." Mir kullern die Tränen herunter und ich ziehe kräftig die Nase hoch. Eine alte Frau, die ebenfalls auf den Bus wartet und an der Haltestelle steht, bietet mir ein Taschentuch an. Dankend nehme ich es an und schnäuze mich laut. Marie lacht.

„Bist du gerade im Zoo oder wieso höre ich da einen Elefanten?", scherzt sie und bringt mich zum Lachen.

„Du Idiotin! Das war ich."

„Weiß ich doch", kichert sie, bevor sie wieder ernst wird. „Das Ganze ist ziemlich aus dem Ruder gelaufen. Es führt kein Weg daran vorbei: Du musst dir langsam im Klaren werden, was du willst. Willst du Tom heiraten, dann musst du ihm unbedingt die ganze Wahrheit mit Luke erzählen. Nur rate ich dir, dass du das persönlich machst. Wenn du mit Luke zusammen sein willst, dann musst du mit Tom abschließen. Du kannst nicht beide haben. So oder so, du musst dich entscheiden."

Marie hat recht. Ich kann die beiden nicht noch länger hinhalten.

„Aber wie soll ich Luke die Situation schildern, wenn er nicht einmal mehr mit mir reden will?", bin ich mir im Unklaren.

„Nun ja, mach es am besten auf seine Weise: Schreib ihm einen Brief. Doch verstecke ihn bitte nicht in seinem Tagebuch. Dann könnte es nämlich weitere sieben Jahre dauern, bis ihr wieder aufeinandertrefft."

Ich werde es genauso machen, wie es mir meine Schwester geraten hat. Ich werde Luke einen Brief schreiben und alles zu Papier bringen, was mir durch den Kopf geht, alles, was ich denke und fühle. Und dann soll dieses Mal *er* entscheiden, was aus uns werden soll.

Im Bed & Breakfast besorge ich mir Papier, etwas zum Schreiben und einen Umschlag. Ich gehe mich davor noch duschen, umziehen und erneuere mein Make-up. (Schließlich möchte ich nicht länger aussehen wie das irre Mädchen aus dem Brunnen aus *The Ring*. Ein kleines Kind hat unterwegs sogar zu weinen angefangen, als es mich so gesehen hat. Ich sollte mir langsam wirklich eine wasserfeste Wimperntusche zulegen.)

Ich beschließe, den Brief an meinem Lieblingsplatz zu verfassen. Es dauert also noch eine Weile, bis ich loslegen kann. Mein Handy lasse ich diesmal lieber in meinem

Zimmer. Ich möchte von nichts und niemanden gestört werden.

Ich sitze auf der alten Holzbank und starre auf das Meer hinaus. Ich höre ein paar Möwen kreischen und das Wasser rauschen. Abgesehen davon ist es ziemlich ruhig in der Bucht, da außer mir kaum jemand hier ist. Ich genieße die Ruhe und versuche, einen freien Kopf zu bekommen. Während ich aufs Meer blicke, denke ich über die Zeit mit Tom und Luke nach. Die zwei sind so verschieden: Tom ist der feine Geschäftsmann und Luke der lockere Koch. Damals hatte ich mich sofort in Luke verliebt. Tom hingegen war der Erste, auf den ich mich wieder hundertprozentig einlassen konnte, nachdem die Sache mit Luke so dramatisch geendet hatte. Er verspricht mir eine gemeinsame Zukunft, während ich bei Luke nicht so wirklich weiß, woran ich bin und ob daraus überhaupt noch etwas Ernstes und Dauerhaftes werden kann. Diesbezüglich mache ich mir auch große Sorgen. Was ist, wenn ich mich für Luke entscheide und nach ein paar Wochen bereits alles wieder zu Ende ist? Dann stehe ich auf einmal ganz alleine da. Bei Tom habe ich die Sicherheit, die ich bei Luke nicht habe. Seine Eltern und die Tatsache, dass ich einige Lügengeschichten über mich aufdecken sollte, mal ausgeklammert, ist Tom wie für mich gemacht. Meine Gedanken kreisen um die Frage, für wen ich mich entscheiden soll.
Ein kleiner, älterer Mann mit rotem Hemd und grauer Ballonmütze geht an mir vorbei. Neben ihm schlendert sein treuer Hund, ein braun-schwarz-weiß gefleckter Basset, der ebenso schon in die Jahre gekommen zu sein scheint. Der Herr grüßt mich freundlich und hebt dazu seine Mütze. Erst jetzt bemerke ich seine auffallend große

Knollnase und seine dichten Augenbrauen. Irgendwie erinnert er mich an einen Hobbit. Ich lächle ihn an und schaue beiden hinterher, wie sie zurück zum Hauptweg gehen. Dabei fällt mir wieder ein, als Luke und ich damals am Strand entlangspaziert sind und uns ein altes Ehepaar mit einem aufgeweckten Beagle entgegengekommen ist...

Luke fing sofort an, den Hund zu streicheln, und ich unterhielt mich währenddessen mit den Besitzern. Der Mann legte seinen Arm um seine Frau und sah sie die ganze Zeit über verliebt an. Luke fragte daraufhin, wie lange sie bereits verheiratet seien.

„Ein Jahr", antwortete der Mann und lachte, als er unsere überraschten Gesichter bemerkte. „Aber wir kennen uns schon seit fast sechzig Jahren."

„Wir hatten uns kennengelernt, da war ich süße sechzehn und Richard war mit seinen achtzehn ein junger, stattlicher Mann gewesen. Meine Familie hatte auf der Insel Urlaub gemacht und dabei war ich Richard während eines Spaziergangs das erste Mal begegnet. Sein damaliger Hund war mir zugelaufen. Ebenfalls ein Beagle und genauso aufgeweckt wie sein Nachfolger." Sie blickte zu ihrem Hund und tätschelte seinen Kopf, bevor sie sich wieder aufrichtete und uns zulächelte.

„Er hatte wohl den richtigen Riecher gehabt", begründete ihr Mann und küsste sie auf die Wange. Sie wirkte verlegen und fuhr sich schüchtern durch ihr kurzes graues Haar.

Sie strahlte ihn an und erzählte aufgeregt weiter: „Richard war ein richtiger Draufgänger und ich nur ein verträumtes Mädchen gewesen, das die Liebe bloß aus den Büchern gekannt hatte."

„Und dieses Mädchen hatte es geschafft, den Draufgänger zu zähmen. Den ganzen Sommer hatten wir miteinander verbracht und jeden einzelnen Tag hatte sie mir aufs Neue meinen Kopf verdreht." Beide wirkten so verliebt und konnten kaum die Augen voneinander lassen.

„Aber wieso habt ihr dann erst vor einem Jahr geheiratet?", wollte ich wissen. Ich war so neugierig, denn bei so viel Romantik ergab es für mich keinen Sinn, so viele Jahre auf die Hochzeit zu warten.

„Der Sommer war zu Ende gegangen und ich war mit meiner Familie nach London zurückgekehrt. Richard und ich hatten uns Briefe geschrieben. Manchmal mehr, manchmal weniger. Wir hatten uns außerdem noch öfters getroffen. So war ich einige Male zurück auf die Insel gefahren und Richard hatte mich in London besucht. Doch irgendwann hatten sich unsere Wege getrennt. Wir hatten keinen Kontakt mehr gehabt und das Leben hatte sich bei uns beiden weitergedreht. Richard hatte geheiratet und auch ich hatte mich an einen anderen Mann gebunden. Vor einem Jahr sind wir uns zufällig über den Weg gelaufen und es hat sofort wieder gefunkt", schilderte die ältere Dame und ihr Richard drückte sie fester an sich.

„Die Liebe hat ihren eigenen Kopf", meinte dieser dann. „Also gebt darauf Acht, dass ihr die Liebe nicht aus den Augen verliert."

Mir kamen fast die Tränen, als ich ihre gemeinsame Geschichte hörte.

Luke erkundigte sich daraufhin, wie er um ihre Hand angehalten habe.

„Die Kunst ist es, im richtigen Ambiente die richtigen Worte zu finden", riet er Luke von Mann zu Mann und seine Frau sah mich dabei freudestrahlend an. „Wir sind zu ihrem Lieblingsplatz gegangen. Ihr kennt sicher die alte Holzbank hinten am steinigen Steg in der Bucht."

Luke blickte in diesem Moment lächelnd zu mir rüber. Schließlich wusste er, dass das auch meine Lieblingsstelle war.

„Wir sind also dort hinspaziert und ich habe auf unsere Namen gedeutet, die ich mit einem goldenen Etikett auf die Bank hatte fixieren lassen. Sie hat große Augen gemacht und war sichtlich überrascht. Ich habe dann zu ihr gesagt: ‚Liebes, es soll jeder, der hierherkommt, wissen, dass du die Liebe meines Lebens bist und die wahre Liebe existiert.' Danach bin ich alter Sack auf die Knie gegangen und habe um ihre Hand angehalten."

„Und ich musste ihm wieder hochhelfen, weil er ja von alleine nicht mehr aufstehen konnte", lachte sie und tätschelte seine Hand. „Aber es war trotzdem perfekt."

Wir unterhielten uns noch eine Weile mit ihnen und als wir uns verabschiedeten, sprach Richard noch zu Luke: „Es ist eine Kunst, die wahre Liebe zu finden, und ein unbeschreibliches Gefühl, geliebt zu werden. Wie es aussieht, hast du *dein* Mädchen bereits gefunden. Also mach nicht den Fehler, sie aus den Augen zu verlieren." Er klopfte Luke freundschaftlich auf die Schulter.

Luke meinte anschließend zu mir, dass wir auch einmal so enden würden wie die zwei, nur mit dem Unterschied, dass er nicht so lange warten werde, bis er mir einen Antrag mache. Als er mir dabei verschmitzt zuzwinkerte, konnte ich zuerst gar nicht einschätzen, wie ernst seine Aussage gemeint war.

Ich erinnere mich, dass ich ein paar Wochen später erneut mit Luke spazieren war und uns abermals der Beagle zulief, bloß dass Richard diesmal alleine unterwegs war. Seine Frau war leider verstorben.

„Bald bin ich jedoch wieder bei ihr und mit ihr vereint. Die Wochen ohne sie dauern mir schon etwas zu lange", äußerte er, als wir ihm unser Beileid aussprachen. „Ich wünschte nur, wir hätten mehr Zeit miteinander gehabt. Macht ja nicht denselben Fehler wie ich und haltet eure Liebe fest." Und neuerlich klopfte er auf Lukes Schulter. Mir kommen die Tränen, als ich daran denke, und drehe mich in Richtung Bankrücklehne, um das goldene Etikett zu betrachten, das die Namen *Amy & Richard* trägt. Meine Finger streichen über den Schriftzug. Gleich neben dem Schildchen sind zwei weitere Initialen ins Holz geritzt: *E & L.* Luke hat das am selben Tag mit seinem Taschenmesser eingraviert und erklärt, dass uns diese Begegnung später einmal daran erinnert werde, dass wir beide für immer zusammengehören würden.

„Und das wird sie auch", murmle ich die Antwort nach, die ich ihm damals darauf gegeben habe. Ich nehme das Papier und das dünne Heft, das ich als Unterlage mitgenommen habe, und beginne zu schreiben:

Amy und Richard – die Liebe, die trotz Hindernissen nach Jahren wieder zueinandergefunden hat. Du hast gemeint, dass wir einmal genauso enden würden. Obwohl es im Augenblick nicht danach aussieht, hoffe ich insgeheim immer noch darauf. Wir haben uns aus den Augen verloren und jetzt wieder zueinandergefunden. Du hast früher oft betont, dass du mich nie einfach so gehen lassen würdest. Dann tu es nicht! Lass mich nicht gehen und gib uns noch eine Chance. Was auch immer im Moment für dich dagegensprechen mag, bitte vergiss nicht: Ich bin allein wegen dir zurückgekehrt. Ella

Ich lasse die Worte so stehen. Ich möchte keine weiteren Erklärungen abgeben. Ich denke, die Zeilen sprechen bereits für sich. Ich falte den Brief zusammen und gebe ihn in den Umschlag, ehe ich mich auf den Weg zu Lukes Haus mache.

Diesmal entscheide ich mich für die schnellere Methode und nehme ein Taxi. Die ganze Fahrt über drücke ich den Umschlag fest an mich. Ich bin etwas nervös und hoffe, Luke nicht über den Weg zu laufen. Aber soweit ich weiß, müsste er in der Arbeit sein.

Ich gebe dem Taxifahrer Bescheid, dass er einen Moment auf mich warten soll. Ich steige rasch aus dem Wagen und gehe durch den Vorgarten zur Eingangstüre. Ich lege den Brief auf die Fußmatte und einen kleinen Stein darauf, nur zur Sicherheit, dass ihn der Wind nicht davonweht.

Nachdem ich einen letzten Blick darauf geworfen habe, fahre ich zurück zum Bed & Breakfast. Das Erste, was ich in meinem Zimmer mache, ist, online zu gehen und mir ein Ticket nach Hause zu buchen. Unabhängig davon, ob Luke sich meldet oder nicht, muss ich auf alle Fälle meinen Chef darüber informieren, dass ich auch morgen nicht in der Arbeit erscheine. Eigentlich hätte ich mich ja heute schon auf den Heimweg machen sollen. Wer hätte gedacht, dass durch die Sache mit Luke mein ganzer Zeitplan über den Haufen geworfen wird. Morgen am frühen Nachmittag geht ein Flug. Ich schicke Hannah eine Nachricht, damit sie Bescheid weiß, dass ich am nächsten Tag abreise. Sie schreibt mir umgehend zurück, dass ich heute Abend noch bei ihr vorbeikommen solle. Ich bin nicht wirklich in Stimmung, sage ihr aber trotzdem zu. Ich kann mich nämlich kein weiteres Mal so mir nichts, dir nichts aus dem Staub machen.

Kapitel 14

Hannah wohnt mit Jeff und ihren Kindern in einem Häuschen bei Sandown. Im Garten sind eine Schaukel und ein kleines Fußballtor aufgestellt. Neben dem Gartenzaun wuchern rote Rosen und vor der Hausmauer steht eine kleine Holzbank. Das Gartentor quietscht laut, als ich es öffne, und sofort geht die Haustüre auf. Hannah trägt ein blaues Kleid und hat eine Schürze umgebunden, ihre Haare sind zerzaust und ihrem Gesichtsausdruck zufolge, dürfte sie leicht gestresst sein. Kurz fühle ich mich wie in einer Szene aus *Desperate Housewives*.

„Ach, die zwei Racker halten mich echt auf Trab", plappert sie los und kommt mir entgegen. „Was für ein Theater! Und das alles zwecks eines Spielzeugautos. Aber egal. Schön, dich zu sehen!" Sie umarmt mich herzlich und geht mit mir ins Haus.

Das Haus schaut exakt so aus, wie ich es mir vorgestellt habe. Es wirkt zwar etwas chaotisch, doch vor allem auch sehr heimelig, mit den zahlreichen Familienfotos an der Wand, den kunterbunten Schuhen, die im Vorraum kreuz und quer herumliegen, dem vielen Spielzeug auf dem Boden und den paar bunten Socken, die dazwischen hervorleuchten. Hannah folgt meinem Blick und schüttelt den Kopf.

„Einfach ignorieren." Ich kichere und gehe mit ihr in die Küche. Dort duftet es herrlich süß und Hannah holt rasch einen Kuchen aus dem Ofen.

„Marillenkuchen. Nach dem Rezept von Jeffs Mutter", erklärt sie, während sie ihn auf einen Glasteller stürzt.

„Ach, Hannah! Der Kuchen sieht vielleicht lecker aus", lobe ich und sie lächelt mir zu. Sie nimmt den Zuckerstreuer in die Hand, um ihn noch etwas zu kandieren. Daraufhin greift sie nach ihrem Handy und knipst ein Foto von ihrem frisch gebackenen Kunstwerk.

„Das Bild geht an seine Mutter. Damit ich ihr unter die Nase reiben kann, dass ich ihr Rezept wirklich angewendet habe." Sie zwinkert mir zu und tippt noch schnell eine Nachricht, bevor sie das Handy beiseitelegt.

Im gleichen Moment kommen die Jungs in die Küche gerannt. Nick erkennt mich sofort wieder und schreit mir ein freundliches Hallo entgegen. Paul hingegen weiß ja noch nicht, wer ich bin, und wirkt deswegen ein wenig schüchtern. Er blickt zuerst zu Hannah, bevor er mir dann brav die Hand gibt und mich begrüßt. Paul und Nick sehen sich mit ihren dunkelblonden Haaren und den großen braunen Augen, die sie ganz von ihrer Mutter haben, sehr ähnlich. Auch Paul hat genau wie sein Bruder einige Sommersprossen im Gesicht. Das spitzbübische Grinsen stammt sicher von Jeff.

„Mama, kann ich jetzt ein Stück Kuchen haben?", fragt Paul ungeduldig, während Nick bereits kurz davor ist, seine Finger in den Teig zu stecken. Hannah hält ihn gerade noch zurück, woraufhin er beleidigt sein Gesicht verzieht.

„Der Kuchen muss noch ein wenig auskühlen. Ihr bekommt dann gleich ein Stück", verspricht sie und schon sind die Jungs wieder weg.

„Typisch. Sie interessieren sich immer nur fürs Essen. Ganz wie der Papa", jammert sie scherzend und schenkt mir Tee ein.

„Die zwei sind so süß."

„Ja, aber auch anstrengend."

„Du und Jeff, ihr habt geheiratet und bereits zwei Kinder. Und nun folgt das Dritte. Du kannst dich echt glücklich schätzen."

„Das sagt ausgerechnet die, die mir vor Jahren den wichtigsten Rat meines Lebens gegeben hat. Weißt du noch? Du hast dich zu mir umgedreht und deine letzten Worte waren: Und egal, was passiert, werde bloß nicht schwanger", ulkt Hannah und legt lachend ihre Hand auf den Bauch. Ups! Daran habe ich gar nicht mehr gedacht.

„Da hast du wohl nicht auf mich hören wollen", schmunzle ich und trinke meinen Tee.

„Früher haben wir noch davon gesprochen, die Welt zu erobern. Ich wollte unbedingt von hier weg, was Neues erleben, doch letztendlich bin ich hiergeblieben", schwelgt Hannah in der Vergangenheit.

„Ja, weil du Jeff hast", erinnere ich sie und sie lächelt.

„Stimmt! Und deswegen ist auch alles so gekommen, wie es ist", sinniert sie zufrieden und fängt an, den Kuchen anzuschneiden. „Ich dachte immer, du und Luke, ihr würdet für immer zusammenbleiben. Nachdem das damals mit euch nicht funktioniert hatte, wollte ich beinahe selbst nicht mehr an die Liebe glauben. Für mich wart ihr schlicht ein Traumpaar."

Ich schweige.

Hannah schnauft und sieht mich ernst an: „Sag schon: Was ist vorgefallen? Du haust nicht ohne Grund von einem Tag auf den anderen einfach so ab – vor allem, nachdem du extra wegen ihm zurückgekommen bist."

Ich versuche, nicht lange um den heißen Brei herumzureden, und sage geradeheraus, was passiert ist: „Luke und ich, wir hatten Sex."

„Und, war es so schlecht, dass du dir sofort ein Billigflugticket nach Hause gebucht hast? Also, nach allem, was ich gehört habe, hätte ich nicht damit gerechnet, dass seine Performance so unbefriedigend sein würde. Schon gar nicht, nach dem, was *du* mir damals alles erzählt hattest.

Alleine die Geschichte mit eurem kleinen Kamasutra-Sadomaso-Experiment, das dir so gut gefallen hatte, aber leicht in die Hose gegangen war, weswegen sich Luke sogar für eine Woche hatte krankschreiben lassen müssen. Jeff nimmt ihn deshalb immer noch auf den Arm", scherzt Hannah und schweift wie immer ab. Sie kichert, merkt jedoch, dass ich diesbezüglich nicht wirklich zu Scherzen aufgelegt bin, und reißt sich schnell wieder zusammen. Sie reicht mir einen Teller mit einem Kuchenstück und einer Gabel und nuschelt: „Entschuldigung."

„Ich habe bei ihm übernachtet und alles hat sich so richtig angefühlt. Wieder bei ihm zu sein, hat Gefühle in mir ausgelöst, die ich kaum beschreiben kann. Die Nacht mit ihm war toll. Doch am nächsten Morgen hat Tom bei mir angerufen und Luke hat das Gespräch mit ihm mitbekommen."

„Ich ahne nichts Gutes", murmelt Hannah und lässt mich weitererzählen.

„Ich habe ihm gebeichtet, dass das soeben mein Verlobter gewesen sei. Er war natürlich total außer sich. Ich konnte ihn nicht länger anlügen. Ich wollte ihm alles erklären, aber er war nicht gewillt, mir zuzuhören, und fragte lediglich, ob ich mich bloß ein letztes Mal austoben wollte, bevor ich mit meinem Zukünftigen vor den Altar trete. Ich denke, er fühlt sich ausgenutzt und versteht nicht den wahren Grund, wieso ich eigentlich hier bin. Vielleicht will er den wahren Grund auch gar nicht verstehen. Er hat mich dann einfach aufgefordert, zu gehen, und kein Wort mehr mit mir geredet. Er hat nur gewartet, bis ich weg war", schildere ich mitgenommen und stochere in meinem Kuchen.

„Und was hat Tom dazu gesagt, dass du mit Luke im Bett warst?"

„Also, das war jetzt nicht das, was ich von dir hören wollte", gestehe ich. „Er weiß nichts davon."

Hannah seufzt: „Das klingt alles andere als gut."

„Ich weiß", jammere ich und bin wieder ganz aufgelöst. Hannah legt ihren Arm um mich und ich versuche, mich halbwegs zusammenzureißen.

„Es hat dir etwas bedeutet, nicht wahr?", fragt sie. „Das mit Luke."

„Du kennst die Antwort", nicke ich bestätigend, bevor mir langsam doch die Tränen kommen. „Das hat es immer schon. Es ist einfach alles so kompliziert. Alles basiert auf einem dummen Missverständnis: Er war zu dickköpfig, um sich bei mir zu melden, nachdem er mir ohnehin einen Brief geschrieben hatte, und ich war zu sehr gekränkt, um ihn ein weiteres Mal anzurufen, nachdem jemand anderes auf seinem Handy abgehoben hatte. Wären wir beide nicht so stur gewesen, wäre unsere Geschichte womöglich ganz anders ausgegangen. Und nun stehe ich da, verlobt und verzweifelt, weil ich meine erste große Liebe endgültig verloren habe und nicht weiß, ob ich Tom überhaupt noch heiraten will."

Hannah reicht mir ein Taschentuch und ist bemüht, mich zu trösten.

„Aber du musst doch noch etwas für Tom empfinden, sonst hättest du dich nie mit ihm verlobt."

Ich schnäuze meine Nase und schluchze: „Natürlich, ich liebe Tom. Nichtsdestotrotz ist Luke meine erste große Liebe gewesen. Der Mann, mit dem ich alt werden wollte. Der Mann, mit dem ich auch alt geworden wäre, wenn es nicht all die Missverständnisse zwischen uns gegeben hätte."

„Und was, wenn diese Missverständnisse ein Zeichen dafür sind, dass du doch zu Tom gehörst?", stellt Hannah vorsichtig in den Raum.

„Willst du denn gar nicht, dass Luke und ich wieder zusammenkommen?", frage ich überrascht nach und bin über ihren Kommentar ein wenig gekränkt.

„Freilich will ich das. Ich versuche nur, die Situation neutral zu betrachten. Ich kenne Tom ja nicht einmal und weiß nicht, was für ein Mann er ist. Aber *du* weißt das und dein Gefühl sollte dir im Grunde längst verraten haben, ob du ihn heiraten willst. Du bist hierhergekommen, um Antworten zu finden. Vielleicht hast du sie bereits gefunden."

Ich muss Hannahs Aussage erst mal sacken lassen. Was, wenn meine Zukunft doch bei Tom liegt? Könnte das die Antwort sein, die ich zu finden versucht habe?

„Verdammt! Was, wenn du recht hast? Wie erkläre ich dann Tom, dass ich ihn mit Luke betrogen habe?", japse ich.

„Du solltest auf jeden Fall nochmals mit Luke sprechen und dir erst danach den Kopf zerbrechen, wie du mit Tom vorgehst." Sie lächelt mir aufmunternd zu. „Alles wird gut, Ella. Das Schicksal kennt seinen Weg."

Ich tupfe mir meine letzten Tränen weg. Mein Taschentuch ist komplett schwarz von der Mascara. Hoffentlich sehen mich ihre Kinder nicht so. Die bekommen bei diesem Anblick sicherlich noch einen Schock fürs Leben.

„Ich habe Luke einen Brief geschrieben", werfe ich ein.

„Du willst ihn zurück." Mir ist klar, dass mir Hannah damit keine Frage gestellt hat. Sie drückt meine Hand. „Dann hoffe ich, dass es keine weiteren sieben Jahre dauert, bis er den Brief auch findet."

Ich nicke: „Ja, das wäre alles andere als hilfreich."

Während Hannah ihren zwei Jungs jeweils ein Kuchenstück bringt (und diese dabei vor lauter Freude anfangen zu schreien, dass man fast das Gefühl hat, mitten in einem Fußballstadion zu sein), versuche ich, mich im Bad halbwegs aufzufrischen. Ich sehe fürchterlich aus. Außerdem bin ich müde und möchte mich am liebsten nur noch in meinem Bett verkriechen. Ich gähne meinem Spiegelbild zu. Es wird Zeit, dass ich von hier wieder wegkomme. Vielleicht hätte ich gar nie herkommen sollen. Denn gefühlsmäßig bin ich verwirrter als zuvor.

Ich gehe zu Hannah in die Küche zurück, die mir gleich von ihren Jungs erzählt, wie sich diese wie eine Horde junger Löwen auf den Kuchen gestürzt haben.

„Ella, wie schön, dich wiederzusehen!", höre ich plötzlich eine männliche Stimme hinter mir und bin ein wenig perplex, als ich Jeff sehe. Er blickt mich mit einem breiten Grinsen an und drückt mich sofort an sich. Er hat sich kaum verändert. Er ist immer noch der stramme Bursche von früher, mit seinem verführerischen Lächeln, seiner markanten Nase, seinen dichten Augenbrauen und seinem braunen Wuschelkopf. Lediglich der dichte Bart ist neu und wenn man genau hinsieht, erkennt man bereits die eine oder andere Falte in seinem Gesicht. Obwohl ich ihn nach all den Jahren das erste Mal wiedersehe, fühlt es sich an, als ob wir uns erst vor ein paar Tagen getroffen hätten.

„Ich habe schon befürchtet, Hannah hätte sich diese Begegnung bloß eingebildet. Bei Schwangeren weiß man ja nicht so recht. Da ist grundsätzlich alles möglich", spielt er auf etwas an und lacht darüber.

„Ich wusste nicht, dass es sich damals um ein Kind im gelben Regenmantel gehandelt hat", verteidigt sich Hannah genervt und verschränkt ihre Arme. Ich komme nicht mit und blicke sie verwirrt an.

„Sie hat ein Kind mit einem Hydranten verwechselt", klärt mich Jeff belustigt auf.

„Wie bitte? Wie kann man denn ein Kind mit einem Hydranten verwechseln?", kichere ich.

„Ach, keine Ahnung. Ich habe es einfach zu spät bemerkt", überlegt sie. „Ich habe mich nur kurz angelehnt, um mir eine Pause zu gönnen und habe erst gecheckt, dass es doch kein Hydrant war, als das Kind laut aufgeschrien hat. Das Wichtige war, dass niemand verletzt wurde." Hannah bietet ihrem Mann ein Stück Kuchen an, der das Stück im Nullkommanichts verschlingt. Der Bärenhunger liegt anscheinend in der Familie.

„Das ist auch der Grund, wieso wir uns keinen Hund anschaffen", erklärt Jeff und erntet von Hannah einen weiteren Augenkontakt aus der Kategorie *Wenn Blicke töten könnten.* Jeff hingegen besänftigt sie mit einem Küsschen auf die Wange und einem liebevollen Klaps auf ihren Hintern.

„Aber ganz ehrlich, Ella, dich noch einmal auf der Isle of Wight zu sehen, damit habe ich nicht mehr gerechnet", plappert er weiter und nimmt sich ein Bier aus dem Kühlschrank.

„Es passieren immer wieder Wunder", albere ich. „Hast du heute frei?", erkundige ich mich dann neugierig und er nickt.

„Heute ist sein Männerabend", klärt mich Hannah belustigt auf und rollt mit den Augen.

„Lass mich raten: Popcorn und irgendeine Schnulze, die gerade im Fernseher läuft", tippe ich scherzend und Hannah schmunzelt.

„Nein, Jeff hängt mit ein paar Kumpels ab. Ich wundere mich sowieso schon die ganze Zeit, wieso du immer noch hier bist. Wolltest du nicht längst zu Luke?" Hannah beißt sich auf die Lippen, als sie merkt, dass sie soeben Lukes Namen erwähnt hat. „Sorry", flüstert sie und ich winke bloß ab.

„Der ist noch eine Weile im Restaurant beschäftigt. Danach müsste er allerdings startklar sein. Wieso kommt ihr zwei Hasen nicht einfach mit? So wie in den guten alten Zeiten." Jeff ist begeistert von seiner Idee und zwinkert uns zu.

„Vielleicht, weil du und ich zwei Kinder haben, auf die jemand aufpassen muss", stellt Hannah trocken fest und deutet auf das Wohnzimmer.

„Ach, deine Mutter würde sofort auf die zwei Racker aufpassen. Also, was meint ihr? So wie Luke von deinem Wiederauftauchen geschwärmt hat, dürfte er nichts dagegen haben." Jeff legt seinen Arm um Hannah und sieht abwechselnd zu ihr und dann zu mir rüber. Keine von uns sagt etwas. „Habt ihr euch nicht selbst einmal als Partyqueens bezeichnet?", grübelt Jeff.

„Hast du unter Umständen auch noch vergessen, dass du mich geschwängert hast und da nicht viel läuft mit Party?", erinnert ihn Hannah und deutet auf ihren runden Bauch. Sanft legt Jeff seine Hand darauf.

„Wie könnte ich das denn vergessen? Schließlich war ich live dabei." Jeff lacht erneut und nimmt einen weiteren Schluck von seinem Bier. „Dann eben nicht. Ich gehe mal davon aus, dass du länger hierbleibst, Ella. Hast du dich schon nach einem Job umgesehen?" Jeff schaut mich interessiert an und ich weiß gar nicht, was ich darauf antworten soll. Ich stammle vor mich hin, finde jedoch nicht die passenden Worte. Hannah wirft ihm einen bösen Blick zu.

„Ich fahre morgen wieder", bringe ich schließlich heraus, woraufhin Jeff erstaunt seine Augen aufreißt.

„Das ist nicht dein Ernst, oder? Das kannst du ihm nicht noch einmal antun, Ella. So sehr ich dich auch immer gemocht habe, das kann ich nicht gutheißen. Luke war am Boden zerstört gewesen, als du dich damals auf und davon gemacht hattest. Er war nicht mehr er selbst gewesen. Aber dann hat er mir erzählt, dass du wieder hier seist, und er war wie ausgewechselt. Sofort schwärmte er von früher und versuchte, alles Mögliche hineinzuinterpretieren. So glücklich habe ich ihn lange nicht mehr erlebt. Und jetzt willst du wieder abhauen?"

Jeff wirkt ein wenig eingeschnappt. Anscheinend weiß er nicht, was zwischen Luke und mir vorgefallen ist. Hannah traut sich nichts zu sagen und so starren wir uns bloß gegenseitig an. Es liegt eine unangenehme Spannung in der Luft und ich wünschte, wir würden uns nicht über dieses Thema unterhalten. Mich nimmt die Sache mit Luke ohnehin schon genug mit.

„Ich denke, Luke sollte dich darüber aufklären, was sich zwischen uns heute Morgen ereignet hat", nuschle ich und prompt will Jeff wissen, was genau passiert sei.

„Schatz, du bist schlimmer als jede Frau. Wir sind hier nicht bei *Gossip Girl*. Also unterhalte dich am besten selbst mit deinem Kumpel Luke und quetsch Ella nicht so aus", mahnt ihn Hannah und schüttelt genervt den Kopf, während sie ihre Hände in die Hüften stemmt.

„Wieso denn? Wir haben uns sonst auch immer alles erzählt. Und vergleich mich nicht mit *Gossip Girl*, nur weil ich mal eine Folge zugeguckt habe", verteidigt sich Jeff.

Dies veranlasst Hannah sofort, ihren Senf dazuzugeben: „Was heißt hier eine Folge? Alle sechs Staffeln hast du dir mit mir angesehen. Und wie sauer du auf mich warst, als ich einmal eine Folge ohne dich angeschaut habe."

Ich kann nicht anders und fange an zu lachen. Die Art, wie die zwei sich gegenüberstehen und herumplänkeln, ist wirklich komisch. Kurz darauf schließen sie sich meinem Gelächter an und küssen sich. Zwischen den beiden hat sich rein gar nichts geändert. Sie sind immer noch dieselben wie früher.

Jeff hat übrigens recht: Wir hatten untereinander wirklich keine Geheimnisse. Luke und Jeff sind bereits seit Jahren die besten Freunde und Hannah und ich waren quasi wie Schwestern. Marie hat zu der Zeit schon befürchtet, dass ich einen Ersatz für sie gefunden hätte. Mir kommt die Erinnerung an einen Abend am Strand hoch...

Wir saßen gemeinsam am Lagerfeuer. Luke und Jeff hockten nebeneinander, während Hannah und ich uns Jeffs Anorak als Decke teilten, um am kühlen Abend nicht zu erfrieren. Die Männer tranken Bier, Hannah und ich stopften Schokoladenkekse in uns rein – Schokobutterkekse mit Schokofüllung und Schokosplittern, um genau zu sein. Ach, waren die vielleicht lecker. Jeff neckte Hannah ständig mit der Frage, wie viel Kalorien die Kekse wohl hätten, die dann allein aus Trotz die ganze Schachtel leerfutterte. Er amüsierte sich nur darüber und wies sie darauf hin, dass er nicht schuld daran sei, wenn sie sich damit ihre Bikinifigur verbaue.

„Du Idiot! Der Sommer ist ohnehin fast vorbei", meinte Hannah schnippisch und schnappte sich frech sein Bier und trank es leer. Jeff lachte und küsste sie so leidenschaftlich, dass Luke und ich sie daran erinnern mussten, dass sie hier nicht alleine waren.

„Hebt euch das für später auf", neckte sie Luke und streckte seine Hand zu mir aus. Ich nahm sie und setzte mich zu ihm. Er legte seinen Arm um mich und küsste mich ebenfalls.

„Ich hoffe, dass sich das nie zwischen uns ändern wird", fing Jeff dann plötzlich an.

„O mein Gott! Jeff ist beschwipst und wird nun sentimental", scherzte Hannah und überdrehte gespielt ihre Augen.

„Klappe! Nein, ich meine es ernst. Unsere gemeinsame Freundschaft soll immer so bleiben – egal, wo wir gerade sind oder wie lange wir nichts mehr voneinander gehört haben. Eines dürfen wir nie vergessen, und zwar, dass wir immer wieder zueinanderfinden."

Luke und Jeff stießen mit ihrem Bier darauf an und Hannah gab mir ihre Hand und lächelte mir verbunden zu.

„Siehst du, nicht einmal Ella interessiert sich mehr für dein Gelaber", frotzelt Hannah ihren Mann und erst jetzt merke ich, dass ich mit meinen Erinnerungen so beschäftigt war, dass ich gar nicht mehr zugehört habe.

„Entschuldigung. Also, was habe ich verpasst?"

„Überhaupt nichts. Nur dummes Geschwätz", versichert mir Jeff und legt den Arm um seine Frau. „Was auch immer zwischen Luke und dir vorgefallen ist, biegt es wieder gerade. Es wäre schade, wenn eure zweite Chance wegen eines weiteren Missverständnisses zunichtegemacht werden würde." Hannah und ich starren ihn an.

„Also weißt du doch Bescheid?", erkundigt sich Hannah leicht außer sich.

„Ja, was denkst du denn! Ich wollte bloß Ellas Version hören", grinst er. Hannah schnauft.

„Die hörst du jetzt aber nicht. So, und nun lass uns wieder alleine und verlass endlich das Haus. Wir Frauen wollen unter uns sein." Hannah schmeißt ihren Mann aus der Küche. Jeff lacht lediglich und gibt ihr noch schnell einen Kuss.

„Ella, wir sehen uns dann. Ein *It's time to say goodbye* gibt es diesmal jedenfalls nicht. Ich glaube nämlich, dass deine und Lukes Geschichte noch nicht vorbei ist." Er winkt mir zu und geht. Hannah folgt ihm bis zur Eingangstüre. Keine Minute später ist sie auch schon wieder zurück.

„Ich konnte ihn einfach nicht gehen lassen, ohne ihn daran zu erinnern, dass ich ihn liebe", kichert sie. Ich erwidere ihr Lächeln und wünschte mir, in ihrer Position zu sein.

Der restliche Abend verläuft ganz entspannt. Wir gesellen uns zu den Kids, die noch mit ihren Spielzeugautos beschäftigt sind, bevor sie Hannah ins Bett bringt. Hannah zeigt mir dann ihre Hochzeitsfotos und ein paar Schnappschüsse von ihren Kindern. Dieses Mal ist es Hannah, die vor sich hin plappert, und ich bin es, die aufmerksam zuhört. Sie erzählt mir ein paar Episoden aus den letzten Jahren und schon bald habe ich das Gefühl, nichts verpasst zu haben und selbst dabei gewesen zu sein. Wir unterhalten uns über dieses und jenes und merken kaum, wie die Zeit vergeht. Wir reden kein einziges Mal mehr über Luke oder Tom, sondern versuchen, dieses Thema bewusst auszuschalten. Es fällt mir sogar ein wenig schwer, von Hannah Abschied zu nehmen. Sie drückt mich fest und begleitet mich zum Taxi.

„Und vergiss nicht, Ella, du bist hier jederzeit willkommen." Sie lächelt mich an und umarmt mich ein weiteres Mal, ehe ich ins Auto einsteige und zurück zur Pension fahre.

Ich bin hundemüde, schaffe es aber einfach nicht abzuschalten. Ich denke an Tom und unsere Hochzeit, an die vergangenen Wochen und logischerweise auch an Luke. Vor allem an unsere letzte Nacht. Mir dreht sich der Magen um, wenn ich mir vorstelle, Tom die Geschichte mit Luke beichten zu müssen. Vor ein paar Wochen wäre ich nie auf die Idee gekommen, dass sich plötzlich alles dermaßen verkomplizieren könnte. Für mich war klar, Tom zu heiraten, mit ihm glücklich zu werden und dabei auch noch seine Mutter zu ertragen, ohne zum Alkoholiker zu werden. Mir schwirren so viele Gedanken im Kopf herum, dass ich diese fast nicht mehr zuordnen kann.

Das Läuten meines Handys reißt mich aus meinen Gedanken. Wie nicht anders zu erwarten, ist es Tom. Ich habe im Moment allerdings keine Kraft, mit ihm zu reden. Ich schaffe es nicht einmal, meine Schwester anzurufen. Ich schreibe ihr deshalb nur eine kurze Nachricht, dass ich morgen nach Hause komme. Ich stelle mein Mobiltelefon auf lautlos und lege es auf den Nachttisch. Ich drehe mich zur Seite und versuche einzuschlafen. Lange Zeit bin ich wach, bevor ich es dann doch noch irgendwie schaffe, wegzudösen.

Ich träume von Tom und meiner Hochzeit, von meinem wunderschönen Hochzeitskleid, für das ich mich und nicht Klara sich entschieden hat. In meinem Traum sehe ich meine Familie in der ersten Reihe sitzen und Tom, der mich verliebt anschaut. Er hält meine Hand, während wir unser Ehegelübde sprechen. Wir geben uns das Jawort und dürfen uns endlich küssen. Die Gäste klatschen und ich genieße Toms Kuss. Doch als ich die Augen öffne, steht plötzlich Luke und nicht Tom vor mir. Er lächelt mich an und nimmt meine Hand. Ich bin verwirrt und blicke zu meiner Familie. Marie applaudiert mit einem strahlenden Lächeln im Gesicht und ich drehe mich zurück zu Luke, der jedoch in diesem Moment wieder Tom ist. Ich verstehe nicht, was vor sich geht. Wir schreiten den Gang entlang, Richtung Ausgang. Bei der großen Eingangstür wartet Olivia, die mich anfunkelt. Von einer Sekunde auf die andere befinden wir uns im Wohnzimmer von Toms Eltern auf unserer Verlobungsfeier und ich sehe zu, wie sie sich an Tom ranschmeißt und sich beide küssen. Luke ist ebenfalls auf der Verlobungsfeier und beobachtet mich. Ich will zu ihm gehen, doch er stellt nur sein Weinglas ab und verlässt Toms Elternhaus. Ich laufe ihm hinterher, schaffe es aber nicht, ihn einzuholen. Als es mir letztendlich doch noch gelingt, hat sich Luke wieder in Tom verwandelt. Und dann wache ich auf.

Verschlafen und leicht mitgenommen von meinem Traum schaue ich auf die Uhr. Es ist kurz nach halb vier. Der Traum war verwirrend und ich habe keine Ahnung, was er zu bedeuten hat. Ich lasse mich zurück in meinen Polster fallen und versuche, meine Gedanken zu ordnen. „Tom, Olivia, Luke – was für eine Kombination", murmle ich zu mir selbst, drehe mich auf die Seite und schlafe wieder ein.

In der Nacht habe ich also nicht viel geschlafen. Dementsprechend spiegelt sich auch am nächsten Morgen die Müdigkeit in meinem Gesicht wider. Beim Frühstück wirft mir die ältere Frau von der Rezeption einen mitleidigen Blick zu. Vom Essen, das so lecker aussieht und obendrein noch so herrlich duftet, kriege ich kaum einen Bissen runter. Ich trinke mein Glas Orangensaft leer und gehe zurück auf mein Zimmer, um die restlichen Sachen in meinen Koffer zu packen. Ich sehe, dass Marie angerufen hat. Pflichtbewusst rufe ich sie zurück, bin aber nicht wirklich in Stimmung, mich großartig mit ihr zu unterhalten.

„Geht es dir gut, Schwester?", erkundigt sie sich besorgt.

„Mir geht es beschissen." Mit meiner Ehrlichkeit versuche ich, den Smalltalk zu überspringen.

„Ella, ich muss dir unbedingt etwas sagen", fängt sie an. Oh, Gott! Ich will es gar nicht wissen.

„Was auch immer es ist, können wir uns nicht später darüber unterhalten?", frage ich genervt, doch meine Schwester lässt sich nicht abwimmeln.

„Nein, es ist wichtig! Tom, er…", und schon ist die Verbindung unterbrochen. Kein Netz. Echt jetzt?! Wie kann plötzlich das Netz weg sein? Mein Handy in den unterschiedlichsten Positionen haltend, bewege ich mich von einem Eck ins andere und versuche, meine Schwester wieder zu erreichen. Jedoch ohne Erfolg.

„Ach, egal. Es wird sicherlich nicht so wichtig gewesen sein", rede ich mir ein und schnappe mir meinen Koffer. Mit einem letzten prüfenden Blick verlasse ich dann das Zimmer und checke aus.

„Ich hoffe, es hat Ihnen bei uns gefallen", sagt Lory und lächelt mich an.

„Ja, auf jeden Fall. Vielen Dank für alles!", gebe ich monoton von mir.

„Kind, was auch immer Ihnen den Aufenthalt hier vermiest hat, das Universum weiß schon, warum."

Nach Hannahs gestriger Aussage *Das Schicksal kennt seinen Weg* und Omas *In den Sternen geschrieben*, woran ich mich erst vor Kurzem wieder erinnert habe, komme ich mir langsam vor, als wäre ich in einer Livesendung von *Astro TV. Das Universum weiß schon, warum…* Gut zu wissen. Dann hoffe ich mal, dass ich auch bald Bescheid weiß. Ich bedanke mich nochmals und verabschiede mich.

Entmutigt und innerlich zerrissen ziehe ich den Trolley hinter mir her. Bewusst habe ich auf ein Taxi verzichtet.

„Das wird mein letzter Spaziergang auf der Isle of Wight", verspreche ich mir und stöckle den steilen Hügel hinunter, um zur langen Brücke zu kommen, die zur Fähre führt. Es ist heute viel kühler und windiger als in den letzten Tagen. Ich trage nur ein dünnes Kleidchen, weshalb ich in meine Jacke schlüpfe. Aus meiner Tasche hole ich mein lila Seidentuch, das ich mir bei meiner kleinen Einkaufstour auf der Insel gekauft habe. Ich blicke unsicher zum Himmel. Es ist bewölkt und es sieht eindeutig nach Regen aus. Die heitere Atmosphäre, die mich vor ein paar Tagen noch begrüßt hat, ist mittlerweile verflogen. Es sind kaum Leute auf der Straße und die Stimmung deprimiert mich. Dennoch schaue ich mir die Häuser genau an, an denen ich vorbeimarschiere, und versuche, mir alle Einzelheiten von der Umgebung einzuprägen. Dasselbe habe ich auch schon das letzte Mal getan, als ich mich von der Insel verabschiedet habe. Aber dieser Abschied ist für immer. Das Kapitel Isle of Wight schlage ich nicht mehr auf.

Mit meinen hohen Absätzen dauert es doch ein wenig länger, bis ich die Brücke erreiche. Der Koffer kommt mir ebenfalls schwerer vor als vor ein paar Tagen. Komisch, so viel habe ich nun auch wieder nicht eingekauft! Hoffentlich muss ich kein Übergepäck bezahlen. Der Aufenthalt wird nämlich langsam teuer. Hätte ich gewusst, dass das Suchen nach Antworten so kostspielig ist, dann hätte ich darauf verzichtet.

Ich werde aus meinen Gedanken gerissen, als plötzlich mein Handy läutet. Ich gehe davon aus, dass es Marie oder Tom ist. Als ich auf das Display blicke, ist mir die Nummer allerdings unbekannt. Etwas unfreundlich hebe ich ab, was ich jedoch nicht bereue, als sich Herr Sojak am anderen Ende der Leitung meldet.

„Frau Liner, verzeihen Sie, falls ich störe."

Was will der denn jetzt? Am liebsten würde ich ihm sagen, dass er mich nach seinen abfälligen Äußerungen nicht mehr zu kontaktieren braucht, und auflegen.

Doch Herr Sojak ist schneller und kommt gleich zur Sache: „Frau Liner, es tut mir so leid, wie ich mich letztens Ihnen gegenüber verhalten habe. Ihre Professionalität in Frage zu stellen, war äußerst töricht." Ich habe keine Ahnung, auf was der Alte aus ist.

„Keine Sorge, Herr Sojak, ich bin zum Glück nicht nachtragend." Das ist natürlich gelogen. Ich kenne niemanden, der so nachtragend ist wie ich. Aber das muss er ja nicht wissen.

„Ich habe mich um eine weitere Expertenmeinung bemüht und dabei festgestellt, dass Ihre Marketingstrategie die Wirksamste ist. Ich würde gerne mit Ihnen zusammenarbeiten und Sie auch dementsprechend honorieren. Ich bin davon überzeugt, dass wir mit Ihren Ideen das Geschäft in eine neue Richtung bringen können."

Ich bin ganz baff von Herrn Sojaks Gerede und fühle mich ein wenig überrumpelt. Damit habe ich nicht mehr gerechnet. Also hat er mein Blabla doch noch nützlich gefunden.

„Herr Sojak, ich bin zurzeit im Ausland", erkläre ich und werde umgehend von ihm unterbrochen.

„Ich verstehe. Ich bitte Sie, über mein Angebot nachzudenken und mich in den nächsten Tagen zu kontaktieren. Auf Wiedersehen und gute Heimreise!"

Der Mann ist wie ausgewechselt. Gut gelaunt, voller Zuversicht und sogar fast noch sympathisch. Tja, so schnell kann sich das Verhalten eines Menschen ändern. Ich verspreche Herrn Sojak, mich in den nächsten Tagen bei ihm zu melden, und beende das Gespräch. Ich packe mein Handy zurück in die Tasche und gehe die Brücke entlang. Auf einmal fängt es zu tröpfeln an und sofort bereue ich es, nicht doch mit dem Taxi zur Fähre gefahren zu sein. Mein Regenschirm liegt irgendwo ganz unten im Koffer verstaut. Bis ich die Anlegestelle erreiche, bin ich sicherlich schon ganz durchnässt. Als es schließlich noch zu donnern beginnt, wird auch der Regen heftiger. Was für ein Abgang!

„Immerhin bin ich bald bei der Fähre und komme endlich nach Hause", versuche ich, mich selbst aufzubauen. Im gleichen Moment bleibt der Absatz meines rechten Schuhs in einer schmalen Rille stecken und ich falle beinahe um. Na toll, was für ein Klischee! War ja klar, dass mir das jetzt obendrein noch passieren muss. Wieso musste ich mir bloß die Schuhe mit den hohen Absätzen anziehen? Genervt versuche ich, meinen Schuh wieder aus der schmalen Furche herauszuziehen. Doch das ist einfacher gesagt als getan. Verdammt! Ich verpasse nun bestimmt die Fähre und muss dann auf die nächste warten. Ungeduldig rüttle ich an meinem Schuh, bis der Absatz endlich wieder rauskommt. Geschafft! Es kann weitergehen. Ich streiche mir eine nasse Strähne aus meinem Gesicht und ziehe verärgert den Koffer hinter mir her. Ich bin gerade gedanklich dabei, das Wetter zu verfluchen, und neidisch auf jeden, der in diesem Moment einen Regenschirm zur Hand hat, als neben mir abrupt ein Taxi anhält. Die Reifen quietschen und die wenigen Leute, die sich zu Fuß auf dem Weg zur Fähre befinden, drehen sich um. Natürlich bin auch ich neugierig und bleibe stehen. Die Tür vom Wagen geht auf. Als ich sehe, wer aussteigt, traue ich meinen Augen nicht. Das kann doch nicht sein! Ist er es wirklich? *Hier?!*

„Ella!", höre ich Tom rufen, während er zu mir rennt. Wie angewurzelt stehe ich da und starre ihn an, als würde ein Yeti auf mich zukommen.

„Tom", stammle ich verwundert vor mich hin, „was machst du hier?"

Er hat sich unsere Begegnung wahrscheinlich etwas anders vorgestellt, denn er sieht mich ein wenig enttäuscht an. Ich kann mir richtig vorstellen, wie er sich ausgemalt hat, dass ich mit Freudentränen in den Augen auf ihn zustürme, ihn fest umarme und dann leidenschaftlich küsse. Stattdessen bin ich total überfordert mit der Situation und weiß nicht, wie ich reagieren, geschweige denn, was ich sagen soll. Tom umarmt mich und drückt mich fest an sich. Nach den letzten Tagen kommt mir sein Geruch ein wenig fremd vor.

„Ella, ich musste einfach herkommen, um dich davon zu überzeugen, dass wir zusammengehören. Ich will dir beweisen, dass alle Zweifel unbegründet sind. Ich bin der Richtige." Tom macht ein ernstes Gesicht und wirkt ziemlich mitgenommen. Er ist also den ganzen Weg hierhergeflogen, nur um mir persönlich mitzuteilen, dass er der Richtige für mich ist. Ich muss schon sagen, ich bin beeindruckt!

Tom hält meine Hand und steht dicht vor mir. Er wartet nicht darauf, ob ich ihm eine Antwort gebe, sondern fährt gleich fort: „Ella, es tut mir leid, wie die letzten Wochen verlaufen sind. Der Hochzeitsstress, meine Mutter, Olivia… Ich wollte dir nie einen Grund geben, der dich zweifeln lässt. Ich liebe dich, Ella!"

Ich glaube, ich habe meine Antwort gefunden. Tom will *mich* und keine andere. Er liebt mich – und das ist alles, was letztlich zählt. Leider habe ich aber mittlerweile auch gelernt, dass Lügen alleine kein dauerhaftes Happy End versprechen. Ich muss ihm sagen, wer ich bin. Wer ich *wirklich* bin. Ich möchte keine Geheimnisse zwischen uns. Nur so kann das mit uns funktionieren.

Ich nehme daher all meinen Mut zusammen und fange ganz von vorne an: „Tom, ich denke, ich bin nicht die Frau, die du in mir siehst und die du gerne hättest." Ich erkenne an seinem Gesichtsausdruck, dass er keine Ahnung hat, wovon ich gerade rede. Ich versuche, das zu ignorieren. „Ich glaube, ich bin nicht die Frau, für die du mich hältst", gestehe ich nochmals und erröte dabei. Nun kommen die Karten auf den Tisch. Alle! Tom scheint davon jedoch unbeeindruckt.

„Das meinst du doch nicht im Ernst? Ella, ich kenne dich *in- und auswendig.*" So wie er das betont, könnte er sich locker mit Leonardo DiCaprio um den Titel *Bester Hauptdarsteller* streiten. „Ich weiß einfach alles über dich." Ach, wenn du wüsstest!

„Leider nicht", nuschle ich. „Was, wenn ich dir sage, dass nicht alles, was du über mich weißt, wahr ist? Was, wenn ich dir teilweise ein falsches Bild von mir gegeben habe, bloß um bei dir und deiner Familie einen guten Eindruck zu hinterlassen?"

„Ella, ich verstehe nicht, auf was du aus bist", tappt Tom weiterhin im Dunkeln.

Ich atme noch ein letztes Mal tief durch: „Was, wenn ich dir sage, dass ich kein Französisch spreche und keinen blassen Schimmer von Wein habe? Was, wenn ich nie Wirtschaft studiert habe und teilweise die Gespräche zwischen deinem Vater und dir nicht einmal verstehe? Ich bin keine erfolgreiche Geschäftsfrau, sondern lediglich eine simple Angestellte, die nichts zu melden hat und während dem Studium Astronomie als Hauptfach hatte. Ich habe vor Jahren weder an Pferdedressurturnieren teilgenommen noch beim Jugendskirennen gewonnen. Mein Vater ist niemand, der Geburtstage nicht feiern würde. Vielmehr ist er eine richtige Rampensau und die meiste Zeit beim Partymachen. Ich hatte nie einen Hund namens Chapper und in der Gegenwart deiner Familie fühle ich mich unwohl."

Tom starrt mich wie versteinert an. Gut, dann mache *ich* eben weiter.

„Deine Mutter kann mich nicht leiden, und das hat sie mir sogar offen gesagt. Sie möchte nicht, dass wir zusammen sind. Sie reißt alles an sich, und das, obwohl das unsere Hochzeit ist. Henriette ist um nichts besser. Sie ist im Grunde das gleiche Miststück wie deine Mutter." Ups! Das war vielleicht doch ein wenig zu viel. Aber immerhin ist jetzt alles raus. Alles, bis auf die Sache mit Luke. Bevor ich ihm das allerdings auch noch offenlege, soll er lieber erst mal diese Informationen verdauen.

Tom sagt immer noch nichts. Wieso reagiert er nicht darauf?

„Ich befürchte, ich habe alles vermasselt. Es tut mir leid, dass ich nicht die bin, für die du mich gehalten hast. Jedoch möchte ich einen Mann heiraten, der mich kennt und mich liebt, inklusive all meiner Macken", gestehe ich. Tom mustert mich.

„Ich glaube, unsere Reise endet hier", stelle ich wehmütig fest. Nachdem Tom immer noch nichts von sich gegeben hat, nehme ich wieder den Griff von meinem Trolley, drehe mich um und stöckle weiter die Brücke entlang.

„Ella!", ruft mich Tom zurück. „So heißt du doch, oder?", fragt er vorsichtig und sieht mich verunsichert an.

„Nein. Eigentlich heiße ich Gustav und bin ein Mann. Die Geschlechtsumwandlung wurde vor zehn Jahren durchgeführt", scherze ich, aber Tom bleibt weiterhin ernst.

„Das war ein Witz." Erst jetzt atmet er aus. Bei seinem Anblick muss ich lachen.

„Ella, mir ist egal, ob du Karriere machst oder nicht, was du studiert hast oder wie viele Sprachen du sprichst. Wieso hast du mir nie anvertraut, dass du das Gefühl hast, dich verstellen zu müssen? Du musst nicht vorgeben, jemand zu sein, der du nicht bist, nur um einen guten Eindruck zu hinterlassen. Du hast mich von Anfang an verzaubert – und das ist alles, was für mich zählt."

Das kommt unerwartet. Er liebt mich also, und zwar *so*, wie ich bin.

„Und was ist mit deiner Mutter? Und Henriette? Und dem ganzen Hochzeitszirkus? Tom, das bin einfach nicht ich", gebe ich zu bedenken.

Er kommt auf mich zu, bis er wieder ganz dicht vor mir steht. Er fasst mir um die Taille und blickt mir tief in die Augen.

„Vergiss Henriette oder meine Mutter. Bei unserer Hochzeit soll es ausschließlich um uns gehen und deswegen soll sie auch so umgesetzt werden, wie du es dir vorstellst. Ich möchte, dass deine Traumhochzeit verwirklicht wird. Schließlich ist das der Beginn unseres gemeinsamen Lebens." Gutes Argument! Tom lächelt mich an und küsst meine Nasenspitze. „Ich liebe dich!", fügt er dann noch hinzu. Es klingt so ehrlich und verliebt, dass es all meine Zweifel vergessen lässt. Ich fühle mich, als ob ich mit einem Einhornbaby auf einem Regenbogen entlangspazieren würde. So glücklich bin ich. Ich denke, ich habe endlich meine Antwort gefunden. Tom und ich. Wir gehören zusammen. *Wir* – und nicht ein Typ aus meiner Vergangenheit! Er hat den weiten Weg auf sich genommen, nur um mir zu beweisen, dass er der Richtige für mich ist. Ich strahle ihn verliebt an. Er lächelt ebenfalls. Es fühlt sich so an, als ob wir gerade erst wieder zueinandergefunden hätten. Tom hält mich fest und will mich gerade küssen, als ich von Weitem jemand meinen Namen rufen höre. Natürlich ist mir diese Stimme mehr als vertraut. Ich drehe mich sofort um, um einen Blick auf die Mitte der Brücke werfen zu können, und sehe Luke auf uns zurennen. Völlig überrascht mache ich mich von Tom los und gehe ihm, ohne zu zögern, ein paar Schritte entgegen.

„Ella!", ruft Luke ein weiteres Mal und steuert auf mich zu. In seiner linken Hand hält er einen weißen Umschlag. Meinen Umschlag. Er hat den Brief also doch noch gelesen.

Etwas außer Atem steht Luke nun vor mir. Er schaut kurz zu Tom, versucht ihn aber zu ignorieren. Er deutet auf den Brief und fuchtelt mit diesem vor meinen Augen herum.

„Ella, ich habe endlich verstanden, um was es geht. Du und ich. Wir gehören einfach zusammen", betont er. Unsicher blicke ich zu Tom, der angespannt das Schauspiel beobachtet. Doch ich kann nicht anders, als Luke ausreden zu lassen.

„Geh nicht!", bittet Luke. Ich sehe ihn an und habe keine Ahnung, was ich darauf antworten soll. „Ich liebe dich, Ella! Ich habe dich immer geliebt und werde es auch immer tun. Das weißt du. Das wissen wir beide." Luke schaut mich erwartungsvoll an. Damit habe ich nicht gerechnet, dass sich plötzlich alle zwei gleichzeitig hier befinden.

„Ella?", ruft mich Tom, dessen Blick zwischen Luke und mir hin- und herpendelt. Ich drehe mich zu ihm um. „Du kaufst ihm diesen Schwachsinn doch nicht ab, oder? Wir wollen *heiraten*, Ella!" Tom sieht mich verunsichert an.

„Ich weiß", antworte ich nur und wende mich wieder Luke zu. „Wir wollen heiraten", wiederhole ich. Luke starrt mich an. Das war sicherlich nicht das, was er hören wollte.

„Und was war das dann zwischen uns?", will er wissen und mir ist sofort klar, dass er damit auf unsere gemeinsame Nacht anspielt. Ich blicke wieder zu Tom. Mein schlechtes Gewissen ist mir sicherlich ins Gesicht geschrieben.

„Ich kann dir verzeihen, falls es etwas zu verzeihen gibt, Ella." Tom ahnt demnach bereits, dass ich die letzten Tage über nicht ganz treu gewesen bin.

„Luke, ich…", fange ich an und weiß immer noch nicht wirklich, was ich sagen soll. „Tom und ich…", stammle ich weiter ohne Plan vor mich hin. Was soll ich bloß tun?

Luke ist mir nachgelaufen und versucht mich, zum Bleiben zu bewegen. Und Tom? Tom ist sofort ins Flugzeug gestiegen, aus Angst mich zu verlieren. Verdammt! Ich bin mit der Situation total überfordert. Ich stehe zwischen zwei Männern und habe keinen blassen Schimmer, für wen ich mich entscheiden soll.

„Ella? Mit wem willst du zusammen sein?", fordert mich Tom auf.

Ich befinde mich im wahrsten Sinne des Wortes zwischen den beiden und sehe abwechselnd zu Tom und Luke. Es scheint so, als wäre jetzt unweigerlich der große Moment gekommen, um eine endgültige Entscheidung zu treffen.

KAPITEL 15

„Du siehst so wunderschön aus!" Sonja strahlt mich ganz verträumt an und wenn ich mich nicht irre, hat sie sogar Tränen in den Augen. Marie macht ein Foto von uns und wirkt ganz aufgeregt. Ich glaube, sie ist im Augenblick fast nervöser als ich. Sie lächelt mich an und stellt sich neben mich. Wir werfen gemeinsam einen Blick in den großen Spiegel, der so prachtvoll mit einem goldenen Rahmen verziert ist. Sonja nimmt meine Hand. Ich betrachte mich in meinem zauberhaften weißen Kleid, verziert mit Spitze und dem mit Perlen und Glitzersteinen besetzten Gürtel, den ich immer haben wollte. Ach, ich liebe diesen Gürtel, der nach hinten zu einer Masche gebunden ist, und bin überdies ganz hin und weg von meinem bestickten, schulterlangen Schleier. Ja, ich trage mein Traumkleid und es fühlt sich heute noch besser an wie damals, als ich es mit Marie im Brautladen anprobiert habe.

Ich sehe zu meiner Schwester und meiner besten Freundin, die als meine Brautjungfern beide ein pfirsichfarbenes Kleid anhaben, das sie mit dem V-Ausschnitt und der großen Schleife auf der Seite wie zwei Elfen aussehen lässt. Sie tragen ihre Haare zu einem seitlichen Zopf, der leicht gelockt ist. Ich hingegen habe mir eine schicke Aufsteckfrisur machen lassen, die den Schleier noch mehr hervorhebt. Wir sind perfekt geschminkt und schauen einfach nur hinreißend aus.

Die Türe geht auf und Hannah kommt rein, ebenfalls als eine meiner Brautjungfern. Sie nimmt mich in den Arm.

„Jeff ist ganz hin und weg." Sie blickt an ihrem Kleid herab und lächelt verschwörerisch zu Marie und Sonja. „Ich finde es übrigens toll, dass du die Hochzeit erst jetzt im Frühling feierst, nachdem ich mein Kind auf die Welt gebracht habe. Ich habe schon befürchtet, ich würde im Kleid wie eine Kugel aussehen", kichert sie. „Aber noch mehr freue ich mich, dass du mich trotz allem eingeladen hast. Es war damals sicher nicht leicht für dich gewesen, eine Entscheidung zu treffen."

Ich gebe ihr recht: „Ja, auf keinen Fall. Speziell der Moment, als wir zu dritt auf der Brücke gestanden waren. Doch als ich mich entschieden hatte, hatte ich keinerlei Zweifel mehr, dass *er* der Richtige für mich ist. Ich liebe ihn so sehr und nun weiß ich hundertprozentig, dass es keinen anderen Mann in meinem Leben gibt, der mich so glücklich macht wie er." In diesem Moment kommen mir ebenfalls die Tränen und zu viert versuchen wir, darauf aufzupassen, dass mein komplettes Make-up nicht ruiniert wird.

„Nicht, dass er es sich am Altar noch anders überlegt, nur weil du wie eine verheulte Zombiebraut daherkommst", scherzt Sonja und reicht mir ein Taschentuch.

Die Türe geht erneut auf und meine Eltern stehen stolz vor mir. Meine Mutter hat schon den ganzen Tag feuchte Augen und sogar mein Vater muss sich offensichtlich zusammenreißen, um seine Tränen zurückzuhalten. (Ich hätte mir nie vorstellen können, dass Hochzeiten so emotional sind. Ich habe es immer für übertrieben gehalten, wenn in den Filmen die Braut und ihre Gäste zu heulen anfangen. Und jetzt ist es bei mir kein Stückchen besser.)

„Ach, mein liebes Kind, du siehst so bezaubernd aus!", schluchzt Mama und umarmt mich.

„Unsere Kleine ist nun wohl endgültig erwachsen geworden", stimmt auch Papa mit ein und drückt mich ebenfalls.

„Es geht dann gleich los. Der Fotograf steht draußen und möchte noch schnell ein paar Fotos machen", erklärt Mama.

„Was? Noch mehr Fotos? Die dreitausend von der Anprobe reichen ihm wohl nicht", scherzt Sonja und verdreht gekünstelt die Augen. „Hoffentlich ist das wirklich
ein Hochzeitsfotograf. Nicht, dass er in Wirklichkeit ein
Perverser ist und die Aufnahmen für irgendein Schmud-
delheft verwendet werden."

Als der Fotograf die weiteren Bilder von uns knipst, besteht Sonja darauf, seinen Ausweis sehen zu wollen. Natürlich ist er leicht verwirrt und schnallt nicht sofort, dass
Sonja ihn eigentlich nur auf den Arm nimmt.

„Er sieht ehrlich gesagt ganz schnuckelig aus", flüstert sie
mir zu, als wir zu viert im Eingangsbereich der Kirche
stehen und auf ein Zeichen warten, bis es endlich losgeht
und ich den Gang zum Altar entlangschreiten kann.

„Du denkst *jetzt* schon an Hochzeitssex, obwohl die
Hochzeit noch nicht einmal richtig begonnen hat?", fragt
Marie kichernd.

„Na ja, einer muss doch. Das ist ein ungeschriebenes Gesetz, dass Singles verdorbenen Sex auf der Hochzeit ihrer
besten Freundin haben dürfen. In Frage kommen dabei
alle Männer, die offiziell nicht vergeben sind", erklärt
Sonja, ohne einen Mundwinkel zu verziehen.

„Und was ist mit Paolo? Ich dachte, ihr seid zusammen?"
„Nein, sind wir nicht. Er steht mehr auf Polygamie und
nachdem er nach Argentinien gegangen war, um ein
neues Filmchen zu drehen, habe ich ihn quasi in die
Wüste geschickt. Nun bin ich frei wie ein Vogel und kann
somit tun und lassen, was ich will." Während sie das sagt,
zwinkert sie dem Fotografen zu, der leicht verunsichert
wegschaut.

„Wenn er mich wegen sexueller Belästigung verklagt,
übernimmst du aber die Kosten", warne ich Sonja, die
ihrem Gesichtsausdruck zufolge sicherlich bereits kalku-
liert, wie viel sie das kosten würde.

„Muss es denn ausgerechnet der Fotograf sein?", wendet Hannah ein und mustert den Typen. „Ich bin mir sicher, auf der Feier befinden sich genügend andere Männer, die sofort etwas mit dir anfangen würden." Sonja, Hannah und Marie gackern laut los. Ich hingegen schüttle nur den Kopf.

„Meine Lieben, solltet ihr mir nicht eigentlich einen letzten wichtigen Rat geben, bevor ich den Bund fürs Leben eingehe?", frage ich und alle drei glotzen mich an.

„Ahm…", höre ich Marie stammeln und auch Sonja weiß nicht wirklich, was sie sagen soll.

„Es geht los! Die Brautjungfern können schon reingehen", gibt mir eine gänzlich unbekannte Frau im Hosenanzug Bescheid. Ich scheine jedoch nicht die Einzige zu sein, der diese Frau völlig fremd ist. Denn auch die anderen starren verdutzt zur Türe, nachdem sie wieder weg ist.

„Kennt die jemand?", frage ich deshalb nach.

„Nein, keine Ahnung", sind sie sich einig.

„Egal. Die wird schon wissen, was sie tut. Also Mädels, auf geht's!", bin ich voller Tatendrang. Meine Freundinnen drücken mich noch, bevor sie sich in einer Reihe aufstellen. Marie steht ganz vorne, dann kommt Sonja und zu guter Letzt ist Hannah dran.

Marie dreht sich nochmals um.

„Du bist die schönste Braut, die ich je gesehen habe", schmeichelt sie.

„Marie, ich bin auch die Einzige, die du bisher je gesehen hast – abgesehen von den Bräuten aus den Spielfilmen", lache ich.

„Das spielt keine Rolle. Dein Anblick ist hinreißend. Außerdem weiß ich, dass du dich für den richtigen Mann entschieden hast. Er wird dich genauso glücklich machen wie du ihn. Ich hab dich lieb, große Schwester." Marie strahlt mich an und stolziert hinaus auf den Gang. Ich merke, dass ich wieder kurz davor bin, zu heulen.

Auch Sonja hat noch ein paar rührende Worte parat, ehe sie sich auf den Weg macht.

„Du hast es verdient, die wahre Liebe zu finden", meint sie mit einem Lächeln.

Bleibt nur mehr Hannah.

„Ella", fängt sie vorsichtig an und ich bin gespannt, welche letzten Worte sie wohl für mich hat.

„Ja?", frage ich gespannt.

„Just don't get pregnant." Hannah und ich beginnen laut zu lachen. Sie nimmt mich noch einmal in den Arm. „Ich wünsche euch alles Glück auf der Welt", flüstert sie mir zu und dreht sich um.

Nachdem Hannah weg ist, taucht erneut die Frau im Hosenanzug auf, gefolgt von meinem Papa, der mich stolz angrinst.

„Tut mir leid, ich habe ganz vergessen, dass du ja nicht alleine zum Altar schreiten sollst", scherzt er und gibt mir ein Küsschen auf die Wange.

Ich lächle ihn an: „Danke, Papa!"

Ich bin ganz aufgeregt. Meine Beine fühlen sich an, als wären sie aus Butter, und ich bin froh, mich an meinem Vater festhalten zu können. Ich höre die Hochzeitsmelodie. Papa blickt noch ein letztes Mal zu mir und die Türen öffnen sich.

Wir gehen gemeinsam den langen Gang entlang, der stilvoll mit bunten Blumen und weißen Schleifen geschmückt ist. Ich schaue zwischendurch nach links und rechts, sehe meine Familie und Freunde. James, den ich in seinem schicken schwarzen Anzug fast nicht wiedererkenne, zwinkert mir gerührt zu. Aber am meisten sind meine Augen auf ihn gerichtet: Auf meinen zukünftigen Mann, den ich über alles liebe und der am Altar auf mich wartet. Er strahlt mich sehnsüchtig an und kann es anscheinend kaum erwarten, bis ich endlich bei ihm bin.

Mein Vater drückt mich und übergibt mich an meinen Verlobten. Der Pfarrer lächelt uns an, während mir Luke die Hand gibt und mir ins Ohr flüstert, wie wunderschön ich aussehe. Ja, ich habe mich mit ganzem Herzen für Luke entschieden und es keine Sekunde bereut...

Als wir alle auf der Brücke standen, hatte ich keine Ahnung, wie ich mit der Situation umgehen sollte. Als mich Tom dann fragte, mit wem ich zusammen sein wolle, drehte ich mich automatisch zu Luke. Ich starrte in seine schönen blauen Augen und überlegte. Ich wusste, dass beide endlich von mir hören wollten, für wen ich mich entscheide. Als ich mich erneut Tom zuwendete und dabei die Hochzeit vor meinen Augen hatte, fühlte ich nicht so, wie ich eigentlich fühlen sollte. Denn im Grunde wünschte ich mir, dass es Luke ist, der am Ende des Altars auf mich wartet. Ich dachte lediglich einen kurzen Moment an ihn und schon spürte ich eine Armee an Schmetterlingen, die wie wild in meinem Bauch herumflatterten.

„Es tut mir leid, aber Luke hat recht. Er ist es, den ich immer geliebt habe und mit dem ich immer zusammen sein wollte. Er ist es, wieso ich überhaupt hierher zurückgekommen bin", erklärte ich dann Tom, der wie angewurzelt dastand und nicht wusste, wie er darauf reagieren sollte. Ich nahm daraufhin meinen Verlobungsring aus meiner Handtasche, den ich in den letzten Tagen nicht einmal mehr getragen hatte, und gab ihn Tom zurück.

„Diesen Ring verdient jemand, der dich hundertprozentig glücklich machen und dabei auch ganz er selbst sein kann. Und das bin nicht ich." Ich gab ihm einen Abschiedskuss auf die Wange.

„Ich gehe einmal davon aus, dass ich hier nicht mehr gebraucht werde", rief der Taxifahrer Tom zu, der anscheinend das ganze Drama beobachtet hatte. Tom bat ihn kurz zu warten und behielt mich währenddessen fest im Auge.

„Ich wünsche euch alles Gute", meinte er nur und ging daraufhin zum Wagen. Er stieg ein und das Taxi brachte ihn zurück zur Fähre. Sobald Tom weg war, lief ich Luke in die Arme. Seit damals habe ich Tom nicht mehr gesehen.

„Ich will dich nie mehr loslassen", sprach Luke ernst und küsste mich leidenschaftlich. Eine Woche später machte er mir einen Antrag. Ganz romantisch, natürlich an meinem Lieblingsort bei der Holzbank in der Bucht. Nachdem wir zuvor am Strand spazieren gewesen waren, drückte er mir einen Briefumschlag in die Hand. Ich fragte ihn, was da drin sei. Er gab mir jedoch keine Antwort und wartete stattdessen bloß darauf, bis ich das Kuvert von alleine öffnete. Ich nahm also den Brief heraus und faltete ihn auseinander. Er beinhaltete eine Liste mit der Überschrift *Alles, was ich an dir liebe*:

Ich liebe es, dass du keine verbissene Geschäftsfrau bist.

Ich liebe es, dass du etwas Ausgefallenes wie Astronomie studiert hast.

Ich liebe es, dass du nicht Ski fahren kannst, weil ich jetzt endlich jemanden gefunden habe, den ich bei einem Skirennen besiegen kann.

Ich liebe es, dass du keinen Hund namens Chapper hast, aber wir vielleicht bald einen haben werden, der so heißt.

Ich liebe es, dass du keine fünfhundert Fremdsprachen sprichst, weil Englisch ausreicht, um mich zu verstehen.

Ich liebe es, welche Grimassen du machst, wenn du beim Grübeln bist.

Ich liebe es, dass du beim Witzeerzählen immer am Lautesten lachst.

Ich liebe es, dass du beim Geschichtenerzählen gerne übertreibst und trotzdem fest davon überzeugt bist, dass es sich so abgespielt hat.

Ich liebe es, dass du keine Weinkennerin bist, denn in England trinkt man Bier.

Ich liebe es, dass du ganz du selbst bist, wenn du bei mir bist.

Ich liebe es, dass du in der Nacht meine Decke klaust und in der Früh mit zwei Decken aufwachst, um dann trotzdem zu behaupten, dass du nichts damit zu tun hättest.

Ich liebe es, wie nahe du deiner Familie stehst.

Aber am meisten liebe ich es, dass du zurück zu mir gefunden hast und wir nun endlich das gemeinsame Leben führen können, dass wir uns immer gewünscht haben. Ich liebe dich, Ella!

Als ich das las, hatte ich Tränen in den Augen. Er wollte mir damit verdeutlichen, dass ich mich nicht verstellen muss, um gemocht und geliebt zu werden. Daraufhin küsste ich ihn und wir spazierten weiter bis zur Bucht.
Wir gingen zur Holzbank, auf der rote Rosen lagen. Ich dachte zuerst, die habe womöglich jemand vergessen. Doch dann griff Luke nach ihnen und überreichte sie mir. Ich hielt die Rosen in meiner rechten, während Luke meine linke Hand hielt.

„Ella, wir haben endlich wieder zueinandergefunden und ich möchte nicht, dass wir je wieder voneinander getrennt werden. Ich möchte mein Leben mit dir verbringen, mit dir alt werden und zehn Kinder auf die Welt bringen, die wir abwechselnd Amy und Richard taufen."

Ich kicherte, bis, ja bis Luke plötzlich vor mir auf die Knie ging. Mir stockte der Atem. Dabei immer noch meine Hand haltend, holte er eine kleine Schachtel aus seiner Jackentasche. Er ließ meine Hand los, um die Schachtel zu öffnen, lächelte mich an und streckte mir einen goldenen Ring entgegen.

„Ella Liner, willst du meine Frau werden?"

Ich sagte sofort Ja, woraufhin er mir den Ring an den Finger steckte. Später entdeckte ich erst, dass ein kleiner Schriftzug darin eingraviert wurde: *In den Sternen geschrieben.*

Seit unserer Verlobung hat sich einiges geändert. Ich habe meinen Job in Wien gekündigt und bin bald zu Luke nach England gezogen. Ich habe Herrn Sojak tatsächlich noch aus seiner Schuldenfalle helfen können und mittlerweile läuft sein Geschäft wieder gut. Ich wurde dementsprechend großzügig entlohnt und er hat mich gebeten, auch in Zukunft für seine Marketingaktivitäten zuständig zu sein. Ich war ganz überrascht. Anscheinend ist mein fiktives Wirtschaftsstudium doch nicht ganz umsonst gewesen. Ich habe mit Herrn Sojak ausgemacht, ihn weiterhin zu unterstützen, dabei jedoch von England aus zu arbeiten. Mit meinem Ersparten und dem Gehalt von Herrn Sojak möchte ich meine eigene Pension eröffnen und damit meinen Jugendtraum verwirklichen. In der Straße von Lukes Restaurant steht passenderweise ein Haus zum Verkauf, dass ich gerne restaurieren und umbauen würde. In Verbindung mit Lukes Restaurant wäre immerhin schon mal fürs Essen gesorgt. Ich bin sehr glücklich mit Luke. Das Einzige, was ich vermisse, sind Sonja, Marie und meine Eltern. Aber dank Billig-Airlines und *Skype* können wir uns regelmäßig sehen und miteinander sprechen. Und was ist aus Tom geworden? Der hat mich auf unserer Verlobungsfeier tatsächlich mit Olivia betrogen. Sie ist im achten Monat schwanger.

Unsere Hochzeitsfeier ist ein absoluter Traum. Die Zeremonie ist so emotional, dass man ständig jemanden schluchzen oder sich schnäuzen hört. Als Luke und ich uns schließlich das Jawort geben, dürfen wir uns auch endlich küssen. Im Hintergrund höre ich unsere Freunde und Familie applaudieren. Ich fühle mich wie die glücklichste Frau auf der Welt. So habe ich also doch noch mein persönliches Happy End gefunden. Mit der Liebe meines Lebens.

Sämtliche Ereignisse, Figuren und Dialoge in diesem Roman sind frei erfunden. Es handelt sich um eine fiktive Geschichte an realen Orten. Eventuelle Ähnlichkeiten mit lebenden oder bereits verstorbenen Personen sind reiner Zufall.

Danksagung

Ein riesiges Dankeschön geht an meinen Lektor Robert Lexer, der unglaublich viel Zeit und Energie in dieses Buch gesteckt und mich von Anfang an bei diesem Projekt unterstützt hat. Robert, das werde ich dir niemals vergessen!

Ein Dankeschön natürlich auch an meine Familie, die immer an mich glaubt und stets hinter mir steht. Ohne euch wäre ich nicht die, die ich heute bin.